BASTEI
LÜBBE

PAUL KEARNEY

Die Königreiche Gottes

DAS ZWEITE IMPERIUM

Roman

Ins Deutsche übertragen
von Michael Krug

BASTEI LÜBBE

BASTEI LÜBBE TASCHENBUCH
Band 20 480

1. Auflage: Januar 2004

Vollständige Taschenbuchausgabe

Bastei Lübbe Taschenbücher ist ein Imprint der
Verlagsgruppe Lübbe

Deutsche Erstveröffentlichung
Titel der englischen Originalausgabe:
The Second Empire

First published by Victor Gollancz,
an imprint of The Orion Publishing Group Ltd, London

Lektorat: Wolfgang Neuhaus / Stefan Bauer
Titelillustration: Mark Harrison, Agentur Schlück, Garbsen
Umschlaggestaltung: QuadroGrafik, Bensberg
Satz: Fanslau Communication/EDV, Düsseldorf
Druck und Verarbeitung: Maury Imprimeur, Frankreich
Printed in France
ISBN 3-404-20480-8

Für John McLaughlin

Was zuvor geschah ...

Vor fünf Jahrhunderten erhoben sich zwei große Glaubensrichtungen, welche die gesamte bekannte Welt beherrschen sollten. Ihre Wurzeln hatten sie in den Lehren zweier Männer: im Westen in jenen des Heiligen Ramusio, im Osten in jenen des Propheten Ahrimuz.

Der Aufstieg des ramusischen Glaubens begann zur selben Zeit, als der Zerfall des fimbrischen Imperiums, das sich über den ganzen Kontinent erstreckte, seinen Anfang nahm. Die besten Soldaten, welche die Welt je gekannt hatte, waren in einen erbittert geführten Bürgerkrieg verstrickt, der es den von ihnen eroberten Provinzen ermöglichte, sich eine nach der anderen abzuspalten. Aus diesen Provinzen wurden die Sieben Königreiche. Fimbrien verblasste zu einem Schatten seines früheren Selbst; die Truppen des Reiches waren zwar nach wie vor Ehrfurcht gebietend, doch man richtete das Augenmerk ausschließlich auf Probleme innerhalb der eigenen Grenzen. Und die Stärke der Sieben Königreiche wuchs – bis die ersten Heerscharen der Merduks über die Berge von Jafrar strömten und die Zahl der Sieben Königreiche bald auf Fünf verminderte.

Und so kam es zum große Streit zwischen den Ramusiern des Westens und den Merduks des Ostens – ein immer wieder aufflammender und unbarmherziger Krieg, der sich über Generationen erstreckte und schließlich, im sechsten Jahrhundert nach ramusischer Zeitrechnung, seinen Höhepunkt erreichte.

Denn Aekir, die bedeutendste Stadt des Westens und Sitz des ramusischen Pontifex, fiel letztlich im Jahre 551 den Invasoren in die Hände. Zwei Männer entkamen den Wirren beim Untergang der Stadt – zwei Männer, deren Überleben ungeahnte Folgen für die künftige Geschichte haben sollte. Einer der beiden war der Pontifex selbst, Macrobius, der in den übrigen ramusischen Königreichen und der Kirchenhierarchie tot geglaubt wurde. Der andere war Corfe Cear-Inaf, ein gemeiner Reitereifähnrich, der nach dem Verlust seiner Frau in der Wirren beim Fall der Stadt voller Verzweiflung desertierte und seinen Posten verließ.

Mittlerweile jedoch hatte die ramusische Kirche einen anderen Pontifex gewählt – Himerius, der sogleich begann, die Fünf Königreiche samt und sonders der *Dweomer* zu entledigen, eines Volkes von Magiern. Die Vernichtung der *Dweomer* trieb Hebrions jungen König, Abeleyn, dazu, eine schier aussichtslose Erkundungsfahrt in den äußersten Westen zu bewilligen, um den sagenumwobenen Westlichen Kontinent zu suchen, ein Unterfangen, das von seinem gleichermaßen ruchlosen wie ehrgeizigen Vetter, Fürst Murad von Galiapeno geleitet wurde. Durch Erpressung bracht Murad einen meisterhaften Seemann, einen gewissen Richard Hawkwood, dazu, die Reise anzuführen. Als Fahrgäste und mögliche Kolonisten nahmen sie einige der auf der Flucht befindlichen Dweomer von Hebrion mit, einschließlich eines gewissen Bardolin von Carreirida. Doch als sie endlich in den sagenumwobenen Westen gelangten, stellten sie fest, dass dort bereits seit Jahrhunderten eine Kolonie von Lycanthropen und Hexern unter der Schirmherrschaft eines unsterblichen Erzmagiers namens Aruan lebte. Ihr Erkundungstrupp wurde ausgelöscht; allein Murad, Hawkwood und Bardolin überlebten.

In Normannien entzweite sich die ramusische Kirche vollends, da drei der Fünf Königreiche Macrobius als den wahren Pontifex anerkannten, während die anderen den neu gewählten Himerius bevorzugten. Ein Glaubenskrieg entbrannte, in dem die drei so genannten Ketzerkönige – Abeleyn von Hebrion, Mark von Astarak und Lofantyr von Torunna – darum kämpften, ihre Throne zu behalten. Was allen dreien gelang, doch Abeleyn hatte den härtesten Kampf auszufechten. Er musste seine eigene Hauptstadt Abrusio zu Lande und zu Wasser erstürmen, wobei er sie zur Hälfte zerstörte. Im Augenblick des endgültigen Sieges traf ihn ein verirrtes Geschoss, das ihn in einen tiefen Dämmerzustand schleuderte.

Während Abeleyn dahinvegetierte, behütet von seinem getreuen Zauberer Golophin, entbrannte ein Machtkampf. Abeleyns Mätresse, Jemilla, versuchte, einen Regentschaftsrat zu errichten, der über das Königreich herrschen und das Thronfolgerecht ihres ungeborenen Kindes – angeblich auch jenes des Königs – anerkennen sollte. Golophin und Isolla, Abeleyns Verlobte aus Astarak, bemühten sich ihrerseits, Jemillas Bestreben zu vereiteln. Nachdem die Zauberkräfte des völlig ausgezehrten Golophin durch einen unerwarteten Eingriff von Aruan aus dem Westen wiederhergestellt waren, weckte Golophin den König aus seinem Dämmerzustand und ersetzte dessen fehlende Beine durch magische Glieder aus Holz.

Überall auf dem Kontinent befanden sich die

Königreiche Gottes in einem Zustand fieberhaften Wandels. In Almark hinterließ der sterbende König Haukir sein Reich der himerischen Kirche, wodurch diese über Nacht zu einer bedeutenden weltlichen Macht erstarkte. Der Mann an der Spitze der neuen Macht war in Wirklichkeit eine Marionette Aruans, jenes Hexers aus dem Westen, und nach einem schrecklichen und qualvollen Weiheritual wurde er, wie sein Meister, zum Werwolf.

Und in Charibon stießen zwei seiner weniger erhabenen geistlichen Brüder, Albrec und Avila, auf ein uraltes Dokument, eine Lebensgeschichte des Heiligen Ramusio, aus der hervorging, dass Ramusio und der Prophet Ahrimuz der Merduks ein und derselbe waren. Die beiden der Ketzerei schuldigen Mönche flohen aus Charibon, doch erst nach einer grauenvollen Begegnung mit dem Oberbibliothekar der Klosterstadt, der sich ebenfalls als Werwolf entpuppte. Sie flüchteten mitten hinein in einen mittwinterlichen Schneesturm und wären wohl darin umgekommen, hätte sie nicht eine vorbeiziehende fimbrische Armee gerettet, die unterwegs nach Osten war, um die Torunnen bei ihrem Kampf gegen die Merduks zu unterstützen. So bewältigten die beiden Mönche schließlich den beschwerlichen Weg nach Torunn, wo sie Macrobius mit dem folgenschweren Wissen konfrontierten, das sie mit sich führten.

Weiter östlich wurde die bedeutende torunnische Feste von Ormann, bei deren Verteidigung Corfe sich auszeichnete, zur Zielscheibe der gebündelten Sturmangriffe der Merduks. Corfe wurde befördert. Nachdem die torunnische Königswitwe Odelia auf ihn aufmerksam geworden war, erhielt er den Auftrag, die aufrührerischen Adeligen im Süden des Königreichs in die Schranken zu weisen. Dieses Unterfangen nahm er mit einer bunt zusammengewürfelten, kärglich ausgerüsteten Bande ehemaliger Galeerensklaven in Angriff – mehr gestand der torunnische König ihm nicht zu. Corfe, ständig von der Erinnerung an seine verloren geglaubte Gemahlin heimgesucht, wusste nicht, dass sie Aekirs Untergang in Wahrheit überlebt hatte und mittlerweile die Lieblingskonkubine des Sultans Aurungzeb höchstpersönlich war – und dessen Kind im Leib trug.

Die Merduks ließen schließlich von den Sturmangriffen ab, die sie teuer mit den Leben ihrer Soldaten bezahlten, und wichen auf dem Seeweg an die Flanken der Feste von Ormann aus, wodurch sie den Abzug der torunnischen Verteidiger erzwangen. Die auf dem Rückzug befindliche Garnison schloss sich mit den Fimbriern zusammen, die zu spät zu ihrer Verstärkung eingetroffen waren. Die vereinte Streitmacht wäre an den Nordausläufern vom Antlitz der Erde gefegt worden, hätte Corfe nicht seine Befehle missachtet und sein eigenes Kommando gen Norden geführt, um sie aus dem Würgegriff der feindlichen Heerscharen zu befreien. Am Ende schrumpften beide Armeen auf die Hälfte. Dank der torunnischen Königsmutter wurde Corfe zum General des Restheeres ernannt. Er und Odelia wurden ein Liebespaar, was für die geschwätzigen Höflinge ein gefundenes Fressen war und den jungen König Lofantyr zusätzlich gegen ihn aufbrachte.

Lofantyr führte die gesamte verbliebene Armee Torunnas zu einem letzten, verzweifelten Versuch ins Feld, dem Vormarsch der Merduks Einhalt zu gebieten, und kam bei einer gewaltigen Schlacht ums Leben. Corfe gelang es, das Gemetzel doch noch in eine Art Sieg umzukehren und die Armee abermals nach Hause zu führen. Diesmal wurde er zum Oberbefehlshaber ernannt.

Das Jahr 551 war zu Ende, und ein weiteres Kapital in Normanniens bewegter Geschichte sollte geschrieben werden. Jenseits des Horizonts befand sich Richard Hawkwoods übel zugerichtetes Schiff endlich auf der entbehrungsreichen Heimreise und brachte Kunde von der schrecklichen Neuen Welt im Westen.

PROLOG

Die behelfsmäßige Pinne sträubte sich unter ihren Händen, peitschte schmerzhaft gegen Rippen. Gemeinsam mit den anderen presste Hawkwood sie mit zusammengebissenen Zähnen fester gegen die wunde Brust. Durch seine Gedanken jagte ein Sturm wüster Flüche – eine hilflose Wut, die den Wind, das Schiff, das Meer selbst und die weite, gleichgültige Welt verfluchte, über deren Antlitz sie in wilder Fahrt segelten.

Der Wind drehte einen Strich. Hawkwood spürte, wie er ihm frostig und regenschwer ans rechte Ohr fuhr. Mit krächzender Stimme, die den tosenden Sturm kaum zu übertönen vermochte, rief er:

»Brasst die Rah, der Wind dreht sich! Brasst das Großrah herum, oder Gott möge Euch verrotten lassen!«

Weitere Männer erschienen auf dem von den Wogen überschwemmten Deck, taumelten aus ihren Verstecken hervor und wankten über das auf und ab tauchende Mittelschiff der Karacke. Sie alle waren in Lumpen gehüllt; einige sahen wie einstige Soldaten aus, da ihnen die Überreste von Uniformen um die Oberkörper flatterten. Sie wirkten unbeholfen und schwerfällig in der bitteren, alles durchtränkenden Gischt und vermittelten eher den Eindruck, in ein Krankenbett zu gehören als auf das Deck eines sturmgebeutelten Schiffes.

Aus den Tiefen des stampfenden Kahns hallte ein entsetzliches, knurrendes Grollen empor, das anschwoll, bis es die schrille Kakophonie des Windes, der rauschenden Wellen und des ächzenden Takelwerks übertönte. Es hörte sich wie eine riesige, eingesperrte Bestie an, die ihre Bösartigkeit in die Welt hinausbrüllte. Die Männer hielten in ihrer Arbeit an der triefnassen Takelung inne, und einige schlugen das Heiligenzeichen vor der Brust. Einen Lidschlag lang lichtete blankes Grauen den Nebel der Erschöpfung, der ihre Augen umwölkte. Dann wandten sie sich wieder ihrer Arbeit zu. Die Männer im Heck spürten, wie der Zug der Pinne leicht nachließ, als die Rahen herumgebrasst wurden, um sie vor den sich drehenden Wind zu manövrieren. Mittlerweile wehte er achtern der Backbordseite herein, und die Karacke preschte vorwärts wie ein Pferd durch tiefen Schnee, segelte nur unter einem gerefften Großsegel, während die anderen sich an den Rahen blähten, und wo sich einst die Besanmarsstange befunden hatte, prangte nur noch ein Stumpf, um den die schwarzen Stränge zerfetzter Wanten flatterten.

Nicht mehr ganz so weit, dachte Hawkwood und drehte sich zu seinen drei Gefährten um.

»Jetzt, da der Wind vom Hinterschiff reinweht, wird's ein bisschen weniger rau.« Er musste schreien, um sich über den Sturm hinweg Gehör zu verschaffen. »Aber sorgt dafür, dass es so bleibt. Wenn der Wind zulegt, müssen wir vor ihm herfahren und sind dazu verflucht, nur noch zu navigieren.«

Einer der Männer, die bei Hawkwood am Ruder standen, war ein hoch gewachsener, hagerer, bleicher Kerl mit einer hässlichen Narbe, die eine Seite seiner Stirn und Schläfe entstellte. An seinem Rücken klebten die Überbleibsel von Reitleder.

»Wir wurden schon vor langer Zeit verflucht, Hawkwood, und unser Unterfangen mit uns. Es wäre besser, den Kampf aufzugeben und das Schiff mit dieser Scheußlichkeit im Frachtraum sinken zu lassen.«

»Er ist mein Freund, Murad«, spie Hawkwood ihm entgegen. »Und wir sind fast zu Hause.«

»Ach was, zu Hause! Und was wollt Ihr aus ihm machen, wenn wir dort eintreffen? Einen Wachhund?«

»Er hat uns das Leben gerettet ...«

»Nur weil er mit den Ungeheuern aus dem Westen unter einer Decke steckt.«

»... ein Meister, Golophin, wird in der Lage sein, ihn zu heilen.«

»Wir sollten ihn über Bord werfen!«

»Tut das, und Ihr könnt diesen Kahn alleine steuern – mal sehen, wie weit Ihr kommt.«

Mit unverhohlenem Hass funkelten die beiden einander an, bis Hawkwood sich schließlich umdrehte und sein Gewicht wieder mit den anderen gegen die bebende Pinne stemmte, um die Karacke auf ihrem Ostkurs zu halten, Richtung Heimat.

Und im Laderaum unter ihnen heulte die Bestie in Einklang mit dem Sturm.

Sechsundzwanzigster Tag des Miderialon, im Jahr des Heiligen 552.

Drehender Wind aus Nordnordwest. Schwerer Sturm. Kurs Südsüdost unter gerefftem Großsegel vor dem Wind. Drei Fuß hoch Wasser im Laderaum, die Pumpen kommen kaum nach.

Hawkwood hielt mit dem Schreiben inne. Die Knie hatte er gegen den schweren, am Boden befestigten Tisch in der Mitte der Heckkabine gestemmt, das Tintenfass war fest von seiner linken Faust umklammert; trotzdem hatte er Mühe, sich auf dem Sitz zu halten. Eine stürmische, nachlaufende See, und die Karacke gebärdete sich mangels Ballast wild und unberechenbar; das Wasser im Laderaum schwappte mit jedem Stampfen. Zumindest spürte man bei einem Heckwind das Fehlen des Besans nicht so sehr.

Als das Schaukeln des Schiffes ein wenig nachließ, schrieb Hawkwood weiter.

Von den zweihundertsechsundsechzig Seelen, die Abrusios Hafen vor etwa siebeneinhalb Monaten verlassen haben, sind nur noch achtzehn übrig. Der arme Garolvo wurde in der Mittelwache über Bord gespült, möge Gott seiner Seele gnädig sein.

Wieder hielt Hawkwood einen Augenblick inne und schüttelte den Kopf, als er an den bedauerlichen Vorfall dachte. Das Massaker im Westen und all das andere Grauen zu überleben – nur um zu ertrinken, als die heimatlichen Gewässer beinahe in Sicht waren!

Mittlerweile sind wir seit fast drei Monaten auf See, und per Koppelung schätze ich unseren Ostwert auf fünfzehnhundert Wegstunden, obwohl wir etwa halb so weit wieder nach Norden geraten sind. Aber nun lassen uns die Südwinde im Stich, und wir werden neuerlich vom Kurs abge-

trieben. Nach Jakobsstabpeilung entspricht unsere geographische Breite ungefähr der Gabrions. Der Wind muss sich weiter drehen, wenn er uns ermöglichen will, irgendwo in Normannien Land zu sichten. Unser Leben liegt in Gottes Händen.

»Gottes Hände«, murmelte Hawkwood. Meerwasser troff aus seinem Bart auf das zerfledderte Bordtagebuch, und er tupfte es hastig auf. Die Kabine stand knöcheltief unter Wasser, so wie jedes Schott des Schiffes. Sie alle hatten längst vergessen, wie es sich anfühlte, trocken zu sein oder einen vollen Magen zu haben. Einige von ihnen hatten lose und verrottende Zähne; Narben, die vor zehn Jahren verheilt waren, begannen wieder zu nässen – alles Anzeichen von Skorbut.

Wie war es so weit gekommen? Was hatte ihre stolze, stattliche kleine Flottille dermaßen zerrüttet? Natürlich kannte Hawkwood die Antwort; er kannte sie nur allzu gut. Sie hielt ihn die Nachtwache hindurch hellwach, obwohl sein zu Tode erschöpfter Körper sich nach Vergessenheit sehnte. Die Antwort knurrte und brüllte im Laderaum seiner armen *Osprey*. Sie geisterte durch Murads mitternächtliche, von Krämpfen gebeutelte Albträume.

Er stöpselte das Tintenfass zu und faltete das Bordtagebuch in mehrere Lagen Öltuch. Auf dem Tisch vor ihm lag ein schlaffer Weinbeutel, den er sich um den Hals hängte. Dann watete und wankte er durch die stampfende Kabine zur Tür im gegenüberliegenden Schott und trat über das Sturmsüll in den Niedergang dahinter. Dort war es ebenso dunkel wie in jedem Schott des Schiffes. Sie hatten kaum noch Kerzen und nur noch ein, zwei kostbare Pint Öl für die Sturmlaternen. Eine Laterne hing schaukelnd an einem Haken im Niedergang. Hawkwood ergriff sie und ging weiter zu einer Luke im Deck, die hinunter in den Frachtraum führte. Dort zögerte er, während das Schiff rings um ihn stampfte und ächzte und ihm das Meerwasser um die Knöchel schwemmte. Er stieß einen lauten Fluch aus und machte sich daran, den Lukendeckel zu öffnen. Schließlich hob er ihn von einem gähnenden Loch und ließ sich behutsam über die Leiter in die pechschwarze Finsternis hinab.

Am Fuß der Leiter klemmte er sich in eine Ecke und fingerte nach dem Feuerstein und Stahl, die sich in einem Fach im Boden der Sturmlaterne befanden. Eine qualvolle, schier unerträgliche Weile schlug er Funken um Funken, bis einer den ölgetränkten Docht der Laterne entflammte und Hawkwood das dicke Glas herabsenken und die Lampe in eine Pfütze aus gelbem Licht stellen konnte.

Der Frachtraum war gespenstisch leer. Er enthielt lediglich ein Dutzend Fässer voll verfaulendem Pökelfleisch und übel riechendem Wasser – die letzten Vorräte der Besatzung. Überall drang Wasser herein; die Geräusche seiner armen, geplagten *Osprey* klangen wie eine misstönende Symphonie aus Quietschen und Stöhnen; die See brüllte draußen um den gemarterten Schiffskörper herum wie ein wildes Tier. Hawkwood legte eine Hand auf die Spanten des Kahns und spürte, wie sie auseinander quollen, während die *Osprey* sich durch die windgepeitschten Wogen kämpfte. Wergstücke trieben im Wasser rings um seine Beine. Die Nähte öffneten sich. Kein Wunder, dass die Männer an den Pumpen nicht nachkamen. Das Schiff lag im Sterben.

Von unterhalb seiner Füße drang das Heulen einer Tieres empor, so laut, dass es sich mit dem jaulenden Tosen des Windes messen konnte. Hawkwood zuckte zusammen; dann stolperte er vorwärts zu einer weiteren Luke, die in das unterste Schott des Schiffes führte, in die Bilge.

Hier unten stank es. Der Ballast der *Osprey* war seit langem nicht gewechselt worden, und die tropische Hitze des Westlichen Kontinents schien ihm einen besonders widerwärtigen Moder verliehen zu haben. Doch es war nicht allein der Ballast, der so entsetzlich stank. Hier unten roch es noch nach etwas anderem. Es erinnerte Hawkwood an die Tiergehege eines Wanderzirkus – jener moschusartige Mief eines großen Tieres. Mit hämmerndem Herzen hielt er inne; dann zwang er sich weiterzugehen, wobei er sich tief unter den Decksbalken hindurchbückte. Die hin und her schwingende Laterne erzeugte ein wirres Schattenspiel aus Licht, Dunkel und schwappendem Nass. Das Wasser reichte Hawkwood schon bis über die Knie.

Irgendetwas war vor ihm, etwas, das sich im flüssigen Dreck der Bilge bewegte. Das Klirren von Metall auf Metall. Das Geschöpf erblickte ihn und ließ von seinem mühevollen Treiben ab. Zwei gelbe Augen schimmerten in der Finsternis. Kaum zwei Meter von der Stelle, an der die Kreatur unmittelbar an das Kielschwein der Karacke gekettet war, blieb Hawkwood stehen.

Die Bestie blinzelte; dann ertönten verständliche Worte, die sich aus der Tierschnauze entsetzlich anhörten.

»Kapitän. Wie nett von dir, mich besuchen zu kommen.«

Hawkwoods Mund fühlte sich trocken wie Sand an. »Sei gegrüßt, Bardolin«, brachte er hervor.

»Bist du gekommen, um dich zu vergewissern, dass die Bestie noch in ihrem Verschlag ist?«

»So ist es.«

»Sinken wir bald?«

»Noch nicht – wenigstens noch nicht gleich.«

Der riesige Wolf bleckte die Fänge zu einer Art Grinsen. »Nun, dann müssen wir wohl dankbar sein.«

»Wie lange wirst du noch so bleiben?«

»Keine Ahnung. Allmählich lerne ich es zu beherrschen. Heute Vormittag ... war es Vormittag? Hier unten kann man das nicht so genau sagen. Jedenfalls blieb ich beinahe eine halbe Wache lang menschlich. Zwei Stunden lang.« Ein tiefes Knurren entrang sich der Kehle des Ungeheuers; ein Laut, der an ein Stöhnen erinnerte. »Im Namen Gottes, warum lässt du nicht zu, dass Murad mich tötet?«

»Murad ist wahnsinnig. Du bist es nicht, trotz dieser ... Sache, die dir widerfahren ist. Wir waren Freunde, Bardolin. Du hast mir das Leben gerettet. Wenn wir zurück in Hebrion sind, bringe ich dich zu deinem Meister, Golophin. Er wird dich heilen.« Selbst in Hawkwoods eigenen Ohren hörten sich die Worte bedeutungsleer an. Er hatte sie zu oft wiederholt.

»Das glaube ich nicht. Es gibt keine Heilung für die schwarze Veränderung.«

»Das werden wir sehen«, beharrte Hawkwood. Ihm fielen die Pökelfleischbrocken auf, die im schmutzigen Wasser der Bilge trieben. »Kannst du nicht essen?«

»Mich lüstet nach frischerem Fleisch. Die Bestie lechzt nach Blut. Ich bin machtlos, kann nichts dagegen tun.«

»Bist du durstig?«

»Sehr.«

Hawkwood nahm den Weinbeutel vom Hals, zog den Stöpsel heraus und hängte die Laterne an einen Haken im Schiffskörper. Dann bewegte er sich halb kriechend vorwärts und versuchte, nicht ob des Gestanks zu würgen, der rings um ihn aufstieg. Die Hitze, die das Tier vor ihm abstrahlte, wirkte überirdisch, widernatürlich. Er musste sich sehr überwinden, sich näher heranzuwagen. Als der Kopf der Bestie sich nach hinten neigte, setzte Hawkwood den Hals des Weinbeutels an die Schnauze des Ungetüms und ließ es trinken. Eine schwarze Zunge leckte jeden Tropfen der Flüssigkeit auf.

»Danke, Hawkwood«, sprach der Wolf. »Und nun lass mich etwas versuchen.«

Ein Schimmer ließ die Luft verschwimmen – und dann geschah etwas, dem Hawkwoods Augen nicht zu folgen vermochten. Das schwarze Fell des Ungetüms bildete sich zurück, und binnen weniger Lidschläge war es Bardolin, der Magier, der dort kauerte, nackt, mit zottigem Bart. Sein Körper war übersät mit wunden Stellen, die das Salzwasser verursacht hatte.

»Schön, dass du wieder da bist«, meinte Hawkwood mit einem matten Lächeln.

»So fühlt es sich schlimmer an. Ich bin schwächer. In Gottes Namen, Hawkwood – ein Schnitt, und ich bin erlöst.«

»Nein.« Die Ketten, die Bardolin fesselten, bestanden aus Bronze, geschmiedet aus dem Metall einer der Falkonetten des Schiffes. Sie waren derb gefertigt, und ihre Kanten hatten seine Haut an den Knöcheln und Handgelenken zu blutigem Fleisch aufgeschürft, doch jedes Mal, wenn Bardolin sich in die Bestie und wieder zurück verwandelte, heilten die Wunden ein wenig. Hawkwood wusste, dass es einer endlosen Folter gleichkam, doch es gab keine andere Möglichkeit, den Wolf zu fesseln.

»Es tut mir Leid, Bardolin ... War er inzwischen wieder hier?«

»Ja. Er erscheint in den Nachtwachen und hockt dort, wo du jetzt stehst. Er sagt, ich wäre sein, ich würde eines Tages seine rechte Hand werden. Und ich ertappte mich dabei, dass ich ihm glaubte, Hawkwood.«

»Kämpf dagegen an. Besinn dich darauf, wer du bist. Lass den Dreckskerl nicht gewinnen.«

»Wie lange noch? Wie weit haben wir es noch?«

»Nicht mehr weit. Noch eine Woche, vielleicht zehn Tage. Weniger, wenn der Wind dreht. Das ist nur eine vorüberziehende Bö – schon bald wird sie sich selbst verblasen.«

»Ich weiß nicht, ob ich so überleben kann. Es frisst sich in meinen Verstand wie eine Made ... weicht zurück, doch es kommt wieder, immer wieder. Gütiger Gott!«

Bardolin schrie, und sein Körper bäumte sich auf, riss an den Ketten, die ihn niederhielten. Sein Gesicht schien sich explosionsartig nach außen zu bauschen. Das Gellen verwandelte sich in das zornige, schmerzerfüllte Gebrüll eines Tieres. Vor Hawkwoods entsetzten Augen krümmte sich Bardolins Leib, schwoll an, knackte und knarrte auf Übelkeit erregende Weise. Auf seiner Haut spross Fell, und zwei horngleiche Ohren schossen aus seinem Schädel hervor. Der Wolf war zurückgekehrt. Gequält heulte er auf und zerrte an den Ketten. Zutiefst erschüttert wich Hawkwood zurück.

»Töte mich! Töte mich! Gib mir Frieden!«, kreischte der Wolf, und dann lösten sich die Worte in einem Gebrüll blanken Wahnsinns auf. Hawkwood ergriff die Sturmlaterne und zog sich durch die modrige Brühe der Bilge zurück, überließ Bardolin in der Dunkelheit des Schiffsbauch seinem Kampf um seine Seele.

Welcher Gott erlaubte solche Abscheulichkeiten auf der Welt, die er geschaffen hatte? Was für ein Mensch musste man sein, um einem anderen so etwas zuzufügen?

Hawkwoods Gedanken wurden zurückgerissen an jenen schauderhaften Ort der Hexerei, des Gemetzels, des smaragdgrünen Dschungels. Der Westliche Kontinent. Sie hatten versucht, dort eine neue Welt für sich zu beanspruchen – und es endete damit, dass sie um ihr Leben rannten. Hawkwood erinnerte sich an jede stickige, von Grauen erfüllte Stunde. Im von den Wogen hin und her geschleuderten Kadaver seines einst so stolzen Schiffes tauchte unwillkürlich wieder alles lebhaft vor seinem geistigen Auge auf...

ERSTER TEIL

Die Rückkehr des Seemanns

1.

Sie waren eine Meile, vielleicht zwei von der aschegeschwängerten Luft auf den Hängen des Undabane entfernt gestolpert. Dann brachen sie zusammen wie das Spielkartenhaus eines Kindes; ihr Mut war erschöpft. Ihre Brustkästen schienen zu eng, um die feuchte Luft aufzunehmen. Ausgestreckt lagen sie im Zwielicht auf dem Schlick des Dschungelbodens, während in den Bäumen über ihnen flüchtig erspähte Tiere und Vögel kreischten und gurrten; das Land selbst schien sich über ihr Versagen lustig zu machen. Mühsam rangen sie nach Atem; der Schweiß strömte über ihre Gesichter, und die Insekten bildeten eine Wolke vor ihren Augen.

Es war Hawkwood, der sich als Erster erholte. Im Gegensatz zu Murad war er unverletzt, und im Gegensatz zu Bardolin hatte niemand seinen Verstand benebelt. Er setzte sich im modrigen Humus, inmitten der schmarotzenden Lebensformen auf und vergrub das Gesicht in den Händen. Siebzehn von ihnen hatten Fort Abeleius vor etwa vierundzwanzig Tagen verlassen. Nun waren nur noch er und seine beiden Gefährten übrig. Diese grüne Welt war mehr, als ein Sterblicher zu ertragen vermochte, es sei denn, man war ebenfalls eine jener mordlüsternen Abartigkeiten, wie sie im Berg hausten. Er schüttelte den Kopf bei der Erinnerung an das Blutbad, das er dort erlebt hatte. Männer, die wie Karnickel gehäutet waren, in Stücke gerissen, ausgeweidet, die Innereien vermengt mit dem Gold, das sie gestohlen hatten. Masudis Kopf, der dunkel und glitzernd auf der Straße gelegen hatte; das Mondlicht, das sich schaurig in seinen toten Augen gespiegelt hatte.

Hawkwood mühte sich auf die Beine. Bardolin hockte da, den Kopf zwischen den Knien, und Murad lag reglos wie ein Leichnam auf dem Rücken; durch seine grässliche Wunde schimmerte weiß der Schädelknochen.

»Kommt. Wir müssen weiter, sonst kriegen sie uns.«

»Sie wollten uns gar nicht kriegen. Murad hatte Recht«, sagte Bardolin. Zwar ließ er den Kopf unverändert hängen, doch seine Stimme klang klar und deutlich, jedoch belegt vor Gram.

»Das können wir doch gar nicht wissen«, herrschte Hawkwood ihn an.

»*Ich* weiß es.«

Murad schlug die Augen auf. »Was habe ich Euch gesagt, Kapitän? Äpfel vom selben Stamm.« Er kicherte. »Was für Dummköpfe wir armen Soldaten und Seeleute doch waren, dass wir ein Rudel von Hexen und Hexern zu ihren Meistern beförderten. Dem teuren Bardolin wird kein Haar gekrümmt – ihm nicht. Sie schicken ihn zurück zu Seinesgleichen, mit Euch als Fährmann. Wenn jemand entkommen ist, dann ich. Andererseits – wohin bin ich schon entkommen?«

Er setzte sich auf, und bei der Bewegung entstand ein Rinnsal aus dunklem, dickem Blut entlang seiner Wunde. Die Fliegen bildeten bereits einen schwarzen Schwarm darum. »Ach ja, in die Erlösung. Der verfluchte Dschungel. Und wir sind nur zig Wegstunden von der Küste entfernt. Gebt es auf, Hawkwood.« Stöhnend sank er zurück und schloss die Augen.

Hawkwood blieb stehen. »Vielleicht habt Ihr sogar Recht. Jedenfalls habe – oder hatte – ich immer noch ein Schiff, und ich werde dieses von Gott verfluchte Land verlassen und mich wieder aufs Meer begeben. Neu-Hebrion, meiner Treu! Murad, wenn unter diesem Morast des Selbstmitleids, in dem Ihr Euch aalt, nur noch ein Funken Pflichtgefühl ist, dann werdet Ihr begreifen, dass wir nach Hause müssen, und sei es nur, um unser Volk zu warnen. Ihr seid Soldat und Adeliger. Ihr wisst doch noch, was Pflichtgefühl ist, oder?«

Die blutunterlaufenen Augen öffneten sich jäh. »Maßt Euch nicht an, mich zu belehren, Kapitän. Was seid Ihr denn schon außer Kehricht aus einer gabrionesischen Gosse?«

Hawkwood lächelte. »Mittlerweile bin ich ein Fürst aus der Gosse, Murad, habt Ihr das vergessen? Ihr selbst habt mich in den Adelsstand erhoben, zur selben Zeit, als Ihr Euch zum Statthalter von alldem hier erklärt habt...« Mit einer weit ausholenden Armbewegung deutete er auf die uralten Bäume, den wilden Dschungel rings um sie. Verbittertes Gelächter gerann in seiner Kehle. »Und jetzt erhebt Euren adeligen Allerwertesten. Wir müssen Wasser suchen. Bardolin – hilf mir und hör auf, Trübsal zu blasen, als wäre der Himmel gerade ins Meer gestürzt!«

Erstaunlicherweise gehorchten sie ihm.

In jener Nacht lagerten sie etwa fünf Meilen vom Berg entfernt am Ufer eines Baches. Nachdem Hawkwood Bardolin dazu bewegt hatte, Feuerholz und Laub als Schlafunterlage zu sammeln, setzte er sich zu Murad und begutachtete die Wunden des Adeligen. Die drei Gefährten waren ziemlich zerkratzt und zerschnitten, doch Murads Kopfverletzung war am schlimmsten; sie war eine der hässlichsten Wunden, die Hawkwood je gesehen hatte. Die Haut war vom Schädel abgerissen und hing schlaff neben dem linken Ohr.

»Ich habe eine gute Segelmachernadel und ein wenig Faden in meiner Gürteltasche«, sagte er zu Murad. »Allzu hübsch dürfte es nicht werden, aber ich schätze, ich könnte Euch schon verschalken. Natürlich wird es ein wenig schmerzen.«

»Zweifellos«, erwiderte der Adelige gedehnt und klang beinahe wie der alte Murad. »Ans Werk, solange es noch hell ist.«

»Im Fleisch sind Maden. Ich putzte sie zuerst heraus.«

»Nein! Lasst sie drin. Ich habe schon Männer gesehen, die schlimmer zugerichtet waren und deren Fleisch mangels ein paar guter Maden verrottete. Näht sie ein, Hawkwood. Sie werden das tote Gewebe fressen.«

»Bei Gott dem Allmächtigen, Murad!«

»Tut es. Da ihr fest entschlossen seid, dass wir überleben sollen, können wir ruhig so tun, als hätte es tatsächlich Sinn. Wo ist dieser vermaledeite Hexer? Er könnte sich nützlich machen und einen Verband herbeizaubern.«

Mit einem Stapel Feuerholz in den Armen tauchte Bardolin aus den Schatten auf. »Er hat meinen Hausgeist getötet«, erklärte er. »Der *Dweomer* in mir ist verkrüppelt. Er hat meinen Hausgeist getötet, Hawkwood.«

»Wer?«

»Aruan, ihr Anführer.« Jäh ließ er seine Last fallen, als stünde sie in Flammen. Seine Augen wirkten ausdruckslos wie trockener Schiefer. »Aber wenn Ihr wollt, sehe ich es mir mal an. Vielleicht kann ich ja doch etwas tun.«

»Bleibt mir vom Leib!«, schrie Murad und zuckte von dem Magier weg. »Ihr hinterhältiger Mörder. Wäre ich gut genug beieinander, würde ich Euch den Schädel spalten. Ihr habt von Anfang an mit denen unter einer Decke gesteckt.«

»Versuch, ob du ein Feuer zustande bringst, Bardolin«, sagte Hawkwood matt. »Ich flicke ihn selbst zusammen. Später müssen wir uns unterhalten.«

Das Geräusch der Nadel, als sie durch Murads Haut und Knorpel stieß, war laut genug, um Hawkwood zusammenzucken zu lassen, doch der Adelige gab während der gesamten Operation keinen Laut von sich; nur gelegentlich schüttelte er sich wie ein Pferd, das versucht, eine lästige Fliege zu vertreiben. Als der Seemann fertig wurde, schwand des Tageslicht allmählich, und Bardolin zeichnete sich als winziges Fleckchen gelber Helligkeit auf dem schwarzen Dschungelboden ab. Hawkwood begutachtete sein Werk mit kritischem Blick.

»Ihr seid keinesfalls hübscher als zuvor, so viel steht fest«, meinte er schließlich.

Murad ließ sein totenschädelgleiches Grinsen aufblitzen. Die Naht kroch seine Schläfe entlang wie eine marschierende Ameisenkolonne, und unter der Haut konnte man erkennen, wie die Maden sich wanden.

Sie tranken Wasser aus dem Bach und legten sich auf das Gestrüpp, das Bardolin gesammelt hatte, auf dass es ihnen als Liegestatt diente, während die Finsternis rings um sie zunehmend undurchdringlich wurde. Die Insekten labten sich ohne Unterlass an ihnen, doch sie waren zu erschöpft, um sich daran zu stören, und ihre Mägen waren verschlossen.

»Meint Ihr wirklich, sie haben uns entkommen lassen?«, fragte Hawkwood. »Oder warten sie nur auf den Einbruch der Dunkelheit, um über uns herzufallen?«

»Sie hätten mittlerweile gut und gern fünfzigmal über uns herfallen können«, erwiderte Murad leise. »Wir waren weder besonders flink noch übermäßig vorsichtig bei unserer Flucht. Nein, vor denen sind wir sicher. Vielleicht lassen sie den Dschungel den Rest erledigen. Vielleicht haben sie es nicht übers Herz gebracht, einen von ihnen, einen Hexer, zu töten. Oder vielleicht gibt es einen anderen Grund, warum wir noch am Leben sind. Fragt doch den Magier! Schließlich hat er ja unter vier Augen mit ihrem Anführer geplaudert.«

Beide schauten zu Bardolin. »Nun?«, brummte Hawkwood nach einer Weile. »Ich denke, wir haben ein Recht, es zu erfahren. Sag es uns, Bardolin. Erzähl uns in allen Einzelheiten, was dir widerfahren ist.«

Der Magier richtete den Blick aufs Feuer. Eine ausgedehnte Stille folgte, währenddessen seine beiden Gefährten ihn anstarrten.

»Ich bin mir selbst nicht ganz sicher«, begann er schließlich. »Der Kobold wurde von Gosa auf die Spitze einer Pyramide inmitten der Stadt gebracht. Er war ein Gestaltenwandler ...«

»Was für eine Überraschung«, schnaubte Murad verächtlich.

»Ich bin ihrem Anführer begegnet, einem Mann

namens Aruan. Er sagte, vor langer Zeit hätte er einen hohen Rang in der Gilde der Thaumaturgen von Garmidalan in Astarak innegehabt. Zu Zeiten des Pontifex Willardius.«

Murad runzelte die Stirn. »Willardius? Aber der ist doch seit über vierhundert Jahren tot.«

»Ich weiß. Dieser Aruan behauptet, praktisch unsterblich zu sein. Das hat etwas mit dem *Dweomer* dieses Landes zu tun. Einst gab es hier im Westen eine bedeutende, hoch entwickelte Zivilisation, doch sie wurde durch eine gewaltige Naturkatastrophe vernichtet. Die Magier hier besaßen Kräfte, von denen man in der Alten Welt kaum zu träumen wagte. Aber es gab noch einen anderen Unterschied ...«

»Und welchen?«, bohrte Murad nach.

»Ich glaube, sie alle waren sowohl Gestaltenwandler als auch Magier. Eine ganze Gemeinschaft.«

»Bei Gottes Blut«, stieß Hawkwood hervor. »Ich dachte, das ist unmöglich.«

»Das dachte ich auch. Man hat noch nie davon gehört, und doch haben wir es mit eigenen Augen gesehen.«

Murad wirkte nachdenklich. »Seid Ihr ganz sicher, Bardolin?«

»Ich wünschte, ich wäre es nicht. Aber da ist noch eine Sache. Diesem Aruan zufolge befinden sich bereits Hunderte seiner Spitzel in Normannien und befolgen seine Befehle.«

»Das Gold«, schnarrte Hawkwood. »Normannische Kronen. Dort war genug, um einen König zu bestechen oder eine Armee anzuwerben.«

»Also hegt er ehrgeizige Pläne, Euer gestaltenwandelnder Hexer«, höhnte Murad. »Und wie genau passt Ihr ins Bild, Bardolin?«

»Das weiß ich nicht, Murad. Der Heilige hilf mir, ich weiß es nicht.«

Wir sehen uns wieder, du und ich. Und wenn es so weit ist, wirst du mich als deinen Herrn erkennen, und als deinen Freund. Aruans Abschiedsworte brannten sich in Bardolins Hirn. Niemals würde er sie jemandem offenbaren. Er war sein eigener Herr und würde es bleiben, ungeachtet des fauligen Übels, das er mittlerweile in sich keimen spürte.

»Eines aber weiß ich«, fuhr er fort. »Sie begnügen sich nicht damit, hier zu bleiben, diese gestaltwandelnden Magier. Sie wollen nach Normannien zurückkehren. Alles, was mir erzählt wurde, bestätigt das. Ich glaube, Aruan will sich zu einer bedeutenden Macht auf der Welt erheben. Tatsächlich hat er bereits damit begonnen.«

»Wenn er in der Lage ist, einen Bruder vom Ersten Tage in einen Werwolf zu verwandeln, sind seine Worte kein leeres Geschwätz«, murmelte Hawkwood eingedenk der Reise hierher – und eingedenk des Priesters Ortelius, der auf dem Schiff solches Grauen verbreitet hatte.

»Eine Rasse von Wer-Magiern«, meinte Murad. »Ein Mann, der behauptet, Jahrhunderte alt zu sein. Ein über ganz Normannien gespanntes Netzwerk aus Gestaltenwandlern, die sein Gold ausgeben, seine Aufträge ausführen. Hätte ich die Dinge nicht gesehen, die ich auf diesem Kontinent selbst miterlebt habe, würde ich sagen, Ihr seid nicht bei Trost. Dieser Ort ist die Hölle auf Erden! Hawkwood hat Recht. Wir müssen zurück zum Schiff und nach Hebrion, um den König darüber in Kenntnis zu setzen. Die Alte Welt muss gewarnt werden. Wir werden diese Ungetüme inmitten unseres Volkes vertilgen, dann kehren wir mit einer Flotte und einer Armee hierher zurück und fegen sie vom Antlitz der Erde. So überragend sind sie auch wieder nicht – gibt man ihnen ein wenig Eisen zu kosten, fallen sie tot um. Bei Gott, wir wollen doch mal sehen, was fünftausend hebrionische Hakenbüchsenschützen hier ausrichten können!«

Hawkwood stellte fest, dass er ausnahmsweise voll und ganz derselben Meinung war wie der hagere Adelige. Bardolin hingegen wirkte bekümmert.

»Was bedrückt dich denn daran?«, fragte er den Zauberer. »Du billigst die Pläne dieses Aruan doch nicht etwa, oder?«

»Selbstverständlich nicht. Aber es war eine Säuberung der Alten Welt vom Volk der *Dweomer*, die ihn ursprünglich hierher getrieben hat. Ich weiß, wohin Murads Vorschlag führen wird, Hawkwood. Nämlich zu einer groß angelegten, den gesamten Kontinent umspannenden Verfolgung meines Volkes, wie man sie noch nie zuvor erlebt hat. Zu Tausenden werden die *Dweomer* hingemetzelt werden, die Unschuldigen ebenso wie die Schuldigen. Dadurch werden wir sämtliche Magier Normanniens in Aruans Armee treiben. Und genau das bezweckt er. Außerdem werden seine Spitzel ohnehin nicht leicht aufzuspüren sein. Es könnte jeder sein – sogar der Adel. Wir werden Unschuldige jagen, während die Schuldigen auf den rechten Augenblick warten.«

»Die schlichten Soldaten dieser Welt werden es darauf ankommen lassen«, entgegnete Murad. »Auf dieser Erde ist kein Platz mehr für Euresgleichen, Bardolin. Euer Volk ist eine Abartigkeit der Natur. Sein Ende naht schon seit einiger Zeit. Dies beschleunigt nur das Unausweichliche.«

»Zumindest damit habt Ihr Recht«, murmelte der Zauberer.

»Auf wessen Seite stehst du eigentlich?«, fragte Hawkwood den Magier unverblümt.

Bardolin schien erzürnt. »Ich weiß nicht, was du meinst.«

»Ich meine, dass Murad Recht hat. Es naht eine Zeit, Bardolin, in der deine *Dweomer* sich gegen die gewöhnlichen Menschen der Welt zusammenrotten werden, und du wirst entweder bei der Vernichtung der *Dweomer* mitwirken oder dich mit ihnen gegen uns stellen müssen.«

»So weit muss es nicht kommen! So weit *wird* es nicht kommen!«, widersprach der Magier.

Hawkwood wollte fortfahren, als Murad ihn mit einer schroffen Geste Einhalt gebot.

»Genug. Seht Euch doch um. Die Aussichten stehen gar nicht schlecht, dass wir uns niemals um solche Dinge sorgen müssen, weil unsere Gebeine hier im Dschungel zurückbleiben und verfaulen. Hexer, ich biete Euch einen Waffenstillstand an. Wenn es auch nur einer von uns zurück zur Küste schaffen soll, müssen wir einander beistehen. Die Streitgespräche über hohe Politik können warten, bis wir an Bord des Schiffes sind. Einverstanden?«

»Einverstanden«, antwortete Bardolin, dessen Mund eine verbitterte Linie quer über sein Gesicht bildete.

»Hervorragend.« Die Ironie in Murads Stimme war nachgerade greifbar. »Nun denn, Kapitän, Ihr seid unser Navigator. Könnt Ihr uns morgen den rechten Weg weisen?«

»Vielleicht. Sofern ich einen Blick auf die Sonne erhaschen kann, ehe die Wolken aufziehen. Aber es gibt noch eine bessere Möglichkeit. Wir müssen eine Bestandsaufnahme machen. Leert eure Taschen. Ich muss sehen, was wir haben, womit ich arbeiten kann.«

Sie rissen ein großes Blatt von einem nahen Busch. Darauf breiteten sie den Inhalt ihrer Taschen und Gürtelbeutel aus und betrachteten alles mit zusammengekniffenen Augen im Feuerschein. Sowohl Bardolin als auch Hawkwood hatten wasserdichte Zunderbüchsen mit Feuerstein, Stahl und kleinen Wollknäueln. Zudem besaß der Zauberer ein Taschenmesser aus Bronze und einen Zinnlöffel. Murad hatte eine etwa fünf Zoll lange, abgebrochene Messerklinge aus Eisen, einen winzigen, zusammenklappbaren Zinnbecher sowie eine Wasserflasche aus Kork, die noch an ihren Riemen von seinem Gürtel hing. Hawkwood hatte seine Nadel, ein Knäuel reißfesten Garns, eine Hakenbüchsenkugel aus Blei und einen Angelhaken aus geschnitztem Elfenbein. Sie alle hatten zerbröckelte Stücke Schiffszwieback in den Taschen. Murad steuerte darüber hinaus einen kleinen Brocken getrocknetes Schweinefleisch bei, der steinhart und ungenießbar war.

»Bei Gott, das sind ja kümmerliche Mittel«, meinte der Adelige. »Nun, Hawkwood, was für Wunder könnt Ihr damit wirken?«

»Ich glaube, ich kann einen Kompass bauen, und falls nötig, können wir fischen und jagen. Als Junge habe ich mal vor den Malacar-Inseln Schiffbruch erlitten. Als wir an Land gespült wurden, hatten wir kaum mehr als das hier bei uns. Wir können das Garn als Angelleine verwenden und mit der Kugel beschweren. Das Schweinefleisch nehmen wir als

Köder. Die Klinge befestigen wir an einem Stock und bauen uns so einen Speer. Außerdem gibt es rings um uns Obst. Verhungern werden wir wohl kaum, nur ist es eine zeitaufwändige Angelegenheit, Essen zu beschaffen, sogar im Dschungel. Wenn wir vor dem Frühling zurück an die Küste wollen, sollten wir uns darauf einrichten, die Gürtel enger zu schnallen.«

»Frühling!«, rief Murad aus. »Großer Gott, und wenn wir unsere Stiefel fressen müssen, wir sind auf jeden Fall früher wieder im Fort!«

»Wir haben fast einen Monat gebraucht, um hierher zu gelangen, Murad, und einen Großteil des Weges haben wir auf einer Straße zurückgelegt. Die Reise zurück wird beschwerlicher. Womöglich haben sie uns tatsächlich erlaubt zu entkommen, aber ich will trotzdem nicht unbedingt auf ihren Straßen unterwegs sein.« Er dachte zurück an die Hitze und den Moder des großen Werwolfs, der innerhalb des Berges neben ihm im Unterholz gelegen hatte ...

Würde ich Euch etwas antun, Kapitän? Dem Navigator, dem Führer von Schiffen? Ich glaube kaum. Ich glaube kaum.

Und er schauderte bei der Erinnerung.

In jener ersten Nacht hielten sie Wache, wechselten einander dabei ab, das Feuer in Gang zu halten und in die schwarze Wand des Regenwaldes zu starren. Wer keine Wache hielt, schlief unruhig. Bardolin lag den Großteil der Nacht wach; zwar war er zu Tode erschöpft, doch er hatte Angst davor zu schlafen, fürchtete sich davor herauszufinden, was in seinen Träumen auf ihn lauern mochte.

Aruan hatte ihn in einen Werwolf verwandelt.

Das hatte der Erzmagier ihm offenbart. Bardolin hatte eine sinnliche Begegnung mit Kersik gehabt, jenem Mädchen, das sie nach Undabane geführt hatte. Und danach hatte sie ihm einen Brocken ihrer Beute zu fressen gegeben – so lief es ab. Das war das Ritual, das die Krankheit hervorrief.

Beinahe vermeinte er, die schwarze Seuche in sich keimen zu spüren, ein Vorgang, der sowohl seinen Körper als auch seine Seele mit jedem Herzschlag veränderte. Sollte er es den anderen sagen? Sie misstrauten ihm ohnehin schon. Was geschah mit ihm? Was wurde aus ihm?

Er spielte mit dem Gedanken, sich einfach davonzustehlen und vom Dschungel verschlucken zu lassen, oder gar nach Undi zurückzukehren wie ein verlorener Sohn. Aber er war schon immer dickköpfig, stolz und starrsinnig gewesen. Er würde sich diesem Übel widersetzen, würde sich dagegen auflehnen, solange noch ein Rest von Bardolin, Sohn des Carnolan, in ihm war. Einst war er Soldat gewesen: Er würde bis zum bitteren Ende kämpfen.

Diese Gedanken spukten ihm im Kopf herum, als er mit der Wache an der Reihe war und das Feuer schürte, während die anderen schliefen. Hawkwood hatte ihm eine Aufgabe zugeteilt: Er sollte die Eisennadel mit Wolle aus einer der Zunderbüchsen reiben. Was für Bardolin zwar keinen Sinn ergab, aber zumindest half es, die Schläfrigkeit zu bannen.

Neben ihm stöhnte Murad im Schlummer, und einmal vermeinte Bardolin voller Bestürzung, den Adeligen Griellas Namen keuchen zu hören – jene Geliebte niederer Herkunft, die Murad mit an Bord des Schiffes genommen hatte und die sich selbst als

Gestaltenwandlerin erwies. Was für einen gottlosen Bund waren die beiden eingegangen? Es war keine Vergewaltigung gewesen, aber auch keine Liebe, die aus freiem Willen gewährt wurde. Eher eine Art beiderseitiger Erniedrigung, die Gewalt auf ihre Empfindungen ausübte und sie doch nach mehr lechzen ließ.

Und Bardolin, der angehende Greis, hatte sie beneidet.

Da hockte er und schalt sich für tausenderlei Schwächen, ein alternder Mann ohne Heimat oder Familie, der die Versäumnisse seines Lebens bedauerte. In der tiefschwarzen Nacht verdüsterte sich auch seine Laune. Warum hatte Aruan ihn ziehen lassen? Welches Los war ihm zugedacht? Ach, zur Hölle mit den endlosen Fragen.

Er gönnte sich einen kleinen Trick, ein flackerndes, schwach schimmerndes Werlicht. Von plötzlicher Furcht erfüllt, sandte er es wabernd rings um die Grenzen des Feuerscheins, wodurch er die Schatten für ein paar flüchtige Lidschläge verbannte. Wie eine verzückte Libelle schwirrte es umher, dann verlosch es. Zu früh. Zu schwach. Bardolin fühlte sich wie ein Mann, der einen Arm verloren hat und trotzdem noch Schmerz in den nicht mehr vorhandenen Fingern spürt. Er trank ein wenig Wasser aus Murads Flasche. Seine Augen brannten vor Gram und Müdigkeit. Er war zu alt für das alles. Eigentlich sollte er einen Lehrling haben, der ihm half, die Last der Sorgen eines Graubarts zu tragen. Vielleicht jemanden wie den jungen Orquil, den man zu Hause in Abrusio auf den Scheiterhaufen geschickt hatte.

Was ist mit mir, Bardolin? Wäre ich dafür geeignet?

Er zuckte zusammen. Beinahe hätte der Schlaf

ihn übermannt. Einen Lidschlag lang hatte er auf der gegenüberliegenden Seite des Feuers verschwommen eine Gestalt hocken gesehen. Ein junges Mädchen mit dichtem, bronzefarbenem Haar. Die Nachtluft musste ihm in den Kopf gedrungen sein. Heftig rieb er sich die Augenhöhlen, setzte seine einsame Wache fort und harrte ungeduldig des Morgengrauens.

Als das erste fahle Licht der Sonne durch den Baldachin des Dschungels brach, waren sie wieder auf den Beinen. Das Frühstück bestand aus Wasser aus dem Bach sowie ein paar Krümeln Schiffszwieback. Danach beobachteten sie über Hawkwoods Schulter, wie er die Nadel auf ein Blatt legte und in Murads Zinnbecher treiben ließ. Zunächst drehte sie sich auf dem Wasser darin merkwürdig hin und her, dann beruhigte sie sich. Mit freudloser Genugtuung nickte der Seemann.

»Das ist Euer Kompass?«, fragte Murad ungläubig. »Eine gewöhnliche Nadel?«

»Man kann jedem Stück Eisen die Fähigkeit verleihen, nach Norden zu zeigen« entgegnete Hawkwood. »Ich weiß nicht weshalb oder wie, aber es wirkt. Wir marschieren heute nach Südosten. Murad, ich möchte, dass Ihr nach etwas Ausschau haltet, das uns als Speerschaft dienen könnte. Ich werde mich daran machen, einen Bogen zu basteln. Gib mir dein Messer, Bardolin. Wir müssen Bäume kennzeichnen, um nicht die Orientierung zu verlieren. Alles klar? Dann los.«

Verblüfft reihten Hawkwoods Gefährten sich hinter ihm ein, und die drei machten sich auf den Weg.

Bis Mittag, als es sich zur Vorbereitung auf den beinahe täglichen Regenguss zuzog, marschierten sie stetig voran. Mittlerweile hatte Murad seine eherne Messerklinge an einem starken, ungefähr sechs Fuß langen Schaft befestigt, und Hawkwood war beladen mit einigen dünnen Stäben und einem etwa drei Finger breiten Stock. Sie waren ausgehungert, von unzähligen Insektenbissen übersät, zerschunden, zerschnitten und voller Blutegel. Obendrein fiel es Murad schwer, die Geschwindigkeit zu halten, die Hawkwood vorgab. Häufig mussten der Seemann und der Magier innehalten und warten, bis Murad zu ihnen aufschloss. Doch wenn Hawkwood eine Rast vorschlug, fauchte der Adelige ihn nur an.

Im Schutz eines gewaltigen, abgestorbenen Baumes warteten sie den ungestümen Regen ab, der in wahren Strömen vom Baldachin über ihnen herabprasselte. Der Boden, auf dem sie hockten, verwandelte sich rasch in klebrigen Matsch, und die schiere Wucht des Schauers machte das Atmen schwer. Hawkwood drückte das Kinn auf die Brust, um ein Quäntchen Platz, eine Art Luftbeutel zu schaffen, doch sogleich füllte er sich mit Moskitos, die er beim Atmen hilflos einsog und hustend wieder ausspuckte.

Die Sintflut endete so jäh, wie sie begonnen hatte. Die Gefährten blieben noch eine Weile im gurgelnden Wasser und dem Schlamm sitzen, in den der Waldboden sich verwandelt hatte – nass bis auf die Knochen, zu Tode erschöpft und schwach vor Hunger. Murad war kaum noch bei Bewusstsein, und Hawkwood spürte die lodernde Hitze seines Körpers, als der Adelige sich an ihn lehnte.

Wortlos, wackelig wie Greise, quälten sie sich auf die Beine. Eine korallenfarbene Schlange flitzte durch die Pfützen zu ihren Füßen, und mit einem Schrei schien Murad zum Leben zu erwachen. Er stach mit seinem neuen Speer auf den Boden und durchbohrte das wild zuckende Reptil unmittelbar hinter dem Kopf. Im letzten Todeskampf ringelte es sich um den Speer, und Murad lächelte.

»Meine Herren«, sagte er, »das Abendessen ist angerichtet.«

2.

Prüfend ließ Hauptmann Hernan Sequero den Blick über die armseligen Ausmaße seines kleinen Königreichs schweifen und verzog missbilligend die Lippen. Leise klopfte er mit den Knöcheln auf den Hartholztisch vor sich, ohne dem Schweißtropfen Beachtung zu schenken, der an einer seiner Augenbrauen baumelte.

»Das ist nicht annähernd gut genug«, sagte er. »Wir werden hier niemals unabhängig, wenn das verfluchte Gesindel so weiterstirbt. Angeblich sind sie doch Magier! Können sie nicht etwas herbeizaubern?«

Die Männer rings um ihn räusperten sich, traten unruhig von einem Bein aufs andere oder schauten weg. Nur einer unternahm den Versuch, zu antworten, ein geröteter junger Mann mit goldenem Haar, an dessen Kragen das Abzeichen eines Fähnrichs prangte.

»Unter den Kolonisten befinden sich drei Kräuterkundler, Herr. Sie geben ihr Bestes, aber die Pflanzen hier sind ihnen nicht vertraut. Sie können nur ausprobieren.«

»Und in der Zwischenzeit wird der Friedhof unsere blühendste Stätte an Land«, gab Sequero trocken zurück. »Na schön, mit der Natur kann man ja schwer streiten, aber es ist schon ärgerlich. Wenn Fürst ... wenn Seine Exzellenz zurückkehrt, wird sie nicht erfreut sein. Ganz und gar nicht.«

Abermals unbehagliches Zappeln von Füßen, verstohlen gewechselte Blicke.

Neben Sequero standen noch drei Männer um den Tisch, allesamt im Lederharnisch hebrionischer Soldaten. Sie befanden sich in einem der hohen Wachtürme, die an jeder Ecke des mit einem Palisadenzaun umringten Forts standen. Hier oben konnte man den einen oder anderen Atemzug Seeluft erhaschen und tatsächlich ihr Schiff sehen, die *Gabrian Osprey*, die kaum eine halbe Meile entfernt vor Anker lag. Dahinter verschmolzen der Himmel und das blauen Meer am Rande des Blickfelds zum fernen Horizont.

In näherer Umgebung war die Aussicht weniger erhebend. Dutzende notdürftiger Hütten – einige davon kaum mehr als Gebilde aus Ästen und Zweigen – sprenkelten die etwa zwei Morgen, welche die Palisade umschloss. Das einzige feste Gebäude war die Residenz des Statthalters, ein großes Bauwerk aus Holz, halb Villa, halb Blockhaus.

Ein tiefer Graben teilte das Fort in zwei Hälften und diente der Gemeinde als Abwasserrinne, die in den Dschungel führte. An manchen Stellen dienten gefällte Bäume als behelfsmäßige Brücken. Der

Boden entlang der Rinne war ein übel riechender Sumpf, in dem es vor Stechmücken nur so wimmelte. Zwar hatte man Brunnen angelegt, doch das Wasser war brackig, sodass man es weiterhin aus dem klaren Bach bezog, den Murad am ersten Tag entdeckt hatte. Eine Ecke des Forts war abgezäunt, und innerhalb der Koppel weilten die überlebenden Pferde. In wenigen Tagen würde sie leer sein. Wenn die letzten Tiere starben, würden sie gepökelt und verspeist, so wie die anderen.

»Weder für Mensch noch Tier geeignet«, murmelte Sequero mit düsterer Miene, als er an die einst prächtigen Geschöpfe dachte, die er aus Hebrion mitgebracht hatte, das Beste, was seines Vaters Stallungen zu bieten gehabt hatten. Sogar die Schafe fühlten sich hier unwohl. Ohne das Wild und die Wildschweine, welche die Jagdgruppen alle paar Tage aus dem Dschungel brachten, würden sie mittlerweile Wurzeln und Beeren mümmeln.

»Also, wie viele waren es heute?«, fragte er.

»Zwei«, antwortete di Souza. »Miriam di...«

»Ihre Namen brauche ich nicht zu wissen!«, herrschte Sequero ihn an. »Damit bleiben uns ... wie viele? Um die achtzig? Immer noch reichlich. Gott sei Dank sind die Soldaten und Seeleute aus härterem Holz geschnitzt. Unteroffizier Berrino, wie geht es den Männern?«

»Sie halten sich gut, Herr. Eine weise Entscheidung, ihnen zu erlauben, die Rüstungen abzulegen, wenn mir die Bemerkung gestattet ist. Und Garolvos Gruppe hat heute Vormittag drei Keiler mitgebracht.«

»Hervorragend. Ein guter Mann, dieser Garolvo. Er muss der beste Schütze sein, den wir haben.

Meine Herren, wir befinden uns an einem höllengleichen Ort, aber er gehört nunmehr unserem König, und wir müssen das Beste daraus machen. Ihr könnt euch darauf verlassen, dass es Beförderungen geben wird, wenn der Statthalter von seiner Erkundungsreise zurückkehrt. Noch mag Fort Abeleius nicht viel hermachen, aber in ein paar Jahren wird hier eine Stadt gedeihen, mit Kirchenglocken, Tavernen und all den übrigen Merkmalen der Zivilisation.«

Seine Zuhörer lauschten seinen Worten mit pflichtbewusster Aufmerksamkeit, doch Sequero konnte ihren Argwohn förmlich riechen. Mittlerweile befanden sie sich seit zweieinhalb Monaten an Land, und Sequero wusste durchaus, dass der Statthalter gemeinhin für tot oder für im Dschungel verschollen gehalten wurde, in dem es von allerlei Viehzeug wimmelte. Er und sein Trupp waren bereits zu lange fort, und mit jeder Woche seiner Abwesenheit wuchsen die Unzufriedenheit und Furcht innerhalb des Forts. In zunehmenden Maße reifte sowohl bei den Soldaten als auch bei den Zivilisten die Meinung, dass der zerbrechliche Stützpunkt auf diesem Kontinent keine Zukunft haben konnte, und die *Dweomer* waren lieber bereit, den Scheiterhaufen zu trotzen, die sie in Abrusio erwarteten, als hier den Tod durch Krankheit und Unterernährung zu erleiden, der so viele von ihnen dahinraffte. Bisweilen beschlich Sequero das Gefühl, als stemmte er sich gegen eine unaufhaltsame Woge verdrossenen Widerstands, die eines Tages über ihm hinwegschwappen würde.

»Fähnrich di Souza, wie viele Schiffskanonen haben wir mittlerweile an Land?«

»Sechs große Kulverinen und ein Paar leichter Karronaden, Herr, alle so aufgestellt, dass sie die Zugangspfade abdecken. Dieser Seemann, Velasca, will sich persönlich bei Euch darüber beschweren. Er sagt, die Kanonen sind das Eigentum von Kapitän Hawkwood und sollten auf dem Schiff bleiben.«

»Er soll seine Beschwerde schriftlich einreichen«, entgegnete Sequero, der – so wie alle Adeligen der alten Schule – des Lesens nicht mächtig war. »Meine Herren, Ihr seid entlassen. Alle außer Euch, di Souza. Ich möchte ein paar Takte mit Euch reden. Unteroffizier Berrino, Ihr dürft heute Abend eine Ration Wein austeilen. Die Männer haben es sich verdient – sie arbeiten hart.«

Berrino, ein Mann mittleren Alters mit einem verschlossenen Schlägergesicht, zeigte sich sichtlich erfreut. »Oh, danke, Herr ...«

»Das ist alles. Lasst uns allein.«

Die beiden Soldaten kletterten die an einer Stütze des Wachturms befestigte Leiter hinab und ließen Sequero mit di Souza allein im Horst zurück.

»Nehmt Euch Wein, Valdan«, forderte Sequero sein Gegenüber ungezwungen auf und deutete auf einen vollen Beutel, der an einem Haken in ihrer Nähe hing.

»Danke, Herr.« Di Souza spritzte sich einen ordentlichen Schluck der blutwarmen Flüssigkeit in die Kehle und wischte sich mit dem Handrücken den Mund ab. Bis zum Landfall hier im Westen hatten die beiden jungen Männer denselben Rang bekleidet. Danach hatte Murad Hernan Sequero zum Hauptmann und damit zum militärischen Befehlshaber der kleinen Kolonie befördert. Die Wahl hatte so fallen müssen – di Souzas Adel rührte lediglich von Adoption her, während Sequero einer der vornehmen Familien des Königreichs entstammte; sein Blut war dem königlichen Haus ebenso nahe wie das Murads. Die Tatsache, dass er Analphabet war und ein Ende einer Hakenbüchse nicht vom anderen unterscheiden konnte, spielte dabei keine Rolle.

»Der Trupp des Statthalters ist seit fast elf Wochen fort«, klärte Sequero seinen Untergebenen auf. »Binnen einer oder zwei Wochen sollten sie, so Gott will, zurückkehren. In all der Zeit haben wir uns hier hinter unserer Palisade verschanzt, als würden wir belagert. Das muss sich ändern. Ich habe in diesem Land bislang noch nichts gesehen, das eine derartige Verteidigungshaltung rechtfertigen würde. Morgen will ich den Kolonisten die Anordnung erteilen, Grundstücke im Dschungel abzustecken. Wir werden roden und niederbrennen, ein paar Morgen räumen und versuchen, Getreide anzubauen. Wenn alles gut läuft, können wir ein paar Kolonisten aus dem Fort werfen, damit sie Häuser auf ihren Grundstücken bauen. Valdan, ich möchte, dass Ihr sämtliche Haushaltsvorstände unter ihnen erfasst und eine Karte ihrer Grundstücke anlegt. Sie werden als Hofhörige der hebrionischen Krone darauf leben. Natürlich müssen wir uns Gedanken über eine Form von Zehnt machen, und Ihr werdet ein Patrouillenschema aufstellen ... Wollt Ihr etwas dazu sagen, Fähnrich?«

»Nur dass Fürst Murads Befehle lauteten, innerhalb des Forts zu bleiben, Herr. Er hat nichts davon gesagt, dass wir Landwirtschaftsflächen roden sollen.«

»Stimmt. Aber er ist schon wesentlich länger fort,

als er ursprünglich plante, und ab und zu müssen wir alle ein wenig eigene Entschlusskraft zeigen. Zudem ist das Fort übervölkert, wodurch es sich rasch zu einem zunehmend ungesunden Ort entwickelt. Und diese verfluchten Seeleute müssen auch ihren Beitrag leisten. Wie viele Soldaten haben wir noch, die in der Lage sind, Dienst zu versehen?«

»Abgesehen von uns noch achtzehn. Hawkwoods stellvertretender Kommandant, Velasca, lässt ein Dutzend Matrosen in zwei Beibooten die Küste erkunden. Außerdem lässt er Holz und Eisen vom Wrack der Karavelle bergen, die am Riff zerschellt ist. Etwa zwanzig weitere Männer sind immer noch damit beschäftigt, Salz herzustellen, Fleisch zu pökeln und dergleichen mehr. Für die Rückreise. Vier von ihnen halten sich innerhalb des Forts auf, um einigen unserer Männer beizubringen, wie man die großen Kanonen bedient.«

»Ja. Es gefällt ihnen, sich abzuseilen, diesen Seeleuten. Nun, auch das muss sich ändern. Richtet Velasca aus, dass ich ein Dutzend seiner Männer mit Feuerwaffen will, die sich unseren Soldaten anschließen und sich Unteroffizier Berrino unterstellen. Wir brauchen mehr Männer auf der Palisade.«

»Ja, Herr. Sonst noch etwas?« Di Souzas Antlitz verriet keinerlei Regung.

»Nein ... doch. Ihr speist heute Abend mit mir in der Residenz, oder?«

»Danke, Herr.« Di Souza salutierte und verließ den Turm über die knarrende Leiter. Nachdem er gegangen war, wischte Sequero sich den Schweiß aus dem Gesicht und gönnte sich einen Schluck Wein.

Er war noch nicht sicher, ob dieser Ort ein Katapult zu weiteren Beförderungen oder ein Grab für all seine ehrgeizigen Bestrebungen war. Wäre er in Hebrion geblieben, hätte er mittlerweile Regimentskommandeur sein können. Das war das Mindeste, was ihm mit seinem adeligen Blut gebührte. Andererseits hätte eben dieses Blut in den Augen des Königs als ein wenig zu blau betrachtet werden können; deshalb war er hier, in dieser von Gott verlassenen, so genannten Kolonie. Und dennoch, wenn jemand Ehrgeiz besaß, dann Fürst Murad, sein Vorgesetzter. Murad hätte sich niemals an einem so unbesonnenen Plan beteiligt, hätte er keinen Vorteil für sich darin gesehen. Folglich war es besser, hier als am Hof zu sein. Auf dem Schlachtfeld hatten ranghohe Offiziere die dumme Angewohnheit zu sterben. Am Hof gab es nur das jahrhundertealte Gerangel um Macht und Stand, das in Gegenwart eines starken Königs kaum etwas zählte. Und Abeleyn war – trotz seiner Jugend – ein starker König. Sequero mochte ihn, obwohl er ihn für zu zwanglos hielt, zu bereitwillig, gesellschaftlich Minderen das Ohr zu leihen.

War Murad tot? Es schien kaum vorstellbar – der Mann hatte seit jeher den Eindruck vermittelt, nur aus Muskeln, Sehnen und purer Willenskraft geschaffen zu sein. Aber es war bereits lange Zeit verstrichen – eine sehr lange Zeit. Ausnahmsweise fühlte Sequero sich unsicher. Er wusste, das die Soldaten dicht vor einer Meuterei standen, da sie glaubten, die Kolonie sei verflucht, und ohne Murads Befehlsgewalt, um sie im Zaum zu halten ...

Das Pochen von Stiefeln ertönte auf der Leiter, und ein Soldat mit gerötetem Antlitz tauchte am Rand des Wachturms auf.

»Bitte um Verzeihung, Herr, aber ich bin mit dem

Wachdienst an der Reihe. Fähnrich di Souza hat mir befohlen, hierheraufzukommen.«

»Schon gut. Ich bin ohnehin gerade fertig geworden.« Wie lautete noch gleich der Name des Mannes? Sequero konnte sich nicht erinnern und verspürte leisen Ärger über sich selbst. Andererseits – was spielte es schon für eine Rolle? Der Kerl war bloß ein stinkender Soldat ohne Rang.

»Haltet schön die Augen offen ... Ulbio.« Na also. War es ihm doch noch eingefallen.

Schneidig salutierte Ulbio. »Ja, Herr.« Er blieb der Inbegriff aufmerksamen Pflichtbewusstseins, während sein Befehlshaber vom Wachturm hinabstieg. Nachdem Sequero verschwunden war, spuckte er über die Seite. Verdammte Adelige, dachte er. Keiner von ihnen scherte sich einen Dreck um seine Männer.

Die Residenz des Statthalters war das einzige Gebäude innerhalb der Kolonie, das wenigstens den Hauch eines Anspruchs darauf erheben durfte, als ein Werk der Architektur zu gelten. Wenngleich zu Verteidigungszwecken mit Schießscharten versehen wie das Bollwerk, das sie nun einmal war, besaß sie doch auch eine lange Veranda, auf der zu sitzen und zu speisen abends beinahe gemütlich war. Das Holz der großen Bäume rings um das Fort war unglaublich hart und feinfaserig, doch es ließen sich erstaunliche Möbel daraus zimmern. Die Seeleute hatten sich eine Art fußbetriebene Drehbank gebastelt, und so konnten Sequero und dessen Gäste an einem edlen, langen Tisch mit wunderschön gedrechselten Beinen sitzen. Es gab immer noch Silber und

Kristall, von dem man essen und trinken konnte, zudem hohe Kerzen, um die geröteten Gesichter der Speisenden zu erhellen und die nächtlichen Motten anzuziehen. Wären da nicht die süßliche Hitze und der wilde Dschungel gewesen, hätte man meinen können, sie befänden sich zu Hause in Hebrion auf dem Anwesen eines Adeligen.

Das gesellschaftliche Ereignis war eher kleineren Rahmens. Neben Sequero waren lediglich di Souza und drei weitere Gäste anwesend. Es handelte sich um Osmo von Fulk, einen fetten, schmalzigen, kriecherischen Weinhändler, dessen persönlicher Vorrat gaderischer Tropfen es zu einer politischen Angelegenheit machte, ihn einzuladen; dann war da noch Astiban von Pontifidad, ein großer, grauhaariger Mann mit verbitterten Zügen, der in Abrusio von Beruf Kräuterkundler und in seiner Freizeit Naturforscher gewesen war; und schließlich Fredric Arminir, der ausgerechnet aus Almark stammte und dem der Ruf nachhing, ein Schmuggler zu sein.

Soweit Sequero wusste, war keiner der drei Männer ein richtiger Magier, doch sie alle besaßen den *Dweomer* in unterschiedlichem Maße, sonst wären sie nicht hier. Er verspürte das kindliche Verlangen, die Männer dazu zu bewegen, irgendetwas aufzuführen, einen Trick oder ein Kunststück, und er verspürte eine widersinnige Freude, als der gedrungene Osmo seltsame blaue Werlichter an den fernen Ecken der Veranda aufflammen ließ. Die Insekten scharten sich darum und verschmorten zischend und zu Hunderten, während die Abendgesellschaft essen und trinken konnte, ohne sich fortwährend das Ungeziefer aus den Gesichtern scheuchen zu müssen.

»Das habe ich in Macassar aufgeschnappt«, erklärte Osmo beiläufig. »Das Klima dort ähnelt dem hiesigen in vieler Hinsicht.«

»Und Ihr, Astiban?«, meinte Sequero. »Ich nehme an, als Naturforscher kommt Ihr ob der Vielfalt an Wesen, die auf diesem Kontinent um uns herum kriechen und sausen, aus dem Staunen gar nicht mehr heraus.«

»Hier gibt es viele Tiere, die unbekannt erscheinen, das ist wohl wahr, Fürst Sequero. Mit Fähnrich di Souzas Erlaubnis habe ich einige Jagdgruppen in den Dschungel begleitet. Dabei bin ich auf Spuren von Tieren gestoßen, die es in keinem Bestiarium der Alten Welt zu sehen gibt. Ich habe auf eigene Faust das Gelände rings um die Palisade einige hundert Meter weit in den Wald hinein erkundet. Diese Spuren nähern sich dem Fort, verlaufen durcheinander und führen dann wieder zurück. Dasselbe Muster habe ich an die hundert Mal vorgefunden.«

»Was bezwecken die Wesen damit? Kommen sie, um einen Blick auf uns zu werfen?«, fragte Fredric belustigt.

»Ja, ich denke schon. Ich glaube, wir werden eingehend beobachtet, doch ich vermag nicht genau zu sagen, von wem oder was.«

»Messt Ihr diesen unbekannten Tieren eine gewisse Vernunft bei?«, erkundigte sich Sequero überrascht.

»Ich weiß nicht, ob ich so weit gehen würde. Dennoch bin ich froh, dass wir eine dicke Palisade rings um uns haben, und Soldaten, um sie zu bemannen. Wenn der Statthalter von seiner Erkundungsreise zurückkehrt, hat er gewiss viel über diesen Kontinent gelernt, was meine Entdeckungen aufklären könnte.«

Der Mann hört sich schrecklich schulmeisterlich an, dachte Sequero gereizt. Aber wenigstens schien er zu glauben, dass der Statthalter tatsächlich zurückkehren würde. Den Seitenblicken nach zu urteilen, die Fredric und Osmo tauschten, teilten sie seine Zuversicht offenbar kaum.

»Wir sind Pioniere«, sprach Sequero laut aus. »Für uns übersteigt die Belohnung das Wagnis.«

»Ihr mögt ein Pionier sein, Fürst«, hielt Astiban dem entgegen, »wir aber sind bloß Flüchtlinge. Für uns hieß es entweder ein Platz auf Kapitän Hawkwoods Schiffen oder ein Stelldichein mit dem Scheiterhaufen.«

»Allerdings. Nun, jedenfalls sind wir jetzt alle hier, und wir müssen das Beste daraus machen.«

Ein vereinzelter Schuss krachte laut durch die schwüle Nachtluft und ließ sie alle auf den Sitzen zusammenzucken. Di Souza erhob sich. »Herr, mit Eurer Erlaubnis ...«

»Ja, ja, Valdan, geht und seht nach dem Rechten. Vermutlich wieder eine Wache, die auf Schatten schießt.«

Dann ertönte ein gewaltiges, donnerndes Getöse, das die Dunkelheit zerriss, gefolgt vom Aufblitzen einer von der Palisade feuernden Kanone. Männer brüllten in der Finsternis. Di Souza stürmte los, riss sein Schwert von seinem Platz vorne an der Veranda und verschwand.

Bedächtig trank Sequero vor seinen mit weit aufgerissenen Augen starrenden Gästen einen Schluck Wein. »Meine Herren, ich fürchte, unser Abendessen könnte unterbrochen werden ...«

Irgendein unbekanntes Tier brüllte in wildem Zorn; dann folgten eine Salve von Schüssen und kleine, safrangelbe Funken. Fackeln wurden entlang der Palisade angezündet, und jemand begann, die Schiffsglocke zu läuten – das Signal für höchsten Alarm. Sequero stand auf und schnallte sich den Schwertgurt um.

»Ihr kehrt am Besten zu Euren Familien zurück und vergewissert Euch, dass sie in Sicherheit sind, aber ich will so bald wie möglich jeden gesunden Mann auf der Palisade. Geht jetzt.«

Während die drei davoneilten, leerte er die Neige des gaderischen Tropfens in seinem Glas. Es wäre einer Schande gewesen, ihn zu verschwenden. Da draußen entwickelte sich nun eine richtige Schlacht. Sequero stellte das leere Glas ab und schlenderte von der Veranda auf das Feuergefecht zu. Hinter ihm flackerten Osmos blaue Werlichter und verloschen.

3.

»Was ist denn?«, fragte Hawkwood, als er erwachte und Bardolin erblickte, der sich erhoben hatte und in den nächtlichen Dschungel lauschte.

»Irgendetwas ... ein ferner Lärm, aus Richtung der Küste. Mir schien, als hätte ich Kanonenfeuer gehört.«

Mit einem Ruck war Hawkwood hellwach und neben dem Zauberer auf den Beinen. »Ich wusste, dass wir in der Nähe sein müssen, aber ich hätte nicht geglaubt ...«

»Pssst! Da ist es wieder.«

Diesmal vernahmen sie es beide. »Das ist tatsächlich Kanonenfeuer«, stieß Hawkwood hervor. »Eine meiner Kulverinen. Vielleicht hat man sie an Land geschafft. Beim Blut Gottes, Bardolin, das kann höchstens ein paar Meilen entfernt sein. Wir sind beinahe zu Hause.«

»*Zu Hause*«, wiederholte Bardolin nachdenklich. »Aber warum feuern sie mitten in der Nacht Kanonen ab, Hawkwood? Erklär mir das. Das verheißt kaum Gutes.«

Die beiden hockten sich wieder ans Feuer. Auf der gegenüberliegenden Seite der Flammen lag Murad wie ein Leichnam; der Mund stand offen, das Gesicht war von Narben überzogen.

»Morgen werden wir es herausfinden«, meinte Hawkwood. »Noch ein paar Meilen, dann ist es vorbei. Wir gehen an Bord der *Osprey* und sehen zu, dass wir aus diesem stinkigen Land verschwinden. Wir werden wieder frische Luft atmen, den Wind in den Gesichtern spüren. Denk daran, Bardolin. Denk daran.«

Der ferne Kanonenlärm dauerte noch etwa eine Stunde – einschließlich einer regelmäßigen Salve, die sich wie eine Breitseite anhörte. Dann kehrte wieder Stille ein. Doch Hawkwood hatte bereits seinen behelfsmäßigen Kompass aufgebaut und sich an den Geräuschen orientiert, sodass sie am nächsten Morgen geradewegs in die Richtung marschieren konnten, in der die Schüsse erklungen waren.

Nach einem langen Marsch schlief er völlig erschöpft wieder ein. Bardolin aber blieb wach. Zwar hatten sie es längst aufgegeben, auch auf irgendeine Weise Wache zu halten, doch im schleppenden Verlauf der Wochen hatte er festgestellt, dass er immer weniger Schlaf benötigte.

Ihre Reise war unvorstellbar beschwerlich gewesen – tatsächlich hätte sie die drei beinahe das Leben gekostet. Sie hatte sie in Besessene mit verfilztem Haar und eingesunkenen Augen verwandelt – Besessene, deren einziger Lebensinhalt darin bestand, immer weiter zu wandern; die Hawkwoods selbst gebasteltem Kompass huldigten, als würde es sich um ein allerheiligstes Relikt handeln; die nach allem schnappten, was nur im Entferntesten an Nahrung erinnerte und es wie Tiere verschlangen. All die Patina der Zivilisation war mit jedem Tag durch die mühselige Knochenarbeit sowie den Dreck und die Hitze des Regenwaldes abgeschliffen worden. Viele Male waren sie zu dem Schluss gelangt, dass sie nicht mehr konnten, hatten sich dem Gedanken an den Tod ergeben, hatten ihn gar herbeigesehnt. Doch in jenen entscheidenden Augenblicken hatten seltsame Begebenheiten sie jedes Mal gerettet. Die Entdeckung eines Baches klaren Wassers, der Fund frisch erlegten Wildes oder ein Heilkraut, das Hawkwood von einer seiner Reisen nach Macassar her erkannte. Irgendwie waren sie von einem warmen Regen zum nächsten getaumelt und hatten sich die ganze Zeit an die Peilung gehalten, die Hawkwood jeden Morgen für sie vornahm. Sie würden überleben. Bardolin wusste es seit geraumer Zeit. Und nun wusste er auch den Grund dafür.

Wenn die dunkelste Stunde jeder Nacht sich auf ihn herabsenkte, lag er allein neben dem Feuer und kämpfte gegen die Krankheit an, die sich in ihm regte, doch jedes Mal schritt sie ein kleines Stückchen weiter fort, ehe sie sich wieder zurückzog.

In dieser Nacht kam sie abermals über ihn. Es fühlte sich wie ein segensreicher, kalter Lufthauch an, der über ihn hinwegstrich, eine frostige Stärkung, die seinen ausgemergelten Körper mit Kraft durchflutete. Und dann veränderte sich seine Sicht, sodass er Dinge erkannte, die er für gewöhnlich nicht wahrzunehmen vermochte: Murads Herz, das wie ein heller, in seiner Brust gefangener Vogel schlug; die Venen in seinen Unterarmen, die wie Stränge aus flüssigem Licht pulsierten.

Bardolin spürte, wie seine Knochen zu knarren begannen, als versuchten sie, in eine neue Form auszubrechen. Seine Zunge wanderte an seinen Zähnen hin und her; die Innenseite seines Mundes fühlte sich heiß wie ein Ofen an, sodass er ihn öffnen und hechelnd nach Luft schnappen musste, wobei seine Zunge über die Unterlippe huschte, von der Speichel troff.

Er hob die Hände vor die Augen und stellte fest, dass seine Handflächen schwarz und rau geworden waren. Gelenke klickten auseinander und wieder zusammen. Sein Gehör wurde so fein, dass es geradezu unerträglich und doch auf eine widernatürliche Weise fesselnd war. Er konnte ein ganzes Universum von Leben im Regenwald rings um ihn kribbeln sehen und hören.

Das war sie, die verführerischste Zeit. Wenn die Veränderung sich wie eine willkommene Erleichterung anfühlte, wie die Gelegenheit, sich in etwas Größeres, Besseres zu verwandeln, in dem sich das Leben wesentlich geballter auskosten ließ – in dem die Leiden und Schwächen seines Alters vergessen waren.

Stets wand er sich dann eine Zeit lang, hin und

her gerissen zwischen dem Begehren, die Veränderung zu erlauben, und seiner starrköpfigen Gegenwehr, bis er schließlich siegte und erschöpft dalag, schwach wie ein neugeborenes Kätzchen, während der Dschungel wie eine schwarze Wand rings um ihn aufragte.

»Ausgezeichnet«, sprach die Stimme. »Ich habe noch nie jemanden erlebt, der sich mit derart kampflustiger Entschlossenheit gegen die schwarze Krankheit auflehnt. Meine Bewunderung ist dir gewiss, Bardolin. Auch wenn dein Ringen fehlgeleitet und letztlich vergebens ist.«

Bardolin hob das müde Haupt. »Ich habe Euch eine ganze Weile nicht gesehen, Aruan. Wart Ihr beschäftigt?«

»In gewisser Weise, ja. Du hast das Kanonenfeuer gehört. Bestimmt kannst du dir ausmalen, was es bedeutet. Das Schiff aber ist heil – dafür habe ich gesorgt. Meine einzigen Bedenken waren, dass die Überlebenden ablegen würden, ehe ihr morgen die Küste erreicht, also habe ich einen landwärtigen Wind aufkommen lassen, der sie vor Anker bleiben lässt, sofern sie nicht auf Grund laufen wollen.«

»Wie aufmerksam.«

»Ich denke an alles. Glaubst du etwa, ihr hättet es ohne meine Hilfe so weit geschafft? Obwohl euer Seemann zweifellos erfindungsreich ist – und unbeugsam. Ich mag ihn. Er erinnert mich an mich selbst, als ich noch jung war. Du hast Glück mit deinen Freunden, Bardolin. Das hatte ich nie.«

»Mein Herz fühlt mit Euch.«

Aruan beugte sich über das Feuer, sodass die Flammen seine Züge wie eine geschmolzene Maske wirken ließen. »Eines Tages wird es so sein. Ich lasse dich jetzt allein. Kämpfe ruhig weiter dagegen an, wenn du willst, Bardolin, aber du fügst dir dadurch nur selbst Schaden zu. Ich glaube, ich werde jemanden herbeirufen, der in der Lage sein könnte, dir einige Dinge klar zu machen. So, es ist vollbracht. Gehab dich wohl. Wenn wir uns wiedersehen, wirst du bereits den weiten Ozean unter den Füßen haben.« Damit verschwand er.

Durstig trank Bardolin aus der hölzernen Wasserflasche, sog an deren Hals, bis sie leer war. Als er die kühlen Finger spürte, die seinen verspannten Nacken kneteten, schloss er seufzend die Augen.

»Griella, was hat er mit dir gemacht?«

Das Mädchen beugte sich vor und küsste ihn von hinten auf die Wange. »Er hat mir Leben geschenkt, was sonst.«

»Niemand kann die Toten auferstehen lassen. Gott allein ist dazu fähig.«

Das Mädchen kniete vor ihm nieder. Griella war etwa fünfzehn Jahre alt und besaß einen dichten Helm bronzefarbenen Haars, das im Feuerschein gülden schimmerte. Ihre Züge waren elfengleich fein geschnitten, und stehend reichte sie Bardolin kaum bis ans Brustbein.

Sie war ein Werwolf und vor Monaten gestorben – noch bevor sie auf dem Westlichen Kontinent an Land gegangen waren. Bardolin konnte sich unmöglich vorstellen, welch widernatürliche Magie Griella aus den Reihen der Toten erhoben hatte und zog es vor, nicht darüber nachzudenken. Seit der schrecklichen Flucht aus Undabane war sie mehrere Male erschienen, und jedes Mal war ihr Auftauchen gleichermaßen Trost und Folter für Bardolin gewesen – was Aruan zweifellos bezweckte. Denn Bardolin hatte sich auf der Reise nach Westen in sie verliebt, wenngleich ihn diese Liebe mit nagenden Schuldgefühlen erfüllte.

»Wenn du es doch nur geschehen lassen würdest, Bardolin, könnte ich immer bei dir sein«, sagte sie. »Wir teilen nun dasselbe Wesen, und so schlimm ist die schwarze Veränderung nicht. Ich weiß, er ist kein gutherziger Mann, aber er ist auch nicht böse, und meistens spricht er die Wahrheit.«

»O Griella!«, stöhnte Bardolin. Sie war dieselbe wie früher und doch nicht dieselbe. Eine innere Eingebung verriet ihm, dass sie eine vollkommene Geisterscheinung war, ein künstlich geschaffenes Ding, wie die Kobolde, die Bardolin als Hausgeister gezüchtet hatte. Doch dadurch wurde ihm ihr Antlitz um nichts weniger hold.

»Er sagt, ich kann dein Lehrling sein, sobald du dein Los annimmst. Du hast mir einst erzählt, dass Gestaltenwandler nicht gleichzeitig Magier sein können, Bardolin. Nun, du hast dich geirrt. Wie wär's damit: Ich könnte deine Schülerin werden. Du unterrichtest mich in Magie, und ich unterrichte dich in der schwarzen Veränderung.«

Bardolins Blick schweifte zu Murad, der in unruhigem Schlaf jenseits des Feuers lag.

»Was ist mit ihm?«, fragte er.

Griella blickte verwirrt, ja beinahe verängstigt. »Ich erinnere mich an gewisse Dinge. Schlimme Dinge. Es gab ein Feuer. Murad tat Dinge ... nein, ich kann es nicht sehen.« Sie hob eine Hand ans Gesicht, ließ sie wieder sinken, betastete mit plötzlich leeren Blicken mit den Fingern ihren Mund. Einen Lidschlag später war sie mit derselben übernatürlichen Geschwindigkeit wie Aruan verschwunden.

»Kind, Kind.« Bardolin seufzte traurig. Sie war tatsächlich eine Art Hausgeist, ein mittels *Dweomer* zum Leben erwecktes Geschöpf. Und er verspürte ob dieser Vergewaltigung der Natur eine unbändige Wut auf Aruan. Die Spiele, die er mit dem Leben von Menschen, den Kräften der Natur selbst trieb – niemand konnte solche Dinge tun und ganz bei Sinnen sein.

Am nächsten Morgen erzählten Hawkwood und Bardolin Murad von den Kanonenschüssen in der Nacht. Er schien weder überrascht noch übermäßig erfreut über die Neuigkeit. Vielmehr wirkte er nachdenklich und zupfte an der Narbe, die eine Seite seines Kopfes verunstaltete.

»Das Ende des Feuergefechts bedeutete entweder, dass die Verteidiger des Forts den Angriff zurückgeschlagen haben oder dass sie überrannt wurden«, meinte Hawkwood.

Niemand sagte etwas dazu. Sie alle dachten an die bizarren Gestalten, die in Undi ihre Kameraden abgeschlachtet hatten. Einem Massenangriff solcher Abscheulichkeiten standzuhalten, wäre für jede Gruppe von Männern schwierig, insbesondere, da allein Eisen sie ein für alle Mal zu töten vermochte.

»Gehen wir«, sprach Murad und rappelte sich wie eine ausgemergelte Vogelscheuche auf. »Wir finden es früh genug heraus.«

Mitte des Vormittags erspähten sie eine Anhöhe zu ihrer Rechten – unterbrochene Hügel, die gleich fauligen Zähnen aus dem smaragdgrünen Dschungel aufragten. Hawkwood hielt inne, um sie eingehender zu betrachten; dann rief er die anderen zu sich.

»Seht. Wisst ihr, was das ist? Der Runde Rücken: *Heyeran Spinero.* Mein Gott, wir haben nur noch ein oder zwei Meilen zu gehen!«

Es lag beinahe drei Monate zurück, seit sie aufgebrochen waren, und endlich waren sie wieder zurück an jenem Küstenstrich, den sie in den ersten Tagen nach ihrer Landung erkundet hatten. Von da an marschierten sie vorsichtiger weiter. Nach all der Zeit zögerten sie nachgerade, Hoffnung in ihren Herzen aufkeimen zu lassen.

Den ersten Leichnam entdeckten sie nahe jenes klaren Baches, von dem die Siedlung ihr Wasser bezog. Dem Kleid nach zu schließen war es eine Frau mittleren Alters, wenngleich sie dermaßen schrecklich zugerichtet war, dass man es kaum zu erkennen vermochte. Ameisen und Käfer waren bereits zu Tausenden an den Überresten zugange, und sie stanken in der morgendlichen Hitze.

Sogar Murad wirkte leicht erschüttert. Die drei Männer blickten einander nicht an, sondern setzten ihren Weg fort. Da war der Hang, den sie sich am ersten Tag emporgemüht hatten – nunmehr ein aufgewühlter Morast. Im Schlamm lagen Dinge verstreut. Ein Pulverhorn, ein Fetzen eines Lederwamses, ein zerrissenes Stück eines Leinenhemds. Und im Unterholz am Rand der Lichtung entdeckten sie zwei weitere Leichen. Auch diese beiden waren Zivilisten gewesen. Eine davon hatte keinen Kopf mehr. Ihre Eingeweide lagen wie schmierige, aufgerollte, von Fliegen belagerte Seile im Gras.

Mit wild pochendem Herzen bewegten sie sich den Hang hinunter, und schließlich lichtete sich der Regenwald, sodass sie über die Strünke gefällter Bäume, über eine gerodete Fläche stolperten. Vor ihnen ragten verwaist die durchgebogenen, schiefen Pfähle der Palisade auf. Der Gestank von Rauch und Verwesung erfüllte die Luft. Jenseits der Lichtung erspähten sie durch die Bäume das Meer.

»He!«, rief Murad, dessen Stimme vor Anstrengung kippte. »Ist da jemand?«

Die Tore der Palisade waren niedergewalzt worden. Ringsum übersäten Leichen den Boden, und eine Hakenbüchse war in den Schlamm getrampelt worden. Mehrere Blutpfützen hatten sich gebildet; über jeder surrte ein Schwarm Stechmücken.

»Gütiger Gott«, stieß Hawkwood heiser hervor. Murad bedeckte die Augen.

Fort Abeleius glich einer Leichenhalle. Die Statthalterresidenz war bis auf die Grundfesten niedergebrannt und glomm nur noch. Die zerstörten Überreste anderer Hütten und Gebäude lagen ringsum in zerbrochenen, gesplitterten Haufen verteilt. Und überall waren Leichname und Körperteile ... Dutzende.

Bardolin wandte sich zur Seite und übergab sich.

Hawkwood presste den Handrücken an die Nase. »Ich muss nachsehen, ob das Schiff noch heil ist. Ich bete zu Gott, dass ...«

Ohne den Satz zu vollenden, eilte er los, stolperte über Leichen, sprang über geborstene Trümmer und verschwand in Richtung des Strandes, der sich hinter der Lichtung befand.

Murad drehte die toten Körper nacheinander um wie ein Ghul, der einen Friedhof durchstreift, und nickte bei sich, begutachtete das ganze schauerliche Bild, das sich ihm darbot.

»Die Palisade wurde zuerst von Norden her überrannt«, erklärte er. »Das hat unsere Leute in zwei

Hälften geteilt. Einige haben am Tor Stellung bezogen, aber ich glaube, die meisten haben sich zur Statthalterresidenz zurückgezogen ...« Träge schlurfte er selbst dorthin, bahnte sich einen Weg durch die verbrannten Ruinen jenes Ortes, von dem aus er seine Kolonie hätte verwalten sollen.

»Da ist Sequero. Ich erkenne ihn am Abzeichen auf der Uniformjacke. Ja, sie haben sich alle hier hineingedrängt.« Er trat einen verkohlten Knochen beiseite. »Und nachdem sie eine Weile überdauert hatten, steckte die Lunte irgendeines Narren das Palmdach in Brand, oder das Pulver fing Feuer. Andernfalls hätten sie hier drin womöglich die Nacht überstanden. Es ging schnell. Alles ging sehr schnell. Jeder von ihnen tot. Gütiger Gott.«

Inmitten der Trümmer und verbrannten Leichen sank Murad auf die Knie und presste die Handballen in die Augen. »Wir sind in der Hölle, Bardolin. Wir haben sie hier auf Erden gefunden.«

Bardolin wusste es besser, schwieg aber. Er fühlte sich ohnehin schon hinlänglich wie ein Verräter. Über einhundertundvierzig Menschen hatten sich hier im Fort aufgehalten. Aruan hatte gesagt, das Schiff sei heil geblieben. Wer sollte es nun bemannen?

»Lasst uns zum Meer hinuntergehen«, forderte er Murad auf und ergriff den Adeligen am Ellenbogen. »Vielleicht ist das Schiff noch da.«

Murad folgte ihm, benommen vor Gram. Gemeinsam bahnten sie sich einen Weg über die Stätte der Verwüstung und würgten vom Gestank der Toten, ehe sie abermals in den Wald eintauchten. Nun aber erfüllte salzige Würze die Luft, und irgendwo vor ihnen war das Branden von Wellen zu hören, ein Geräusch aus einer Welt der Vergangenheit.

Der weiße Schimmer des Strandes blendete sie regelrecht, und das Ausmaß der See, die sich bis an den Horizont erstreckte, war zu gewaltig, um es auf einmal zu erfassen. Sie hatten sich an die Beengtheit im schwülen, modrigen Regenwald gewöhnt, und es kam einem Hochgefühl gleich, wieder einen Horizont, einen riesigen Bogen blauen Himmels schauen zu können. Wind wehte ihnen vom Meer in die erhitzten Gesichter – ein landwärtiger Wind, genau wie Aruan es versprochen hatte.

»Dem Himmel sei Dank!«, stieß Bardolin hervor.

Die *Gabrian Osprey* lag etwa eine halbe Meile von der Küste entfernt vor Anker. Sie wirkte heil und vollkommen verwaist – bis Bardolin auf der Back Bewegung ausmachte. Ein Mann winkte. Und dann erblickte er den auf halbem Wege zum Schiff in den Wogen auf und ab tauchenden Kopf. Hawkwood schwamm hinaus und hielt alle paar Züge inne, um der verbleibenden Besatzung zuzuwinken und sich die Kehle heiser zu schreien. Bardolin und Murad beobachteten ihn, bis er die Karacke erreichte und sich an den Seitenplanken festklammerte, zu schwach, um sich zum Tumblehome hinaufzuziehen. Eine Gruppe Männer tauchte an der Reling auf. Einige waren Matrosen, andere trugen die Lederjacken von Soldaten. Sie hievten Hawkwood über die Schiffsseite empor, und Bardolin sah, wie einer seinen Kapitän umarmte.

Murad war auf den Sand gesunken. »Na also, Magier«, sagte er auf eine Weise, die an sein altes Gehabe erinnerte. »Wenigstens einer von uns ist glücklich. Ich denke, es ist an der Zeit zu gehen. Wir haben unseren Aufenthalt in diesem Land bereits überzogen. Damit endet Neu Hebrion.«

Doch Bardolin wusste, dass dies nicht das Ende von irgendetwas war. Was immer es sein mochte – es hatte gerade erst begonnen.

4.

Der König war tot. Sein Leichnam lag einsam und reglos auf einer großen Bahre im Mittelschiff der Kathedrale von Torunn. Das gesamte Königreich trug Trauer; sämtliche öffentliche Gebäude waren mit schwarzen Tüchern geschmückt, und sämtliche Banner wehten auf Halbmast. Lofantyr war keine dreißig geworden, und er hinterließ keinen Thronfolger.

In glänzender Halbrüstung stand Corfe am Kopf des Königs, lehnte sich müde auf ein altertümliches Großschwert und atmete den Weihrauch und den grauen Rauch der Kerzen ein, die ringsum brannten. An den Füßen des Königs stand Andruw in ähnlicher Pose, das Haupt in feierlicher Trauer geneigt. Corfe sah, wie sein Mund in dem Bestreben zuckte, unter dem schweren Helm ein Gähnen zu unterdrücken, und er musste an sich halten, um nicht zu lächeln.

In der Kathedrale drängte sich eine murmelnde Menge feucht riechender Menschen. Sie knieten auf den Kirchenbänken oder auf dem mit Steinplatten ausgelegten Boden, stellten sich zu Hunderten an, um Gelegenheit zu erhalten, ihrem Monarchen Lebewohl zu sagen. Schier unendliche Schlangen. Sie waren weniger von Trauer, als vielmehr von Ehrfurcht erfüllt, Ehrfurcht ob der kargen Pracht der Aufbahrung des toten Königs. Lofantyr hatte zu kurz geherrscht, um vom Volk geliebt zu werden; er war ein Name, mehr nicht. Eine Galionsfigur im geordneten Gefüge der Welt.

Draußen hörte es sich an, als brandete eine schwere See gegen die altehrwürdigen Mauern der Kathedrale. Eine weitere, weniger fügsame Menge. Das Tosen ihrer Stimmen wirkte beunruhigend, regelrecht beängstigend. Eine Viertelmillion Menschen hatte sich auf dem Platz jenseits der Tore der Kathedrale versammelt. Niemand wusste so recht weshalb – wahrscheinlich wussten sie es selbst nicht genau. Die einfachen Leute waren verwirrt. Palastmitteilungen verkündeten, die jüngste Schlacht wäre ein Sieg für das torunnische Heer gewesen. Aber wieso war ihr König dann tot? Warum lagen achttausend ihrer Männer einsam und kalt draußen auf dem winterlichen Feld? Sie fühlten sich übertölpelt und waren wütend. Der kleinste Funke würde reichen, um einen Ausbruch der Gewalt zu entfesseln.

Und dennoch, dachte Corfe, erwartet man von mir, dass ich mein Scherflein zur zeremoniellen Wache über einen toten Mann beitrage, obwohl ich nun Oberbefehlshaber einer zerrütteten Armee bin. Tradition. Ihre Räder drehen sich unermüdlich weiter, selbst in Zeiten wie diesen.

Wenigstens erhielt er dadurch Zeit zum Nachdenken. Zwei Tage waren seit der großen Schlacht auf der Ebene von Torunn verstrichen. »Die Schlacht des Königs« wurde sie bereits genannt. Seltsam, dass die Menschen es stets für so wichtig hielten, einer Schlacht einen Namen zu verpassen. Es verlieh einem schrecklichen, blutschwangeren, chaotischen Albtraum eine eigenartige Geschlossenheit, als brauchten Historiker auch hier eine Ordnung, ein System.

Siebenundzwanzigtausend Mann waren übrig, um die Hauptstadt zu verteidigen – die letzte Armee. Torunna hatte seine Soldaten mit Übelkeit erregender Verschwendungssucht vergeudet. Eine gesamte Feldarmee war beim Untergang Aekirs zerschlagen worden. Eine weitere wurde beim Fall der Feste von Ormann fast aufgerieben. Und selbst die verbleibende Streitmacht hatte bei den jüngsten Auseinandersetzungen nahezu ein Drittel ihrer Stärke eingebüßt. Doch die Merduks – wie viele hatten sie insgesamt verloren? An die hunderttausend Mann bei den Sturmangriffen auf Aekir, schätzte man. Dreißigtausend weitere vor der Feste von Ormann. Und wiederum vierzigtausend in der Schlacht des Königs. Wie konnte ein einziges Volk solche Verluste verkraften? So zahllos die Horden aus dem Osten auch erscheinen mochten, Corfe konnte unmöglich glauben, dass derart schreckliche Rechnungen sie unberührt ließen. Sie würden zögern, ehe sie sich auf einen weiteren Vorstoß und neuerliches Blutvergießen einließen. Das war seine Hoffnung, das Grundgerüst all seiner noch unausgegorenen Pläne. Er brauchte Zeit.

Endlich wurden Corfe und Andruw abgelöst. Die Ablöse erfolgte mit todernster Exerzierplatzformalität durch Oberst Rusio und Oberst Willem. Corfe blieb keineswegs der frostige Blick verborgen, mit dem Willem ihn bedachte, als Corfe in den hinteren Teil der Kathedrale marschierte. Da waren Hass und Groll über die Beförderung eines Emporkömmlings in den höchsten militärischen Rang des Westens. Damit war zu rechnen gewesen. Dennoch würde es die Dinge erschweren. Die Dinge wurden immer erschwert, selbst wenn es um die grundlegendsten menschlichen Handlungen ging, wie das Töten von Mitmenschen.

Corfe wurde in den Generalsgemächern des Palasts von einer Schar Palastdiener seiner Rüstung entledigt. Seine neue Unterkunft bestand aus einer Reihe marmorkalter Räume, in denen er sich unbehaglich und lächerlich fühlte. Doch dem General konnte nicht mehr gestattet werden, mit seinen Männern zu essen, in den gemeinen Refektorien Bier zu trinken oder sich den Dreck von den eigenen Stiefeln zu kratzen. Die Königswitwe – nunmehr Torunnas Monarchin und letztes Mitglied der Königsfamilie – hatte darauf bestanden, dass Corfe die Insignien seines Ranges wahrnahm.

Es ist lange her, dachte Corfe bei sich, seit ich beim Rückzug aus Aekir mit einem blinden Mann eine kalte Steckrübe geteilt habe. Das war eine andere Welt.

Ein taktvoller Lakai suchte seinen Blick und hüstelte. »General, in Eurem Speisezimmer wurde ein schlichtes Mahl für Euch aufgetischt. Ich schlage vor, Ihr bedient Euch, solange es noch heiß ist. Unser Koch ...«

»Ich esse später. Lasst unverzüglich den Palastverwalter zu mir schicken, außerdem ein paar Schreibunterlagen. Und die beiden Schreiber, die letzte Nacht da waren. Und holt mir Oberst Andruw Cear-Adurhal.«

Der Lakai blinzelte, wodurch sich das weiße Puder an seinen Schläfen kräuselte. Wo, in Gottes Namen, hat denn diese Mode ihren Ursprung?, fragte Corfe sich abwesend.

»Natürlich soll alles so geschehen, wie Ihr es wünscht. Aber der Palastverwalter, der ehrenwerte Gabriel Venuzzi, untersteht allein dem Monarchen von Torunna. Er unterliegt nicht Eurer Schirmherrschaft, wenn Ihr mir die Bemerkung gestattet. Im Haushalt ist er ein Mann von großer Bedeutung, und sollte ich ihm eine derart ... gebieterische Aufforderung überbringen, könnte er es in die falsche Kehle bekommen. Wenn Ihr erlaubt, sollte ich, als altgedienter Lakai des Haushalts, durchaus in der Lage sein, jede Frage zu beantworten, die Ihr über die Leitung des Palasts und das Verhalten der darin Lebenden, ob als Gäste oder in anderer Form, haben könntet.«

Der letzte Satz beinhaltete einen so feinen Spott, dass er Corfe um ein Haar entgangen wäre. Stirnrunzelnd bedachte er das gepuderte Bürschchen mit kaltem Blick. »Wie lautet dein Name?«

Der Lakai verneigte sich. »Damian Devella, General.«

»Also, Damian, lass uns ein paar Dinge klarstellen. In Zukunft werden du und deine Dienerkollegen euch diesen weißen Dreck aus den Gesichtern wischen, wenn ihr mich bedient. Ihr seid weder Zofen noch Pantomimen. Und du lässt mir diesen Venuzzi holen. Sofort. Kläre es mit Ihrer Majestät, wenn du es für nötig hältst, aber schaff mir seinen gepuderten Hintern binnen einer Viertelstunde in dieses Zimmer, oder ich schwöre bei Gott, ich berufe dich und deine gesamte umhertänzelnde Mannschaft in die Armee ein. Dann werden wir sehen, ob unter all dem Samt und all den Spitzen auch nur sechs Zoll Rückgrat stecken. Hast du mich verstanden?«

Devellas Mund öffnete und schloss sich wieder. »Ich ... ich ... ja, General.«

»Gut. Und jetzt zieh Leine.«

Mit erstaunlicher Geschwindigkeit erschienen Schreiber, ein Schreibtisch und eine Karaffe Wein. Während hinter ihm das Speisezimmer in eine Art Schreibstube umgebaut wurde und die Mitglieder des Haushalts wie Ameisen herumwuselten, in deren Nest man mit einem Stock herumgestochert hatte, trat Corfe auf den Balkon hinaus.

Draußen wetterte Schneeregen von den Bergen Cimbrics. Corfe konnte immer noch die riesige Menschenmenge sehen, die sich über den Kathedralenplatz schob und deren Stimmen sich zu einem gestaltlosen Summen vermengten. Die Hälfte dieser Leute waren Flüchtlinge aus Aekir, nach wie vor ohne eigene Heime oder die Aussicht auf Besserung ihres Elends. Soweit es nach ihm ging, würde sich das ändern. Sie waren auch sein Volk. Er war ein Flüchtling wie sie gewesen, und das würde er nie vergessen.

»Was liegt an, General?«, erkundigte sich Andruws fröhliche Stimme. Corfe drehte sich um. Sein Freund war mit einem alten Feldarbeitsanzug bekleidet und trug gemütliche Stiefel, doch seine Oberstlitze glänzte und war brandneu. Es sah aus, als hätte er sie selbst angenäht. Ein Teil des Eises um Corfes Herz schmolz ein wenig. Sollte Andruw mal seinen Humor verlieren, musste es sich wahrlich um einen rabenschwarzen Tag handeln.

»Ich versuche nur, vor dem Begräbnis noch ein paar Dinge zu erledigen«, antwortete er. »Diese Menschenmenge verheißt Arbeit, auch wenn sie es selbst noch nicht weiß. Hast du die Unterlagen mitgebracht?«

»Liegen auf dem Tisch.« Er seufzte. »Heute Nacht brauche ich wirklich ein wenig Schlaf. Und frische Luft, um den Geruch all der Tinte und Papiere loszuwerden. Dieser unzähligen Stapel von Dokumenten!«

»Stell dir einfach vor, es wäre Munition. Ah ... entschuldige mich, Andruw.«

Ein prunkvoll gewandeter Mann mit einem Amtsstab aus Ebenholz war mit dem Pomp eines östlichen Herrschers von den Lakaien ins Zimmer eingelassen worden. Er war sehr groß und dünn, zudem dunkelhäutig wie ein Merduk. Wohl gebürtig aus Kardikia oder vielleicht Süd-Astarak, mutmaßte Corfe.

»Gabriel Venuzzi?«

Der Mann verneigte sich leicht, ein bloßes Nicken mit dem Kopf. »So ist es. Ihr seid General Cear-Inaf?«

»Genau der. Hört zu, Gabriel, wir haben hier ein Problem, und ich glaube, Ihr könntet mir bei dessen Lösung helfen.«

»Tatsächlich? Ich bin froh, das zu hören. Und was für ein Problem ist das, General? Ihre Majestät hat mich ersucht, Euch jede Unterstützung zu gewähren, die in meiner Macht steht, und selbstverständlich muss ich den Befehlen Ihrer Majestät voll und ganz gehorchen.«

»Dort ist Euer Problem, Gabriel. Dort unten.« Corfe deutete auf den Ausblick vom Balkon. Venuzzi trat an die offenen Türen, zuckte ob der kalten Luft leicht zusammen, und spähte hinaus auf die murmelnde Menschenmenge unter ihnen.

»Ich fürchte, ich verstehe Euch nicht recht, General. Ich bin kein Offizier des Heeres, nur der oberste Verwalter des Haushalts. Wenn Ihr die Menschenmassen zerstreuen lassen wollt, solltet Ihr Euch an einen Eurer Hilfsoffiziere wenden. Mit Bürgerlichen habe ich nichts zu tun.«

Sein Hochmut war beeindruckend. »Jetzt schon.«

»Verzeiht meine Unwissenheit. Ich kann Euch immer noch nicht folgen.«

»Schon gut, Gabriel. Es macht mir nichts aus, es Euch zu erklären.« Corfe ergriff das Bündel Dokumente, das Andruw mitgebracht hatte. Die beiden hatten die frühen Morgenstunden vor ihrer zeremoniellen Wache in der Kathedrale damit zugebracht, die Unterlagen im Archiv der Haushaltsaufzeichnungen des Palasts auszugraben, einem muffigen, an eine Gruft erinnernden Labyrinth, das der Lagerung von Statistiken diente.

»Ich habe hier Aufzeichnungen über sämtliche Lebensmittel, die im Palast bevorratet werden. Eigentlich nicht nur im Palast, sondern in königlichen Lagerhäusern in der ganzen Stadt, sogar im ganzen Königreich. Gabriel, mein lieber Freund, der Haushalt hat Hunderte Tonnen Weizen, Getreide und Räucherfleisch gehamstert, außerdem ...«

»Außerdem Stockfisch, Schiffszwieback, Olivenöl

und Wein«, fügte Andruw hinzu. »Vergesst mir nicht den Wein. Achthundert Fässer.«

»Vom Weinbrand, dem Pökelfleisch und den Feigen ganz zu schweigen«, schloss Corfe, immer noch lächelnd, die Aufzählung. »Und nun erklärt mir, Gabriel, warum es notwendig ist, diese unvorstellbaren Warenmengen zu horten.«

»Ich dachte, das wäre offensichtlich, General, sogar für Euch«, erwiderte Venuzzi gedehnt, ohne die Miene zu verziehen. »Es handelt sich um königliche Reserven, die dafür vorgesehen sind, den Palast tagtäglich zu versorgen und die gleichermaßen für den Fall einer Belagerung beiseite gelegt werden.«

»All das, damit die Bewohner des Palasts wohl genährt werden können?«, fragte Corfe leise.

»Aber ja. Ein gewisser Anstand muss gewahrt werden, selbst in Kriegszeiten. Schließlich können wir nicht …«, auf Venuzzis hagerem Antlitz erschien ein wissendes Grinsen, »wir können nicht erwarten, dass der Adel Hunger leidet. Stellt Euch bloß vor, wie das für die Welt aussehen würde.«

»Das ist keine Frage des Hungerleidens. Es ist eine Frage des Hortens von Mitteln, die ausreichen, um Zehntausende zu ernähren, wenn man tatsächlich nur die Bedürfnisse von ein paar Hundert zu befriedigen hat.« In Corfes Stimme schwang ein Tonfall mit, der jeden im Raum innehalten ließ. Sein Lächeln war verschwunden.

Venuzzi wich vor dem entsetzlich starrenden Blick einen Schritt zurück. »General, ich …«

»Hütet Eure Zunge. Falls es Eurer Aufmerksamkeit entgangen ist, wir befinden uns im Kriegszustand, Venuzzi. Ich werde Befehl erteilen, diese gehorteten Nahrungsvorräte einzusammeln und an die Flüchtlinge aus Aekir zu verteilen, sowie an jeden anderen in Torunn, der sie braucht. Dieser Befehl wird noch heute an öffentlichen Plätzen ausgehängt. Diese Schreiber haben bereits fünfzig Abschriften angefertigt. Man hat mir gesagt, ich bräuchte Eure Unterschrift, ehe ich damit anfangen kann.«

»Die bekommt Ihr nicht! Das ist unerhört!«

Corfe trat einen Schritt näher an den Verwalter. »Und ob Ihr unterschreiben werdet«, sagte er mit einer Stimme so leise, dass niemand sonst im Zimmer es hörte, »oder ich mache einen gemeinen Soldaten aus Euch, Venuzzi. Glaubt mir, diese Macht habe ich. Ich kann jeden vergattern, wen ich will.«

»Ihr lügt! Das wagt Ihr nicht.«

»Lasst es darauf ankommen.«

Gespannte Stille knisterte im Raum. Venuzzis Knöchel traten kalkweiß um den schwarzen Amtsstab hervor. Schließlich drehte er sich um, bückte sich über den Schreibtisch und ergriff eine Feder. Seine Unterschrift, lang und gekritzelt, wurde auf den obersten Befehlssatz gemalt.

»Danke«, sagte Corfe leise.

Der Verwalter warf ihm einen unverhohlen giftigen Blick zu. »Die Königin wird davon erfahren. Meint Ihr etwa, ich habe hier keine Freunde? Ihr wisst gar nichts. Wer seid Ihr schon! Ein hinterwäldlerischer Emporkömmling, der immer noch Dreck unter den Fingernägeln hat, Ihr Narr!«

Dann machte er auf dem Absatz kehrt und stolzierte inmitten einer Wolke aus Lakaien aus der Kammer. Geräuschvoll krachten die Türen hinter ihm ins Schloss.

Andruw seufzte. »Corfe, du bist wahrlich kein Diplomat.«

Der General neigte das Haupt. »Ich weiß. Ich bin bloß Soldat.« Dann suchte er den Blick seines Untergebenen. »Andruw, du weißt, dass es vor dem Südtor einen neuen Friedhof gibt. Die Flüchtlinge aus Aekir haben ihn angelegt. Er umfasst bereits mehr als sechstausend Gräber. Viele der Menschen, die darin verrotten, sind elendig verhungert, während wir hier im Palast Bankette veranstaltet haben. Also komm mir nicht mit Diplomatie daher – nicht jetzt, nie wieder. Sorg nur dafür, dass diese Befehle überall in der Stadt angeschlagen werden. Ich gehe los, um nach den Männern zu sehen.«

Andruw beobachtete, wie er ohne ein weiteres Wort von dannen zog.

Spät in jener Nacht traf sich in der Hauptstadt eine Gruppe von Männern im abgegrenzten oberen Raum einer gut besuchten Taverne. Sie trugen unscheinbare Reitkleidung: hohe Stiefel und lange, vom Schmutz der Straßen schlammige Mäntel. Einige waren mit Säbeln des Heeres bewaffnet. Sie saßen um einen langen, von Kerzenlicht erhellten Tavernentisch, der die Male vergangener Zechgelage trug. In einem Kamin hinter ihnen rauchte und knisterte ein Feuer.

»Es ist unerträglich, durch und durch unerträglich«, sprach einer der Männer, ein rotgesichtiger, graubärtiger Kerl Mitte fünfzig: Oberst Rusio von der Stadtgarnison.

»Es heißt, er sei der Sohn eines Bauern von drunten in Staed«, warf ein anderer ein. »Aras, Ihr wart da. Was meint ihr – ist es wahr?«

Oberst Aras, gut zwanzig Jahre jünger als jeder andere der Anwesenden, wirkte bemüht, gefällig zu sein.

»Das kann ich nicht mit Gewissheit sagen. Ich weiß nur, dass er seine dämonischen Stammeskrieger mit unbestreitbarem Können befehligt. Meine Herren, wie Ihr wisst, hatte er die südlichen Aufwiegler niedergeschlagen, noch bevor ich überhaupt eintraf. Fünfhundert Mann! Und Narfintyr hatte über dreitausend, dennoch hatte er nicht den Funken einer Chance.«

»Ihr hört Euch beinahe so an, als bewundert Ihr ihn, Oberst«, sagte Graf Fournier, Leiter des Militärischen Nachrichtendienstes von Torunna. Er zupfte an seinem gepflegten, pfeilspitzen Bart und beobachtete seinen jüngeren Kollegen eingehend.

»Vielleicht bewundere ich ihn tatsächlich«, räumte Aras ein. »In der Schlacht des Königs hat er verhindert, dass meine Stellung überrannt wurde, indem er mir seine Fimbrier sandte. Und dann schlug er die berittenen Bogenschützen aus Nalbeni an der linken Flanke zurück – zwanzigtausend Mann.«

»*Seine* Fimbrier«, brummte Rusio. »Herr im Himmel! Er hat Euch auch *meine* Kanonen geschickt, Aras, oder habt Ihr das schon vergessen?«

»Ich hoffe, Euch machen in dieser Angelegenheit keine zwiespältigen Gefühle zu schaffen, mein lieber Aras«, meinte Fournier. »Wenn dem so wäre, solltet Ihr nicht hier sein.«

»Ich weiß, wem meine Treue gilt«, beschwichtigte Aras rasch. »Meiner eigenen Klasse, der gesellschaftlichen Ordnung des Landes. Dem Wohlergehen des Königreichs. Ich weise nur auf Tatsachen hin, das ist alles.«

»Ich bin erleichtert, das zu hören.« Fournier erhob die Stimme. »Meine Herren, wie Ihr wisst, haben wir uns hier versammelt, um über diesen – diesen Phoenix zu beratschlagen, der in unserer Mitte aufgestiegen ist. Er verfügt über militärische Fähigkeiten, ja. Er erfreut sich der Unterstützung unserer hehren Königin, ja. Aber er ist ein Bürgerlicher, der lieber Wilde und Fimbrier befehligt als seine eigenen Landsleute und dem es vollkommen an Achtung vor den traditionellen Werten des Königreichs mangelt. Habe ich Recht, Don Venuzzi?«

Der Palastverwalter nickte, das hübsche Gesicht gerötet vor Zorn. »Ihr habt die Aushänge gelesen – sie sind überall in der Stadt. In diesem Augenblick verteilt er die königlichen Reserven, bricht die Lagerhäuser auf und verschenkt deren Inhalt an jeden Bettler auf der Straße, der die Hand heben kann.«

»Eine solche Freigebigkeit wird ihm scharenweise Freunde bei den niederen Schichten der Bevölkerung bescheren«, gab einer aus der Gruppe zu bedenken, ein kleinwüchsiger, stämmiger Kerl mit kahlem Haupt und einer schwarzen Klappe über einem Auge: Oberst Willem, der Befehlshaber jener Truppen gewesen war, die zurückgeblieben waren, um die Hauptstadt zu bemannen, als die Armee in die Schlacht des Königs zog. »Fürwahr ein gewitzter Zug. Er ist ein kluger Kopf, dieser Corfe.«

»Habt Ihr Euch nicht an die Königin gewandt?«,

wollte Fournier von Venuzzi wissen. »Schließlich ist es ihr Eigentum, das er verschleudert.«

»Selbstverständlich habe ich das getan. Aber ich sage Euch, sie ist von ihm besessen. Mir wurde aufgetragen, ihm nicht in die Quere zu kommen.«

»Er muss außer Mogens Schwert, das sie ihm geschenkt hat, noch eine andere mächtige Waffe schwingen«, brummte Rusio, und die Männer um den Tisch kicherten, außer Fournier und Venuzzi, die beide gequält dreinblickten.

»Nun hat sie, was sie sich seit Jahren sehnlichst wünschte«, erklärte Fournier mit frostiger Stimme. »Macht, und zwar sowohl dem Titel nach als auch in Wirklichkeit. Sie ist nun Torunnas Herrscherin – nicht mehr diejenige, die hinter dem Thron die Fäden zieht, sondern diejenige, die auf dem Thron sitzt. Und dieser Cear-Inaf ist das erste Mitglied der neuen Obrigkeit. Die Köpfe einiger von uns hier am Tisch könnten bald rollen, meine Herren.«

»Womöglich sogar im wahrsten Sinne des Wortes«, meinte Rusio. »Sagt einmal, Fournier, wird man die Ermittlungen über diesen Meuchelversuch neu aufnehmen?«

Fournier errötete. »Ich glaube nicht.«

»Das wart Ihr und der König, nicht wahr?«

»Was für eine ungeheuerliche Anschuldigung! Denkt Ihr etwa, ich würde mich dazu herablassen ...«

»Aber, aber, meine Herren«, fuhr Willem gereizt dazwischen. »Das reicht. Wir sind Verbündete. Hier soll es keine Beschuldigungen und Gegenbeschuldigungen geben. Wir müssen eine Antwort auf die schlichte Frage finden, wie wir Torunna von diesem Emporkömmling erlösen.«

»Wollen wir ihn wirklich gerade jetzt loswerden?«, fragte Aras unbehaglich. »Schließlich leistet er gute Arbeit, das Ruder herumzureißen und den Krieg zu gewinnen.«

»Grundgütiger, Oberst!«, herrschte Rusio ihn an. »Ich habe beinahe den Eindruck, dass Ihr dem Bann dieses Burschen verfallen seid. Was bildet Ihr Euch nur ein? Den Krieg gewinnen? Erst vor ein paar Tagen haben wir achttausend Mann tot auf dem Schlachtfeld zurückgelassen, einschließlich des Königs. Den Krieg gewinnen! Dass ich nicht lache!«

Aras erwiderte nichts. Sein Antlitz war aschfahl.

»Wie immer die Lösung auch aussieht, sie muss rechtlich einwandfrei sein«, sagte Fournier seidenweich und überbrückte die kurze betretene Stille. »Und sie darf keinesfalls die Sicherheit des Königreichs gefährden. Schließlich befinden wir uns derzeit in einem Kampf ums nackte Überleben. Mag sein, dass Aras Recht hat. Dieser Corfe hat durchaus seine Verwendung – das lässt sich nicht leugnen. Und um ganz ehrlich zu sein, bin ich nicht sicher, ob die Truppen im Augenblick überhaupt jemand anderem folgen würden.«

Rusio schwieg.

»Folglich geziemt es sich, dass wir vorerst mit ihm zusammenarbeiten. Solange er das Vertrauen der Königin genießt, ist er ohnehin so gut wie unantastbar, aber jeder hat eine verwundbare Stelle. Aras, Ihr habt uns erzählt, er habe in Aekir seine Frau verloren.«

»Ja. Zwar spricht er nie darüber, aber ich habe gehört, wie sein Freund Andruw es erwähnt hat.«

»Tatsächlich. Nun, das ist ein Pfad, den zu erkunden sich lohnt. Offensichtlich sind da Schuldgefühle, daher auch seine Großzügigkeit gegenüber dem Abschaum von Aekir, den wir hier in der Hauptstadt beherbergen. Und Ihr, Aras, müsst daran arbeiten, näher an ihn heranzugelangen. Offensichtlich bewundert Ihr ihn, das ist schon mal ein Anfang. Bedenkt, dass wir nicht darauf aus sind, den Burschen zu vernichten – wir haben nur das Gefühl, dass er weit über Gebühr hinaus befördert wurde.«

Aras nickte.

»Und stellt sicher, dass Ihr Euch besinnt, auf wessen Seite Ihr steht«, knurrte Rusio. »Es ist eine Sache, den Mann zu bewundern, eine ganz andere hingegen ist es, wenn man zulässt, dass er jene Einrichtungen mit Füßen tritt, die dieses Königreich zusammenhalten.« Zustimmendes Gemurmel erhob sich rings um den Tisch.

Willem ergriff das Wort. »Heute Abend sind weitere sechshundert Stammeskrieger aus den Bergen von Cimbric vor der Stadt eingetroffen. Derzeit rüstet Quartiermeister Passifal sie aus. Ich sage Euch, meine Herren, wenn wir diesem jungen Spund nicht Einhalt gebieten, setzt er sich als eine Art Militärherrscher ein. Er braucht sich noch nicht einmal auf die Unterstützung seiner Landsleute zu verlassen. Mit diesen Wilden und seinen zahmen Fimbriern im Rücken hat er eine Machtgrundlage, die völlig außerhalb der gewöhnlichen Befehlskette steht. Sie werden unter niemand anderem dienen – das haben wir ja bei der letzten Strategiebesprechung hier in der Stadt miterlebt, bei der unser König den Vorsitz hatte. Und jetzt wiegelt er den Pöbel auf, der aus Aekir geflohen ist, anstatt ihn zu zerstreuen und nach Süden zu verschiffen. Hinter alldem steckt ein Muster. Ich persönlich glaube ja, dass er auf die Krone selbst abzielt.«

»Es ist schon beunruhigend«, pflichtete Fournier ihm bei. »Vielleicht – und das ist lediglich der Ansatz eines Vorschlags – sollten wir uns selbst außerhalb des Königreichs nach Verbündeten umsehen, um ein Gegengewicht zu der wachsenden Söldnerarmee zu schaffen, die er anführt.«

»An wen denkt Ihr?«, wollte Rusio wissen.

Fournier legte eine Pause ein und musterte eingehend die Gesichter der Männer rings um den Tisch. Unter ihnen hörten sie das Stimmengewirr und den Lärm der eigentlichen Schenke, doch in diesem Zimmer war das lauteste Geräusch das Knistern des Feuers.

»Ich habe in den letzten vierzehn Tagen per Kurier eine Botschaft aus Almark erhalten, meine Herren. Wie Ihr wisst, befindet sich dieses Königreich nunmehr an der Grenze. Die Merduks haben Erkundungstrupps zur Schlucht von Torrin geschickt. Aufklärungstrupps, mehr nicht – dennoch ist Almark verständlicherweise beunruhigt.«

»Almark zählt zu den Himerischen Königreichen«, gab Rusio zu bedenken. »Und wird unmittelbar von der Himerischen Kirche regiert, wie ich höre.«

»So ist es. Der Prälat Marat ist Regent des Königreichs, aber Marat ist ein praktisch denkender Mann, zudem ein mächtiger. Würden wir uns auf gewisse ... Bedingungen einigen, wäre er bereit, uns in der Stunde der Not ein Heer schwerer almarkanischer Reiterei zu senden.«

»Was für Bedingungen?«, wollte Willem wissen.

»Eine Bestätigung, dass es Gründe gibt, die Identität des Mannes anzuzweifeln, der behauptet, Macrobius zu sein.«

Rusio lachte verbittert auf. »Das ist alles? Unmöglich, mein lieber Graf. Ich traf Macrobius, als er noch in Aekir weilte. Zugegeben, der Pontifex, den wir hier beherbergen, ist nur noch ein Schatten jenes Mannes, trotzdem ist er Macrobius. Die Anhänger Himerius' suchen bloß einen Weg, den Fuß in die Tür zu bekommen. Durch Krieg und Aufstand ist es ihnen nicht gelungen, jetzt versuchen sie es mit Diplomatie. Priester! Ginge es nach mir, würde ich das ganze ränkeschmiedende Gesindel ausrotten.«

Fournier zuckte mit den Schultern. »Ich setze Euch lediglich über die verschiedenen Möglichkeiten in Kenntnis. Auch ich möchte keineswegs almarkanische Truppen in Torunna sehen, aber allein die Vorstellung, dass sie verfügbar wären, ist ein nützliches Verhandlungsmittel. Ich werde der Königin vom Vorschlag Almarks berichten. Es schadet nichts, wenn sie Bescheid darüber weiß.« Den anderen, etwas heikleren Vorschlag, der ihm jüngst zugeflogen war, verschwieg er. Bislang war er selbst nicht sicher, wie er damit umgehen sollte.

»Tut, was Ihr nicht lassen könnt. Was mich betrifft, würde ich lieber von Torunnen aus diesem Schlamassel gezogen als von ketzerischen Fremden und verschwörerischen Geistlichen.«

»So viele Torunnen gibt es nicht mehr, Oberst. Die einst so mächtigen torunnischen Armeen sind nur noch ein Schatten dessen, was sie früher waren. Wenn wir nicht irgendwie auf dieses Angebot antworten, wäre ich sehr besorgt, was die Sicherheit unserer Grenze im Nordwesten angeht. Almark könnte ohne weiteres zuschlagen, während unsere Aufmerksamkeit den Merduks gilt – und dann hätten wir fremde Truppen auf torunnischem Grund und Boden, nur dass wir sie nicht eingeladen hätten.«

»Wollt Ihr damit sagen, dass wir in der Angelegenheit gar keine Wahl haben?«

»Möglich. Lasst mich herausfinden, wie die Königin darüber denkt. Obwohl sie eine Frau ist, besitzt sie einen ebenso scharfen Verstand wie jeder von uns hier.«

»Wir entfernen uns zusehends vom eigentlichen Zweck dieses Treffens«, warf Willem ungeduldig ein.

»Nein, das sehe ich anders«, entgegnete Fournier. Er legte die zierlichen Finger aneinander und ließ einen gestrengen Blick um den Tisch schweifen. »Wenn wir versuchen, diesen Cear-Inaf aus seiner derzeit erhabenen Lage zu bugsieren, wäre es vielleicht am besten, mehrere kleine Hebel anstatt eines großen anzusetzen. So lassen sich die Urheber leichter verschleiern. Was noch wichtiger ist – Cear-Inaf wird es umso schwerer fallen zurückzuschlagen.«

»Er ist nicht ehrgeizig«, sprudelte Aras hervor. »Ich bin aufrichtig davon überzeugt, dass er nicht für sich selbst, sondern für sein Land kämpft, und für seine Männer.«

»Dann hat ihn sein mangelnder Ehrgeiz ja ziemlich weit gebracht«, gab Fournier trocken zurück. »Aras, Ihr seid ihm öfter als jeder andere von uns begegnet. Was haltet Ihr von ihm?«

Der junge Oberst zögerte. »Er ist ... eigenartig. Anders als die meisten Berufssoldaten. Ein verbitterter Mann, hart wie Marmor. Und dennoch lieben die Truppen ihn. Sie sagen, er sei die Wiedergeburt

John Mogens. Es geht sogar das Gerücht, er sei Mogens unehelicher Sohn. Angefangen hat es damit, dass sie gesehen haben, wie er auf dem Schlachtfeld Mogens Schwert schwang.«

»Mogen«, brummte Rusio. »Ein weiterer emporgekommener Bettgefährte der Königin.«

»Das reicht, Oberst«, herrschte Fournier ihn an. »General Menin – möge Gott seiner Seele gnädig sein – erkannte offensichtlich etwas in Cear-Inaf, andernfalls hätte er ihn nicht posthum befördert.«

»Martin Menin wusste, dass sein Tod nahte. Das hat seinen Verstand vernebelt«, meinte Rusio ernst.

»Vielleicht. Wir werden es nie erfahren. Haben wir auch nur die leiseste Ahnung, was unser derzeitiger Oberbefehlshaber für Pläne schmiedet?«

»Es dauert eine Weile, um die Armee nach dem Schlag, den sie erlitten hat, neu zu ordnen und auszurüsten. Die Merduks haben sich vorerst die halbe Strecke zum Searil zurückgezogen, folglich haben wir eine Atempause. Nur von Berza und der Flotte gibt es keine Kunde. Sollte es ihnen gelungen sein, die Nachschublager der Merduks an der kardischen See zu zerstören, haben wir vielleicht sogar bis zum Frühling Ruhe.«

»Also haben wir ein wenig Zeit, mit der wir arbeiten können. Das ist gut. Meine Herren, sofern niemand mehr einen Punkt vorzubringen hat, denke ich, dieses Treffen ist beendet. Venuzzi, darf ich davon ausgehen, dass Eure Leute an Ort und Stelle sind?«

Der Verwalter nickte. »Ihr sollt wissen, was er zum Frühstück hat, noch bevor er es bekommt.«

»Hervorragend.« Fournier erhob sich. »Meine Herren, gute Nacht. Ich schlage vor, wir brechen nicht alle gleichzeitig auf. So etwas erregt Aufmerksamkeit.«

Einzeln und in Paaren verließen sie das Zimmer, bis nur noch Aras und Willem übrig waren. Der ältere Offizier stand auf und legte eine Hand auf Aras' Schulter. »Ihr hegt Zweifel an unserer kleinen Verschwörung, nicht wahr, Aras?«

»Mag sein. Ist es denn falsch, sich den Sieg zu wünschen, ganz gleich, wer uns dorthin führt?«

»Nein. Ganz und gar nicht. Aber wir sind die Führerschaft unseres Landes. Wir müssen über die gegenwärtige Krise hinaus denken und in die Zukunft blicken.«

»Dann werden wir eher zu Politikern als zu Soldaten.«

»Vorerst. Geht nicht zu streng mit Euch ins Gericht. Und vergesst nicht, auf wessen Seite Ihr steht. Dieser Corfe ist eine Sternschnuppe – heute strahlend hell, morgen erloschen. Wir werden noch hier sein, lange nachdem ihn seine Jagd nach Ruhm ins Grab getrieben hat.« Damit schlug Willem dem jüngeren Mann auf die Schulter und ging.

Aras blieb allein in dem leeren Zimmer zurück und lauschte den nächtlichen Feiernden unter ihm, dem Klappern der Karren und Wagen auf den kopfsteingepflasterten Straßen draußen. Er dachte zurück an den Anblick der schweren Reiterei der Merduks, die hügelaufwärts angriff, mitten hinein in die Mündungen der Kanonen; er dachte an fimbrische Lanzen, die kreischende Pferde aufspießten; er dachte an Männer, die inmitten eines stürmischen Gemetzels schrien und brüllten. So wurden die wahrhaft bedeutenden Dinge auf dieser Welt letzten Endes entschieden: in einem Orkan des Tötens. Wer den tosenden Wirren der Schlacht seinen Stempel aufzudrücken vermochte, würde am Schluss die Oberhand behalten. Vor der Schlacht des Königs hatte Aras sich als ehrgeizig, als Anführer von Männern eingeschätzt. Nun war er sich nicht mehr so sicher. Die Verantwortung der Befehlsgewalt war zu übermächtig.

»Wie wird es weitergehen?«, sagte er zum Feuerschein, zu den schimmernden Kerzen.

Was auch kommen mochte – er würde am Ende auf jeden Fall jemanden verraten.

5.

Seine hölzernen Beine klapperten auf dem Fußboden wie die Kastagnetten, zu denen Gaukler tanzten. Sie hatte versucht, ihn zu überreden, Schuhe anzuziehen, doch er schien wie gebannt vom Anblick seiner Holzzehen, die über den Marmor klopften. Viele Male knickte er ein oder rutschte aus, und sie musste ihn stützen. Dabei bohrte sich jedes Mal ein stechender Schmerz in ihre Rippen und raubte ihr den Atem. Er hatte sie dort mit seinem neuen Knie getroffen, als sie ihn während Golophins Zauber festhielt. Doch für derlei Belanglosigkeiten war keine Zeit. Hebrion hatte wieder einen König. Mit ihrer Hilfe stakste und wankte er die königlichen Gemächer auf und ab wie ein betrunkener Löwe in seinem Käfig.

Und ich habe einen Gemahl, schoss es ihr unaufgefordert durch den Kopf. Oder werde einen haben. Einen Mann, der halb menschlich ist, halb – was?

»Unglaublich«, murmelte König Abeleyn von Hebrion. »Diesmal hat sich Golophin wahrlich selbst übertroffen. Aber warum Holz? Der alte Mercado hat ein silbernes Gesicht bekommen. Hätte er mir nicht Glieder aus Stahl oder Eisen verpassen können?«

»Er war in Eile«, erklärte ihm Isolla. »Heute wird über die Regentschaft abgestimmt. Etwas anderes stand nicht zur Verfügung.«

»Ach ja. Meine hehren Vettern, die wie die Aasgeier um mich kreisen, um einen Bissen vom königlichen Leichnam zu erhaschen. Was das für ein Schreck für diese hinterhältigen Schurken wird, wenn ich vor ihnen aufmarschiere! Denn ich *werde* vor ihnen aufmarschieren, Isolla. Und zwar in voller Rüstung.«

»Übertreib es nicht. Wir wollen doch nicht, dass du wie eine Geisterscheinung aussiehst.«

Abeleyn grinste – jenes Grinsen, das Isolla schon als Mädchen das Herz hatte höher schlagen lassen. Wenn er lächelte, wirkte er trotz der grauen Strähnen im Haar und der Narben im Gesicht immer noch knabenhaft. »Mag sein, dass Golophin meine Beine in Ordnung bringen musste, Issy, aber der Rest von mir besteht immer noch aus Fleisch und Blut. Wie denkst du eigentlich darüber, eine Zimmermannswerkbank zu heiraten?«

»Ich bin keine romantische Heldin aus einer Ballade, Abeleyn. Menschen unseres Geblüts heiraten aus politischen Gründen. Ich werde deinen Ring tragen, was sowohl Astarak als auch Hebrion zum Vorteil gereichen wird.«

»Du hast dich nicht verändert. Immer noch das nüchterne kleine Mädchen, das sich die Welt auf die Schultern lasten will. Gib uns einen Kuss.«

»Abeleyn!«

Er versuchte, sie zu umarmen und ihr Gesicht zu sich zu ziehen, doch seine Holzfüße rutschten auf dem Steinboden aus; rumpelnd und krachend stürzte er und riss sie mit. Sie landeten in einem bauschigen Gewirr ihres Brokats und ihrer Seide. Abeleyn grölte vor Lachen. Doch er ließ sie nicht los und küsste sie auf den Mund, wobei eine Hand ihren Nacken liebkoste. Als sie sich von ihm löste, spürte sie, wie ihr die Röte ins Gesicht schoss.

»Das hat dir Rosen auf die Wangen gezaubert!«, gluckste er. »Bei Gott, Issy, du bist vortrefflich herangewachsen. Unter all diesen Röcken verbirgt sich eine prächtige Figur.«

»Das reicht, Majestät. Du wirst dich noch verletzen. Das ist unschicklich.«

»Ich bin am Leben, Isolla. Lass mich doch eine Weile die königliche Würde vergessen und die Welt schmecken.« Seine Hand streichelte ihr nacktes Schlüsselbein, wanderte tiefer und liebkoste die Rundung einer Brust, wo das steife Kleid sie hochdrückte. Ein heißer Ruck durchlief Isolla, der ihr die Worte im Mund verdorren ließ. Noch nie hatte jemand sie so berührt. Sie wollte, dass es aufhörte. Sie wollte, dass es weiterging.

»Nun, Majestät, wie ich sehe, fühlst du dich besser«, sprach eine tiefe, melodische Stimme.

Hastig lösten sich die beiden voneinander, und Isolla half dem König auf die Beine. Golophin stand mit verschränkten Armen und einem schiefen Lächeln im Gesicht an der Tür.

»Golophin, du alter Ziegenbock!«, rief Abeleyn. »Du kommst wie immer zum unpassendsten Zeitpunkt.«

»Verzeih, mein Junge. Isolla, bringt ihn zu Bett. Ihr habt ihn für einen Morgen genug aufgeregt.«

Isolla wusste nichts zu erwidern. Abeleyn stützte sich schwer auf sie, als sie ihm zurück in das große Pfostenbett half. Inzwischen hatte es nur noch zwei Pfosten. Die beiden anderen waren an die Beinstümpfe des Königs verpflanzt worden.

»Mein Volk muss mich sehen«, meinte Abeleyn ernst. »Ich kann nicht hier herumhocken wie eine alte Jungfer. Issy hat mir bislang nur das Allernötigste erzählt. Also sprich, Golophin. Es steht dir ins Gesicht geschrieben. Was geht alles vor sich?«

Auch auf Abeleyns Antlitz fügten Schmerz und Erschöpfung binnen eines Lidschlags fünfzehn Jahre zu seinem eigentlichen Alter hinzu.

»Wahrscheinlich kannst du es erahnen.« Golophin schenkte aus einer Karaffe neben dem Bett des Königs Wein für alle drei ein und leerte die Hälfte seines Glases mit einem einzigen Schluck.

»Es sind nur ein paar Wochen verstrichen, aber deine Mätresse Jemilla ...«

»Ehemalige Mätresse«, fiel Abeleyn ihm rasch und mit einem Blick zu Isolla ins Wort. Wärme kroch ihr ins Herz. Sie ertappte sich dabei, wie sie die Hand des Königs in die ihre nahm. Die Hand fühlte sich trocken und heiß an, doch Isolla erwiderte ihren sanften Druck.

»Ehemalige Mätresse«, berichtigte Golophin sich. »Sie hat sich als Ränkeschmiedin erwiesen. Während wir hier sprechen, versammelt sich der Adel Hebrions in der alten Abtei der Brüder vom Ersten

Tage und zankt sich über die Regentschaft des Königreichs.«

Abeleyn schwieg eine Zeit lang und starrte auf seine Holzbeine. Schließlich schaute er auf. »Urbino, würde ich meinen. Der verdorrte alte Furz. Jemilla dürfte es leicht fallen, ihn zu lenken, und er hätte die größte Schlagkraft.«

»Sehr gut, Majestät. Er ist der führende Anwärter.«

»Ich wusste, dass Jemilla ehrgeizig ist, aber ich habe sie unterschätzt.«

»Eine außergewöhnliche Frau«, pflichtete Golophin ihm bei.

»Wann findet die Abstimmung statt?«

»Heute Nachmittag zur sechsten Stunde.«

»Dann bleibt mir nur wenig Zeit. Golophin, ruf mir einen Kammerdiener. Ich brauche ordentliche Kleider. Und ein Bad.«

Der alte Magier trat an seinen König heran und legte die Hand auf die Schulter des jungen Mannes. »Bist du sicher, dass du schon so weit bist, Junge? Selbst wenn Urbino heute zum Regenten gewählt wird, brauchst du nur irgendwann zu erscheinen, und er muss die Herrschaft wieder abgeben. Vielleicht ist es besser, du ruhst dich eine Weile aus.«

»Nein. Tausende meiner Leute sind gestorben, um mich zurück auf den Thron zu setzen. Ich lasse ihn mir nicht von einer verschwörerischen Schlampe und ihrer vertrockneten Marionette stehlen. Schaff mir Diener herbei, Golophin. Und ich will mit Rovero und Mercado sprechen. Ich glaube, wir werden heute Nachmittag ein kleines, militärisches Spektakel veranstalten. Es ist an der Zeit, diese hinterhältigen Mistkerle in die Schranken zu weisen.«

Golophin verneigte sich tief. »Sofort, Majestät. Lass mich ein paar von den verschwiegenen Palastdienern suchen. Wenn wir deine Genesung bis heute Nachmittag geheim halten können, wird die Wirkung umso durchschlagender.« Geräuschlos verließ er das Gemach.

Abeleyn sank zusammen. »Hilf mir mal, Isolla. Diese verfluchten Dinger sind schwer wie Marmorsäulen.«

Sie half ihm, die Holzbeine ordentlich auf das Bett zu legen. Es schien ihm schwer zu fallen, die Augen davon zu lösen.

»Ich habe nie etwas gespürt«, sagte er leise. »Nicht das Geringste. Schon seltsam. Da wird einem Mann der halbe Körper abgerissen, und er merkt es nicht mal. Jetzt hingegen spüre ich es. Die Beine jucken und schmerzen, als wären sie aus Fleisch und Blut. Oh, Isolla, was heiratest du da bloß?«

Sie drückte ihn an sich, was sich erstaunlich natürlich anfühlte. »Ich heirate einen König, Majestät. Einen großen König.«

Er drückte ihre Hand, bis das Blut aus den Fingern wich, und lehnte den Kopf an ihre Schulter. Als er weitersprach, hörte seine Stimme sich belegt, rau und zu laut an.

»Wo bleiben die elenden Kammerdiener? In diesem Palast ist fast alles vor die Hunde gegangen.«

Abrusio war einst die Heimat einer Viertelmillion Menschen. Ein Fünftel der Bevölkerung war bei der Erstürmung der Stadt gestorben. Zehntausende hatten ihre Habseligkeiten gepackt und die Hauptstadt für immer verlassen. Zudem war der Handel, das

Lebensblut des Hafens, zu einem Bruchteil seines früheren Aufkommens verkümmert, und immer noch arbeiteten Tausende Menschen, um die schwer beschädigten Kais zu räumen, bombardierte Lagerhäuser instand zu setzen und jene Gebäude abzureißen, die zu verfallen waren, um sie wieder herzurichten. Ein breiter Streifen der Unterstadt war nur noch verkohltes Ödland, und in dieser Stätte der Verwüstung hausten Tausende wie Hausbesetzer in behelfsmäßigen Zufluchten.

In der Oberstadt hingegen war der Schaden geringer. Hier, wo der Adel Hebrions seine Stadthäuser und die Gilden ihre Hallen unterhielten, stellten nur noch die flachen, mittlerweile mit Schotter aufgefüllten Krater in den kopfsteingepflasterten Straßen Beweise der jüngsten Kampfhandlungen dar.

Und hier, auf dem Gipfel eines der beiden Hügel, die in Abrusio aufragten, blickten das alte Kloster der Brüder vom Ersten Tage mitsamt der Abtei finster auf die Hafenstadt hinab. Im riesigen Refektorium dieses Ordens war der überlebende Adel Hebrions in aller Pracht versammelt, um über die Zukunft des Königreichs abzustimmen.

Natürlich hatte es zuvor reichlich Verwirrung gegeben: im letzten Augenblick geschlossene Pakte und Vereinbarungen; Männer, die hektisch Karten ausspielten und Ränke schmiedeten, um Teil der kommenden neuen Ordnung zu werden. Doch im Großen und Ganzen war alles genauso verlaufen, wie Jemilla es geplant hatte. Heute würden Herzog Urbino von Imerdon zum Regenten Hebrions ernannt und Fürstin Jemilla offiziell zur Mutter des Erben des verkrüppelten Königs erklärt werden.

Abgesehen vom Titel würde sie in allen Belangen Königin sein. Was hätte Richard Hawkwood wohl davon gehalten?, fragte sie sich, während die Adeligen auf ihre unerträglich gemächliche Weise eintrudelten und Urbinos Gesicht, in dem ausnahmsweise ein Lächeln zu sehen war, seine blaublütigen Gefährten über den großen Tisch hinweg anstrahlte.

Vor der Abtei hatte sich eine Menschenmenge gebildet, die auf das Ergebnis des Rates wartete. Jemillas Verwalter hatte mehrere hundert Vertreter des Abschaums Abrusios bestochen, um dort zu stehen und zu jubeln, wenn die Neuigkeit verkündet wurde; zu ihnen hatte sich, dem natürlichen Lauf der Dinge gemäß, ein bunt zusammengewürfelter Haufen weiterer Tausender Menschen gesellt, die offenbar die Spannung spürten, die in der Luft lag. Zudem hatte Jemilla daran gedacht, über die Stadt verteilt fünfzig Fässer Wein aufstellen zu lassen, damit ordentlich auf die Gesundheit des Regenten angestoßen werden konnte, sobald die Ausrufer ausschwärmten, um die Kunde über den Machtwechsel zu verbreiten. Der Wein sollte jede Unbehaglichkeit und noch bestehende königstreue Gefühle zerstreuen, die in der Hauptstadt verblieben sein mochten. Nichts war dem Zufall überlassen. Das Unterfangen war voll und ganz in Jemillas Hand. Was würde sie als Erstes tun? Ach ja, diese astarakische Schlampe Isolla – die würde sie gleich auf die Heimreise schicken.

Nachdem der Tumult in der Abtei erstorben war und die Adeligen ihre Plätze eingenommen hatten, konnte man den Lärm der Menge draußen hören. Er war unverkennbar angeschwollen. Es klang, als jubelten die Menschen. Hirnlose Narren, dachte Jemilla. Ihr Land liegt in Trümmern, aber gibt man ihnen ein bisschen billigen Wein, veranstalten sie einen Feiertag.

Endlich waren die Adeligen versammelt und saßen entsprechend all der Rivalitäten und der feinen Rangabstufungen geordnet auf ihren Plätzen. Herzog Urbino erhob sich an seinem eigenen Platz rechter Hand des verwaisten Stuhls des Königs. Er sah aus, als hielte er an sich, um nicht zu grinsen, was auf dem langen, traurigen Antlitz seltsam anmutete. Die Kuhhandel der vergangenen Tage und Nächte waren vorüber. Zwar war das Ergebnis der Abstimmung bereits allen hinlänglich bekannt, doch die rechtlichen Feinheiten mussten eingehalten werden. In wenigen Augenblicken würde er praktisch der Herrscher von Hebrion sein, einer der bedeutenden Prinzen der Welt.

»Meine lieben Vettern«, begann Urbino – und verstummte jäh.

Der Lärm der Menge war zu tosendem Jubel angeschwollen, der aber plötzlich vom rollenden Donner in Salven abgefeuerter Artillerie übertönt wurde.

»Was, in aller Welt ...«, stieß Urbino hervor. Fragend schaute er zu Jemilla, doch sie konnte nur die Stirn runzeln und den Kopf schütteln. Das war keines ihrer Werke.

Die Versammlung lauschte mucksmäuschenstill. Es hörte sich wie ein regelrechtes Bombardement an.

»Mein Gott, es sind die Glaubensritter! Sie sind zurückgekehrt und ...«, plapperte irgendein Narr.

»Halts Maul!«, herrschte ein anderer ihn an.

Die Versammelten lauschten weiter. Urbino stand reglos wie eine Statue da, den Kopf dem Klang der Kanonen zugeneigt. Sie befanden sich ganz in der Nähe; sie mussten von den Zinnen des Palasts aus feuern. Aber warum?

Dann ereilte Jemilla eine Übelkeit erregende Erkenntnis. Es war ein Salut.

»Zählt die Kanonen!«, rief sie, ohne dem schrillen Beiklang in ihrer Stimme Beachtung zu schenken.

»Das waren jetzt neunzehn«, meinte einer der älteren Adeligen. Hardio von Pontifidad, erinnerte sie sich. Ein Königstreuer. Seiner Miene nach zu urteilen, schienen er hin und her gerissen zwischen Hoffnung und Bestürzung.

Schließlich verebbte das widerhallende Grollen der Schüsse, die Menschenmassen aber jubelten lautstark weiter. Achtundzwanzig Kanonen. Der Salut für einen regierenden König. Was, in aller Welt, ging vor sich?

»Vielleicht ist es für den neuen Regenten«, wagte jemand einen Erklärungsversuch, doch Hardio schüttelte den Kopf.

»Das wären zweiundzwanzig Kanonen.«

»Vielleicht ist er tot«, meinte einer der Dummköpfe. »Man feuert immer einen Salut beim Tod eines Königs ab.«

»Gott bewahre«, schnarrte Hardio, während der Großteil der Anwesenden erleichtert schien. Es war Jemilla, die mit schneidender Stimme, aus der Verachtung sprach, das Wort ergriff.

»Seid kein Narr. Hört Ihr die Menschenmassen? Glaubt Ihr vielleicht, die bejubeln den Tod des Königs?« Es entglitt ihr – sie spürte es. Irgendwie hatten Golophin und Isolla ihr ein Bein gestellt. Aber wie?

Die Frage wurde bald beantwortet. Draußen ertönten ohrenbetäubendes Horngeschmetter und das Klappern der Hufe zahlreicher Pferde. Eine königliche Fanfare erscholl immer wieder. Von jenseits der großen Doppeltür des Refektoriums vernahmen sie das Getrampel im Gleichschritt marschierender Füße. Dann ein lautes Pochen, als jemand draußen an die Tür klopfte.

»Öffnet, im Namen des Königs!«

Eine Gruppe verschreckter Gefolgsleute aus Urbinos Haushalt stand verunsichert dort. Sie schauten zu ihrem Herren und warteten auf Befehle, doch er schien vor Bestürzung wie gelähmt. Es war Jemilla, die hervorspie: »Öffnet die verfluchten Türen!«

Sie taten, wie ihnen geheißen. Die Anwesenden in der Halle erhoben sich im Einklang, dass die Stühle laut über den alten Steinboden schabten. Vor der Tür standen zwei lange Reihen hebrionischer Hakenbüchsenschützen im üppigen Blau der königlichen Livree. Außerdem waren da Standartenträger, über deren Köpfen seidig die Banner schimmerten. Und an der Spitze stand eine Gestalt in schwarzer Halbrüstung, das Antlitz von einem geschlossenen Helm verborgen, auf dem die hebrionische Krone vor Gold und Juwelen glitzerte.

Wortlos betraten die Reihen der Hakenbüchsenschützen den Raum und stellten sich entlang der Wände auf. Die Lunten waren angezündet und erfüllten den Saal bald mit dem beißenden Gestank von Schießpulver. Schließlich trat auch die Gestalt mit dem geschlossenen Helm ein. Die Standartenträger schlossen hinter ihr die Türen. Die versammelten Adeligen standen wie versteinert da, bis eine schneidende Stimme sie anfuhr: »Kniet nieder vor Eurem König!«

Die Gestalt in Schwarz nahm den Helm ab.

Der Adel Hebrions starrte fassungslos, dann tat er wie befohlen. Der Mann in der schwarzen Rüstung war ohne jeden Zweifel Abeleyn IV, König von Hebrion und Imerdon.

Er war größer, als sie ihn in Erinnerung hatten, und er wirkte alt genug, um der Vater des jungen Mannes zu sein, den sie einst gekannt hatten. Keine Spur des Knabenkönigs war geblieben. Seine Augen glichen zwei glitzernden, frostigen schwarzen Kugeln, als er den Blick prüfend über die kniende Schar wandern ließ. Jemilla verharrte auf ihrem Sitz am Feuer. Sie war wie gelähmt, konnte sich nicht rühren, doch Abeleyn würdigte sie keines Blickes. Mittlerweile roch es in der Halle ebenso sehr nach Furcht wie nach den brennenden Lunten. Er konnte sie alle hier und jetzt erschießen lassen, und niemand hätte einen Finger dagegen erheben können.

Hardio und ein paar andere, die von Anfang an gegen die Regentschaft gewesen waren, strahlten übers ganze Gesicht. »Lasst mich Euch meine Freude über Eure Genesung kundtun, Majestät«, sprach der greise Adelige. »Dies ist ein Jubeltag für das Königreich.«

Die Strenge in den zerfurchten Zügen des Königs legte sich ein wenig; man erkannte flüchtig den Jüngling von vor ein paar Monaten. »Habt meinen Dank, Hardio. Edle Vettern, Ihr dürft Euch erheben.«

Ein gemeinschaftliches Seufzen, das übertönt

wurde, als die Aristokraten sich aus der demütig knienden Haltung erhoben. Sie würden weiterleben!

»Nun«, fuhr der König ruhig fort. »Ich glaube, Ihr habt Euch hier versammelt, um bedeutsame Angelegenheiten zu besprechen, die mein Reich betreffen.« Niemandem entging die Betonung des Wortes *mein.*

»Sofern Ihr keine Einwände erhebt, werden Wir Unseren Platz am Kopf dieser erlauchten Runde einnehmen.«

»Selbst ... selbstverständlich, Majestät«, stammelte Urbino. »Und gestattet, dass auch ich Euch zur Wiedererlangung Eurer Gesundheit und Kräfte beglückwünsche.«

Abeleyn nahm auf dem leeren Thron am Kopf des langen Tisches Platz. Sein Gang wirkte eigenartig: Er wandelte auf Beinen, die zu lang für ihn schienen und wankte leicht wie ein Seemann an Deck eines stampfenden Schiffes.

»Mir war gar nicht bewusst, dass unsere Kräfte je verloren waren, Urbino«, meinte er, und der Frost in seiner Stimme erfüllte den Saal mit Grabeskälte. Abermals wurden die Adeligen sich der Reihen bewaffneter Soldaten in ihrem Rücken bewusst.

»Doch Eure Sorge wird zur Kenntnis genommen«, fuhr der König fort. »Sie soll nicht vergessen werden.« Abeleyns Blicke huschten durch den Raum und verharrten auf Jemilla.

»Wir hoffen, es geht Euch gut, Fürstin.«

Es dauerte einen Lidschlag, ehe sie die Stimme wiederfand. »Sehr gut, mein König.«

»Hervorragend. Doch Ihr solltet Euch in Eurem Zustand nicht mit Kümmernissen des Staates belasten. Ihr habt Unsere Erlaubnis, Euch zurückzuziehen.«

Natürlich hatte sie keine Wahl. Linkisch knickste sie, dann verließ sie den Raum. Geräuschvoll fielen die Türen hinter ihr ins Schloss, sperrten sie weg von ihren Plänen und Träumen. Jemilla hielt den Kopf hoch erhoben, schenkte weder dem tosenden Jubel der Menge draußen noch den grinsenden Soldaten neben ihr Beachtung. Erst als sie die Abgeschiedenheit ihrer Gemächer erreichte, ließ sie den Tränen der Wut freien Lauf.

»Ein sehr zufriedenstellender Stand der Dinge«, sprach Himerius, Pontifex Maximus der ramusischen Königreiche des Westens.

Es war ein Tag hellen Sonnenscheins, der die schneebedeckten Hügel von Naria funkeln ließ und im Osten in blendenden Facetten auf den Gipfeln der Berge von Cimbric glitzerte. Himerius stand unerschütterlich im bitterkalten Wind, der von den eisigen Höhen herunterwehte; wenn er ausatmete, bildete sich eine weiße Wolke, die sogleich fortgerissen wurde. Hinter ihm kuschelte sich eine Gruppe von Mönchen im Schwarz der Brüder vom Ersten Tage in ihre Kutten und rieben sich in den weiten Ärmeln verstohlen die Hände, um das Blut in den Fingern zu wärmen – ein gänzlich fruchtloses Unterfangen.

»Wie wahr, Heiligkeit«, meinte der raubeinige Betanza mit geröteten Wangen. »Es hätte kaum reibungsloser verlaufen können. Während wir hier miteinander sprechen, bereitet Regent Marat ein achttausend Mann starkes Expeditionskorps vor.

Wenn das Wetter so bleibt, sollte es in fünfzehn Tagen hier sein.«

»Sind die Boten nach Alstadt gesandt worden?«

»Sie sind gestern aufgebrochen, eskortiert von einer Kolonne Glaubensritter. Ich nehme an, dass wir in drei Monaten eine befestigte Garnison in der Schlucht von Torrin haben, die bereit ist, jeden Spähtrupp der Merduks zu vertreiben oder als Zwischenstation für weitere Schritte zu dienen.«

»Und was für Neuigkeiten gibt es aus Vol Ephrir?«

»König Cadamost lässt eine Garnison an der astarakischen Grenze zu, aber sie darf nicht aus Almarkanern bestehen. Nur aus Glaubensrittern – das ist eine Frage des Nationalstolzes. Bedauerlicherweise können wir derzeit keine Glaubensritter entbehren.«

»Almarkanische Truppen zählen nun ebenso zu den Dienern der Kirche wie die Glaubensritter. Wenn es Perigraines Gewissen erleichtert, können die Almarkaner die Livree der Glaubensritter anlegen, aber wir müssen unsere Truppen im südlichen Perigraine stationieren. Ist das klar, Betanza?«

»Voll und ganz, Heiligkeit. Ich kümmere mich unverzüglich darum.«

»Cadamost wird zum ehrenamtlichen Presbyter erklärt. Das ist das Mindeste, was ich tun kann. Er ist ein treuer Sohn der Kirche. Doch er kann es sich in Zeiten wie diesen nicht leisten, nur an Perigraine zu denken. Wir müssen eine vereinigte Front gegen die Ketzer bilden. Wenn Skarp-Hethin von Finnmark bereit ist, almarkanische Garnisonen anzunehmen, hat Cadamost keinen Grund, es ihm nicht gleichzutun.«

»Gewiss nicht, Heiligkeit. Es handelt sich lediglich

um eine Frage des Ansehens. Skarp-Hethin ist ein Prinz, und sein Fürstentum ist traditionell eng mit Almark verbündet. Perigraine hingegen ist ein unabhängiger Staat. Gewisse diplomatische Feinheiten müssen gewahrt werden.«

»Ja, ja. Ich bin kein Kind, Betanza. Erledigt es einfach. Mir ist es gleich, durch welche Reifen ihr springen müsst, aber es ist unabdingbar, dass wir die Streitkräfte der Kirche überall in jenen Königreichen stationiert haben, die ihre geistliche Vorherrschaft anerkennen. Wie leben jetzt in Zeiten der Not. Ich werde nicht zulassen, dass sich das Debakel von Hebrion wiederholt. Dort haben wir ein ganzes Königreich an die Ketzer verloren, weil wir unzureichende Streitkräfte vor Ort hatten. Das darf nie wieder geschehen.«

»Jawohl, Heiligkeit.«

»Wenn wir gegen die Ketzer zurückschlagen wollen, kann es nur über den Osten durch die Schlucht von Torrin geschehen, und über den Süden ins östliche Astarak. Gibt es immer noch keine Kunde aus Fimbrien?«

»Nein, Heiligkeit. Allerdings besagen Gerüchte, die von den Kurfürsten nach Osten gesandte fimbrische Armee sei zusammen mit der Garnison der Feste von Ormann bei der Schlacht an den Nordausläufern vernichtet worden.«

»Gerüchte? Gründen wir unsere Politik neuerdings auf Gerüchten?«

»Es ist schwierig, zuverlässige Auskünfte über den Krieg im Osten zu erlangen, Heiligkeit. Ich habe außerdem gehört, es habe eine große Schlacht nahe den Toren Torunns selbst gegeben, aber ich weiß nichts über den Ausgang des Kampfes.«

»Haben wir denn keine zuverlässigen Quellen in Torunn?«

»Doch, Heiligkeit, aber die torunnische Hauptstadt wird praktisch belagert, sodass es mühselig und zeitaufwändig ist, die Informationen hierher zu schaffen.«

Himerius schwieg. Sein Antlitz wirkte im grellen Sonnenlicht angespannt und verhärmt, doch seine Augen funkelten hell wie Sterne. Während der vergangenen Tage hatte er erstaunliche Kraft und Ausdauer für einen Mann seines Alters gezeigt, indem er bis spät hinein in jede Nacht mit Schreibern, Gelehrten und almarkanischen Offizieren arbeitete. Insgeheim fragte Betanza sich, wie lange er noch so weitermachen konnte. Die ramusische Kirche war binnen Wochen in ein gewaltiges Imperium verwandelt worden, dass mittlerweile nicht nur Almark, sondern auch Finnmark, Perigraine und ein halbes Dutzend weiterer, kleinerer Fürsten- und Herzogtümer umspannte. Cadamost von Perigraine, entsetzt ob der Gemetzel in den Ketzerstaaten Hebrion, Astarak und Torunna, hatte es eilig gehabt, sein eigenes Königreich unter die schützenden Schwingen Charibons zu stellen. Fürwahr ein treuer Sohn der Kirche, dachte Betanza, aber einer ohne Rückgrat.

Betanza selbst betrachtete diesen jähen Wandel der Kirche mit gemischten Gefühlen. Er war Generalvikar des Ordens der Brüder vom Ersten Tage und somit der zweitmächtigste Mann in der Kirchenhierarchie, dennoch ertappte er sich dabei, Zweifel ob der Machtanhäufung zu hegen, die hier vor sich ging. Wenn Torunna zum Mittelpunkt des Widerstands gegen den Einfall der Merduks geworden war, dann war Charibon mittlerweile der Mittelpunkt eines riesigen, neuen Machtblocks, der sich vom Malvennor-Gebirge im Westen bis zu den Bergen von Cimbric im Osten erstreckte, im Norden sogar bis zum Sultanat Hardukh, unweit der Ausläufer des Nördlichen Jafrar-Gebirges. Nur Fimbrien hatte in seiner Blütezeit einen so gewaltigen Landstrich beherrscht, und die Männer, auf deren Schultern nun so plötzlich diese gewaltige Verantwortung lastete, waren Geistliche – Priester ohne jede Regierungserfahrung. Betanza verursachte der Gedanke Unbehagen. Zudem schien es ihm nicht richtig, dass sich das Oberhaupt des ramusischen Glaubens in Normannien zwanzig Stunden am Tag damit beschäftigte, Befehle für Truppenerhebungen und die Stationierung von Armeen schreiben zu lassen. Betanza jedenfalls war der Kirche nicht beigetreten, um General zu werden; er hatte sein Leben als Soldat in der Welt der Laien hinter sich und wollte nichts mehr damit zu tun haben.

Der Generalvikar schaute auf und blickte dort hinüber, wo die wilden Gipfel der Berge von Cimbric weiß und unbezähmbar aufragten. Der Schnee wehte in breiten Schwaden und Bannern von ihren Spitzen, als stiege Rauch von ihnen auf. Die Welt stand in Flammen; jene Welt, die er als Knabe gekannt und auf der er als Jüngling gewandelt war, stand am Rande der Auflösung. Wäre doch nur Aekir nicht gefallen, dachte er unwillkürlich. Wäre doch nur Macrobius nicht verschollen!

Doch so zu denken war natürlich gleichermaßen lachhaft wie gefährlich. Sie alle mussten das Beste aus der neuen Lage machen. Doch weshalb fühlte er sich so verängstigt, so besorgt über die Zukunft?

Vielleicht lag es an der Veränderung, die Himerius vollzog. Der Pontifex war schon immer ein stolzer, eitler und zu rücksichtslosen Intrigen fähiger Mann gewesen. Aber nun schien sein Ehrgeiz den Glauben abgeschüttelt zu haben. Er betete überhaupt *nie* mehr. Konnte das für einen Mann an der Spitze der Kirche richtig sein? Und dann dieses merkwürdige Licht, das nachts gelegentlich in seinen Augen aufflackerte. Es wirkte wie aus einer anderen Welt. Beunruhigend.

Ich bin müde, dachte Betanza. Ich bin müde, und ich bin älter, als ich mir eingestehen will. Warum trete ich nicht zurück, um die Kreuzgänge auf und ab zu wandeln, über die Welt jenseits dieser nachzugrübeln und über den Gott, der sie geschaffen hat? Schließlich habe ich genau dafür die Kutte angelegt.

Doch er kannte die Antwort bereits, als er sich die Frage stellte. Er würde deshalb nicht zurücktreten, weil ihm davor graute, wen Himerius als Ersatz für ihn finden mochte. Die halbe Kirchenhierarchie war verschoben worden – Escriban, der Prälat von Perigraine, war bereits verschwunden. Er besaß einen zu unabhängigen Verstand, um sich mühelos in die neue Ordnung zu fügen. Himerius hatte Pieter Goneril an seinen Platz gesetzt, einen Niemand, der genau das tat, was man ihm sagte. Und der Presbyter Quirion von den Glaubensrittern – einer der besten Männer, die je im Dienst der Kirche das Schwert geschwungen hatten, zudem ein persönlicher Freund Betanzas –, war ebenfalls verschwunden und vegetierte in irgendeiner kleinen, almarkanischen Grenzstadt. Er hatte Hebrion an König Abeleyn verloren, dazu noch über tausend Glaubensritter. So etwas konnte nicht verziehen werden.

Aus Charibon ist ein königlicher Hof geworden, dachte Betanza. Und wir sind bloß Laufburschen für seinen schwarz gewandeten Monarchen. Und unser Glaube? Was ist damit geschehen?

Es fiel ihm schwer, sich einzugestehen, was ihm am meisten zu schaffen machte und ihn mitten in den kalten Nächten schweißgebadet aus dem Schlaf riss. Ein alter Papierfetzen mit einer Wanderprophezeiung, die ein Wahnsinniger geträumt hatte. Trotzdem war dieser Wahnsinnige einer der Gründerväter der Kirche gewesen.

Und in den Tagen des zweiten Weltreichs wird die Bestie die Erde heimsuchen. Uns sie wird kommen aus dem Westen, und das Licht in ihren Augen ist schrecklich anzuschauen. Mit ihr wird das Zeitalter des Wolfes anbrechen, und Brüder werden Brüder metzeln. Und alle Menschen werden niedersinken und ihm huldigen.

Betanza war kein allzu begeisterter Leser gewesen, bevor er die Herzogsroben ablegte und die schwarze Kutte überzog. Streng genommen war er sogar Analphabet gewesen. Doch er hatte das Lesen im Laufe der Jahre bei der Kirche gelernt, und nun war es für ihn eine Beschäftigung, die er liebte. Er hatte reihenweise Bücherregale in seinen Gemächern, darunter auch bestimmte Bände, die einen Novizen ohne weiteres auf den Scheiterhaufen befördern konnten, fände man sie in dessen Besitz. Betanza hatte nach dem sonderbaren Mord an Oberbibliothekar Commodius tief in den Kellergewölben der großen Bibliothek von Sankt Garaso begonnen, diese Werke zu sammeln. Grabeskälte kroch durch seine Eingeweide, als er sich die Zeilen aus dem *Buch des Honorius* in Erinnerung rief. Das

Geschwätz eines Wahnsinnigen oder eine wahre Vorahnung? Niemand vermochte das zu sagen. Und warum war Commodius ermordet worden? Auch das wusste niemand. Seine Ermittlungen waren im Sande verlaufen. Die beiden Mönche, die als Hauptverdächtige galten, waren im Dunkel verschwunden. Eigenartigerweise schien Himerius sich kaum daran zu stören. Das Versiegeln der Katakomben unterhalb der Bibliothek hatte ihm mehr am Herzen gelegen als das Aufspüren der Mörder.

Gütiger Gott, war es kalt! Würde der Frühling denn nie Einzug halten? Was für ein entsetzliches Jahr.

Himerius hatte sich angewöhnt, mit einer Schar von Schreibern und Untergebenen im Schlepptau die Zinnen der Kathedrale entlangzuschlendern. Es half ihm beim Nachdenken. Deshalb waren sie nun hier oben, gleich Insekten, die über den Rücken eines schlummernden Riesen aus Stein krabbelten. Charibon lag wie eine Spielzeugstadt unter ihnen ausgebreitet. Der Torsee war um die Ränder immer noch gefroren, und Betanza sah scharenweise Ortsansässige, die auf dem Eis fischten. Schon der Winter war hart für sie gewesen, noch härter aber war die Unterbringung von Truppen in ihren Heimen. Es schien, als marschierten jeden Tag reihenweise Soldaten in Charibon ein. Die Klosterstadt verwandelte sich zusehends in ein bewaffnetes Lager.

Himerius wanderte die Zinnen entlang und diktierte dabei den Schreibern. Betanza rührte sich nicht von der Stelle, und nur ein Geistlicher beschloss, bei ihm zu bleiben: der alte Rogien, Vorstand des päpstlichen Haushalts. Sein zerfurchtes Antlitz wirkte im grellen Licht fast durchscheinend; die Venen an den Schläfen traten blau hervor.

»Nachdenklich, Bruder?«

Betanza lächelte. »Ja, ich muss über einiges nachdenken.«

»Geht uns das nicht allen so? Seine Heiligkeit ist ein Mann von außergewöhnlicher Fähigkeiten.«

»Außergewöhnlich, ja.«

»Du hörst dich ein wenig verstimmt an, Bruder.«

»Ich?« Betanza schaute zur Gruppe des Pontifex. Sie befanden sich außer Hörweite. Zudem kannte er Rogien seit geraumer Zeit. »Nicht verstimmt, Rogien. Eher besorgt.«

»Aha. Nun, in Kriegszeiten ist das jedermanns gutes Recht.«

»Aber wir sind keine Soldaten.«

»Wirklich nicht? Wir mögen keine Kettenhemden tragen und keine Schwerter schwingen, dennoch sind wir in gewisser Weise Krieger.«

»Und Charibon ist keine Kaserne für sämtliche Soldaten Almarks.«

»Aber wir befinden uns nunmehr an der Grenze, Betanza. Es heißt, die Merduks wären schon an den Ostufern des Torsees gesichtet worden. Charibon wurde schon einmal geplündert – damals, von den Stämmen aus den Bergen von Cimbric. Willst du, dass die Stadt noch einmal überfallen wird?«

Betanza verzog das Gesicht. »Du weißt ganz genau, dass ich etwas anderes meine.«

»Vielleicht.« Rogien senkte die Stimme und rückte näher. »Aber du wirst es mich nicht zugeben hören.«

»Wieso nicht? Herrscht in Charibon denn keine Redefreiheit mehr?«

Rogien kicherte. »Jetzt hör aber auf, Betanza. Wann *hat* es je Redefreiheit in Charibon gegeben?«

»Du sprichst von Ketzerei. Ich spreche von Politik.« Betanza wirkte keineswegs belustigt. Doch der ältere Mönch fuhr unbeirrt fort.

»Das ist in diesen Tagen dasselbe. Wenn du das immer noch nicht weißt, hast du nicht aufgepasst. Komm schon, Bruder – du warst doch mal ein Herzog, ein mächtiger Mann in der weltlichen Gesellschaft. Bist du tatsächlich so blauäugig? Eigne dir wieder jene Fähigkeiten an, die du benutzt hast, bevor du die Kutte anzogst. In den kommenden Tagen werden sie sich als unschätzbar erweisen.«

»Ich bin nicht unter die Mönche gegangen, Rogien, um Kirchenadeliger zu werden.«

»Oh, bitte, Bruder. Du bist Mitglied des politischsten religiösen Ordens der Welt! Mehr als das – du stehst an seiner Spitze. Spiele mir nicht den enthaltsamen Märtyrer vor. Wenn es dir ernst mit dem wäre, was du sagst, würdest du eine graue Kutte tragen, barfuß umhergehen in irgendeinem Kuhdorf in Astarak den Armen predigen.«

Betanza wusste nichts zu entgegnen. Natürlich hatte Rogien Recht. Was es aber keineswegs besser machte.

»Komm«, meinte er und nickte in Richtung des sich entfernenden Pontifex und dessen Gefolge. »Wir bleiben zurück.«

»Nein, Bruder«, erwiderte Rogien kühl. »*Du* bleibst zurück.«

6.

Die alte Konferenzkammer des torunnischen Oberkommandos war geräumig. Marmorsäulen säumten die Wände, und die offenen Kamine an jedem Ende waren groß genug, dass ein erwachsener Mann aufrecht darin stehen konnte. Die Decke wölbte sich in eine Düsternis uralter Dachsparren empor, von denen Banner und Schlachtflaggen hingen, deren bunte Farben durch Alter, Rauch und Staub verblasst waren – und vom Blut der Männer, die sie in die Schlacht getragen hatten. Das Bauwerk datierte zurück in die Zeit der fimbrischen Hegemonie, doch es war seit Jahren nicht benutzt worden, da König Lofantyr es vorgezogen hatte, mit seinen Generälen in den angenehmeren Räumlichkeiten des Palasts zusammenzutreffen. Königin Odelia jedoch, nunmehr Herrscherin von Torunna, hatte die Halle, in der schon John Mogen und Kaile Ormann einst ihre Strategien darlegten, wieder in Verwendung genommen. Als die Führungsriege der torunnischen Armee sich zu ihrer ersten Konferenz mit dem neuen Oberbefehlshaber versammelte, schienen sich die Geister jener Hünen aus der Vergangenheit in den Schatten abzuzeichnen.

Die versammelten Offiziere trugen ihre Hofuniformen: Blau für die Artillerie, Schwarz für die Infanterie und tiefes Burgund für die Reiterei. Es war eine beeindruckende Menge, wenngleich einem erfahrenen Beobachter aufgefallen wäre, dass sie alle entweder sehr jung oder sehr alt für ihren jeweiligen Rang waren. Torunnas begabteste Offiziere waren allesamt tot. John Mogen und Sibastion Lejer waren in Aekir gefallen, Pieter Martellus in der Feste von Ormann, Martin Menin in der Schlacht des Königs. Was blieb, war der Rumpf einer einst bedeutenden Militärmaschinerie. Torunna hatte das Ende der Fahnenstange erreicht. Es gab keine Reserven mehr, auf die man zurückgreifen konnte, und niemand erwartete, dass die Fimbrier eine weitere Armee zu ihrer Rettung entsenden würden, nicht nachdem die erste an den Nordausläufern für einen so geringen Nutzen nahezu zerrieben worden war. Es stimmte, dass die Stämme von Cimbric in stetig steigender Zahl aus den Bergen herunterströmten, doch keiner der in dieser geschichtsträchtigen Kammer Versammelten hielt allzu viel von den militärischen Fähigkeiten dieser Wilden, ungeachtet dessen, was sie unter General Cear-Inaf vollbracht hatten. Sie waren eine Absonderlichkeit, mehr nicht. Dass sie beim Begräbnis des Königs dabei waren, zeugte lediglich von schlechtem Geschmack. Die Menschenmengen jedoch waren anderer Ansicht und hatten lautstark gefordert, die berühmten und exotischen roten Reiter in scharlachroten Rängen Wache stehen zu sehen, wenn Lofantyr zur letzten Ruhe gebettet wurde.

Das Stimmengewirr in der Kammer verstummte jäh, als der General mit der Königin am Arm eintrat. Odelia nahm am Kopf des langen Tisches Platz, der die Mitte des Raumes beanspruchte. Nachdem sie sich gesetzt hatte, taten die anderen Anwesenden es ihr gleich, wobei flüchtige, argwöhnische Blicke getauscht wurden. Eine Frau bei einem Kriegsrat! Ein paar der aufmerksameren Beobachter bemerkten auch, wie die Monarchin ihren jüngst beförderten General anschaute und gelangten zu dem

Schluss, dass die Palastgerüchte womöglich doch der Wahrheit entsprachen.

Es war General Cear-Inaf, der sich erhob, um den Rat zur Ordnung zu rufen. Die torunnischen Offiziere saßen pflichtbewusst aufmerksam da. Auf den Schultern dieses Mannes ruhte die Verantwortung für das Überleben des Königreichs. Mindestens ebenso wichtig aber war, dass er die Laufbahn jedes einzelnen beschleunigen oder zerstören konnte.

»Ihr alle kennt mich oder habt schon von mir gehört«, begann Corfe. »Ich habe in Aekir unter Mogen gedient und bin von meinem Posten geflüchtet, als die Stadt unterging. Auch in der Feste von Ormann habe ich gedient – so wie Andruw und Ranafast. Ich habe die Streitkräfte befehligt, die an den Nordausläufern kämpften, und ich habe den Rückzug nach der Schlacht des Königs angeführt. Das Schicksal hat mich zu Eurem befehlshabenden Offizier gemacht, deshalb werdet Ihr – ganz gleich, wie Eure persönlichen Gefühle sein mögen – meinen Befehlen gehorchen, als wären sie das Wort Gottes. So und nicht anders muss es bei einer Armee sein! Ich werde stets für Anregungen und Vorschläge offen sein, und ihr könnt mich zu jeder Tages- und Nachtzeit persönlich sprechen. Doch meine Entscheidung in sämtlichen militärischen Belangen ist endgültig. Ihre Majestät schmeichelt mir, indem sie mir die Führung dieses Krieges anvertraut, und ich werde uneingeschränkt freie Hand haben. Es wird keine Streitereien mehr über Dienstgrade oder Rangordnungen in der Offiziersklasse geben. Beförderungen erwirbt man von nun an ausschließlich durch Verdienste, nicht mehr durch

Familienbande oder die Dauer des Dienstes. Gibt es irgendwelche Fragen dazu?«

Niemand meldete sich zu Wort. Etwas in der Art hatten die Anwesenden erwartet. Von einem Bauern, der wie ein Komet durch die Ränge emporgeschossen war, konnte man schwerlich erwarten, dass er Achtung vor den Werten der Tradition oder dem gesellschaftlichen Ansehen zeigte.

»Sehr gut. Nun denn, in der letzten Stunde habe ich eine Botschaft von Admiral Berza und der Flotte erhalten, die mit einer Postgaleere überbracht wurde. Berza teilt mir mit, dass er an der Küste der Kardischen See zwei Versorgungslager der Merduks ausfindig gemacht und zerstört hat ...«

Stimmengewirr erhob sich, das aber rasch verstummte, als Corfe eine Hand hob.

»Berza schreibt, dass die Verluste der Merduks sich auf Tausende belaufen, und er schätzt, dass er drei oder vier Millionen Rationen in Rauch und Flammen aufgehen ließ. Von den Landetruppen der Seestreitkräfte hat weniger als die Hälfte überlebt, zudem hat er bei der Landung zwei seiner dreiundzwanzig großen Schiffe verloren. Als er dieses Schriftstück verfasste, war er wieder unterwegs auf das offene Meer, um eine nalbenische Flotte anzugreifen, die angeblich über die Kardische See nach Norden segelte, um die Nachrichtenlinien der Merduks zu sichern. Ich habe ihm bereits Befehle gesandt, die ihm grundsätzlich alle Freiheiten einräumen. Berza ist ein fähiger Mann und kennt das Meer besser als jeder andere. Deshalb wird die Flotte in nächster Zeit nicht stromaufwärts hierher zurück zur Hauptstadt kommen.«

»Aber dadurch ist der Fluss vollkommen offen

und ungeschützt!«, begehrte Oberst Rusio auf. »Die Merduks können ihn überqueren, wo sie wollen, und unsere Flanken angreifen.«

»So ist es. Aber unser Geheimdienst berichtet, dass die Hauptfeldarmee der Merduks wenigstens vierzig Wegstunden von Torunn zurückgefallen und damit befasst ist, die Weststraße in Richtung Osten bis nach Aekir instand zu setzen, um eine zweite Nachrichtenverbindung aufrecht zu erhalten, die vor der verheerenden Wirkung unserer Schiffe sicher ist. Ich glaube, der Feind ist derzeit zu beschäftigt, um einen weiteren Angriff zu starten. – Andruw, sei bitte so nett.«

Corfe nahm Platz, und Andruw erhob sich. Er wirkte ein wenig unruhig, als sich die Blicke des Oberkommandos auf ihn richteten, und räusperte sich, während er einen Stapel Dokumente in seiner Hand durchblätterte.

»Die Hauptarmee hat sich zurückgezogen, doch unsere Kundschaftergruppen berichten, dass die Merduks tausend Mann starke fliegende Kolonnen in den Nordwesten geschickt haben, in Richtung der Schlucht von Torrin. Offensichtlich handelt es sich um eine bewaffnete Aufklärungstruppe, die einen Weg durch die Schlucht zu den Ebenen von Toria erkunden soll. Die Menschen fliehen bereits vor den Überfällen über den Searil, einige sogar bis nach Torunn nach Süden. Die Kolonnen der Merduks plündern jede Stadt und jedes Dorf, auf das sie unterwegs stoßen. Zudem haben wir bestätigte Berichte, nach denen sie dort oben eine Festung, vielleicht sogar einer Reihe von Festungen bauen, um sie als Zwischenstationen für weitere Vormärsche zu verwenden. Tatsächlich könnte im Norden bereits eine gesamte Armee der Merduks am Werk sein.« Damit setzte Andruw sich, offenkundig erleichtert, seinen Vortrag ohne größeres Stottern hinter sich gebracht zu haben.

»Dreckskerle«, murmelte jemand.

»Nun, dagegen können wir derzeit nichts unternehmen«, meinte Oberst Rusio ungeduldig. »Wir müssen unsere Bemühungen hier in der Hauptstadt bündeln. Die Armee muss neu geordnet und ausgerüstet werden, ehe sie für weitere Missionen bereit ist.«

»Das sehe ich auch so«, sagte Corfe. »Aber wir dürfen nicht zu lange dafür brauchen. Was uns an Menge fehlt, müssen wir durch Kühnheit wettmachen. Ich jedenfalls bin dagegen, dass wir brav in Torunn hocken, während die Merduks unser Land nach Belieben verwüsten. Sie müssen für jeden Fuß torunnischen Landes bezahlen, den sie zu besetzen versuchen.«

»Hört, hört«, rief einer der jüngeren Offiziere und verstummte rasch, als ranghöhere Kollegen ihn mit kühlen Blicken bedachten.

»Also«, fuhr Corfe in bedeutungsschwerem Tonfall fort, »ich schlage vor, dass wir selbst eine fliegende Kolonne entsenden. Mein Kommando hat bei der letzten Schlacht weniger schlimm gelitten als die Hauptarmee. Außerdem hatte ich kürzlich einen Zustrom frischer Rekruten. Ich habe vor, den Norden Torunnas mit Hilfe dieser Einheit wenigstens von einigen Brandschatzern zu säubern und dann zur Hauptstadt zurückzukehren. Zugleich ist es eine Mission, bei der wir Erkenntnisse sammeln. Wir brauchen Wissen über die Truppenstärke und die Anlagen des Feindes im Nordwesten. Bislang haben wir uns zu sehr auf die Geschichten von Flüchtlingen und Boten verlassen.«

»Ich hoffe, General, Ihr wollt das Können meiner Offiziere nicht in Zweifel ziehen«, sagte Graf Fournier, Leiter des Militärischen Nachrichtendienstes von Torunna, mit düsterer Stimme.

»Ganz und gar nicht, Graf. Aber auch sie können keine Wunder wirken. Außerdem brauche ich die meisten von ihnen immer noch dort, wo sie sind, um die Hauptarmee der Merduks im Auge zu behalten. Um im Nordwesten aufzuräumen, ist eine größere Mission erforderlich. Mein Kommando ist durchaus in der Lage, den Großteil der Feindestruppen dort zu vernichten und der verbleibenden Bevölkerung zu zeigen, dass wir sie nicht aufgeben haben. Allein das muss uns dieses Unternehmen schon wert sein.«

»Ein verwegener Plan«, meinte Oberst Rusio gedehnt. »Wann wollt Ihr aufbrechen, General? Und wer übernimmt hier in der Stadt das Kommando?«

»Ich reite noch diese Woche. Und Ihr, Oberst, seid hier verantwortlich, solange ich weg bin. Freundlicherweise hat die Königin meiner Empfehlung zugestimmt, Euch zum General zu befördern.« Corfe ergriff eine Schriftrolle, die unauffällig vor ihm gelegen hatte, und warf sie dem neuen General zu.

»Meinen Glückwunsch, Rusio.«

Auf Rusios Antlitz lag tiefes Erstaunen. »Mir fehlen die Worte ... Majestät, habt meinen ewigen Dank.«

»Dankt nicht uns«, entgegnete Odelia knapp. »General Cear-Inaf meint, dass Ihr eine solche Beförderung verdient, deshalb haben wir zugestimmt. Erfüllt unser Vertrauen in Euch, General.«

»Majestät, ich werde alles dafür tun.« Rings um den Tisch beobachteten ältere Offiziere, wie Willem den Wortwechsel mit schmalen Augen beobachtete; während einige Offiziere sich in ihren Sitzen vorbeugten, um Rusio die Hand zu schütteln, blickten andere bloß nachdenklich drein.

»Eure Aufgabe, Rusio«, fuhr Corfe fort, »besteht darin, die Hauptarmee wieder in einen kampffähigen Zustand zu versetzen. Ich gehe davon aus, dass ich etwa einen Monat fort sein werde. Wenn ich zurückkehre, will ich, dass die Armee bereit ist, wieder ins Feld zu ziehen.«

Rusio nickte und umklammerte sein Generalspatent, als fürchtete er, jemand könnte es ihm wieder entreißen. Sein Lebensziel hatte sich binnen eines Lidschlags verwirklicht; er schien regelrecht benommen.

»Ein Monat ist recht kurz für eine Armee, um über die Berge von Thurian und wieder zurück zu marschieren, General«, bemerkte Graf Fournier. »Jede Strecke muss an die fünfzig Wegstunden betragen.«

»Eher fünfundsiebzig«, gab Corfe zurück. »Aber wir müssen nicht den ganzen Weg marschieren. – Oberst Passifal.«

Der Generalquartiermeister nickte. »An den Kais sind zwanzig schwere Getreideleichter verzurrt. Jeder kann mühelos acht-, neunhundert Leute befördern. Wenn der Wind vom Meer hereinweht, wie es um diese Jahreszeit wochenlang der Fall ist, kann man trotz der Strömung flussaufwärts eine ordentliche Geschwindigkeit erzielen. Zudem sind sie mit schweren Riemen ausgerüstet, falls der Wind ausbleibt. Ich habe mit den Besatzungen gesprochen. Für gewöhnlich schaffen sie um diese Jahreszeit den Torrin hinauf im Durchschnitt vier Knoten. General Cear-Inafs Kommando könnte in fünf oder sechs Tagen in den Hügeln sein.«

»Wie einfallsreich«, murmelte Graf Fournier. »Und wenn die Merduks uns angreifen, während der General mitsamt den Elitetruppen unserer Armee unterwegs zu diesem Ausflug über den Fluss ist? Was dann?«

Corfe blickte den dürren Adeligen mit dem Spitzbart an und lächelte. »Dann ist unserem Nachrichtendienst ein Irrtum unterlaufen, mein lieber Graf. Eure Spitzel senden fortwährend Depeschen, in denen sie darauf beharren, dass die Merduks im Augenblick noch ungeordneter sind als wir. Misstraut Ihr dem Urteilsvermögen Eurer eigenen Leute?«

Fournier zuckte mit den Schultern. »Ich stelle nur Vermutungen an, General. In Kriegszeiten muss man auf das Unerwartete vorbereitet sein.«

»Dem stimme ich voll und ganz zu. Keine Sorge, ich werde mich ständig auf dem Laufenden halten, was hier in der Hauptstadt vor sich geht. Sollte der Feind Torunn in meiner Abwesenheit angreifen, wird Rusio ihn in Schach halten, und ich stürme in ihre hintere Flanke, sobald ich mein Kommando zurück nach Süden bringen kann. Seid Ihr mit dieser Gegenannahme zufrieden?«

Fournier neigte kaum merklich das Haupt, gab aber keine Antwort.

Wenngleich keine weiteren Einwände gegen Corfes Plan vorgebracht wurden, zog das Treffen sich noch eine weiter Stunde hin. Das Oberkommando bemühte sich, eine Lösung der Transportprobleme zu finden, die es mit sich brachte, eine große Armee in einer bereits mit Flüchtlingen überschwemmten Stadt zu versorgen. Nachdem man die Sitzung vertagt hatte, blieb die Königin auf ihrem Platz und befahl Corfe, zu bleiben. Die letzten Offiziere verließen den Raum. Das Kinn auf eine Handfläche gestützt, saß Odelia da und beobachtete ihren jungen General, während dieser sich erhob und in der geräumigen Kammer unruhig auf und ab ging.

»Das war ein guter Zug«, beschwichtigte sie Corfe. »Und er war notwendig. Damit hast du ihnen den Wind aus den Segeln genommen.«

»Es war ein politischer Zug«, erwiderte Corfe mürrisch. »Ich hätte nie gedacht, dass ich den Tag erleben würde, an dem ich eine Armee an einen Mann übergebe, dem ich misstraue, nur um seine Treue zu erlangen – eine Treue, die unaufgefordert gewährt werden sollte, insbesondere in Zeiten wie diesen.«

»Du hättest aber auch nie gedacht, dass du den Tag erlebst, an dem du einen Rang hast, der es dir erlaubt, Armeen zu übergeben«, entgegnete sie. »Auf dieser Ebene, Corfe, ist Politik genauso wichtig wie jeder Marsch in die Schlacht. Rusio war eine Galionsfigur für die Unzufriedenen. Jetzt hast du ihn in dein Lager gezogen und die Situation zumindest vorübergehend entschärft.«

»Also wird er dankbar sein?«

»Ich kenne Rusio. Er tritt in der Garnison von Torunn seit zwanzig Jahren auf der Stelle. Du hast ihm heute seinen Herzenswunsch auf einem Tablett serviert. Wenn du stürzt, stürzt er mit – das weiß er. Außerdem ist er kein solcher Jammerlappen, sie du meinst. Er wird sich dankbar zeigen – und auch treu.«

»Ich hoffe, er hat auch das erforderliche Können.«

»Wen haben wir denn sonst noch? Er ist der Beste eines mittelmäßigen Haufens. Und jetzt streiche es aus den Gedanken. Die Sache ist erledigt, und sie ist gut gelaufen.«

Mit raschelnden Röcken erhob sie sich. Die hohe Spitzenhalskrause ließ ihr Gesicht wie das einer Puppe wirken, wären da nicht die wunderschönen grünen Augen gewesen. Sie ergriff seinen Arm, sodass er in seiner rastlosen Wanderung innehielt.

»Du solltest dich mehr ausruhen und die Laufarbeit zur Abwechslung von Untergebenen verrichten lassen. Schließlich bist du kein Fähnrich und auch kein Oberst mehr. Und du bist erschöpft.«

Corfe blickte sie mit eingesunkenen Augen an. »Ich kann nicht. Selbst wenn ich wollte, könnte ich nicht.«

Odelia küsste ihn auf die Lippen, und einen Lidschlag lang gab er nach und beugte sich in ihre Umarmung. Dann aber packte ihn wieder jene fieberhafte Rastlosigkeit, und er löste sich von ihr.

»Beim Blut Gottes, Corfe!«, herrschte sie ihn an, der Verzweiflung nahe. »Du kannst die Welt nicht ganz allein retten!«

»Aber ich kann es versuchen.«

Spannung knisterte in der Luft zwischen ihnen, während sie einander anstarrten, bis auf beiden Gesichtern ein zögerliches Lächeln erschien. Mittlerweile teilen sie Erinnerungen, Zweisamkeiten, die nur ihnen beiden bekannt waren, was die Dinge einfacher und schwieriger zugleich machte.

»Wir sind schon ein großartiges Gespann, du und ich«, meinte die Königin. »Hätte man uns auch nur den Ansatz einer Gelegenheit gegeben – ich glaube, gemeinsam hätten wir die Welt erobern können.«

»So wie es derzeit steht, bin ich schon glücklich, wenn wir überleben.«

»Ja. Überleben. Corfe, hör zu. Torunna ist mit seinen Kräften am Ende, das weißt du so gut wie ich. Das Volk hat binnen einer Woche einen König begraben und eine Königin gekrönt – die erste Königin unserer Geschichte, die alleine herrscht. Das Land ist überschwemmt von den Überlebenden Aekirs, und ein Drittel des Reiches steht unter der Fuchtel der Eindringlinge, während die Hauptstadt selbst unmittelbar an der Front liegt.«

Mit gerunzelter Stirn begegnete Corfe ihrem Blick. »Und?«

Odelia wandte sich ab und begann, die Kammer zu durchschreiten, wie zuvor Corfe es getan hatte, die Hände vor der Brust verschränkt. Ringe funkelten, als ihre Finger sie rastlos drehten.

»Hör mir zu und schweig, bis ich fertig bin. Mein Sohn war ein schwacher Mann, Corfe. Kein schlechter Mensch, aber schwach. Ihm fehlten die Eigenschaften eines weisen Herrschers. Dieses Königreich braucht eine starke Hand. Ich besitze die Fähigkeit, Torunna diese starke Hand zu geben, das wissen wir beide. Aber ich bin eine Frau, folglich ist jeder Schritt für mich ein Schritt bergauf. Man duldet mich nur deshalb auf dem Thron, weil es derzeit keine andere Wahl gibt. Die Elite des Adels von Torunna starb in der Schlacht des Königs an der Seite des Monarchen. Das Volk Torunnas hat nie so viel Wert auf Blutsbande gelegt wie beispielsweise die Hebrionen. Aber Graf Fournier ist durchaus fähig, einen Plan auszuhecken mit dem Ziel, mir die

Macht aus den Händen zu reißen und sie einem Ausschuss zu übertragen, wie auch immer er aussehen mag.«

»Dieser Hundesohn?«, sagte Corfe. »Dafür müsste er die gesamte Armee überwinden.«

Odelia lächelte und schüttelte den Kopf. »Die Armee hätte kein Wort dabei mitzureden. Corfe – Torunna braucht einen König, darauf läuft es hinaus. Ich will, dass du mich ehelichst und den Thron besteigst.«

Wie vom Donner gerührt, ließ Corfe sich auf einen Stuhl sinken. Eine lange Pause entstand. Die Königin schaute Corfe an; sie schien zunehmend verärgert.

»Sieh mich nicht an, als wäre mir gerade ein zweiter Kopf gewachsen. Denk vernünftig darüber nach!«

Endlich fand Corfe die Stimme wieder. »Das ist lächerlich.«

Ihre schönen Augen blitzten zornig. »Öffne deinen Verstand, Corfe. Vergiss deine Ängste und Vorurteile. Ich weiß, wie bescheiden deine Ursprünge sind, doch es kümmert mich kein bisschen. Du hast die Fähigkeit, ein großer König zu sein – und wichtiger noch, ein großer Feldherr. Du könntest das Land durch diesen Krieg führen ...«

»Ich kann kein König sein. Gütiger Himmel, ich fühle mich schon unwohl, wenn ich statt Stiefeln Schuhe tragen muss.«

Odelia lachte. »Dann verfüge, dass jeder Stiefel tragen oder barfuss laufen muss. Verbanne diesen kleinlichen Unsinn aus deinem Kopf und denk darüber nach, was du vollbringen könntest.«

»Nein, nein. Ich bin kein Diplomat. Ich könnte

keine Verträge aushandeln oder Haarspaltereien betreiben ...«

»Aber deine Gemahlin könnte es.« Odelias Züge wurden ernst wie die einer Trauernden, und ihre Stimme wurde sanft. »Ich, Corfe, könnte mich der höfischen Feinheiten und des Protokolls annehmen. Du hingegen hättest die Armee ganz für dich allein.«

»Aber so ist es doch schon! Ich habe die Armee, du hast den Thron. Weshalb sollten wir die Dinge ändern?«

Odelia beugte sich nahe an ihn heran. »Weil es sein könnte, dass andere sie sonst für uns verändern. Du magst heute einen Sieg über Rusio errungen haben, aber die anderen hast du weiter in die Ecke gedrängt. Und dann sind Menschen am gefährlichsten! Corfe, es gibt in diesem Königreich keinen Beispielfall, dass eine Königin alleine geherrscht hat, und deshalb gibt es auch keine rechtliche Grundlage dafür!«

»Aber es gibt auch kein Gesetz, das es verbietet, oder?«, entgegnete er störrisch.

»Das weiß ich nicht. Das kann niemand mit Gewissheit sagen. Zurzeit lasse ich Verwaltungsbedienstete in den Archiven suchen. Vielleicht können sie dort irgendetwas aufspüren. Der Tod des Königs hat die machthungrigen Höflinge und den Adel vorübergehend erschreckt – sie haben einen Blick über den Rand der Klippe geworfen, den dieses Königreich hinunterzustürzen droht. Aber früher oder später legt sich die Bestürzung, und man wird meine Stellung anzweifeln. Und wenn es ihnen gelingt, meine Macht auch nur geringfügig zu beschneiden, kann es sein, dass sie dir die Armee wegnehmen, Corfe. Erkennst du nun, was ich vorschlage? Als König wärst du unantastbar.«

Corfe sprang auf und stapfte durch den Raum; sein Verstand glich einem Mahlstrom. Er als König? Lächerlich! Er wäre eine Witzfigur. Torunna würde zum Gespött der ganzen Welt. Es war unmöglich. Er scheute schon vor dem Gedanken zurück.

Und dann eine Ehe mit dieser Frau ... Eigenartigerweise beunruhigte ihn das mehr als die Vorstellung der Krone. Er drehte sich um und schaute sie an, sah, dass sie vor dem Feuer stand und in die Flammen starrte, als wartete sie auf irgendetwas. Das Licht des Feuers ließ ihre Augen jünger erscheinen, obwohl sie alt genug war, um Corfes Mutter zu sein.

»Wäre es denn so schrecklich, mit mir verheiratet zu sein?«, fragte sie leise.

Corfe zuckte zusammen. Schließlich war sie eine Hexe. Konnte sie auch Gedanken lesen?

»Aber nein«, log er.

»Es wäre eine Vernunftehe. Du müsstest nicht mehr zu mir ins Bett kommen. Das Alter der Empfängnis liegt längst hinter mir, die Frage eines Thronerben würde sich also gar nicht erst stellen. Ich verlange keine Liebe von dir, Corfe. Das ist etwas für Poeten. Wir sprechen hier über einen Weg zur Macht!« Sie kehrte ihm den Rücken zu und lehnte die Hände auf den Kaminsims, wie ein Mann es tun mochte.

Abermals verspürte Corfe einen Stich im Herzen, als er sie anschaute und sich vorstellte, dass die goldenen Haare sich in schwarze verwandelten, die grünen Augen in graue.

Ach, Heria, dachte er, wie sehr ich dich vermisse.

Doch Corfe wollte diese in jeder Hinsicht beeindruckende und doch so verwundbare Frau nicht verletzen. Er liebte sie nicht und bezweifelte, ob er sie oder irgendeine andere Frau je wieder lieben könnte. Und doch mochte er sie, mochte sie sogar sehr. Mehr als das, er hatte Achtung vor ihr.

Er ging zum Kamin, stellte sich hinter die Königin und legte die Hände in die ihren, sodass sie wie vereint dastanden. Sie lehnte sich zurück, schmiegte sich an ihn, und ihre Finger verflochten sich ineinander; die Zierringe an den ihren bohrten sich in seine Haut. Schmerz, ja. Aber das störte ihn nicht. Es gab auf dieser Welt nichts Gutes, das nicht auch Schmerz verursachte, das wusste Corfe.

»Ich hätte dich gerne zur Gemahlin«, sagte er, und in diesem Augenblick glaubte er tatsächlich, dass er es auch so meinte. »Aber das Königtum ist ein zu hoher Preis für mich. Ich bin nicht aus dem Holz geschnitzt, aus dem man Könige macht.«

Odelia drehte sich um und umarmte ihn; als sie ihn losließ, wirkte sie seltsam freudestrahlend, als hätte sie einen Sieg errungen.

»Das wird die Zeit weisen«, sprach sie nur.

Fünfzig Wegstunden von Corfe und Odelia entfernt war das neue Winterlager der Armee der Merduks beinahe vollständig. Zehntausende Menschen wimmelten in dem riesigen Lager, wie schon seit den Tagen der Schlacht des Königs. Ihre Verlegung – es war weder ein Abzug noch ein Rückzug gewesen – bedeutete eine Unmenge Arbeit. Sie hatten einen mittleren Wald gerodet, um eine Palisadenreihe zu errichten, die sich über mehrere Meilen erstreckte. Sie hatten Gräben ausgehoben und nach Westen gerichtete Holzwehren aus zugespitzten Baumstämmen erbaut, die von eingegrabene Artilleriebatterien geschützt wurden. Sie hatten hohe Wachtürme errichtet, Straßen aus nebeneinander geschlichteten Baumstämmen angelegt und ihre Zelte innerhalb der neuen Verteidigungseinrichtungen aufgestellt. Eine regelrechte Stadt war auf der Ebene westlich der Feste von Ormann aus dem Boden geschossen. Die neuen Straßen, die in diese Stadt führten, waren verstopft mit Truppen, die eintrafen und davonzogen, mit Versorgungskarren, Artillerieprotzen, schnellen Kurieren und Gruppen erschöpfter torunnischer Sklaven, die als Zwangsarbeiter dienten. Weiter östlich, eingebettet in weitere Linien verschiedenster Feldbefestigungen, war ein riesiges Vorratslager angelegt worden, in dem sich Kisten, Säcke und Fässer voll Lebensmittel und Munition in zwanzig Fuß hohen Reihen stapelten, die sich eine halbe Meile weit hinzogen. Auf einer Seite türmten sich Tausende Truhen voller Decken, Ersatzuniformen und Zelten. Unablässig rumpelten Karren auf den holprigen Holzstraßen zwischen dem Vorratslager und den Feldlagern hin und her, um die vordersten Truppen mit Nahrung und Bekleidung zu versorgen. An die zehn Quadratmeilen torunnischer Landschaft waren in das größte und am dichtest bevölkerte Armeelager der Welt verwandelt worden. Obwohl Aurungzeb, Sultan von Ostrabar, der Oberbefehlshaber dieses mächtigen Heeres war, umfasste es nun auch große Kontingente aus den Sultanaten Nalbeni, Ibnir und Kashdan. Die Staaten der Merduks hatten ihre Zwistigkeiten beigelegt und schlossen sich zusammen, um die Angelegenheit mit den Ramusiern ein für alle Mal zu beenden.

Inzwischen war ihr Ziel nichts weniger als die Eroberung ganz Normanniens bis zum Malvennor-Gebirge, und auch dort wollten sie nur wegen des gefürchteten Namens Fimbrien innehalten.

Aurungzeb selbst und sein Haushalt hielten sich nicht im Winterlager auf, sondern waren in die Feste von Ormann übergesiedelt, um die kalten Wochen des Wartens in angenehmerer Umgebung zu verbringen. An diesem Tage stand der Sultan von Ostrabar auf dem Turm, von dem aus Martellus, der Löwe, einst die Sturmangriffe der Merduks auf die uneinnehmbaren Verteidigungseinrichtungen der Feste beobachtete hatte. Nunmehr wehten Merduk-Banner aus Seide über den Langen Mauern, die Kaile Ormann vor Jahrhunderten errichtet hatte.

»Shahr Johor«, brüllte Aurungzeb.

Ein Mann trat aus der Schar von Soldaten und Höflingen, die in der Nähe ausharrten.

»Wisst Ihr, wie viele von unseren Männern bei dem Versuch gestorben sind, diese Festung einzunehmen?«

»Nein, Hoheit, aber ich kann es herausfinden ...«

»Das war keine Frage. Fast dreißigtausend Mann, Shahr Johor! Und letzten Endes haben wir die Feste nicht eingenommen, sondern sie lediglich umzingelt und dadurch ihre Räumung erzwungen. Angeblich ist es die bedeutendste Festung der Welt. Und wisst Ihr was?«

Shahr Johor schluckte, als er sah, wie Röte in die dunklen Wangen des Sultans kroch. »Was, Hoheit?«

Doch der Ausbruch blieb aus. Stattdessen fuhr Aurungzeb mit ruhiger, sachlicher Stimme fort: »Für uns ist sie vollkommen nutzlos.«

»Ja, Hoheit.«

»Die Fimbrier, verflucht sollen ihre Namen sein, haben sie gebaut. Nähert man sich ihr von Osten, ist sie uneinnehmbar. Aber fällt sie einem durch Zufall unbeschädigt in die Hände, ist sie nutzlos. Sämtliche Verteidigungseinrichtungen weisen gen Osten. Nach Westen hin ist sie nicht zu verteidigen. Die fimbrischen Baumeister müssen überaus klug gewesen sein.«

Die Höflinge und Soldaten warteten und fragten sich, ob diese seltsame Ruhe der Vorbote eines noch nie da gewesenen Wutausbruchs sein mochte. Doch als Aurungzeb sich ihnen zuwandte, wirkte er nachdenklich.

»Ich will, dass diese Festung zerstört wird.«

Shahr Indun Johor blinzelte. »Hoheit...?«

»Seid Ihr taub? Macht sie dem Erdboden gleich! Ich will, dass die Senke aufgefüllt, die Mauern eingerissen und der Turm zerstört werden. Ich will, dass die Feste von Ormann vom Antlitz der Erde gefegt wird. Und dann werdet ihr aus ihren Trümmern auf dem *Ostufer* des Flusses, nach Westen gerichtet, eine neue Festung erbauen. Sollte es den Ramusiern durch irgendeinen Zufall je gelingen, unsere Armeen zurückzudrängen, werden wir sie hier, am Searil, aufhalten. Und wir werden sie ausbluten, bis sie kalkweiß sind, so wie sie es mit uns gemacht haben. Und meine neue Hauptstadt wird in Sicherheit sein – Golden Aurungabar, die größte Stadt der Welt. Kümmert Euch darum, Shahr Johor. Ruft unsere Techniker und Baumeister zusammen. Ich will, dass bis heute Abend ein Plan für mich erstellt wird. Und ein Modell. Ja, ein maßstabgetreues Modell, wie es aussehen wird, wenn die Feste von

Ormann vernichtet ist und die neue Festung ihren Platz eingenommen hat. Ich muss mir noch einen Namen überlegen ...«

Shahr Johor verneigte sich und verließ die Turmspitze, um seines Herrn Befehl auszuführen. Die zurückbleibenden Höflinge blickten einander an. Nie zuvor hatte ihr Herr und Meister von etwas anderem als Vormärschen und Siegen gesprochen, und nun stand er da und plante für den Fall einer Niederlage. Was war geschehen?

Ein fetter, bartloser Palasteunuch meldete sich mit piepsiger Stimme zu Wort. »Mein Sultan, meint Ihr wirklich, die verfluchten Ungläubigen könnten Eure Armeen je zurück an den Searil drängen? Zweifellos fechten sie gerade ihren letzten Todeskampf. Schon bald werden wir im Palast von Torunn feiern.«

Mürrisch starrte Aurungzeb auf die uralte Festung unter ihm. »Ich wünschte, ich könnte deine Zuversicht teilen, Serrim. Dieser General der roten Reiter ... Meine Spitzel berichten mir, dass er mittlerweile Oberbefehlshaber sämtlicher torunnischer Streitkräfte ist. Er und seine scharlachrote Reiterei haben die Torunnen bereits zwei Mal vor der Vernichtung bewahrt.«

»Wer ist dieser Mann, Herr? Wissen wir es? Vielleicht können unsere Spitzel ...«

Aurungzeb prustete belustigt. »Nach allem, was man hört, ist er ein Mann, der nicht leicht zu töten ist.« Seine Miene verdüsterte sich wieder. »Lasst mich jetzt allein, ihr alle. – Ahara, du bleibst hier.« Er verfiel in stockendes Normannisch. »Ramusier, du bleibst auch hier.« Dann wieder in der Sprache der Merduks: »Ihr anderen geht mir aus den Augen!«

Der Turm leerte sich. Zurück blieben nur zwei Gestalten. Eine davon war ein kleinwüchsiger Mann in einer schwarzen Kutte, dessen Handgelenke mit Silberketten gefesselt waren. Die andere war eine schlanke, in Seidengewänder gehüllte Frau, deren Antlitz hinter einem mit Juwelen verzierten Schleier verborgen war. Aurungzeb bedeutete der Frau, zu ihm zu kommen, wobei sich die Falten auf seiner Stirn ein wenig glätteten. Er schob den Schleier beiseite und streichelte eine blasse Wange.

»O mein Herzblut«, murmelte er. »Wie geht es dir und meinem Sohn?«

Liebevoll strich Heria über ihren schon leicht gewölbten Leib. »Es geht uns gut, Herr. Batak hat seine Künste eingesetzt, um das Kind zu untersuchen. Es ist ein gesunder Knabe. In fünf Monaten wird er geboren.« Heria benutzte die Sprache der Merduks.

Aurungzeb strahlte übers ganze Gesicht, legte Heria einen Arm um die Schultern und seufzte zufrieden.

»Wie ich es liebe, dich unsere Sprache reden zu hören. Sie muss dir zu deiner eigenen werden. Der Unterricht wird fortgesetzt – dieser Lehrer hat sich seinen Lohn wahrlich verdient.« Er senkte die Stimme. »Ich werde dich zu meiner Königin machen, Ahara. Du bist nun die Anhängerin des Propheten, und eines Tages wirst du die Mutter eines Sultans sein. Mein Erbe kann keine bloße Konkubine zur Mutter haben. Würde dir das gefallen? Möchtest du gerne Merduk-Königin werden?« Aurungzeb legte die riesigen Pranken auf ihre Schultern und schaute ihr prüfend ins Gesicht.

Heria begegnete seinem Blick. »Dies ist nun meine Welt. Ihr seid mein Herr, der Vater meines Kindes. Etwas anderes gibt es nicht. Wenn Ihr es wünscht, werde ich Königin sein. Ich bin Euer, also verfügt über mich, wie es Euch gefällt.«

Aurungzeb lächelte dünn. »Du sprichst die Wahrheit. Aber du bist für mich keine Sklavin mehr. Du sollst mir Gemahlin und Königin sein. Wir werden in Aurungabar leben, und unser Bund soll ein Zeichen sein.« Der Sultan drehte sich um und erhob die Stimme, sodass der schwarz gewandete Mann hinter ihnen sie hören konnte.

»Die Vereinigung zweier Völker, Priester. Wie gefällt dir das? Auf diese Weise werden die Ramusier östlich des Torrin erkennen, dass ich nicht das Ungeheuer bin, für das sie – und du – mich halten.«

Albrec schlurfte vorwärts. Unter der Kutte verborgen klirrten weitere Ketten. »Das ist ein würdiger Einfall. Ich habe Euch nie für ein Ungeheuer gehalten, Sultan – das seid Ihr nicht. Letzten Endes tut ein wahrhaft großer Herrscher, was am besten für sein Volk ist und nicht, was ihm persönlich gefällt. Allmählich beginnt Ihr, das zu begreifen.«

Aurungzeb wirkte erstaunt angesichts der Unverblümtheit des Priesters, rang sich dann aber ein Lächeln ab. »Beim Barte des Propheten, du bist ein furchtloser kleiner Narr, das muss ich dir lassen. Du und dein Volk, ihr habt Mut. Shahr Baraz hat mir das immer gesagt. Damals hielt ich ihn für einen gefühlsduseligen alten Dummkopf, aber inzwischen sehe ich ein, dass er Recht hatte.«

Heria betrachtete Aurungzeb mit Erstaunen. Noch nie hatte sie erlebt, dass er auch so über die

Ramusier gesprochen hatte. Mochten die Hofgerüchte am Ende wahr sein? Wurde Aurungzeb des Krieges überdrüssig?

Er bemerkte ihren Blick und ging von ihr weg auf die Brustwehr zu.

Eine Pause entstand. Schließlich brachte Heria die Entschlossenheit auf, das Wort zu ergreifen.

»Herr, meint Ihr wirklich, dass dieser neue General der Ramusier so gefährlich ist?«

»Gefährlich? Seine Armee ist ein zerschlagener Pöbelhaufen, und sein Land wird von einer Frau regiert. Gefährlich!« Doch irgendwie klangen seine Worte leer.

»Komm her, Ahara. Stell dich neben mich.«

Sie gesellte sich zu ihm. Albrec stand vergessen hinter ihnen.

Gemeinsam schauten sie aus der Schwindel erregenden Höhe des Turmes hinunter auf die beschädigten Mauern der Festung und den Searil dahinter, über den nun neue Holzbrücken führten, an denen die Techniker wochenlang gearbeitet hatten. Auf der gegenüberliegenden Seite des Stromes befand sich die breite Stätte der Verwüstung aus Kratern und Geröll, an der einst die östliche Barbakane der Feste gestanden hatte. Die ramusische Garnison hatte sie mit Schießpulver gefüllt und gesprengt, als sie in die Hände er Merduks gefallen war.

»Schau zu den Hügeln im Osten, Ahara. Was siehst du dort?«

»Karren, Herr, Dutzende Karren. Und Hunderte Männer, die graben.«

»Sie heben ein Massengrab für unsere Toten aus.« Aurungzebs Züge verzerrten sich. »Jedes Mal, wenn wir gegen die Torunnen kämpfen, muss wieder eines geschaufelt werden.«

»Kann es denn noch viel länger so weitergehen, Herr? So viel Blutvergießen?«

Aurungzeb antwortete nicht sofort. Er wirkte müde, geradezu erschöpft. »Frag den heiligen Irren hinter dir. Wie es scheint, weiß er auf alles eine Antwort.«

Klirrend schlurfte Albrec voran, bis er am Rand der Brustwehr stand. »Jeder Krieg endet einmal«, meinte er leise. »Aber es braucht mehr Mut, einen Krieg zu beenden, als ihn zu beginnen.«

»Plattheiten«, knurrte Aurungzeb verächtlich.

»Euer Prophet, Sultan, glaubte nicht an den Krieg. Er riet allen Menschen, wie Brüder zu leben.«

»So wie Euer Heiliger«, gab Aurungzeb zurück.

»Ja. Sie hatten viel gemeinsam, der Prophet und der Heilige.«

»Hör zu, Priester ...«, begann der Sultan hitzig, wurde jedoch vom Poltern von Stiefeln unterbrochen, das auf der Treppe erklang. Ein keuchender Soldat erschien auf der Brustwehr. Unter Aurungzebs durchdringendem Blick sank er auf die Knie.

»Verzeiht, Hoheit, aber es sind Depeschen von unseren Streitkräften im Norden angelangt. Shahr Johor meinte, Ihr müsst unverzüglich davon in Kenntnis gesetzt werden. Unsere Männer haben die Schlucht von Torrin erreicht. Der Weg nach Charibon ist frei!«

Die Sorgenfalten auf Aurungzebs Stirn verschwanden. »Ich komme sofort.«

Als der Soldat aufsprang, folgte er ihm ohne einen Blick zurück vom Turm, die Schritte schwungvoll wie die eines Jünglings. Heria und Albrec blieben allein zurück.

»Stammt Ihr aus Aekir?«, fragte der kleinwüchsige Priester sie sogleich.

»Ich war mit einem Soldaten der Garnison verheiratet und wurde bei der Plünderung der Stadt gefangen genommen.«

»Das tut mir Leid. Ich dachte ... nun, ich bin nicht sicher, was ich dachte.«

»Wieso seid Ihr hergekommen, Vater – zu den Merduks?«

»Ich hatte eine Botschaft, die ich ihnen überbringen wollte.«

»Sie scheinen aber nicht zuzuhören.«

Albrec zuckte mit den Schultern. »Ich weiß nicht. Ich habe das Gefühl, das Blatt wendet sich, und sie hören sehr wohl zu ... zumindest beginnen sie zu zweifeln, Ahara.«

»Mein Name ist Heria Cear-Inaf. Ich bin immer noch Ramusierin.«

»Cear-Inaf ...« Albrec kannte den Namen. Irgendwo hatte er ihn schon einmal gehört. Aber wo?

»Was ist?«

»Nichts.« Irgendwie schien es ihm wichtig, sich zu erinnern, doch je mehr man sich bemühte, desto weiter entzog sich ihm die Erinnerung.

»Die anderen Sultanate werden des Krieges überdrüssig«, fuhr Heria rasch fort. »Besonders Nalbeni. Bei der letzten Schlacht haben sie zehntausend Mann verloren, und es geht das Gerücht, dass ihre Flotte in der Kardischen See von torunnischen Schiffen geschlagen wird. Die Armee hungert, weil die Versorgungslinien überfordert sind, und die Soldaten der Miliz, die *Minhraib*, sind unzufrieden und wollen zurück auf ihre Gehöfte. Würden die Torunnen nur noch eine einzige Schlacht gewinnen – ich glaube, Aurungzeb würde um Frieden bitten.«

»Warum erzählt Ihr mir das, Heria?«

Sie sah sich um, als könnten sie belauscht werden. »Wir haben nicht viel Zeit. Die Eunuchen werden gleich kommen, um mich zu holen. Vorerst hat er uns vergessen, aber nur für kurze Zeit. Ihr müsst fliehen und nach Torunn zurückkehren, Vater. Ihr müsst den Torunnen dies alles berichten. Der neue General dort – die Merduks fürchten sich davor, was er als Nächstes tun könnte, aber was immer es sein mag, es muss rasch geschehen. Er muss sie empfindlich treffen, bevor sie ihren Mut wieder finden.«

Albrec spürte, wie eine eiskalte Hand sein Herz umschloss. Er erinnerte sich, wie er dem Anführer einer langen, aus Torunn fortziehenden Reiterkolonne in scharlachroten Rüstungen begegnet war, einem Mann mit ebenso grauen Augen wie die der Frau, die nun vor ihm stand.

Wer seid Ihr?

Corfe Cear-Inaf, Oberst der torunnischen Armee.

»Beim Blut des Heiligen«, entfuhr es Albrec, dessen Antlitz weiß geworden war.

»Was ist?«, fragte Heria.

»Herrin, Ihr sollt unverzüglich in den Harem hinunterkommen«, verkündete eine hohe Stimme. Die beiden wirbelten herum und erblickten den Eunuchen, Serrim, begleitet von zwei Soldaten. »Und der Ramusier soll zurück in seine Zelle.«

Heria legte den Schleier wieder an, wobei ihre Augen die Albrecs suchten und ihnen eine letzte, flehentliche Botschaft sandten. Dann neigte sie das Haupt und folgte gehorsam dem Eunuchen, der sie davonführte. Die Merduk-Soldaten ergriffen den kleinen Priester und stießen ihn grob auf die Treppe zu, doch Albrec nahm sie kaum wahr.

Ein Zufall natürlich – es musste ein Zufall sein. Aber es war kein besonders verbreiteter Name. Und dann dieser Ausdruck in den Augen der beiden. Diese entsetzliche Verzweiflung.

Gütiger Gott, dachte er. Konnte es sein? Konnte es etwas so Trauriges geben?

7.

Das Flussufer von Torunn war so mit Menschenmassen überlaufen, die sie verabschieden wollten, dass General Rusio es als nötig erachtet hatte, dort fünf Hundertschaften der Truppen aufzustellen, um die Leute von den Laufplanken fern zu halten. Die letzten Pferde waren mit Scheuklappen an Bord der Boote geführt, die großen Luken in den Seiten der Schiffe zunächst verschlossen, dann mit Pech versiegelt und abgedichtet worden, während sie an den Kais im Wasser wogten. Corfe, Andruw und Formio standen nunmehr alleine am Kai, während die Kalfaterer über den Tumblehome der Frachtkähne kletterten und die Fährmänner mit der schweren Arbeit begannen, die Leinen loszumachen.

General Rusio löste sich aus der Gruppe ranghoher Offiziere, die gekommen waren, Corfe zu verabschieden. Er streckte die Hand aus. »Viel Glück, Herr.« Seine Züge wirkten angespannt, so als erwartete er, auf die eine oder andere Weise beleidigt zu werden. Doch Corfe ergriff nur die ihm angebotene Hand und schüttelte sie herzlich. »Kümmert Euch um diesen Ort, solange ich fort bin, Rusio«, sagte er. »Und haltet mich auf dem Laufenden. Ihr habt zwar die Einzelheiten unserer Marschroute, aber es könnte sein, dass wir ab und zu ein wenig davon abweichen müssen. Schickt mehrere Boten.«

»Ja, Herr. Die ersten in drei Tagen, wie vereinbart.«

»Damen und Herren!«, rief ein stiernackiger Fährmann, »wenn Ihr den Fluss nich' raufschwimmen wollt, klettert Ihr besser an Bord.« Zur Betonung seiner Worte spuckte er in den Fluss.

Corfe winkte ihm zu und wandte sich wieder an Rusio. »Lasst die Kundschafter draußen«, meinte er. »Wenn ich zurückkomme, will ich über jede Latrine Bescheid wissen, die von den Regimentern der Merduks ausgehoben wurde.«

»Ich werde Euch nicht enttäuschen, General«, erwiderte Rusio in ernstem Tonfall.

»Das glaube ich. Na schön. Andruw, Formio – ihr habt gehört, was der Mann sagt. Es wird Zeit, sich den Seestreitkräften anzuschließen.«

Mit Hilfe der eigens für Landratten angebrachten Fallreeps hievten die drei sich über die hohe Seite eines der Schiffe. Dann kletterten sie über das Schanzkleid und standen schnaufend an Deck des Frachtkahns, den Corfe spaßeshalber als sein Flaggschiff bezeichnete.

»Alles an Bord?«, rief der Kapitän aus der kleinen Poop am Heck des Kahns.

»Aye, Herr!«

»Längsschiffs ablegen. Toppsegel und äußeres Stagsegel setzen. Steuermann, zwei Strich backbord, sobald sie Fahrt aufgenommen hat.«

»Zwei Strich. Aye, Käpt'n.«

Ein großer, dröhnender, flatternder Schatten, als die Toppsegel von den Männern auf den Rahen hoch über ihnen gelöst wurden. Die Küstenbrise erfasste die Segel und bauschte sie. Das Frachtschiff unter Corfes Füßen beschleunigte spürbar und zog bald eine Schneise weißen Kielwassers durch den Fluss. Rings um sie her setzten die übrigen Schiffe des Trosses ebenfalls die Segel; sie boten einen verwegenen Anblick, als sie auf die Mitte des breiten Stromes zusteuerten. Hier in der Hauptstadt maß die Breite des Torrin fast eine halbe Meile. Zwei uralte Steinbrücken spannten sich darüber, deren Mittelteile aus Holzrampen bestanden, die man mit Seilwinden hochziehen konnte, um Schiffen die Durchfahrt zu ermöglichen. Nun näherten sie sich der ersten, der Minantyr-Brücke. Erstaunt beobachtete Corfe, wie die Holzspannen sich knarrend in Bewegung setzten und begannen, sich in die Luft zu erheben. Gruppen von Brückenhebern waren ständig beschäftigt und arbeiteten in Schichten Tag und Nacht, um den reibungslosen Handel stromauf und stromab des Torrin zu gewährleisten. Als der schwere Frachtkahn sich in den Schatten der aufragenden Minantyr-Brücke bewegte, blickte Corfe mit großen Augen empor, ganz wie ein Bauer vom Land, der für einen Tag in die Stadt gereist war, um deren Wahrzeichen zu bestaunen.

Sie durchquerten die plätschernde, tropfende Düsternis unter der hochgezogenen Brücke und fuhren wieder hinaus in den fahlen Wintersonnenschein. Der Kapitän, ein großer, dünner Mann, der eine Stimme wie ein Schmetterhorn besaß, brüllte der Besatzung zu: »Macht das Gaffelsegel los – aufgepasst jetzt. Ben Phrenias, ich sehe dich. Mach, dass du auf die verdammte Rah raufkommst.«

Andruw und Formio blicken sich ebenso erstaunt um wie Corfe. Keiner von ihnen hatte je zuvor den Fuß auf ein Boot gesetzt, und der Getreidefrachter war riesig und vermochte trotz des flachen Tiefgangs mehr als tausend Tonnen zu bewegen. Sie waren voll getakelt und besaßen einen Segelplan ähnlich dem einer Brigg. Für Landratten muteten sie wie große, hochseetaugliche Schiffe an. Jedes hatte eine Besatzung von etwa einem Dutzend Männern, wenngleich ihr Kapitän, Mirio, zugab, dass sie knapp bestückt waren. Einige seiner Leute hatten den Dienst quittiert und sich geweigert, das Schiff nach Norden zu bringen, da diese Gegend gemeinhin als feindlich besetztes Gebiet galt. Wie dem auch sein mochte, die Schiffsbesitzer waren aus der schrumpfenden Schatzkammer Torunnas ordentlich bezahlt worden, und einige der Soldaten, welche die »Fracht« der sechzehn von Corfe angeheuerten Schiffe darstellten, konnten genauso gut an einem Seil ziehen wie jeder Fährmann.

In jenen sechzehn großen Kähnen befanden sich etwa achttausend Mann sowie zweitausend Pferde und Maultiere. Corfe nahm all seine Kathedraler mit nach Norden – mit den letzten Verstärkungen an die fünfzehnhundert Mann –; außerdem Formios Fimbrier und die Veteranen der Feste von Ormann, die in der Schlacht des Königs unter ihm gedient hatten. Seiner Einschätzung nach war es eine Streitmacht, die es, abgesehen von der Hauptarmee der Merduks, mit jeder Feindformation aufnehmen konnte. Er hatte die Absicht, weit flussaufwärts des Torrin von Bord zu gehen, danach zurück zur Hauptstadt zu preschen, jeden Merduk niederzumetzeln, der ihm über den Weg lief und den Nordwesten Torunnas von den Eindringlingen zu befreien, zumindest vorübergehend. In den letzten Tagen hatten grässliche Geschichten aus dem Norden den Weg nach Torunn gefunden, Geschichten von Vergewaltigungen und Massenhinrichtungen. Solche Dinge gehörten zu jedem Krieg, doch die Berichte ließen ein schreckliches Muster erahnen: Die Merduks schienen darauf bedacht, das gesamte Gebiet zu entvölkern. Auch aus strategischer Sicht handelte es sich um eine bedeutsame Gegend, da sie an die Schlucht von Torrin grenzte, das Tor nach Normannien jenseits der Berge von Cimbric. Es durfte dem Feind nicht ungestraft gestattet werden, die Schlucht mordend und plündernd zu durchqueren.

Marsch tauchte aus einer der breiten Luken im Deck des Frachters auf. Sein Gesicht war von Sorgen gezeichnet, und er schien sich nicht wohl in seiner Haut zu fühlen. Es hatte viel gutes Zureden bedurft, um die Stammeskrieger an Bord der Schiffe zu lotsen: Ihre Einstellung gegenüber einem solchen Beförderungsmittel war durch und durch feindselig, zudem fürchteten sie um das Wohlergehen ihrer Pferde. Diejenigen, die von Corfes ursprünglichen fünfhundert Mann überlebt hatten, waren Galeerensklaven gewesen; für sie bedeuteten Schiffe Schmerz und Erniedrigung. Die anderen hatten noch nie etwas Schwimmendes gesehen, das größer war als ein Ruderboot, und die weitläufigen Frachträume, in denen sie nun eingekerkert waren, erstaunten und beunruhigten sie.

Corfe fiel auf, dass der Stammeskrieger den Blick vom Flussufer nahm, das steuerbord gemächlich an ihnen vorbeizog. Er machte den Eindruck, eine tiefe Abneigung gegen alles zu hegen, was mit Schifffahrt zu tun hatte, dennoch hatte er die Nachricht vom ihrem Ausflug zu Wasser ohne Murren aufgenommen.

»Die Pferde beruhigen sich allmählich«, verkündete Marsch, als er sich seinem Befehlshaber näherte. »Es stinkt dort unten.« Seine Züge wirkten gehetzt, als hätte der Geruch Erinnerungen daran geweckt, an ein Ruder gekettet zu sein und die Peitsche zu spüren.

»Es wird nicht lange dauern«, versicherte ihm Corfe. »Vier Tage, höchstens fünf.«

»Schlechtes Weideland droben im Norden«, fuhr Marsch fort. »Ich hoffe, wir haben genug Futter dabei. Maultiere tragen es nicht nur, sie fressen es auch.«

»Kopf hoch, Marsch«, meinte Andruw, unerschütterlich wie immer. »Ist doch besser, als in der Stadt herumzuhängen. Und ich für meinen Teil sitze lieber hier wie ein Fürst und beobachte, wie die Welt an mir vorbeizieht, als mich durch die Hügel in den Norden zu plagen.«

Marsch wirkte wenig überzeugt. »Wir werden ein, zwei Tage brauchen, um die Pferde wieder in Form zu bringen, nachdem sie die«, seine Lippen kräuselten sich, »die *Boote* verlassen haben.«

»Lass Mirio bloß nicht hören, dass du sein geliebtes *Seepferd* als Boot bezeichnest.« Andruw lachte. »Wahrscheinlich würde er uns allesamt an Land kübeln. Diese Seeleute – Entschuldigung, diese *Fährmänner* – sind ein wenig empfindlich, wenn es um ihre Schützlinge geht, so wie ein Greis mit einer jungen Gemahlin.«

Corfe löste sich von den anderen und bahnte sich einen Weg nach achtern, wo Mirio an Ruder stand. Mit ernster Miene nickte der Flusskapitän ihm zu. »Wir machen zurzeit drei Knoten, General. Nicht so schnell, wie ich gehofft hatte, aber wir kommen schon ans Ziel.«

»Danke, Kapitän. Ihr dürft es meinen Männern nicht krumm nehmen. Der Fluss, die Schiffe – das alles ist neu für sie.«

»Aye. Ich hätte lieber einen Laderaum voll Getreide, statt einen Haufen seekranke Soldaten und kreischende Pferde zu befördern, aber man muss nehmen, was man kriegen kann. Da, wir sind gerade an den letzten Flussbatterien und den königlichen Marinewerften vorbei.«

Corfe schaute zum Ostufer. Die Küste – der Fluss schien groß genug, um diese Bezeichnung für seine Ufer zu rechtfertigen – war ungefähr zwei Kabel entfernt. Die Mauern Torunns reichten hier bis ans Wasser und wurden von einer Reihe gedrungener Türme beschützt, in denen sich zahllose schwere Kanonen verbargen. In den Torrin selbst ragten Dutzende Landungsstege und Kais; die meisten waren verwaist, doch auf einigen waren Männer damit beschäftigt, die kleinen Boote zu entladen, die hier über den Fluss hin und her kreuzten. Und hinter ihnen erblickte er nun auch die königlichen Marinewerften von Torunna. Zwei große Schiffe, hoch aufragende, seetaugliche Karacken, lagen dort im Trockendock, die Seiten von schweren Balken gestützt; Hunderte Männer wimmelten in einem Gewirr aus Holz und Seilen auf diesen Riesen herum.

»Wie weit ist es bis zum Meer?«, erkundigte Corfe sich, während er achtern über die Heckreling spähte. Hinter dem *Seepferd* bildeten die restlichen Schiffe der Expedition achtern eine Linie; Gischt spritzte von ihren Bügen, während sie flussauf gegen die Strömung kämpften.

»So an die fünf Wegstunden«, antwortete Mirio. »In stürmischen Zeiten ist der Torrin hier brackig, und manchmal werden Schiffe von der Mündung in die Kardische See hinausgeweht.«

»So nah? Das wusste ich nicht.« Corfe hatte Torunn stets als vom Fluss geteilte Stadt betrachtet. Nun erst begriff er, dass es eine Hafenstadt am Rand des Meeres war. Das sollte er sich merken. Er musste mit Berza sprechen, sobald der Admiral mit der Flotte nach Torunn zurückkehrte. Wenn die Merduks Armeen übers Meer befördern konnten, dann konnte er das auch.

Der Wind frischte auf, und Mirio konnte sichtlich zufrieden berichten, dass sie fünf Knoten machten. Die Hauptstadt war längst verschwunden, und die Frachtschiffe durchfuhren die dicht besiedelte Landschaft westlich davon. Hier züchteten Bauern Rinder, pflanzten Getreide an und fischten im Fluss. Doch während die südlicheren Ufer üppig und vom Krieg unbehelligt wirkten, waren zahlreiche Häuser und Weiler weiter nördlich verwaist. Corfe sah herrenlos streunendes Vieh, weit offen stehende Scheunentore, hinter denen gähnende Leere prangte, und hier und da die rußgeschwärzten Skelette niedergebrannter Dörfer am Horizont.

Über Nacht legten die Frachtkähne an, denn die

Gefahr, in der Finsternis auf eine Sandbank zu laufen, war zu groß. Die Büge wurden an kräftigen Baumstämmen vertäut, und ein leichter Anker wurde vom Heck der Schiffe gelassen, damit die Strömung sie nicht ans Ufer schwemmen konnte. Zwar war es unmöglich, die vielen Soldaten von Bord zu lassen, doch auf Marschs beharrliches Drängen sorgte Corfe dafür, dass die ganze Nacht hindurch in Schichten einige Pferde und Maultiere an Land gebracht wurden, um sich am Ufer die Beine zu vertreten. Zudem war es eine wirkungsvolle Möglichkeit, bewegliche Wachen aufzustellen; dieser Dienst war bei den Männern sehr beliebt, da sie die schäbigen Unterkünfte in den Bäuchen der Frachter alles andere als angenehm fanden.

Vier Tage verstrichen. Der Torrin beschrieb eine Kurve, bis er fast genau von Norden nach Süd strömte; dann führte er in nordwestlicher Richtung zu seiner Quelle in den Bergen von Thurian. Das immer noch in Schnee gehüllte Gebirge selbst zeichnete sich am nördlichen Horizont ab. Und zur Linken, auf der Backbordseite, ragten die grimmigen, weißen Gipfel der Berge von Cimbric auf, die Spitzen von grauen Wolken verhangen. Hier gab es keine Gehöfte mehr an den Ufern; diese Gegend war schon vor dem Krieg spärlich besiedelt gewesen. Nun wirkte sie völlig verlassen: eine von schroffen Bergen umringte und vom schäumenden Lauf des jungen Flusses geteilte Wildnis.

Hier war der Torrin kaum zwei Kabel breit, und während des vierten Tages hatten die Männer hin und wieder hören können, wie der Kiel des schwer beladenen Frachters über Sandbänke schabte. Außerdem war die Strömung stärker geworden, sodass sie gerade noch zwei Knoten schafften. Zur offenkundigen Erleichterung sowohl der Soldaten als auch der Fährmänner beschloss Corfe am Morgen des fünften Tages endlich, die Schiffe zu verlassen. Die sechzehn riesigen Kähne verbrachten einen bangen Vormittag damit, sich behutsam einen Weg zum Ostufer zu bahnen, ehe jeder vorhandene Anker geworfen wurde, um zu verhindern, dass die Strömung sie flussabwärts trieb.

Was dann folgte, konnte man als Albtraum aus Schlamm und Wasser, panischen Tieren und auf sie einprügelnden, fluchenden Männern beschreiben. Jeder der Frachter besaß schwimmende Landungsbrücken, die über die Seite hinabgelassen werden konnten, um einen halbwegs festen Pfad ans Ufer zu bieten, doch sie waren nicht für das Entladen von zweitausend Pferden und Maultieren gebaut worden. Mit Flaschenzügen, die an den Rahnocks befestigt waren, wurden die Tiere aus den Laderäumen gehievt; mit wirren Augen und sich heftig wehrend, setzte man sie auf den wackeligen Landebrücken ab.

Als das letzte Maultier und der letzte Mann an Land waren, hatte die Nacht längst Einzug gehalten. Zwei Männer und sechs Pferde waren ertrunken, dennoch schätzte Corfe sich glücklich, nicht mehr verloren zu haben. Auf fast eine Meile glich das Ostufer einem klebrigen Morast aus Schlamm und Pferdemist, und die Truppen ähnelten hohlwangigen Geistern, die vor Erschöpfung taumelten. Aber sie waren an Land und halbwegs unversehrt. In fünf Tagen hatten sie mehr als achtzig Wegstunden zurückgelegt.

Die letzten Pferde waren für die Nacht untergebracht, und die Lagerfeuer der Armee funkelten über die dunkle Erde verstreut wie ein Ebenbild der Sterne über ihnen. Der Erdboden hier, eine Meile vom Ufer entfernt, war hart wie Stein, was das Marschieren einfacher machen würde, doch es war schwierig, die Kälte mit nur einer Decke zu verbannen, selbst wenn man die Füße nahe an die Glut der Feuer legte. Seltsamerweise fühlte Corfe sich weniger müde als je zuvor seit der Schlacht des Königs, obwohl er während der Reise flussaufwärts kaum vier Stunden Schlaf je Nacht gefunden hatte. Es lag an der Freiheit, mit seinem eigenen Kommando auf offenem Feld zu sein. Keine Besprechungen oder Ratssitzungen, keine kritzelnde Schreiber – nur eine Schar erschöpfter, durchfrorener Männer und Tiere, die in der frostigen Wildnis des Nordens lagerten.

Die Männer hatten sich gut zusammengefügt. Sie hatten Schulter an Schulter in der Schlacht des Königs miteinander gefochten, gemeinsam in den Schänken Torunns Bier gesoffen und die Unannehmlichkeiten der Fahrt in den Norden auf dem Fluss erduldet. Das alles hatte sie zu einer Einheit geschmiedet: Stammeskrieger aus den Bergen von Cimbric, fimbrische Lanzenstreiter, torunnische Hakenbüchsenschützen. Natürlich gab es nach wie vor Rivalitäten, doch sie wurden offen und ehrlich ausgetragen.

Corfe hockte am Lagerfeuer und beobachtete, wie die Männer ohne Murren in ihren abgewetzten Uniformen, die triefnass und voller Schlamm waren, auf der harten Erde schliefen – und ihm wurde klar, dass er diese Männer liebte.

Andruw bahnte sich an den Feuern vorbei einen Weg zu ihm und wühlte in den Satteltaschen. Dann reichte er seinem General eine Holzflasche.

»Trink einen Schluck, Corfe. Der vertreibt die Kälte. Mit den besten Empfehlungen von Kapitän Mirio.«

Corfe zog den Stöpsel heraus und nahm einen kräftigen Schluck. Das Zeug schien in seinem Mund zu lodern und brannte einen feurigen Pfad seine Kehle hinunter. Wasser schoss ihm in die Augen, und er rang nach Luft.

»Andruw, ich schwöre dir, eines Tages erblindest du von diesem Zeug!«, stieß er hervor.

»Ich nicht. Ich bin robust wie ein Pferd.«

»Und du hast genauso viel Verstand. Was ist mit dem Schießpulver?«

Andruw schaute über das Lager zurück. »Sechs Fässer haben wir verloren, weitere acht sind feucht. Gott allein weiß, wann wir die Gelegenheit bekommen, sie zu trocknen.«

»Verdammt. Das zehrt ganz schön an unseren Reserven. Na, jedenfalls haben wir genug, um ein paar ordentliche Gefechte auszutragen. Trotzdem muss Ranafasts Leuten klar gemacht werden, dass sie nicht herumschießen dürfen, als würde es nichts kosten.«

»Kein Problem.«

Zwei weitere Gestalten kamen aus der flackernden Dunkelheit auf sie zu. Als sie näher kamen, sah Corfe, dass es sich um das ungleiche Paar Marsch und Formio handelte. Formio wirkte neben dem hünenhaften Stammeskrieger zierlich wie ein Halbwüchsiger; seine einst adrette schwarze Uniform war voller Schlamm und sah aus wie das karierte Kostüm eines Harlekins. Marsch war mit einem speckigen Lederwams bekleidet. Er schien so glücklich wie seit Tagen nicht.

»Was ist denn das, ein Treffen des Oberkommandos?«, meinte Andruw spöttelnd. »Da, ihr zwei – trinkt davon. Ein Vorrecht des Ranges.«

Formio und Marsch zuckten vom Geschmack des starken Getreidegeistes so heftig zusammen wie zuvor Corfe.

»Nun, meine Herren?«, fragte ihr befehlshabender Offizier.

»Wir haben die über Bord gegangenen Sachen gefunden«, sagte Formio und wischte sich den Mund ab. »Sie wurden etwa zwei Meilen flussabwärts gegen eine Sandbank gespült.«

»Gut. Wir brauchen jede Lunte, die wir kriegen können. Marsch?«

Der große Stammeskrieger warf die Holzflasche zurück zu Andruw. »Unsere Pferde sind in besserer Verfassung, als ich dachte, aber wir brauchen zwei Tage, um ...«, er stockte, suchte nach den richtigen Worten, »um sie wieder auf Vordermann zu bringen. Einige wollten an Bord nicht fressen und sind geschwächt.«

Corfe nickte. »Also gut. Zwei Tage – nicht einen mehr. Marsch, ich möchte, dass du und Morin morgen früh eine Schwadron der kräftigsten Pferde sattelt und das Gebiet im Umkreis von fünf Meilen auskundschaftet. Werdet ihr von einer Feindgruppe gesichtet, verfolgt sie, wenn sie nicht zu groß ist. Trefft ihr auf eine große Formation, kommt sofort hierher zurück. Ist das klar?«

Auf Marschs Gesicht erschien eines seiner seltenen Lächeln. »Vollkommen klar. Wird gemacht.«

Andruw trank immer noch aus Mirios Flasche. Dann setzte er sich auf seinen Sattel und blickte eulengleich ins Lagerfeuer, einen Ellbogen auf den Sattelknauf gestützt.

»Geht es dir gut?«, erkundigte sich Corfe.

»Ausgezeichnet.« Sein Frohsinn war verpufft. »Ich bin nur müde. Bei Gott, wie diese Boote gestunken haben! Ich bin froh, dass ich Reitersoldat bin, kein Matrose.«

Auch Marsch und Corfe lehnten sich am Feuer zurück. »Gibt ein gutes Kissen ab, so ein Kriegssattel«, erklärte Andruw ihnen und klopfte auf den seinen. »Trotzdem, der Busen einer Frau ist besser.«

»Ich dachte, du wärst ein Artilleriemann, kein Pferdesoldat«, neckte Corfe ihn. »Vergisst du etwa deine Wurzeln, Andruw?«

»Ich? Niemals. Ich betrachte das lediglich als längerfristige Leihgabe. Setz dich, Formio, du stehst da wie ein Götzenbild. Werden Fimbrier denn nie müde?«

Der junge fimbrische Offizier zog eine Augenbraue hoch; dann tat er wie geheißen. Als Andruw ihm die Holzflasche ein zweites Mal anbot, schüttelte er den Kopf. Andruw zuckte mit den Schultern und trank einen weiteren Schluck. Marsch, Formio und Corfe tauschten viel sagende Blicke.

»Erinnerst du dich noch an die ersten Tage in der Feste, Corfe? Wie sie brüllend aus den Hügeln herabgestürmt kamen und meine Kanonen Batterie um Batterie loskrachten? Was für ein Anblick! Was wohl aus meinen Kanonieren geworden ist? Es waren gute Männer. Ich nehme an, ihre Gebeine liegen jetzt rings um die Ruinen der Feste – inmitten der Überreste der Kanonen.«

Corfe starrte ins Feuer. Ranafast hatte ihm erzählt, dass die Artilleristen der Feste von Ormann zu der tausend Mann starken Nachhut gehört hatten, die Martellus' Räumung der Festung gedeckt hatte. Keiner von ihnen war entkommen.

Ein Brachvogel stieß einen lauten Ruf aus und kreischte in die Nacht, als hätte er sich in der Dunkelheit verirrt. Irgendwo zwischen den Reihen der Kathedraler wieherte ein Pferd. Doch davon abgesehen waren die einzigen Geräusche der Wind, der durchs Gras wehte, und das Knistern und Knacken der Lagerfeuer. Corfe dachte an seine eigenen Männer, die er in Aekir befehligt hatte. Sie waren seit langer Zeit tot. Er konnte sich kaum noch an ihre Gesichter erinnern. Seither hatten sehr viele andere Männer unter seinem Befehls gestanden.

»Viele Soldaten sterben vor der Zeit. So ist nun mal«, meldete sich Formio unerwartet zu Wort. »Nun rechnen sie nicht damit, dass sie fallen, deshalb machen sie immer weiter und weiter. Männer, die keine Hoffnung mehr auf Leben haben, hören entweder auf zu kämpfen oder ringen wie Helden. Niemand weiß warum. So ist nun mal der Lauf der Dinge.«

»Ein fimbrischer Philosoph«, meinte Andruw, lächelte jedoch, um seinen Worten den Spott zu nehmen. Dann wurden seine Züge wieder ernst. »Ich wurde hier oben im Norden geboren. Dies ist das Land meiner Familie, schon seit Generationen. Ich hatte eine Schwester namens Vanya und einen kleinen Bruder. Gott allein weiß, wo sie jetzt sind. Vermutlich sind sie tot oder in einem Arbeitslager der Merduks.« Abermals setzte er die Flasche an, stellte fest, dass sie leer war, und warf sie ins Feuer.

»Manchmal frage ich mich, Corfe, ob am Ende noch etwas von unserer Welt übrig sein wird, das zu retten sich lohnt.«

Mit brennenden Augen legte Corfe ihm eine Hand auf die Schulter. »Tut mir Leid, Andruw.«

Andruw lachte, ein blasser Abklatsch seines üblichen Frohsinns. Seine Augen funkelten im Licht der Flammen. »All diese kleinen Tragödien. Es spielt keine Rolle. Ich hatte sie seit Jahren nicht mehr gesehen. So ist nun mal das Leben eines Soldaten. Aber jetzt, da wir hier oben sind, muss ich immerzu an sie denken.« Er drehte sich dem Fimbrier zu, der still neben ihm hockte. »Weißt du, Formio, auch Soldaten sind Menschen. Wir alle sind jemandes Sohn, sogar ihr Fimbrier.«

»Sogar wir Fimbrier? Da bin ich erleichtert.«

Formios Erwiderung entlockte allen ein leises Lachen. Andruw klopfte dem schwarz gewandeten Offizier auf den Rücken. »Ich dachte, ihr wärt ein Haufen von Kriegermönchen, die Schießpulver fressen und Kugeln kacken. Hast du zu Hause in den Kurfürstentümern Familie, Formio?«

»Ich habe eine Mutter, und ein Mädchen.«

»Ein Mädchen! Ein weiblicher Fimbrier – sieh mal einer an. Ich schätze, da würde ich das Schwert mit ins Bett nehmen. Wie ist sie denn so, Formio? Du bist hier unter Freunden, also sei ehrlich.«

Sichtlich verlegen, ließ der Offizier in Schwarz den Kopf hängen. »Ihr Name ist Merian.« Er zögerte; dann griff er in die Brusttasche seiner Uniformjacke und holte eine kleine Holzleiste hervor, die sich auffalten ließ wie ein dünnes Buch.

»So sieht sie aus.«

Wie Schuljungen drängten sie sich um ihn, um

einen Blick zu erhaschen. Formio hielt eine bezaubernde Miniaturmalerei in der Hand, ein winziges Gemälde eines blonden Mädchens mit fein geschnittenen Zügen, großen dunklen Augen und hoher Stirn. Andruw stieß einen anerkennenden Pfiff aus.

»Formio, du bist ein Glückspilz.«

Der Fimbrier steckte das Miniaturgemälde wieder weg. »Wir wollen heiraten, sobald ... sobald ich zurückkehre.«

Alle schwiegen. In diesem Augenblick wurde Corfe klar, dass keiner von ihnen damit rechnete, den Krieg zu überleben, doch diese Erkenntnis hatte seltsamerweise keinen Schrecken für ihn. Formio hatte Recht mit dem, was er über Soldaten gesagt hatte.

Andruw rappelte sich unsicher auf. »Meine Herren, ihr müsst mich entschuldigen. Ich glaube, ich muss reihern.«

Er taumelte davon; Corfe und Marsch sprangen auf, packten seine Arme und schleiften ihn in die Schatten, wo er sich vornüber beugte und sich geräuschvoll übergab. Schließlich richtete er sich mit tränenden Augen wieder auf.

»Ich werde langsam alt«, keuchte er.

»Du?«, entgegnete Corfe. »Du wirst nicht alt, Andruw.« Keinen Lidschlag später wünschte er sich, nie eine so unglückliche Äußerung getan zu haben.

8.

Golophin wischte sich mit einem feuchten Tuch den Schweiß aus dem Gesicht und erhob sich stöhnend von seiner Werkbank. Er schlurfte zum Fenster hinüber und riss die schweren Läden auf, um das silbrigen Licht einer mondhellen Nacht in die Turmkammer einzulassen. Aus der Höhe, in der er sich befand, konnte er die gesamte dunkle Weite des südwestlichen Hebrions sehen, wie es unter den Sternen schlief. Dahinter zeichnete sich der bernsteinfarbene Schimmer Abrusios ab, und am Horizont spiegelte sich der Mond glitzernd auf den Wellen des großen Westlichen Ozeans, der sich bis an den Rand der Welt erstreckte. Wie ein alter Jagdhund sog Golophin die Luft durch die Nase ein und schloss die Augen. Die Nacht hatte sich gewandelt. Um dieses Jahreszeit wehte stets, gleich einem Versprechen des Frühlings, eine wärmere Brise vom Meer heran. Endlich, endlich neigte auch dieser Winter sich dem Ende zu.

Nun war Abeleyn König, Jemillas Pläne waren vereitelt, und Hebrion hatte endlich Frieden. Vielleicht war es an der Zeit, sich Gedanken über das Los der restlichen Welt zu machen. Erst am Tag zuvor war in Abrusio eine Karavelle aus Candelaria mit einer Ladung Wein und Zimt eingetroffen, und sie brachte Kunde vom Krieg im Osten. Es hieß, der torunnische König sei unmittelbar vor den Toren seiner Hauptstadt getötet worden, und die Merduks befänden sich auf dem Vormarsch durch die Schlucht von Torrin. Der junge Lofantyr – tot, dachte Golophin. Dabei hatte er gerade erst begonnen, ein König zu werden. Seine Mutter würde den Thron besteigen, und das konnte mehr Schwierigkeiten hervorrufen, als es beseitigte. So wie Torunna dastand, eingekeilt zwischen den Merduks auf der einen und den Getreuen Himerius' auf der anderen Seite, gab Golophin dem Königreich mit einer Frau auf dem Thron, und mochte sie noch so tüchtig sein, nur wenig Aussicht auf Überleben.

In näherer Nachbarschaft festigte die Himerische Kirche rasch ihre Herrschaft über einen riesigen Streifen des Kontinents. Dieser übertrieben höfliche Dummkopf Cadamost hatte die Streitkräfte der Kirche nach Perigraine eingeladen, ohne sich den Kopf darüber zerbrochen zu haben, wie er sie je wieder loswerden sollte. Wie würde die Welt in fünf Jahren aussehen? Vielleicht war er zu alt, als dass es ihn noch kümmern musste.

Er reckte sich und kehrte zur Werkbank zurück. Darauf stand eine Reihe großer Glaskorbflaschen mit breiten Hälsen, die im Licht einer einzigen Kerze schimmerten. Alle waren voller Flüssigkeit; in einer zuckte eine dunkle Gestalt und klopfte dann und wann ans Glas, in dem sie eingekerkert war. Golophin legte eine Hand auf die Seite des Glases. »Bald, mein Kleiner, bald«, säuselte er. Und die dunkle Gestalt beruhigte sich wieder.

»Ein weiterer Hausgeist?«, fragte eine Stimme vom Fenster. Golophin drehte sich nicht um.

»Ja.«

»Ihr Zauberer der Alten Welt macht euch zu sehr von ihnen abhängig. Manchmal denke ich, ihr züchtet sie ebenso als Gefährten wie für jeden anderen Zweck.«

»Mag sein. Trotzdem haben sie unbestreitbar

ihren Nutzen für diejenigen von uns, die nicht ganz so ... meisterlich sind wie Ihr.«

»Du unterschätzt dich, Golophin. Es gibt andere Wege, den *Dweomer* auszubauen.«

»Aber ich habe kein Verlangen, diese Wege zu beschreiten.« Endlich drehte Golophin sich um. Im silbrigen Mondlicht am Fenster war ein riesiges Tier, ein gespenstischer Wolf, der auf den Hinterpfoten stand; sein Hals war so dick wie der eines Stieres. Über der Schnauze funkelten zwei gelbe Lichter.

»Weshalb diese Gestalt? Versucht Ihr, mich zu beeindrucken?«

Der Wolf lachte, und binnen eines Herzschlag stand an seiner Stelle ein Mensch in altertümlichen Gewändern, ein großer Mann mit falkengleichen Zügen.

»Ist das besser?«

»Viel besser.«

»Ich lobe mir deine Gelassenheit, Golophin. Du scheinst nicht einmal erstaunt zu sein. Bist du denn kein bisschen neugierig, wer ich bin und was ich hier tue?«

»Ich bin auf zahlreiche Dinge neugierig. Ich glaube kaum, dass Ihr von irgendwo aus der Welt kommt, die ich kenne. Eure Kräfte sind beeindruckend, gelinde gesagt. Ich vermute, Ihr seid hier, um mich auf die eine oder andere Weise aufzuklären. Hättet Ihr vor, mich zu töten oder zu versklaven, hättet Ihr es längst tun können; stattdessen habt Ihr meine Kräfte wiederhergestellt. Daher erwarte ich Eure Erklärungen.«

»Gut gesprochen! Du bist ein Mann nach meinem Geschmack.« Der seltsame Gestaltenwandler schritt durch die Kammer zum Kamin, wo er stehen blieb und sich die Hände wärmte. Er ließ den Blick durch den Raum und über die ungezählten Büchern entlang der kreisrunden Wände schweifen; dann verharrte sein Blick auf einem der Bände, und zog ihn hervor und blätterte ihn durch.

»Das ist ein altes Buch. Zweifellos ist ein Großteil des Inhalts mittlerweile in Verruf geraten. Aber als ich es schrieb, dachte ich, die Gedanken hätten ewig Bestand. Der törichte Stolz eines Mannes, nicht wahr?« Er warf er die uralte Schwarte Golophin zu. *Die Elemente des Gramarye* von Aruan von Garmidalan. Das Buch war handgeschrieben und ausgemalt, denn es war im zweiten Jahrhundert verfasst und kopiert worden.

»Ihr könnt Dinge berühren. Also seid Ihr keine Geisterscheinung«, stellte Golophin ruhig fest und bemühte sich gleichzeitig, das plötzliche Zittern seiner Hände zu zügeln.

»Ja. Ich nenne es Ortespringen. Binnen eines Lidschlags kann ich die Welt überqueren, Golophin. Ich spiele mit dem Gedanken, es zu einer neuen Disziplin zu erklären. Aber es ist eine ermüdende Angelegenheit. Hast du zufällig Wein da?«

»Ich habe fimbrischen Weinbrand.«

»Noch besser.«

Golophin legte das Buch beiseite. Auf dem Einband befand sich ein Stich des Verfassers – Herr im Himmel, es handelte sich tatsächlich um ein und denselben Mann! Somit musste er mindestens vierhundert Jahre alt sein.

»Ich glaube, ich brauche auch einen Schluck«, meinte er, als er aus der Karaffe, die er neben dem Feuer aufbewahrte, für sie beide großzügig vom wohl riechenden Weinbrand einschenkte. Er reichte seinem Gast ein Glas, und Aruan – sofern er es tatsächlich sein konnte – nickte dankbar, schwenkte die Flüssigkeit im breithalsigen Kelch und nippte genussvoll daran.

»Danke, Bruder Magier.«

»Offenbar habt Ihr etwas noch Erstaunlicheres als dieses *Ortespringen* entdeckt. Und zwar nichts Geringeres als das Geheimnis der ewigen Jugend.«

»Nicht ganz, aber ich bin nahe daran.«

»Ihr seid aus dem äußersten Westen, dem Ort, an den Bardolin verschwunden ist, nicht wahr?«

»Ah, dein Freund Bardolin! Da haben wir mal einen wahrhaft Begabten. Golophin, er ist sich nicht ansatzweise bewusst, welche Möglichkeiten in ihm schlummern. Aber ich unterrichte ihn. Wenn du ihn wiedersiehst – und das wirst du bald –, könnte dich eine Überraschung erwarten. Und um deine Frage zu beantworten: Ja, ich komme aus dem Westen.«

Golophin brauchte die Wärme des Weinbrands in der Kehle. Er stürzte ihn hinunter wie Bier.

»Wieso habt Ihr meine Kräfte wiederhergestellt, Aruan? Sofern Ihr es seid.«

»Du warst ein Magierbruder in Nöten. Warum also nicht? Ich muss mich für die ... nun, plötzliche Art der Wiederherstellung entschuldigen. Hoffentlich war es nicht zu ermüdend.«

Es war die qualvollste Erfahrung gewesen, die Golophin je erlebt hatte, doch er schwieg. Er hatte Angst. Der *Dweomer* in diesem Mann stank durchdringend wie Fleisch, das man in tropischem Klima verrotten ließ. Die Kraft, die er spürte, schien beinahe greifbar. Golophin hätte nie zu träumen gewagt, dass jemand so mächtig sein könnte. Deshalb hatte er Angst – und war gleichzeitig gebannt.

Er hatte so viele Fragen, dass er nicht wusste, mit welcher er beginnen sollte.

»Weshalb seid Ihr hier?«, fragte er schließlich.

»Ein guter Einfall. Fangen wir mit der offensichtlichsten Frage an. Sagen wir einfach, ich befinde mich auf einer großen Rundreise über den Kontinent, um mich auf den neuesten Stand der Dinge zu bringen. Ich muss noch sehr viel sehen und habe nur wenig Zeit dafür! Aber abgesehen davon, habe ich Hebrion immer schon gemocht. Weißt du eigentlich, Golophin, dass die *Dweomer* hier in diesem Königreich zahlreicher sind als in jedem anderen? Natürlich sind es weniger seit den von Mutter Kirche angezettelten Säuberungen, aber es ist immer noch eine beachtliche Zahl. Torunna ist von unserem Volk mittlerweile so gut wie gänzlich verlassen, und in Almark haben nie viele von uns gelebt – das Reich befindet sich zu nahe bei Charibon. Und in Fimbrien gab es so etwas wie eine Denkweise, die sich seit frühester Zeit ungünstig auf das Entstehen unseres Volkes auswirkte. Man könnte endlose Vermutungen über das Warum anstellen, doch ich bin zu der Überzeugung gelangt, dass es irgendetwas in den Gebeinen der Erde selbst gibt, das die Geburt eines *Dweomer* bewirkt – eine Absonderlichkeit, die an manchen Orten verbreiteter ist als an anderen. Waren deine Eltern Magier?«

»Nein. Mein Vater war Beamter bei der Händlergilde.«

»Da, siehst du? Es ist nicht vererblich. Irgendetwas anderes ist da am Werk. Wir sind Launen der Natur, Golophin, und wurden als solche verfolgt, seit es eine geschriebene Geschichte gibt. Aber das wird sich ändern.«

»Was ist mit Bardolin? Was habt Ihr mit ihm gemacht?«

»Wie ich schon sagte, ich habe begonnen, seine Kräfte zu befreien. Es ist ein schmerzhafter Vorgang – solche Dinge waren noch nie einfach –, aber letzten Endes wird er mir dafür danken.«

»Also ist er irgendwo dort draußen im Westen noch am Leben. Dann sind die Mythen wahr? Gibt es tatsächlich einen Westlichen Kontinent?«

»Die Mythen sind wahr. Ich hatte die Hand im Spiel, einige davon zu erschaffen. Golophin, im Westen haben wir eine ganze Welt für uns allein, eine auf *Dweomer* begründete Gesellschaft. Dort liegt irgendetwas in der Luft selbst, die wir atmen ...«

»Das heißt, es gibt mehrere von euch?«

»Ich bin der einzige der ursprünglichen Gründerväter, der bis zum heutigen Tage überlebt hat. Aber es gibt andere, die später kamen. Wir sind wenige, und unsere Zahl nimmt immer mehr ab. Deshalb bin ich in die Alte Welt zurückgekehrt. Wir brauchen frisches Blut, neue Ideen. Und wir haben vor, selbst ein paar Ideen mitzubringen.«

»Mitbringen? Also wollt ihr Magier aus dem Westen nach Normannien zurückkommen?«

»Eines Tages, ja. Darauf hoffen wir. Meine Aufgabe besteht derzeit darin, die Welt auf unsere Ankunft vorzubereiten. Verstehst du nun, weshalb ich hier bin? Wir brauchen in jedem Königreich Stimmen, die für uns sprechen, andernfalls könnte unser Eintreffen zu einer Panik, sogar zu Gewalt führen. Dabei wollen wir nur nach Hause kommen, Bruder Magier.«

Ein plötzlicher Gedanke durchzuckte Golophin. »Einen Augenblick – der Anblick des Wolfs. Das war eine Geisterscheinung, nicht wahr?«

Aruan grinste. »Ich habe mich schon gefragt, wann die Frage kommt. Nein, so war es nicht. Ich bin ein Gestaltenwandler, ein von der schwarzen Krankheit Befallener, obwohl ich sie nicht mehr als ein Leiden betrachte.«

»Das ist unmöglich. Ein Magier kann nicht gleichzeitig Werwolf sein.«

»Das dachte Bardolin auch. Mittlerweile ist er eines Besseren belehrt. Ich bin Meister aller Sieben Disziplinen, und ich bin fleißig dabei, weitere zu erschaffen. Und heute Nacht bin ich hier, Golophin, um zu fragen, ob du dich uns anschließen wirst.«

»Euch anschließen? Ich bin nicht sicher, ob ich Euch recht verstehe ...«

»O doch, das tust du. Schon bald werde ich kein verstohlener, nächtlicher Besucher mehr sein, sondern eine Macht in dieser Welt. Ich will, dass du mein Weggefährte wirst. Ich kann dich hoch hinaufbringen, Golophin. Du wärst kein Diener eines Königs mehr, sondern selbst ein König.«

»Manch einer könnte Eure Ziele für etwas zu hoch gegriffen halten. Wie wollt Ihr das bewerkstelligen?«

»Das wird die Zeit weisen. Aber es wird geschehen. Die Linien werden bereits über den gesamten Kontinent gezeichnet, wenngleich es bislang nur wenige wissen. Wirst du dich uns anschließen, Golophin? Ich würde es als Ehre betrachten, einen Mann wie dich in meinem Lager zu haben. Ein Mann, der nicht nur ein mächtiger Magier ist, sondern der einen scharfen Verstand besitzt und die feinen Verästelungen und die Machenschaften kennt, die mit der Macht einhergehen. Was meinst du?«

»Ihr seid wortgewandt, Aruan, aber undeutlich. Fürchtet Ihr etwa, mir zu viel zu erzählen?«

Aruan zuckte mit den Schultern. »In einigen Dingen musst du mir einfach vertrauen, das ist wahr. Ich kann dir keine Einzelheiten eines Planes offenbaren, der noch unvollständig ist. Vorerst würde es mir schon reichen, wenn du dich als unser Freund betrachten könntest.«

Der hagere, greise Zauberer starrte seinen Besucher an. Aruans Züge waren kantig und gebieterisch, und in den Augen lag eine unverkennbare Grausamkeit. Es war weder ein freundliches noch ein großmütiges Antlitz. Doch Golophin spürte, dass Aruan die Wahrheit sagte – zumindest in dieser Sache. Mann stelle sich nur vor: Eine völlig neue Welt dort draußen jenseits des endlosen Ozeans, eine Gesellschaft von Magiern, die ohne Furcht vor dem Scheiterhaufen lebten. Es war eine Schwindel erregende Vorstellung. Und sie wollten hierher zurückkehren, in die Alte Welt. Was konnte falsch daran sein, eine Heimat für solche ... Gestrandeten zu finden? Allein das Wissen, das sie im Lauf der Jahrhunderte angesammelt haben mussten, während sie in Frieden und ohne Angst arbeiten konnten! Mit einem hatte der uralte Zauberer Recht: Wie viele Jahrzehnte oder Jahrhunderte der Verfolgung konnte das Volk der *Dweomer* noch erdulden, ehe es gänzlich ausgerottet war? Irgendwann mussten sie zusammenstehen und dem Einhalt gebieten, mussten die Vorurteile der Menschen umkehren und einfordern, dass man sie anerkannte. Es war eine glänzende Vorstellung, die Golophins Herz einen Lidschlag lang höher schlagen ließ. Wenn es doch nur möglich wäre!

Und dennoch, und dennoch – irgendetwas hier war zutiefst beunruhigend. Trotz des gewinnenden Wesens, das Aruan an der Oberfläche zeigte, schlummerte in seinem Innern eine Bestie. Golophin konnte diesen verzweifelten, mittels Gedankenkraft übertragenen Schrei nicht vergessen, den er Bardolin Tausende Wegstunden entfernt ausstoßen gehört hatte.

Golophin! Hilf mir, in Gottes Namen ...

Das Entsetzen in diesem Schrei – was hatte es ausgelöst?

»Nun?«, hakte Aruan nach. »Was sagst du?«

»Na schön. Betrachtet mich als Eurer Sache freundlich gesonnen. Aber ich werde keinerlei Geheimnisse oder Strategien der hebrionischen Krone preisgeben.«

»Das soll mir recht sein. Ich danke dir, Golophin.« Damit streckte Aruan ihm die Hand entgegen.

Doch Golophin weigerte sich, sie zu schütteln. Stattdessen drehte er sich um und füllte sein Glas nach. »Ich schlage vor, Ihr geht jetzt. Schon sehr bald muss ich mich auf den Weg zurück in die Stadt machen. Aber«, er setzte das Glas ab, »ich will wieder mit Euch sprechen. Ich besitze einen wissbegierigen Verstand, und es gibt noch so viel, das ich erfahren möchte.«

»Nur zu gern. Ich freue mich schon darauf. Doch bevor ich aufbreche, will ich meinen guten Willen durch ein Geschenk bezeugen ...«

Bevor Golophin sich rühren konnte, war Aruan bereits vorwärts gestürzt wie ein riesiges, dunkles Raubtier. Seine Hand senkte sich auf Golophins Stirn und schien mit einem Mal daran befestigt, als hätten die Finger sich wie Nägel in den Schädel gebohrt. Das Glas entglitt Golophins Fingern und zerschellte auf dem Steinboden. Seine Augen rollten in den Höhlen, bis nur noch das Weiße zu sehen war, und er bleckte die Zähne zu einem hilflosen Knurren.

Feuchtigkeit überzog Aruans Antlitz mit einem kalten Glanz. »Dies ist eine große Gabe«, erklärte er mit leiser Stimme. »Und eine wahre Gabe noch dazu. Du hast einen scharfen Verstand, mein Freund. Ich will, dass er unversehrt bleibt. Ich will, dass mir deine Treue aus freien Stücken gewährt wird. Da!« Er trat zurück. Golophin sank auf die Knie; sein Atem war heiseres Röcheln.

»Du wirst ein wenig experimentieren müssen, ehe du es richtig anzuwenden verstehst«, meinte Aruan. »Aber dein wissbegieriger Verstand wird es als ein verblüffendes Werkzeug betrachten. Versuch nur nicht, damit den Ozean zu überqueren, um nach deinem Freund Bardolin zu suchen. Das kann ich noch nicht gestatten. Gehab dich wohl, Golophin. Vorerst.« Und er war verschwunden.

Keuchend rappelte Golophin sich auf. In seinem Kopf summte es, als hätte jemand stundenlang eine Glocke neben seinen Ohren geläutet. Er fühlte sich wie betrunken, schwerfällig, dennoch brannte ein eigenartiges Wohlbefinden in seinem Innern ...

Und da war das Wissen, frei zugänglich. Es öffnete sich ihm als glänzendes Lichtermeer neuer Kraft und Möglichkeiten.

Aruan hatte ihm die Gabe des Ortespringens geschenkt.

9.

Mit wirren Blicken, schmutzig und erschöpft, wurden die Gefangenen von Marschs Patrouille wie Rinder herangetrieben. Es war ungefähr ein Dutzend. Corfe wurde von einem Kathedraler mit strahlendem Gesicht zur Vorhut der Armee gerufen, um sie zu begutachten. Er ließ die lange Kolonne innehalten und kanterte los. Marsch begrüßte ihn mit einem Nicken.

Die Gefangenen sanken auf den kalten Boden. Die Arme waren ihnen an die Seiten gefesselt worden, und einige hatten blutige Gesichter. Jeder von Marschs Soldaten führte ein zusätzliches Pferd mit dem Geschirr der Merduks: kräftige, feingliedrige Tiere mit den kleinen Ohren und den großen Augen östlicher Zucht.

»Wo hast du sie gefunden?«, fragte Corfe den großen Stammeskrieger.

»Fünf Wegstunden nördlich von hier. Sie sind Nachzügler einer größeren Streitmacht von vielleicht tausend Reitersoldaten. Sie waren in einer Stadt.« Zorn mischte sich in Marschs Stimme. »Sie hatten diese Stadt niedergebrannt. Die Hauptstreitmacht hatte Wagen voller Frauen inmitten ihrer Reihen, dazu Schaf- und Rinderherden. Die da«, er deutete mit dem Kopf auf die nach Atem ringenden, lang ausgestreckt auf dem Bauch liegenden Merduks, »waren noch beschäftigt, als wir sie erwischt haben.«

»Beschäftigt?«

Abermals war der wilde Tonfall in Marschs Stimme. »Sie hatten eine Frau. Sie war schon tot, bevor wir einschritten. Die drei haben sich abgewechselt.«

Die Merduks drückten sich noch tiefer in den Boden, als die Torunnen und Stammeskrieger sich mit wütenden Blicken um sie scharten.

»Tötet die Schweinehunde«, zischte Andruw in einem Tonfall, der ganz und gar nicht seinem sonstigen Wesen entsprach.

»Nein«, sagte Corfe. »Zuerst verhören wir sie.«

»Tötet sie jetzt gleich!«, stieß ein anderer Soldat hervor, einer von Ranafasts Torunnen.

»Zurück in Reih und Glied!«, brüllte Corfe. »Bei Gott, ihr werdet meinen Befehlen gehorchen, oder ich verstoße euch aus der Armee und lasse euch auf eigene Faust nach Torunn zurückmarschieren. Verschwindet!«

Die murrende Gruppe löste sich auf.

»Es waren über zwanzig Mann«, fuhr Marsch fort, als wäre nichts geschehen. »Acht oder neun haben wir getötet, die hier haben wir gefangen genommen, als sie sich gerade die Hosen anzogen. Ich dachte, es könnte nützlich sein, sie lebendig zu erwischen.«

»Du hast richtig gehandelt«, sagte Corfe. »Marsch, du begleitest die Kolonne hinab zu Formio. Übergib sie den Fimbriern.«

»Ja, General.«

»Hast du nur diese eine Streitmacht des Feindes gesehen?«

»Nein. Da waren noch andere – Sturmtrupps, jeweils zwei-, dreihundert Mann stark. Sie schwärmen wie Heuschrecken übers Land.«

»Dich hat niemand gesehen?«

»Nein. Wir waren vorsichtig. Außerdem tragen

wir Merduk-Rüstungen. Wir haben sie mit Schlamm beschmiert, um die Farbe zu verbergen, und sind wie Freunde zu ihnen geritten. Deshalb haben wir auch alle gefangen. Keiner ist entwischt.«

»Gut gemacht. Diese Sturmtruppen – bestehen die alle aus Reiterei?«

»Die meisten. Einige setzen sich aus Infanterie zusammen, wie die Trupps in dem großen Lager bei der Schlacht des Königs. Aber alle haben Hakenbüchsen oder Pistolen.«

»Verstehe. Bring sie jetzt zu Formio. Wenn wir anhalten, um das Nachtlager aufzuschlagen, will ich, dass sie zu mir gebracht werden – in einem Stück, verstanden?« Dies ging in Richtung der finster dreinblickenden Torunnen, die zwar tadellos in Reih und Glied standen, deren Knöchel an den Händen, die auf den Waffen ruhten, jedoch weiß hervortraten.

»Wie Ihr befehlt«, sagte Marsch, zeigte dann aber einen seltenen Ausbruch von Wut und Empörung. »Die da sind keine Soldaten. Es sind Tiere. Sie sind nur tapfer, wenn sie auf Frauen oder unbewaffnete Männer losgehen. Als wir sie angriffen, haben einige von ihnen die Waffen niedergeworfen und geweint wie kleine Kinder. Sie sind nichts wert!« Verachtung lag in seiner Stimme. Dann ritt er nahe zu Corfe und sprach so leise zu seinem General, dass keiner der anderen Soldaten mithören konnte.

»Und einige von ihnen sind keine Merduks. Sie sehen aus wie Männer aus dem Westen, wie wir. Oder wie Torunnen.«

Corfe nickte. »Ich weiß. Bring sie jetzt weg, Marsch.«

Den Rest des Tages, während die Armee ihren langsamen Marsch Richtung Norden fortsetzte, gingen Corfe die Gefangenen nicht aus dem Kopf. Andruw ritt mit finsterer Miene stumm an seiner Seite. In den letzten zwei Tagen waren sie an einem halben Dutzend Weiler vorbeigekommen. Einige waren bis auf die Grundmauern niedergebrannt, andere wirkten gespenstisch unberührt. Aber alle waren verlassen, abgesehen von ein paar verwesenden Leichen, die vom Wetter und von Tieren so schrecklich verstümmelt waren, dass sich unmöglich bestimmen ließ, welchen Geschlechts sie waren. Das Land rings um sie wirkte geplündert und entvölkert, und die Stimmung der gesamten Armee verschlechterte sich zusehends. Die Männer hatten zuvor schon gegen die Merduks gekämpft, waren ihnen in offener Schlacht begegnet, hatten von Angesicht zu Angesicht gegen sie gefochten. Doch es war etwas völlig anderes, sehen zu müssen, wie das eigene Land aus mutwilliger Grausamkeit in eine Ödnis verwandelt wurde. Corfe hatte das rings um Aekir schon einmal erlebt, für die meisten anderen hingegen war es neu.

Andruw, der diesen Teil der Welt nur zu gut kannte, bestimmte die Richtung ihres Marsches. Der Plan war, ein großes Hufeisen zu beschreiben, bis sie wieder nach Süden unterwegs waren. Die Kathedraler sollten als beweglicher Schutzschild dienen, um ihren Vormarsch zu verbergen und sie über die Bewegungen des Feindes auf dem Laufenden zu halten. Sollten sie auf eine angemessen große Streitmacht treffen, würde der Hauptteil der Armee geholt, in Schlachtformation gebracht und vorwärts geschleudert. Doch bislang waren sie keiner Feindformation von einer Größe begegnetet, die den Einsatz der gesamten Armee gerechtfertigt hätte, sodass die Männer allmählich enttäuscht und zornig wurden. Vier Tage war es her, seit sie die Boote hinter sich gelassen hatten, und die Kathedraler hatten ständig kleinere Geplänkel ausgetragen, während die Infanterie erst noch einen lebendigen Merduk zu Gesicht bekommen musste – abgesehen von den Gefangenen, die Marsch gerade hereingebracht hatte. Corfe beschlich ein Gefühl, als versuchte er, ein riesiges Rudel geifernder Bluthunde zu bändigen, die darauf brannten, die Leine abzuschütteln und sich loszureißen. Besonders die Torunnen waren wild entschlossen, Vergeltung für die Verwüstung ihres Landes zu üben.

In jener Nacht schlugen sie das Lager im Windschatten eines großen Kiefernwaldes auf. Den Pferden und Maultieren wurden an dessen Rand Fußfesseln angelegt, und die Männer konnten ihre ersten Lagerfeuer seit zwei Tagen entfachen, da die dichten Tiefen der Bäume den Schein der Flammen verbargen. Achttausend Mann brauchten zwar einen großen Lagerplatz, an die zwölf Morgen oder mehr, doch der Wald vermochte sie alle mühelos zu beherbergen.

Nachdem die Feuer entfacht, die Rationen ausgeteilt und die Wachen aufgestellt waren, brachten Formio und vier Fimbrier die gefangenen Merduks zu Corfes Feuer. Die Merduks wurden in eine Reihe gescheucht; die dunklen, rings um sie aufragenden Bäume wirkten wie wachsame Hünen. Überall in der Nähe verstummte das leise Gerede und Geraschel der Männer, die ihre Bettrollen ausbreiteten, und Hunderte von Corfes Soldaten drängten sich näher, um zu lauschen. Auch Andruw war da, ebenso Ranafast, Marsch und Ebro – sämtliche ranghohen Offiziere der Armee. Zwar hatte niemand sie gerufen, doch Corfe konnte sie nicht einfach davonschicken. Schlagartig wurde ihm klar, dass er mehr Vertrauen in die Disziplin seiner Kathedraler und der Fimbrier setzte als in die seiner Landsleute, wenn es darauf ankam. In dieser Nacht waren sie keine torunnischen Berufssoldaten, sondern zornige, erboste Männer, die etwas brauchten, an dem sie ihre Wut auslassen konnten. Corfe fragte sich, ob er überhaupt in der Lage wäre, zu verhindern, dass sie zu einem mordenden, plündernden Haufe verkamen.

Schweigend schritt er die Reihe der Gefangenen auf und ab. Einige begegneten seinem Blick, andere starrten zu Boden. Ja, Marsch hatte Recht gehabt: Wenigstens vier von ihnen hatten die helle Haut und die blauen Augen von Menschen aus dem Westen. Zweifellos gehörten sie zur *Minhraib* von Ostrabar, der Bauernmiliz. Ostrabar war dereinst Ostiber gewesen, ein ramusisches Königreich. Die Großväter dieser Soldaten hatten noch gegen die Merduks gekämpft, so wie jetzt Corfes Torunnen; diese Männer hingegen waren als Untertanen des Sultans geboren worden, als Huldiger des Propheten. Ihr ramusisches Erbe war fast vergessen.

»Wer von euch spricht Normannisch?«, herrschte Corfe sie an.

Ein kleinwüchsiger Mann hob den Kopf. »Ich, Euer Ehren. Felipio von Artakhan.«

Felipio – sogar der Name war ramusisch. Corfe hielt an sich, um den eigenen Zorn, den eigenen Hass zu bändigen, der sein Denken umwölkte. Er bemühte sich, seiner Stimme einen ruhigen Klang zu geben.

»Na schön, Felipio. Den Namen deines Regiments, bitte, und deine Mission hier im Nordwesten meines Landes.«

Felipio leckte sich die trockenen Lippen und ließ den Blick über die hasserfüllten Gesichter um ihn herum schweifen. »Wir sind vom achtundsechzigsten Regiment der Pistolenschützen, Euer Ehren«, antwortete er. »Wir waren ursprünglich Infanteristen. Vor dem Untergang der Feste von Ormann gehörten wir zur Miliz. Dann gab man uns Pferde und Luntenschlosswaffen und schickte uns los, um den Norden bis zur Schlucht von Torrin auszukundschaften.«

»Auskundschaften?«, knurrte eine Stimme aus der Finsternis unter den Bäumen, und Gemurmel wurde laut.

»Still!«, rief Corfe schneidend. »Bei Gott, ihr Männer werdet heute Nacht die Zungen hüten. Oberst Cear-Adurhal, Ihr nehmt zehn Mann und sichert diesen Bereich gegen weitere Störungen ab. Dies ist weder ein Kriegsgericht noch ein Besprechungssaal.«

Wortlos tat Andruw, wie ihm befohlen. Binnen weniger Minuten hatte er bewaffnete Männer mit gezogenen Schwertern um die Gefangenen postiert.

»Fahr fort, Felipio«, forderte Corfe den Gefangenen auf.

Der Merduk betrachtete seine Füße und sprach leise weiter. »Viel mehr gibt es nicht zu erzählen, Euer Ehren. Unser Subhadar, Shahr Artap, der Befehlshaber des Regiments, hielt eine Rede, in der er uns erklärte, dies sei nun ein Land der Merduks und wir sollten tun, was uns gefällt ...« Schweiß brach auf Felipios Stirn aus und rollte ihm in glitzernden Perlen der Furcht und des Entsetzens übers Gesicht.

»Fahr fort«, wiederholte Corfe.

»Bitte, Euer Ehren, ich kann nicht ...«

Andruw trat aus dem Nichts vor und schlug dem Mann mit einer gepanzerten Faust übers Gesicht, wodurch er ihm das Fleisch von einem Wangenknochen riss und die Nase aufplatzte wie eine Pflaume.

»Du wirst den Befehlen des Generals gehorchen«, zischte er mit einem so bedrohlichen Unterton, dass Corfe die Stimme seines Freundes kaum wiedererkannte.

»Das reicht, Andruw. Zurück ins Glied.«

Andruw schaute ihn an. In seinen Augen brannten Tränen. »Ja, Herr«, sagte er und wich zurück in die Schatten.

Abermals erklang ein Raunen von den Männern ringsum. Die Nachtluft knisterte vor schwelender Gewalt. Der Schein des Feuers offenbarte eine Mauer von Gesichtern, die sich ungeachtet Corfes Befehlen gebildet hatte. Blanker Stahl schimmerte in der Dunkelheit. Corfe suchte Formios Blick und schaute dem Fimbrier ein paar Lidschläge lang in die Augen. Formio nickte knapp und stapfte zwischen die Bäume davon.

»Auf die Beine, Felipio.«

Der untersetzte Merduk rappelte sich mit wackeligen Beinen auf. Sein Gesicht war eine geschwollene Masse, durch die bleicher Knochen schimmerte. Ein Auge war bereits geschlossen.

»Wie weit nach Norden ist dein Regiment marschiert – bis hinauf zur Schlucht?«

Benommen nickte Felipio.

»Sind dort oben noch andere Streitkräfte der Merduks? Stimmt es, dass deine Leute dort Befestigungsanlagen bauen?«

Felipio antwortete nicht. Er schien kaum noch bei Bewusstsein. Corfe musterte ihn eine Weile, dann ging er die Reihe der Gefangenen entlang zum nächsten Hellhäutigen.

»Dein Name.« Der Gefangene war kaum mehr als ein Junge. Er hatte sich in die Hosen gepinkelt, und seine Züge waren verschmiert mit Tränen und Rotz. Trotzdem war er nicht zu jung, um zu vergewaltigen. Corfe packte die Haare des Burschen und zerrte ihn hoch.

»Dein Name.«

»Tötet mich nicht! Bitte, tötet mich nicht! Sie haben mich dazu gezwungen! Sie haben mich vom Gehöft fortgeholt. Zu Hause habe ich eine Frau ...« Er begann zu schluchzen. Corfe zügelte das Verlangen, ihn zu schlagen und der eigenen Wut, dem eigenen Hass freien Lauf zu lassen. Er senkte die Stimme und flüsterte ins Ohr des heulenden Jungen:

»Rede mit mir, oder ich überlasse dich *ihnen.*« Er deutete auf die Menge der schweigenden Männer.

»Im Norden sind weitere Regimenter«, jammerte der Junge. »Vier oder fünf. Sie bauen ein großes Lager mit Mauern und Gräben. Eine weitere große Armee ist unterwegs nach Norden ... sie wollen zu diesem Ort der Mönche am Ufer des Sees. Mehr weiß ich nicht, ich schwöre es!«

Corfe ließ ihn los, und der Junge sank schluchzend und jammernd zusammen. Also wollten die Merduks einen Marsch gegen Charibon beginnen und befestigten die Schlucht. Tief in Gedanken wandte Corfe sich ab. Sofort drängte eine große Gruppe von Männern aus den Schatten; die Mauer aus Gesichtern löste sich in einer Menschenmenge auf, die vorwärts brandete.

»Von jetzt an übernehmen wir, General.«

»Zurück ins Glied!« Corfes donnernder Befehl ließ die Männer innehalten, doch einer trat vor und schüttelte den Kopf. »General, wir würden Euch durch die Hölle und wieder zurück folgen, aber ein Mann hat seine Grenzen. Einige von uns haben ihre Familien und ihre Heime an diese Tiere verloren. Ihr müsst diesen Abschaum uns überlassen.«

Sogleich erschien eine weitere Gruppe mit Formio an der Spitze. Schwarz gewandete Fimbrier mit gezogenen Schwertern. Stammeskrieger aus den Bergen von Cimbric in scharlachroten Rüstungen. Wie eine Leibwache stellten sie sich flink um Corfe und die Merduks herum auf. Formio und Marsch standen zu beiden Seiten Corfes.

»Der General hat euch einen Befehl erteilt«, erklärte Formio in ruhigem Tonfall. »Ihr habt zu gehorchen. Ihr seid Soldaten, kein Mob von Zivilisten.«

Eine Weile starrten die beiden bewaffneten Gruppen einander an. Corfe wartete atemlos. Sollte es zum Kampf kommen, war das Schicksal der Armee besiegelt, das wusste er; sie wäre unwiderruflich zwischen Fimbriern, Torunnen und Stammeskriegern gespalten. Seine Befehlsgewalt über sie hing an einem seidenen Faden.

»Schluss jetzt, Leute«, meinte Andruw und löste sich wie ein Geist aus den Bäumen ringsum. »Das reicht. Wenn wir auf sie losgehen, sind wir keinen

Deut besser als sie. Sie sind Verbrecher, mehr nicht. Und wollt ihr tatsächlich den Tag erleben, an dem einem torunnischen Offizier von Fimbriern und Wilden aus den Bergen gehorcht wird, nicht aber von seinen eigenen Landsleuten? Wo ist euer Stolz? Varian – ich kenne dich. Ich habe dich auf den Zinnen der Feste von Ormann gesehen. Damals hast du deine Pflicht erfüllt. Tu es auch jetzt. Tu, was der General sagt. Zurück in eure Lager, Männer.«

Die Torunnen traten von einem Bein aufs andere und wirkten dabei gleichermaßen verlegen wie wütend. Corfe schritt vor, um mit ihrem Anführer Varian zu sprechen. Gott sei Dank war Andruw der Name eingefallen.

»Auch ich habe ein Heim und eine Familie verloren, Varian«, sagte er leise. »Jeder von uns hat auf die eine oder andere Weise gelitten.«

In Varians Augen lag tiefer Schmerz. »Ich hatte eine Frau«, sagte er kaum hörbar. »Ich hatte eine Tochter ...«

Corfe ergriff seine Schulter. »Dann tue nichts, das ihr Andenken beschmutzen würde.«

Der Soldat hustete und rieb sich die Augen. »Ja, Herr. Es tut mir Leid. Wir sind Narren, wir alle.«

»Hebt euch den Hass für das Schlachtfeld auf, Varian. Diese Tiere sind es nicht wert. Und jetzt geh und schlaf ein wenig.«

Corfe hob die Stimme. »Ihr alle – zurück ins Glied. Hier gibt es nichts mehr zu tun oder zu sehen.«

Widerwillig löste die Menge sich auf. Wie eine lauwarme Woge spülte die Erleichterung über Corfe hinweg, als sie ihm gehorchten. Dank Formio und Andruw unterstanden sie immer noch seiner Befehlsgewalt. Sie waren immer noch eine Armee, kein mordender Mob.

In der Mittelwache der Nacht machte er wie immer die Runde durchs Lager, wechselte ein paar Worte mit den Wachen und sah nach den Pferden. Er zog sein eigenes Ross, einen braunen Wallach, aus den Reihen der Pferde und ritt damit ohne Sattel aus dem Wald hinaus und auf den Gipfel einer kleinen Anhöhe, die sich östlich des Lagers befand. Vor ihm war ein weiterer Reiter, der sich gegen die Sterne abzeichnete: Andruw, der auf das schlafende Torunna blickte. Corfe zügelte das Ross, und dann saßen sie schweigend nebeneinander und schauten.

Auf den schier unendlichen dunklen Weiten der nächtlichen Erde konnten sie ferne Lichter erkennen, die wie Glühwürmchen pulsierten. Während Corfe hinschaute, flackerte am Rand des Horizonts ein weiteres Licht auf.

»Sie brennen die Städte entlang des Searil nieder«, erklärte Andruw.

Corfe betrachtete die fernen Flammen und fragte sich, welche Anblicke des Grauens und Blutvergießens sie wohl verheißen mochten. Er dachte zurück an den Untergang Aekirs, an das Entsetzen der Massen, das Inferno auf den dicht gedrängten Straßen, und wischte sich mit einer Hand übers Gesicht.

»Tut mir Leid, dass ich den Kopf verloren habe«, meinte Andruw mit dumpfer Stimme. »Es wird nicht wieder vorkommen.« Und der Zorn, die Verzweiflung fraßen sich durch die Taubheit in seiner Stimme. »Beim Blut Gottes, Corfe, wird es denn niemals enden? Warum tun sie diese Dinge? Was sind das nur für Menschen?«

»Ich weiß es nicht, Andruw, ich weiß es wirklich nicht. Seit Generationen kämpfen wir gegen die Merduks, und wir wissen immer noch nichts über sie. Ich vermute, sie wissen ebenso wenig über uns. Zwei Völker, die nie auch nur versucht haben, einander zu verstehen, sondern schlicht darauf aus sind, einander zu vernichten.«

»Ich habe gehört, dass die See-Merduks im Westen, in Gabrion und Hebrion, mit ramusischen Kapitänen Handel treiben und sich mit ihnen einschiffen, als gäbe es keine Schranken zwischen ihnen. Sie segeln gemeinsam auf Schiffen und bauen als Partner Geschäfte auf. Warum ist es hier so anders?«

»Weil dies die Grenze ist, Andruw. Hier trifft das Rad auf die Straße. Ich stand in Aekir einmal Zeremonienwache bei einem Abendessen, zu dem John Mogen seine Hauptmänner vor der Belagerung einlud. Niemand wusste so viel über die Merduks wie John Mogen. Ich glaube, er hat sie sogar bewundert. Er meinte, dass Männer immer gen Sonnenuntergang ziehen müssen. Sie folgen ihm so sicher, wie die Schwalben im Winter nach Süden fliegen.

Ursprünglich waren die Merduks Stammesführer aus den Steppen jenseits der Berge von Jafrar, doch sie folgten der Sonne und überquerten das Gebirge. Erst die Mauern und Lanzen der Fimbrier brachten sie zum Stehen. Die Fimbrier haben sie aufgehalten – wir können das nicht. Das ist die schlichte Wahrheit. Sofern wir uns nicht gegenseitig vernichten, werden wir eines Tages einen Frieden aushandeln, gegenseitig Zugeständnisse machen und eine Übereinkunft erzielen müssen, oder wir werden zurück in die Berge gejagt und müssen unser Dasein als Anführer heimatlos umherstreunender Stämme fristen, so wie Marsch und sein Volk.«

»Ich muss mit Marsch reden. Was ich da über die Wilden aus den Bergen gefaselt habe ... ich muss ihm sagen ...«

»Er weiß es, Andruw.«

Andruw nickte. »Ich hoffe.« Er schien Schwierigkeiten zu haben, die rechten Worte zu finden. Corfe spürte seinen inneren Kampf, während er auf dem Pferd saß und an dessen Mähne zupfte. »Formio, Marsch und ihre Männer haben uns beschämt. Sie sind Fremde und Söldner, und sie hielten zu dir, während dein eigenes Volk drauf und dran war, dich aus dem Weg zu stoßen. Diese Männer waren mit uns in der Feste – sie haben uns dort gesehen. Ein paar haben sogar in der Barbakane unter dir gedient. Heute Nacht wird an den Lagerfeuern nicht geplaudert. Sie haben vor dir versagt – und vor sich selbst.«

»Nein«, widersprach Corfe rasch. »Sie sind bloß Männer, die zu viel erdulden mussten. Ich denke deshalb keinen Deut schlechter über sie. Und diese Armee besteht nicht aus Fimbriern, Torunnen und den Stammeskriegern. Nicht mehr. Sie sind jetzt meine Männer, jeder von ihnen. Sie haben zusammen gekämpft und sind zusammen gestorben. Es gibt keinen Grund, sich zu schämen, nicht vor mir.«

Andruw verzog das Gesicht. »Vielleicht. Weißt du, Corfe, ich wollte den Gefangenen die Kehlen durchschneiden. Ich hätte es ohne die geringsten Bedenken getan und hinterher friedlich geschlummert. Ich habe noch nie gehasst. In gewisser Weise war es wie eine Art Spiel. Aber nun ist alles anders. Die Flüchtlinge aus Aekir waren bloß Gesichter, doch diese Hügel ... Ich bin dort herumgetollt, als ich ein Knabe war. Die Menschen hier oben sind mein Volk. Nicht bloß, weil sie Torunnen sind – das ist nichts weiter als ein Name –, sondern weil ich weiß, wie und wo sie leben. Varian hat seine Frau und sein Kind seit fast einem Jahr nicht gesehen, und er hat keine Ahnung, ob sie noch leben oder tot sind. Und in den Truppen, die von der Feste stammen, gibt es zahlreiche andere Männer wie ihn. Sie schickten ihre Familien zu Beginn der Kampfhandlungen aus der Feste hierher in den Norden oder in die Städte rings um Torunn. Sie dachten, der Krieg würde sich niemals so weit ausdehnen. Aber sie haben sich geirrt. Wir alle haben uns geirrt.«

»Ja«, sagte Corfe, »das haben wir.«

»Was meinst du, ist unser Schicksal schon besiegelt? Sind wir Wahnsinnige, die sich gegen das Unvermeidbare auflehnen?«

»Ich weiß es nicht, und es kümmert mich auch nicht, Andruw. Ich weiß nur, wie man kämpft. Etwas anderes habe ich nie gelernt. Vielleicht wird es eines Tages möglich sein, sich auf die eine oder andere Weise mit den Merduks zu einigen. Ich hoffe es – schon wegen Varian und seiner Familie und den Tausenden, denen es ergeht wie ihm. Sollte es sich jedoch anders begeben, werde ich diese Dreckskerle bekriegen, bis ich sterbe, und selbst dann noch wird mein Geist ihre Träume heimsuchen.«

Andruw lachte, und Corfe wurde bewusst, wie sehr er diesen Klang in letzter Zeit vermisst hatte.

»Darauf wette ich. Merduk-Mütter werden kleine Kinder mit Geschichten über den schrecklichen

Corfe und seine rot gewandeten Dämonen ängstigen.«

»Das hoffe ich«, gab Corfe lächelnd zurück.

»Glaubst du, dieser Rotzlöffel hat die Wahrheit gesagt, als er meinte, die Merduks marschieren auf Charibon?«

»Möglich. Es könnte eine Falschauskunft sein, aber das bezweifle ich. Nein, ich glaube, es ist an der Zeit, dass die Armee sich auf die Jagd macht. Der schnellste Pfad von der Feste von Ormann bis zur Schlucht befindet sich zwei Tagesmärsche östlich von hier. Dorthin gehen wir morgen, mit den Kathedralern unter deiner und Marschs Führung als Vorhut.«

»Irgendwelche Schätzungen über die Stärke der Armee, nach der wir Ausschau halten?«

»Sie wird klein genug sein, dass wir es mit ihr aufnehmen können. Der Sultan glaubt immer noch, das torunnische Heer sei in Torunn eingepfercht und würde seine Wunden lecken, und Charibon war nie gut verteidigt. Vielleicht sind wir in der Unterzahl, aber ich hoffe, nicht wesentlich.«

»Allzu lange können wir nicht hier draußen bleiben. Wir haben nur noch Rationen für drei Wochen dabei.«

»Falls nötig beißen wir uns mit halben Rationen durch. Ich werde nicht zulassen, dass sie eine Armee durch die Schlucht schicken. Ich mag die Raben von Charibon ebenso wenig wie jeder andere, aber ich will verflucht sein, wenn ich die Merduks über Normannien ziehen lasse, als gehöre es ihnen bereits. Außerdem habe ich so ein Gefühl, Andruw. Ich glaube, der Feind wird langsamer. Wir haben ihm den Schneid abgekauft. Wenn sie feststellen, dass sie um jeden Zoll torunnischer Erde kämpfen müssen, geben sie sich vielleicht mit weniger zufrieden.«

»Eine offene Schlacht wird den Männern gut tun.«

»Wir reden hier über Krieg, Andruw. Eine Schlacht wird viele Männer das Leben kosten, oder sie werden verstümmelt.«

»Du weißt, was ich meine, Corfe. Sie müssen wieder Blut schmecken. Verflucht noch eins, ich auch!«

»Schon gut, ich verstehe, was du sagen willst.« Mit einem Kniestoß wendete Corfe das Ross. »Aber jetzt ist es Zeit, ein wenig zu schlafen.«

»Ich glaube, ich bleibe noch eine Weile hier und denke nach«, sagte Andruw.

»Grüble nicht zu viel, Andruw. Das tut nicht gut. Glaub mir, ich weiß, wovon ich rede.« Damit trat Corfe den Wallach in einen Kanter und ließ Andruw zurück.

Albrecs Zelle war karg und kalt, doch keineswegs unerträglich. Für einen Mönch, der ein ramusisches Noviziat durchlitten hatte, schien sie völlig angemessen. Er hatte ein Bett mit einem Strohsack, der frei von Ungeziefer war, einen kleinen Tisch, einen wackeligen Stuhl und sogar einen Kerzenstummel samt Zunderschachtel. Zudem gab es ein schmales Fenster, zwar mit dicken Gittern versehen und so hoch in der Wand, dass er unmöglich einen Blick nach draußen werfen konnte, aber zumindest spendete das Fenster ein bisschen Licht.

Er teilte sich die Zelle mit Spinnen und einer mageren Ratte. In den ersten paar Nächten, die Albrec hier verbrachte, hatte sie an seinen Ohren geknabbert, aber nun war Albrec so schlau, ein bisschen vom Essen für sie abzuzweigen, das jeden Tag durch einen Schlitz in der Tür geschoben wurde; mittlerweile erwartete die Ratte die herannahenden Schritte des Kerkermeisters begieriger als Albrec selbst. Das Essen war alles andere als appetitlich – schwarzes Brot, alter Käse und gelegentlich eine Schüssel kalte Suppe, in der Knorpelstücke schwammen –, doch Albrec war nie ein besonderer Feinschmecker gewesen. Außerdem gab es vieles, womit sein Verstand sich beschäftigen konnte.

Nicht selten unterbrach ein Ruf des Sultans seine einsamen Grübeleien, und er wurde – sehr zum Kummer und zur Verwirrung der Ratte – aus seiner Zelle gezerrt und in die geräumigen Gemächer geführt, in denen Aurungzeb seinen Haushalt untergebracht hatte. Die Eunuchen legten Albrec stets mit förmlichem Getue Fußfesseln an – wohl mehr des Scheins wegen als aus praktischen Zwecken –, und dann harrte er in einem stillen Winkel der Gnade des Sultans. Manchmal vergaß man ihn für Stunden, wodurch sich ihm die Möglichkeit bot, wie gebannt das Geschehen am Hof der Merduks zu beobachten. Manchmal speiste Aurungzeb mit ranghohen Armeeoffizieren zu Abend, manchmal auch mit ehrwürdigen Mullahs, und Albrec wurde herbeigerufen, um mit ihnen Gespräche zu führen und ihnen sein Gedankenmodell vom gemeinsamen Ursprung des Heiligen und des Propheten darzulegen. Es schien, als gefiele es dem Sultan, seine Gäste mit dem kleinen Ungläubigen vor den Kopf zu stoßen. Nicht nur Albrecs Worte, die häufig von der Konkubine aus dem Westen, Heria, übersetzt wurden, waren aufrührerisch und gotteslästerlich, auch sein Erscheinungsbild war erheiternd bizarr.

Er diente als eine Art Hofnarr, doch er wusste, dass seine Reden und Anschauungen so manchen Zuhörer aufrüttelten. Einige Mullahs hatten verlangt, dass man ihn auf der Stelle hinrichte, andere hingegen hatten mit ihm Streitgespräche geführt wie mit einem belesenen Gegner – ein Schauspiel, das Aurungzeb überaus belustigend zu finden schien.

Gelegentlich dachte er an Avila und Macrobius und fragte sich unwillkürlich, wie die Dinge in der torunnischen Hauptstadt standen. Doch aus unerfindlichem Grund grübelte er vor allem über den Reitereioffizier nach, dem er einst außerhalb der Mauern Torunns begegnet war: Corfe Cear-Inaf, mittlerweile Oberbefehlshaber sämtlicher torunnischer Armeen. Der Sultan schien wie besessen von ihm, obwohl er den Merduks nur als der Anführer der scharlachroten Reiterei bekannt war. Seinen Namen hatten sie bislang noch nicht erfahren. Albrec gewann zunehmend den Eindruck, dass die Armee der Merduks ganz allgemein in einem Zustand ständiger Besorgnis schwebte und erwartete, dass die entsetzlichen roten Reiter über sie herfielen. Daher auch das derzeitige Augenmerk auf Befestigungsanlagen.

Und Heria, die bevorzugte Konkubine des Sultans, die sein Kind im Leibe trug und bald seine Königin werden sollte – sie konnte durchaus Corfe Cear-Inafs verlorene Gemahlin sein. Albrec vergrub dieses Wissen tief in seinem Innern und beschloss, es nie jemandem anzuvertrauen. Es würde zu viele Leben zerrütten, ja, es mochte sich sogar als das Zünglein an der Wage im Krieg erweisen. Der torunnische General sollte ruhig namenlos bleiben.

Und dennoch – die Verzweiflung in Herias Augen

war schmerzlich anzuschauen. Würde sie vielleicht Trost darin finden, dass ihr Gemahl noch lebte und sich bester Gesundheit erfreute? Bei genau diese Frage war Albrec innerlich zerrissen. Er fürchtete, er könnte jemandem noch mehr Schmerz zufügen, der ohnehin schon so schrecklich gelitten hatte. Und was würde ihr das Wissen schon bringen? Die Lage war verzwickt wie eine jener moralischen Fragen, die man ihm während seines Noviziats zur Lösung aufgegeben hatte. Die Wahl zwischen zwei Handlungspfaden, beide mit zweischneidigem Ergebnis, und doch war in geistiger Hinsicht der eine Pfad der Richtige. Nur dass er in diesem Fall die Macht in Händen hielt, Leben mit Glück zu erfüllen oder zu zerbrechen.

Das Klirren von Schlüsseln und das Klicken von Schlössern an der Tür kündigten einen weiteren Ruf an. Die Ratte beäugte ihn kurz; dann flitzte sie davon. Es war nicht Essenszeit. Albrec saß am Bettrand. Es war ziemlich spät – ungewöhnlich, dass man ihn um diese Stunde noch wollte.

Doch als die Tür aufschwang, stand da nicht die vertraute Gestalt des Kerkermeisters, sondern ein Mullah der Merduks, ein prunkvoll gekleideter Mann mit einem Bart so breit wie ein Spaten; neben ihm stand die in Umhang und Schleier gehüllte Gestalt einer Frau. Wortlos betraten sie seine Zelle und schlossen die Tür hinter sich.

Die Frau lüftete für einen kurzen Augenblick den Schleier, damit er ihr Gesicht sehen konnte. Es war Heria. Der Mullah setzte sich auf den einzigen Stuhl in Albrecs Zelle. Seine Züge wirkten vertraut. Albrec hatte schon einmal bei einem Abendessen mit ihm gesprochen.

»Mehr Jirah«, sagte der Mullah. Und auf Normannisch, mit schwerem Akzent: »Wir sprechen vor vier, fünf Tagen ...« Hilfe suchend schaute er zu Heria.

»Ihr habt Euch letzte Woche mit Mehr Jirah unterhalten«, sagte sie ruhig. »Er wünscht, noch einmal mit Euch zu sprechen, ungestört. Die Wachen wurden bestochen, trotzdem haben wir nur wenig Zeit, und sein Normannisch ist dürftig, deshalb werde ich dolmetschen.«

»Sehr gern«, antwortete Albrec. »Ich weiß seinen Besuch zu schätzen.«

Nun ergriff der Mullah in seiner Muttersprache das Wort, und nach kurzem Nachdenken übersetzte Heria. Albrec vermeinte, ein Lächeln hinter dem Schleier zu spüren.

»Zunächst möchte er wissen, ob Ihr ein Wahnsinniger seid.«

Albrec kicherte. »Ihr kennt die Antwort darauf, Fürstin. Aber manche haben mich schon als Eigenbrötler bezeichnet.«

Abermals folgte ihre Fassung des Gesagten, diesmal in der Sprache der Merduks.

»Er gehört zu den Ältesten im *Hraib* der Kurasin im Sultanat Danrimir. Er möchte wissen, ob Eure Behauptungen über den Propheten bloße Teufeleien sind, oder ob sie auf irgendwelchen Beweisen beruhen.«

Albrecs Herz schlug höher. »Ich habe ihm schon bei unserem letzten Gespräch gesagt, dass sie auf einem uralten Dokument beruhen, das ich für echt halte. Würde ich nicht mit ganzer Seele an die Wahrheit solcher Behauptungen glauben, würde ich sie niemals aufstellen. Mit dem Glaube eines Menschen treibt man keine Späße.«

Nachdem diese Worte übersetzt waren, nickte Mehr Jirah zustimmend. Dann schien er eine Weile zu zaudern, das Haupt auf die Brust geneigt. Eine Hand strich über den üppigen Bart. Schließlich seufzte er und hielt eine lange Rede in der Sprache der Merduks. Als er geendet hatte, blickte Heria ihn an, ehe sie die Worte mit erstaunter Stimme ins Normannische übertrug.

»Die Kurasin sind ein alter Stamm, einer der ältesten aller *Hraibs* der Merduks. Ihnen wurde die Gunst zuteil, vor beinahe fünf Jahrhunderten als erstes der Völker des Ostens die Predigten des Propheten Ahrimuz zu hören. Sie bewahren die Überlieferung, dass der Prophet aus dem Westen die Berge von Jafrar überquert habe – allein, auf einem Maultier –, und dass er ein hellhäutiger Mann war, der ihre Sprache nicht beherrschte, dessen Heiligkeit und Weisheit jedoch offenkundig war. Fünf Jahre weilte er bei den Kurasin, ehe er nach Norden zu den Ländern des *Hraibs* der Kambak weiterreiste. Auf diese Weise gelangte der Wahre Glaube zu den Völkern der Merduks: durch diesen einen Mann, den sie als von Gott gesandten Propheten erachteten, der aus dem Westen stammte.«

Albrec und der Mullah musterten einander, als Heria geendet hatte. Aus den Augen des Geistlichen der Merduks sprach eine Mischung aus Furcht und Verwirrung, Albrec hingegen verspürte ein erhebendes Gefühl.

»Also glaubt er mir.«

Merduk-Sprache und Normannisch. Ein langer, stockender Wortschwall von Mehr Jirah. Heria übersetzte nun hastiger. »Er ist unsicher. Aber er hat einige der Bücher studiert, die aus der Bibliothek von

Gadorian Hagus in Aekir gerettet wurden. Viele Aussprüche des Heiligen Ramusio und des Propheten Ahrimuz sind dieselben, bis hin zu den Sinnbildern, die sie verwendeten, um ihre Lehren zu veranschaulichen. Vielleicht kannten die beiden Männer einander, oder Ramusio war ein Schüler von Ahrimuz ...«

»Sie waren ein und derselbe. Er weiß es, ich kann es in seinen Augen sehen.«

Nachdem dies übersetzt war, senkte sich für längere Zeit Stille nieder. Mehr Jirah wirkte zutiefst bestürzt. Dann fuhr er mit leiser Stimme fort, ohne Albrec dabei anzublicken.

»Er sagt, Ihr sprecht die Wahrheit. Aber was soll er Eurer Ansicht nach deswegen unternehmen?«

»Diese Wahrheit ist mehr wert als unser Leben. Sie muss öffentlich gemacht werden, ganz gleich, wie die Folgen aussehen. Der Prophet sagte, die Seele eines Mannes erleide jedes Mal eine Art Tod, wenn er eine Lüge verbreitet. Wir hatten fünf Jahrhunderte voller Lügen. Das reicht.«

»Und Euer Volk, die Ramusier? Werden auch sie die Wahrheit hören wollen?«

»Sie beginnen bereits, die Wahrheit zu hören. Das Oberhaupt meines Glaubens in Torunn, Macrobius, glaubt daran. Es ist lediglich eine Frage der Zeit, bis die Menschen sie annehmen werden. Dieser Krieg muss ein Ende haben! Merduks und Ramusier sind Glaubensbrüder und sollten einander nicht niedermetzeln. Ihr Gott ist ein und derselbe Gott, und sein Bote war ein einziger Mann, der uns alle erleuchtet hat.«

Mehr Jirah erhob sich.

»Er wird über Eure Worte nachdenken – und darüber, was als Nächstes zu tun ist.«

»Denkt nicht zu lange nach«, mahnte Albrec und stand ebenfalls auf.

»Wir müssen gehen.« Der Merduk öffnete die Zellentür. Als er aufbrechen wollte, drehte er sich noch einmal um und ergriff ein letztes Mal das Wort.

»Weshalb glaubt Ihr, wurden gerade wir dazu auserkoren?«

»Ich weiß es nicht. Ich weiß nur, dass es so ist und dass wir nicht vor der Aufgabe zurückschrecken dürfen, die Gott uns auferlegt hat. Das wäre die schlimmste Gotteslästerung, die man begehen könnte. Ein Mann, der sein Leben im Dienst einer Lüge verbringt und um diese Lüge weiß, ist in den Augen Gottes ein Schandfleck.«

Mehr Jirah hielt im Türrahmen inne, dann nickte er, nachdem Heria Albrecs Worte übersetzt hatte. Einen Lidschlag später war er verschwunden.

»Wird er etwas unternehmen?«, fragte Albrec.

»Ja, obwohl ich keine Ahnung habe, was er tun wird. Merduk hin, Merduk her – er ist ein Mann von wahrer Frömmigkeit und der Einzige von ihnen, der mich nicht verachtet. Den Grund dafür weiß ich nicht.«

Vielleicht weil er einen guten Menschen erkennt, wenn er einen sieht, dachte Albrec. Und aus seiner Kehle sprudelten die Worte ohne sein Zutun.

»Euer Gemahl in Aekir. Lautete sein Vorname Corfe?«

Heria wurde still. »Woher wisst Ihr das?«

Metallisches Klirren im Gang vor Albrecs Zelle. Männerstimmen, das Geräusch von Stiefeln auf Steinboden. Doch Heria rührte sich nicht.

»Ich bin ihm begegnet. Er lebt noch. Heria«, die Worte strömten aus ihm heraus, als draußen jemand barsch in der Sprach der Merduks rief. »Er lebt. Er befehligt die Armeen von Torunna. Er ist der Mann, der die roten Reiter anführt.«

Das Wissen hatte beinahe körperliche Wucht, als sie es in sich aufnahm. Einen Lidschlag lang vermeinte er, sie würde zu Boden fallen. Sie zuckte zusammen, als hätte er sie geschlagen; dann sank sie schlaff gegen die Tür.

Der Kerkermeister erschien auf der Schwelle. Er wirkte entsetzt und zupfte an Herias Ärmel, während er in der Sprache der Merduks auf sie einredete. Sie schüttelte ihn ab.

»Seid Ihr sicher?«

Aus unerfindlichem Grund wollte er es nicht sagen, dennoch sprach er die Wahrheit. »Ja.«

Ein Soldat erschien an der Tür, ein Merduk-Offizier. Mit gleichermaßen verärgerter wie verängstigter Miene zerrte er Heria fort. Die Tür wurde geräuschvoll ins Schloss geworfen und verriegelt. Albrec sank aufs Bett und barg das Gesicht in den Händen.

Gütiger Heiliger, dachte er, was habe ich getan?

10.

Es war Frühling, als sie zum ersten Mal das Hebros-Gebirge am Horizont sichteten. Hawkwood senkte an der Pinne das Haupt und ließ seinen stummen Tränen eine Zeit lang freien Lauf. Rings um ihn verliehen andere Besatzungsmitglieder ihren Gefühlen geräuschvoller Ausdruck, indem sie Gott lauthals für die Erlösung dankten oder wie Kinder schluchzten. Selbst Murad zeigte sich bewegt. Er schüttelte Hawkwood sogar die Hand. »Ihr seid fürwahr ein meisterlicher Seemann, Kapitän, dass Euch ein solcher Landfall geglückt ist.«

Immer mehr löste Hebrion sich aus dem frühmorgendlichen Dunst; die Berge zeigten sich rosa getüncht, als die Sonne sie erfasste. Vor fünf Tagen hatten sie das Nordkap durchfahren und waren dann vor einem vorüberziehenden Sturm im Golf von Hebrion gekreuzt, und nun segelten sie mit einer südwestlichen Brise am Achterschiff backbord Abrusios riesige, kleeblattförmige Bucht hinauf. Sie waren fast acht Monate fort gewesen, und die wackere *Osprey* sank letztlich unter ihnen. Alle Männer, die noch einigermaßen bei Kräften waren, wechselten einander an den Pumpen ab. Dennoch reichte das Wasser fast schon übers Orlop-Deck, und Bardolin hatte in der Kapitänskabine angekettet werden müssen, andernfalls wäre er in der Bilge ertrunken.

Fast über die gesamte Strecke hinweg waren ihnen günstige Winde beschieden gewesen, und abgesehen von der einen Bö, die sie um ein Haar versenkt hätte, war es eine flotte Fahrt gewesen. Die Genauigkeit ihres Landfalls kam einem Wunder gleich. Hawkwood war von der Sonne braungebrannt; seine Haut hatte die Farbe von Mahagoni. Zerlumpt stand er an der Pinne, der Bart und das ungekämmte Haar verkrustet von Salz und Seewind, die Augen zwei blaue Lichter in seinem dunklen Gesicht. Mit Hilfe seines Winkelkreuzes, der gesammelten Erfahrung eines Lebens auf dem Meer und einer Glückssträhne hatte er die *Osprey* letztlich nach Hause geführt, nach einer der längsten Fahrten der Geschichte. Und zweifellos einer der verheerendsten.

Die siebzehn Überlebenden der Suche nach Freiheit standen auf dem Deck und beobachteten, wie die Karacke sich geschmeidig nach Nordnordost drehte und die vertraute Küstenlandschaft backbord an ihnen vorbeizog. Auf den Höhen des Hebros-Gebirges lag immer noch Schnee, doch nur eine dünne Schicht, und die Sonne fühlte sich warm auf ihren nackten Rücken an – nicht wie die quälende Treibhaushitze im Westen, sondern wie eine erfrischende Frühlingswärme. Sie sahen, wie Abrusios Anhöhen sich vor ihnen aus dem Dunst schälten, und einer der Soldaten stieß einen Schrei aus und deutete aufgeregt auf eine kleine Flottille von Fischerjollen backbord querab, als handle es sich um ein Weltwunder.

Abrusio. Nun erkannten sie die verwüsteten Flächen der Unterstadt, die Verheerung auf den Kais und die regen Wiederaufbauarbeiten, die dort im Gange waren: Tausende Männer, die auf Gerüsten schufteten, die sich über mehrere Meilen hinzogen. Hawkwood und Murad blickten einander an. Offenbar hatte in der Zeit ihrer Abwesenheit ein Krieg gewütet, oder eine gewaltige Naturkatastrophe war geschehen. Was mochten sie sonst noch für Überraschungen in der alten Hafenstadt erwarten?

»Backt die Marssegel!«, rief Hawkwood, als die *Osprey* durch die kärglich bevölkerten Kais glitt, die allesamt auf die eine oder andere Weise beschädigt schienen. Auf den Innenstraßen befanden sich kaum Boote, wenngleich die Werften der Seestreitkräfte von Hebrion voller Kriegsschiffe waren; an den meisten wurden Instandsetzungsarbeiten vorgenommen.

»Haltet euch mit der Buline bereit!«

Die Karacke verlangsamte die Fahrt, als die Segel gebackt wurden und ihren Wind verschütteten. Ein halbes Dutzend Männer stand am Bugspriet bereit, um mit den schweren Trossen an Land zu springen und sie an den Pollern zu vertäuen. Auf dem Kai hatte sich eine kleine Menschenmenge eingefunden. Die Leute hielten schützend die Hand über die Augen und deuteten auf das schwer gezeichnete Schiff; einige unterhielten sich miteinander, andere schüttelten den Kopf. Hawkwood lächelte. Es gab einen leichten Ruck, als die *Osprey* gegen den Anschlagpuffer am Kairand stieß.

»Vertäut sie, Jungs. Wir sind zu Hause.«

Männer sprangen über Bord und machten das Schiff fest. Dann fielen sie einander in die Arme, lachend, weinend, auf und ab springend wie ein Rudel braun gebrannter, verrückt gewordener Vogelscheuchen.

»Exzellenz«, sagte Hawkwood mit beißender Ironie, »ich habe Euch nach Hause gebracht.«

Der Adelige starrte ihn an und lächelte. »Mit der ›Exzellenz‹ ist es aus. Mein Titel ist zusammen mit der Kolonie erloschen – ebenso wie der Eure, Meister Hawkwood. Ihr werdet nun doch als Bürgerlicher sterben.«

Hawkwood spuckte über die Seite der Karacke. »Damit kann ich leben. Und jetzt schafft Euren adeligen Hintern von meinem Schiff.«

Keine Regung war in Murads Augen zu erkennen. Keine Kameradschaft, kein Gefühl, etwas erreicht zu haben – gar nichts. Ohne ein Wort wandte er sich ab und verließ das Schiff. Die *Osprey* lag so tief im Wasser, dass der Weg von der Schiffsreling zum Kai keinen besonderen Abstieg mehr erforderte. Murad ging weiter, eine groteske, zerlumpte Gestalt, die einen Hagel von Blicken auf sich zog. Doch ungeachtet der brennenden Neugier der wachsenden Menge wagte niemand, ihn anzusprechen. Hawkwood sah noch, wie Murad sich einen Weg durch das verbrannte Gebiet der einstigen Unterstadt bahnte, das Gesicht auf die Anhöhen gerichtet, auf denen der königliche Palast Hebrions aus dem Morgendunst ragte. Dann war er verschwunden.

Endlich sind wir ihn los, dachte Hawkwood und dankte Gott dafür.

»Ist das die *Gabrian Osprey*? Ist sie das wirklich?«, brüllte jemand aus der Menschenmenge auf dem Kai.

»Aye, das ist sie. Zurück vom Rand der Welt.«

»Ricardo! Ricardo Hawkwood! Du lieber Himmel!«

Ein kleinwüchsiger, dunkelhäutiger Mann in prächtigen, aber schmutzigen blauen und gelben Gewändern drängte sich durch die Menge. Er trug die Kette eines Hafenkapitäns um den Hals. »Richard! Ha, ha, ha! Ich kann's nicht glauben. Auferstanden aus dem feuchten Grab.«

Hawkwood kletterte über die Reling und taumelte, als seine Füße auf dem starren Steinboden des Kais zum Stehen kamen. Er schien unter ihm sanft auf und ab zu wogen.

»Galliardo«, sagte er mit einem Lächeln auf den Lippen. Der kleinwüchsige Mann ergriff seine Hand und schüttelte sie, als wollte er sie ihm abreißen. Tränen standen ihm in den Augen.

»Vor sechs Monaten ließ ich eine Messe für dich lesen. O Gott, Richard, was ist dir widerfahren?«

Das Gedränge der Leiber rings um Hawkwood war schier unerträglich. Es schien, als hatte sich die Hälfte der Hafenarbeiter an der *Osprey* eingefunden, um zuzuschauen, zu staunen und sich ihre Geschichte anzuhören. Hawkwood drängte seine Freude über den Landfall zurück und versuchte nachzudenken.

»Hast du ihn gefunden, Richard?«, sprudelte Galliardo hervor. »Gibt es weit draußen im Westen tatsächlich einen Kontinent?«

»Ja, es gibt ihn, und soweit es mich angeht, kann er dort verrotten. Hör zu, Galliardo, die *Osprey* ist drauf und dran, an der Anlegestelle zu sinken. Jede Fuge ist undicht. Ich brauche Männer für die Pumpen und Kalfaterer, um die Löcher abzudichten, und ich brauche sie jetzt gleich.«

»Sollst du kriegen. In der ganzen Stadt gibt es keinen Seemann oder Zimmermann, der nicht seinen rechten Arm für die Gunst opfern würde, an deinem Schiff arbeiten zu dürfen.«

»Und da ist noch etwas.« Hawkwood senkte die Stimme. »Ich habe Fracht, die unauffällig an Land gebracht werden muss. Sie muss in die Oberstadt zum Palast.«

Galliardos Augen leuchteten vor Begierde. »Ah, Richard, ich wusste es. Du hast da draußen im Westen ein Vermögen gemacht. Eine Million in Gold, möchte ich wetten.«

»Nein, nein, nichts dergleichen. Es ist ein ... ein seltenes Tier, das dem König zur Unterhaltung dienen soll.«

»Und das bestimmt ein Vermögen wert ist.«

Hawkwood gab es auf. »Ja, Galliardo. Es ist unbezahlbar.«

Dann verdüsterte sich die Miene des Hafenkapitäns. »Du weißt ja gar nicht, was hier in Abrusio geschehen ist. Du hast es noch nicht gehört, oder?«

»Nein«, antwortete Hawkwood müde. »Du kannst es mir ja bei einem Humpen Bier erzählen.«

Galliardo legte eine Hand auf Hawkwoods Arm. »Richard, ich muss es dir sagen. Deine Frau Estrella – sie ist tot.«

Hawkwood hielt jäh inne. Die zierliche, stets nörgelnde kleine Estrella. Seit einem halben Jahr hatte er kaum mehr an sie gedacht.

»Wie ist es geschehen?«, fragte er und verspürte keinen Schmerz, nur Mitleid.

»Sie ist in den Flammen umgekommen, als sie die Unterstadt abgefackelt haben. Während des Krieges. Man sagt, in jener Zeit fanden fünfzigtausend Menschen den Tod. Es war die Hölle auf Erden.«

»Nein«, widersprach Hawkwood. »Ich habe die Hölle auf Erden gesehen, und sie befindet sich nicht hier. Und jetzt hol mir einen Trupp Kalfaterer, Galliardo, ehe die *Osprey* an Ort und Stelle sinkt.«

»Keine Sorge, in einem halben Glas habe ich sie hier. Hör mal, Richard, triff mich im Delphin, sobald du kannst. Seit das Haus zerstört ist, habe ich dort ein Hinterzimmer.«

»Dein Haus ist auch verbrannt? Herr im Himmel, Galliardo, hast du auch irgendwelche guten Neuigkeiten für mich?«

»Herzlich wenige, mein Freund. Aber die Kunde von deiner Rückkehr wird sich wie ein Stärkungsmittel auf den gesamten Hafen auswirken. Und jetzt komm – lass mich dich auf ein Bier einladen.«

»Ich muss erst noch mein Schiffstagebuch und mein Kartenverzeichnis holen.«

Hawkwood ging zurück auf die Karacke und den vertrauten Niedergang entlang zur Heckkabine. Bardolin lag ausgestreckt darin, eine schmutzige Masse aus Wunden und Narben; die Augen blickten stumpf in eines Gewirr aus Bart und Haaren. Blut verkrustete die Ketten, und er stank wie der Käfig bei einer Tierschau.

»Endlich zu Hause, Kapitän, was?«, flüsterte er.

»Ich komme bald zurück, Bardolin, mit ein paar Helfern. Wir bringen dich heute Nacht zu Golophin. Er wohnt im Palast, nicht wahr?«

Bardolin regte sich. »Nein, bring mich nicht in den Palast. Golophin besitzt einen Turm in den Ausläufern der Hügel. Dort führt er seine Forschungen durch. Dorthin musst du mich schaffen. Ich kenne den Weg; ich habe dort den Großteil meiner Lehrzeit verbracht.«

»Wie du meinst.«

»Danke, Kapitän. Für alles. Es gab eine Zeit, da wünschte ich mir nur noch den Tod. Aber ich hatte reichlich Gelegenheit zum Nachdenken. Allmählich begreife ich, dass es doch einen gewissen Wert haben könnte weiterzuleben.«

»Das ist der rechte Geist. Halt durch, Bardolin. Ich komme bald wieder.«

Zaghaft legte Hawkwood eine Hand auf die Schulter des angeketteten Mannes, dann ging er.

»Da hast du einen würdigen Freund gefunden, Bardolin«, meinte Griella. Wie ein Geist erschien sie aus dem Nichts vor ihm.

»Ja. Er ist ein guter Mann, dieser Richard Hawkwood.«

»Und er hatte Recht. Es lohnt sich weiterzuleben. Das Leben ist lebenswert.«

»Ich weiß. Inzwischen verstehe ich es.«

»Und die Krankheit, mit der du lebst – sie ist ebenfalls kein Gebrechen. Begreifst du auch das?«

Bardolin hob den Kopf und starrte sie an. »Ich glaube schon, Griella. Vielleicht hat dein Meister in gewisser Weise Recht.«

»Du bist jetzt mein Meister, Bardolin«, entgegnete sie und küsste ihm die aufgeplatzten Lippen.

Abgesehen von einigen Einschusslöchern im dicken Mauerwerk hatte Murads Stadthaus den Krieg unbeschadet überstanden. Als das schwere Tor sich nach seinem heftigen Klopfen endlich öffnete, warf der Torwächter einen kurzen Blick auf ihn und schlug es ihm dann vor der Nase wieder zu. Murad bekam einen Wutanfall, hämmerte gegen die Tür und schrie aus vollem Halse. Schließlich öffnete sich die Nebenpforte auf einer Seite, und heraus kamen zwei stämmige Küchenknechte, die ihre Knöchel knacken ließen. »In diesem Haus haben Bettler und Verrückte keinen Zutritt. Hör zu, du ...«

Murad schlug zu, ließ die beiden stöhnend und halb bewusstlos auf der Straße liegen und schritt durch die offene Nebenpforte. Er stieß mehrere Bedienstete beiseite und rief nach seinem Hausverwalter. Die Küchenarbeiter stoben auseinander wie eine Gänseschar vor dem Fuchs, während die Frauen schrien, dass ein Wahnsinniger im Haus umgehe. Als der Verwalter endlich mit einem Hackebeil in der Hand herbeieilte, drückte Murad ihn an die Wand, hielt ihn fest und starrte ihm in die

Augen. »Erkennst du mich, Glarus von Garmidalan? Dein Vater ist Wildhüter auf meinen Landgütern. Deine Mutter war zwanzig Jahre lang meines Vaters Haushälterin.«

»Gütiger Gott«, stammelte Glarus. Und sank auf die Knie. »Vergebt mir, Herr. Wir dachten, Ihr wärt längst tot. Und Ihr ... Ihr habt Euch sehr verändert ...«

Murads fiebrige Kraft schien jäh zu schwinden. Er sank gegen den schweren Küchentisch und ließ den Mann los. Das Hackebeil fiel klirrend zu Boden. »Jetzt bin ich wieder zu Hause. Lass mir ein Bad ein und schick meinen Kammerdiener zu mir. Und die Magd dort ...«, er deutete auf ein kauerndes Mädchen mit Mehl an den Händen, »lass sie unverzüglich in mein Schlafzimmer bringen. Ich will Wein, Brot, Käse und Brathähnchen. Und Äpfel. Und ich will alles binnen eines halben Glases. Außerdem eine Botschaft in den Palast, dass ich um eine Audienz ersuche. Hast du verstanden?«

»Binnen eines halben Glases?«, fragte Glarus verschreckt. Murad lachte.

»Ich werde doch noch ein richtiger Seebär. Zehn Minuten reichen auch, Glarus. Bei Gottes Blut, es tut gut, zu Hause zu sein!«

Zwei Stunden später bewunderte er sich im mannshohen Spiegel im Schlafzimmer, während die weinende Küchenmagd mit einer Decke um die Schultern weggeführt wurde. Bart und Haare hatte man ihm ordentlich gestutzt, und er trug ein Wams aus schwarzem Samt mit silbrigen Spitzen. Es hing an ihm wie ein Sack, und er musste eine Kniebundhose statt einer Strumpfhose anlegen, denn seine Beine waren zu dünn, als dass er sie zeigten konnte, ohne sich zur Zielscheibe des Spotts zu machen. Nach und nach würde er wieder an Gewicht zulegen. Zwar verspürte er Hunger, doch von den Speisen, die er gegessen hatte, wurde ihm übel.

Sein Kammerdiener half ihm, das Rapierbandelier über die Schulter zu schlingen; dann trank Murad Wein und beobachtete den Fremden, der ihm aus dem Spiegel entgegenschaute. Murad war nie ein gut aussehender Mann gewesen, obwohl immer irgendetwas an ihm gewesen war, was das schönere Geschlecht als anziehend empfand. Nun aber glich er einer ausgemergelten, vernarbten Vogelscheuche mit braunem Gesicht, in dem ein lippenloser Mund zu einem dauerhaften Hohnlächeln verzogen war. Statthalter von Neu Hebrion. Exzellenz. Entdecker der Neuen Welt.

»Die Kutsche steht im Hof bereit, Herr«, verkündete Glarus von der Tür aus.

»Ich komme gleich.«

Es war kaum Vormittag. Noch vor ein paar Stunden war er ein Bettler auf einem sinkenden Schiff mit dem Abschaum der Erde als Begleiter gewesen. Nun war er wieder ein Fürst mit Bediensteten, die ihm rund um die Uhr zur Verfügung standen, einer Kutsche, die auf ihn wartete, einem König, der bereit war, ihn zu empfangen. Wenigstens ein Teil der Welt war wieder ins rechte Lot gerückt, ein Teil der natürlichen Ordnung wiederhergestellt worden.

Er ging zur Kutsche hinunter und ließ den Blick in die Runde schweifen, während sie sich durch die engen, kopfsteingepflasterten Straßen den Weg zum Palast bahnte. Zumindest in diesem Teil der Stadt zeugte nicht allzu viel von Zerstörung. Es war freundlich von Abeleyn, ihn so umgehend zu empfangen, doch vermutlich brannte der Monarch vor Neugierde. Jedenfalls war es wichtig, dass der König Murads Version der Ereignisse im Westen als Erste hörte. Vieles konnte missgedeutet werden.

Während Murad seinen Samen zwischen die Lenden der wimmernden Magd pumpte, hatte Glarus ihm vom Krieg, der Zerstörung der Stadt und von der Krankheit des Königs berichtet. Wie es schien, hatte sich vieles ereignet, während Murad und dessen Gefährten durch den endlosen Dschungel gestapft und Käfer gefressen hatten, um zu überleben. Murad konnte sich des Gefühls nicht erwehren, dass die Welt, in die er zurückgekehrt war, sich in einen fremdartigen Ort verwandelt hatte. Doch die Sequeros waren ausgelöscht, ebenso die Carreras. Das bedeutete, dass er, Fürst Murad von Galiapeno, dem Blute nach nun dem Thron am nächsten stand. Es musste schon ein sehr übler Wind sein, der niemandem etwas Gutes heranwehte. Er lächelte vor sich hin. Krieg war also doch zu etwas nütze.

Der König empfing ihn in den Palastgärten, inmitten des Zirpens von Zikaden und des Raschelns von Zypressen. Vor einem Jahr hatte Murad hier mit ihm gesessen und erstmals die Erkundungsfahrt in den Westen vorgeschlagen. Es war nicht mehr dieselbe Welt – und sie waren nicht mehr dieselben Männer wie an jenem vergangenen Sommervormittag.

Der König war binnen einen Jahres gealtert. Graue Strähnen hatten sich in sein dunkles Haar geschlichen, und er trug Narben im Gesicht, so wie Murad. Er war größer als damals, davon war Murad überzeugt, und er lief mit einem merkwürdigen Gang – offenbar eine Folge der Wunden, die er bei der Eroberung der Stadt erlitten hatte. Abeleyn lächelte, als sein Verwandter sich ihm näherte, wenngleich Murad der anfängliche, rasch überspielte Schrecken im Gesicht des Königs keineswegs entgangen war.

»Vetter ... Es tut gut, dich zu sehen.«

Sie umarmten einander, hielten sich auf Armeslänge und musterten sich gegenseitig.

»Muss eine harte Reise gewesen sein«, meinte Abeleyn.

»Dasselbe möchte ich über Euch sagen, Majestät.«

Der König nickte. »Ich hatte früher Kunde von dir erwartet. Hast du ihn gefunden, Murad, deinen Westlichen Kontinent?«

Murad setzte sich neben den König auf die sonnenwarme Steinbank, die im Garten stand. »Ja, ich habe ihn gefunden.«

»Und war er die Reise wert?«

Einen Lidschlag lang brachte Murad kein Wort hervor. Bilder erschienen vor seinem geistigen Auge. Der große Kegel des Undabane, der aus dem Dschungel aufragte. Das Abschlachten seiner Männer dort. Die Wanderung durch den Urwald. Die entsetzliche Verwüstung von Fort Abeleius. Bardolin, der in windigen Nächten im Frachtraum des Schiffes heulte.

Murad schloss die Augen.

»Die Expedition war ein Fehlschlag, Majestät. Wir hatten Glück, wenigstens mit dem Leben davonzukommen ... diejenigen von uns, die es geschafft haben. Es war ein Albtraum.«

»Erzähl es mir.«

Und das tat Murad. Alles, von dem Augenblick an, in dem sie vor all den Monaten im Hafen von Abrusio Anker lichteten bis zum Anlegen des Schiffes an diesem Morgen. Er berichtete Abeleyn praktisch alles; allein Griella und was aus Bardolin geworden war, verschwieg er. Hawkwoods Rolle in der Geschichte beschränkte er auf das Notwendigste. Die Überlebenden hatten es dank der Entschlossenheit und des Mutes von Fürst Murad von Galiapeno geschafft, der nie verzweifelt war, nicht einmal in den schwärzesten Augenblicken.

Die Vögel trällerten ihre Lobgesänge auf den Vormittag, und Murad roch Wacholder und Lavendel in der Brise. Seine Geschichte hörte sich wie ein am Kamin eines Seebären erzähltes Schauermärchen an, nicht wie eine Geschichte, die sich tatsächlich zugetragen haben konnte. Es war ein böser Traum, aus dem er letztlich erwacht war, und er befand sich wieder in der sonnenerhellten Wirklichkeit seiner eigenen Welt.

»Leiste mir beim Mittagessen Gesellschaft«, forderte der König ihn auf, nachdem Murad geendet hatte. »Auch ich habe dir eine Geschichte zu erzählen, obwohl du zweifellos bereits einen Teil davon gehört hast.«

Unter hörbarem Knacken von Holz erhob sich der König, und die beiden verließen gemeinsam den Garten, während die Vögel ringsum sich die Seelen aus dem Leib zwitscherten.

Golophin erhielt die Botschaft im Palast von einem atemlosen Jungen, der geradewegs vom Hafen kam. Er hatte sich an jedem Lakaien und jeder Wache vorbeigemogelt und sprühte nur so vor Neuigkeiten. Die *Gabrian Osprey* sei letztlich zurückgekehrt, und ihr Kapitän ließe irgendeine wertvolle Fracht zu seinem Turm in den Hügeln bringen. Sie würde zur Mitte des Nachmittags dort eintreffen. Kapitän Hawkwood möchte ihn an diesem Abend treffen, sofern es ihm genehm sei, um über die Lieferung zu sprechen. Die ganze Hafengegend sei in heller Aufregung. Die überlebenden Besatzungsmitglieder der *Osprey* würden in jeder Schänke bewirtet, die es in der Unterstadt noch gab, und erzählten Geschichten von fremdartigen Ländern, noch fremdartigeren Tieren und Bergen von Gold.

Golophin vergalt dem Jungen seine Bemühungen mit einer Silberkrone und hielt unvermittelt inne. Ihn beschlich eine Ahnung, um was es sich bei Hawkwoods Fracht handelte. Er herrschte einen lauschenden Palastdiener an, dass er unverzüglich sein Maultier gesattelt haben wolle; dann zog er sich in seine Gemächer im Palast zurück, um ein paar Bücher und Kräuter einzupacken, die er womöglich brauchte, wenn seine Vermutung zutraf.

Isolla erschien, als er ruhig, aber eilig packte.

»Es hat sich etwas ergeben«, erklärte er. »Ich muss sofort zu meinem Turm aufbrechen. Könnte sein, dass ich ein paar Tage fortbleibe.«

»Aber habt Ihr denn die Neuigkeiten nicht gehört? Irgendein Fürst, der losgezogen war, den Westlichen Kontinent zu finden, ist zurückgekehrt. Er ist die Hauptperson bei einem Empfang heute Nachmittag.«

»Ich habe davon gehört«, antwortete Golophin mit einem Lächeln auf den Lippen. »Fürst Murad ist mir wohl bekannt. Aber ein Freund von mir steckt in

Schwierigkeiten. Ich bin der Einzige, der ihm helfen kann.«

»Muss wohl ein sehr enger Freund sein«, sagte Isolla mit offenkundiger Neugier. Sie hätte nicht gedacht, dass Golophin irgendjemandem nahe stand, außer vielleicht dem König selbst.

»Eine Zeit lang war er mein Schüler.«

Ein Page klopfte an und stecke den Kopf zur Tür herein. »Euer Maultier ist gesattelt und steht bereit, Herr.«

»Danke.« Golophin schlang sich den gepackten Lederbeutel über seine dürre Schulter, stülpte den breitkrempigen Hut auf seine kahle Platte und hauchte Isolla einen hastigen Kuss auf die Wange. »Kümmert Euch um den König, solange ich fort bin, Fürstin.«

»Gewiss. Aber Golophin ...«

Und weg war er. Isolla hätte vor Enttäuschung und Neugier am liebsten mit dem Fuß aufgestampft. Doch warum sollte sie ihrer Neugier nicht nachgeben? So sehr sie Golophin mochte, bisweilen trieb sein Gehabe weltmüder Erhabenheit sie zur Raserei.

Zwar würde sie den Empfang und die Geschichten des Entdeckungsreisenden versäumen, aber irgendetwas sagte ihr, dass Golophins dringliche Besorgung mit der Ankunft der Schiffe aus dem Westen zu tun hatte.

Isolla eilte in ihre Gemächer. Sie musste sich in Kleider werfen, die zum Reiten geeigneter waren.

11.

Die Armee erwachte in der schwarzen Stunde vor der Morgendämmerung. In der frostigen Finsternis stolperten fluchend Männer umher und pusteten in taube Finger, als sie die Rüstungen anlegten und an trockenen Keksen kauten. Corfe teilte mit Marsch und Andruw einen Becher Wein, während die drei beobachteten, wie das Heer rings um sie zum Leben erwachte.

»Denkt daran, ständig Kuriere zurückzuschicken«, presste Corfe durch die in der Kälte zusammengebissenen Zähnen hervor. »Mir ist es gleich, wenn es nichts zu berichten gibt ... wenigstens bleibe ich auf diese Weise über euren Aufenthaltsort auf dem Laufenden. Und greift keine großen feindlichen Einheiten an, bevor die Hauptarmee nachrückt.«

»In Ordnung«, antwortete Andruw. »Aber lass jetzt das Bemuttern. Ich erkläre deiner Großmutter ja auch nicht, wie man Eierkuchen backt.«

»Schon gut.« Die Wahrheit war, dass es Corfe widerstrebte, die Kathedraler unter dem Befehl eines anderen zu entsenden, selbst wenn es sich dabei um Andruw handelte. Allmählich erkannte er, dass sein hoher Rang nicht nur Möglichkeiten, sondern auch Verzicht mit sich brachte. Er schüttelte Marsch und Andruw die Hand; dann beobachtete er, wie sie im Dunkel vor der Morgendämmerung in Richtung der Pferde verschwanden. Wenig später sattelten die Kathedraler auf, und binnen einer halben Stunde ritten sie in einer langen Kolonne schweigend los. Die aufgehende Sonne begann gerade erst, die Wolken am Horizont vor ihnen rot zu färben.

Bis zum Vormittags hatte der Rest der Armee, alles in allem an die sechseinhalbtausend Mann, eine riesige Kolonne gebildet, die sich etwa eine halbe Wegstunde hinzog und deren Spitze fast unmittelbar nach Osten wies. Corfe ritt in der Vorhut, umgeben von fünfzehn Kürassieren: der Rest des Reiterregiments der Feste von Ormann. Sein Trompeter Cerne hatte darauf bestanden, bei ihm zu bleiben, zudem hatte Andruw feierlich ein halbes Dutzend weitere Stammeskrieger als eine Art Leibgarde zurückgelassen. Hinter dieser kleinen Reitergruppe marschierten fünfhundert torunnische Hakenbüchsenschützen, gefolgt von Formios zweitausend Fimbriern sowie einer weiteren Gruppe von etwa dreitausend Hakenbüchsenschützen unter Ranafasts Führung. Hinter ihnen kamen der Maultiertross, der aus sechshundert störrischen, schwer beladenen Tieren bestand, und schließlich die Nachhut, die fast tausend Torunnen umfasste.

Die ersten paar Meilen ihres Vormarsches konnten sie die Kathedraler noch am Horizont erspähen, als schwarzen Fleck inmitten einer ansonsten grauen und trostlosen Landschaft. Doch gegen Mittag stieg das Gelände in langen, steinigen Rücken an, die sich quer zu ihrer Marschrichtung erstreckten, ihr Vorankommen verlangsamten und ihnen die Sicht auf das Gelände im Osten verwehrten. Bis zum frühen Nachmittag war die Wolkendecke aufgebrochen; breite Schwaden aus Sonnenlicht, die durch die Cirruswolken drangen, überfluteten das Land. Im Osten erblickten sie schwarze Balken, die kerzengerade in die Luft stiegen und sich dann neigten, als sie von den Höhenwinden erfasst wurden. Es war der Rauch aus den brennenden Städten entlang des Searil. Die Fußsoldaten starrten auf die Rauchsäulen, während sie marschierten; die gewundene Kolonne der Männer trottete in vor Wut schwelender Stille vor sich hin.

Das Lager wurde in jener Nacht im Schutz eines hohen Felsrückens aufgeschlagen. Wachen schritten auf dessen Kuppe auf und ab, und Corfe gestattete den Männern, Feuer anzuzünden, weil das Gelände sie nach Osten und Süden hin verbarg. Es war bitterkalt, und der Himmel hatte vollkommen aufgeklart, sodass über ihren Köpfen ein riesiges Lichtermeer von Sternen prangte, die weiß und rot und blau funkelten.

Gegen Mitternacht traf ein Bote von Andruw ein, der fünf Stunden unterwegs gewesen war. Die Kathedraler hatten etwa vier Wegstunden südwestlich des Flusses ein feuerloses Lager errichtet. Sie hatten drei umherstreifende Rudel plündernder Merduks vernichtet, ohne selbst Verluste erlitten zu haben. Nun wollten sie sich nach Südosten wenden, parallel zum Searil. In dieser Richtung befand sich eine große Stadt namens Berrona, die bislang noch nicht überfallen geworden war, wie es schien, doch aus der steigenden Zahl von Feinden, denen Andruw begegnete, schloss er, dass die Hauptstreitmacht ganz in der Nähe sein musste, und Berrona wäre ein zu lohnendes Ziel, als dass die Merduks es links liegen lassen würden.

Corfe setzte sich ein paar Minuten an sein Lagerfeuer, während der Kurier ein hastiges Mahl zu sich nahm, einige Kürassiere sein Pferd für ihn abrieben und ein frisches sattelten, das ihn zurückbringen würde.

Die Augen im Feuerschein zusammengekniffen,

schrieb Corfe eine Antwort. Andruw sollte die Umgebung von Berrona mit nur einer oder zwei Schwadronen auskundschaften und den Rest der Männer außer Sicht lassen. Die Hauptarmee würde am nächsten Morgen im Gewaltmarsch zu ihm eilen. Corfe vermutete ihn etwa fünfunddreißig Meilen entfernt, was einen anstrengenden Tagesmarsch verhieß, doch seine Männer würden es schaffen und dann abwarten, wie die Dinge sich entwickelten.

Sofern die Armee in kampffähigem Zustand nach Torunn zurückkehren sollte, war dies Corfes letzte Gelegenheit, eine große Streitmacht der Merduks zu einer Schlacht zu zwingen. Noch zwei, höchstens drei Tage, dann würden sie sich auf den Heimweg begeben oder die Rationen noch weiter unter die ohnehin schon karge Menge schrauben müssen, mit der sie sich derzeit begnügten. Und das wiederum hieß, dass die Pferde nach und nach schlapp machen würden – was Corfe sich nicht leisten konnte.

Der erschöpfte Kurier wurde wieder seines Weges geschickt. Mit ein bisschen Glück würde er Andruw – nach siebzig Meilen in einer einzigen Nacht – kurz vor der Morgendämmerung erreichen. Wie er in einer ihm gänzlich unbekannten Gegend über unebenes Gelände und in Finsternis seinen Weg fand, war Corfe ein Rätsel. Zwar hatten er und Andruw mehrere Landkarten mit in den Norden genommen, mussten jedoch feststellen, dass diese Karten veraltet waren. Der im Schatten der Berge von Thurian gelegene Norden Torunnas war immer schon eine unwirtlichere Gegend gewesen als der Süden des Königreichs. Sie besaß wenige Straßen und noch weniger Städte, doch strategisch betrachtet war sie ebenso bedeutsam wie die Flüsse Searil und Torrin. Eines Tages, wenn Corfe Zeit hatte, würde er in dieser Hinsicht etwas unternehmen. Er würde die Schlucht von Torrin in eine Festung verwandeln und für den Durchmarsch von Armeen gute Straßen bauen lassen, die bis hinunter zur Hauptstadt führten. Bislang hatten die Torunnen zu sehr darauf gebaut, was die Fimbrier zurückgelassen hatten. Die Feste von Ormann, Aekir, Torunn selbst und die Straßen, die jene Orte miteinander verbanden waren allesamt Vermächtnisse des längst untergegangenen Imperiums. Es war an der Zeit, dass die Torunnen selbst etwas errichteten.

Noch vor dem Morgengrauen war die Armee wieder unterwegs. Corfe und seine Leibgarde aus Kathedralern ritten voraus und ließen die Hauptstreitmacht hinter sich, die einstweilen dem Kommando des alten Ranafast unterstand. Sie kamen an abgeschiedenen Gehöften vorbei, die von Plünderern der Merduks niedergebrannt worden waren. Einmal stießen sie auf eine einsame Kirche, die unerklärlicherweise von den Flammen verschont geblieben war, in der aber der Feind offensichtlich seine Pferde längere Zeit untergebracht hatte. Die verkohlten Überreste zweier Männer waren an einen Pfahl im Kirchhof gefesselt; die geschwärzten Stümpfe ihrer Beine endeten in einem Haufen erloschener Glut und Asche. Corfe ließ sie beerdigen; dann ritt er mit seiner Einheit weiter.

Zu Mittag hielten sie, um die Pferde rasten zu lassen und zu warten, bis die Infanterie zu ihnen aufschloss. Corfe kaute Pökelfleisch und biss Brocken von den harten Armeekeksen ab, während er ohne Unterlass den östlichen Horizont nach Anzeichen von Leben absuchte. Um ihn her redeten die Stammeskrieger leise in ihrer Sprache miteinander.

Ein einsamer Reiter tauchte in der Ferne auf, und die Gespräche verstummten. Er ritt in vollem Galopp, riss den Kopf seines Rosses hoch, wenn es auf losem Geröll ins Rutschen kam und neigte sich tief in den Sattel, um dem Tier das letzte bisschen Geschwindigkeit zu entlocken. Es war ein Kathedraler, dessen Rüstung wie frisch vergossenes Blut leuchtete. Corfe winkte ihm zu, worauf der Mann die Richtung änderte. Wenig später war er bei Corfe und seiner Gruppe angelangt. Von der Schnauze des Pferdes spritzte Schaum, die rosigen Nüstern blähten sich unablässig, die Flanken hoben und senkten sich heftig. Der Kathedraler sprang vom Ross und hielt Corfe ein Depeschenetui hin.

»Andruw ... er hat mich geschickt«, keuchte er.

»Guter Mann. Cerne, gib ihm Wasser und kümmere dich um sein Pferd. Sieh zu, dass er ein frisches Tier bekommt.« Damit wandte Corfe sich ab, schüttelte die Rolle zerknitterten Papiers aus dem Etui und las Andruws Botschaft.

Hauptarmee der Merduks drei Wegstunden südlich von Berrona gesichtet. Etwa fünfzehntausend Mann, dazu zweitausend Reitersoldaten in der Vorhut. Alle leicht bewaffnet. Bin derzeit eine halbe Wegstunde nördlich der Stadt, ziehe mich aber noch eine Wegstunde gen Norden zurück, um nicht entdeckt zu werden. Hat den Anschein, als wollten sie heute Nachmittag in Berrona einmarschie-

ren. Bürger sind weder unser noch der Merduks gewahr. Wie schnell kannst du nachkommen?

Andruw Cear-Adurhal
Befehlshabender Oberst

Corfe spürte förmlich das verzweifelte Flehen in Andruws Worten. Er wollte der Stadt das Grauen eines Überfalls der Merduks ersparen. Aber es gibt eine Grenze für die Marschgeschwindigkeit von Männern und Tieren. Die Nacht würde hereinbrechen, ehe die Armee wieder vereint sein konnte, und Corfe hatte nicht die Absicht, sich mit den Männern nach einem fünfunddreißig Meilen langen Marsch in einem nächtlichen Angriff auf einen überlegenen Feind zu stürzen. Hinzu kam, dass er nicht zulassen durfte, dass Andruw die Stadtbevölkerung vor der herannahenden Verheerung warnte, denn dann würde offenkundig, dass sich eine torunnische Armee in der Gegend befand – und wenn seine Männer am nächsten Morgen erschienen, würden die Merduks vorbereitet und gewappnet sein.

Nein, es war unmöglich. Berrona musste es darauf ankommen lassen.

Es hatte eine Zeit gegeben, da hätte Corfe es womöglich gewagt – damals, als er noch weniger Litzen auf den Schultern trug und wenig mehr auf dem Spiel stand als sein eigenes Leben. Doch wenn er seine Armee aufrieb, war Torunna am Ende.

Mit bleichem Gesicht schrieb er Andruw eine Antwort.

Neue Stellung halten. Unter keinen Umständen den Feind angreifen. Infanterie wird heute Nacht zu dir stoßen. Wir greifen in der Frühe an.

Corfe Cear-Inaf
Oberbefehlshaber

Es verursachte Corfe Übelkeit, dem Kurier die Depesche zu übergeben, und als der Mann aufbrach, hätte er es sich um ein Haar anders überlegt und ihn zurückgerufen. Doch es war zu spät. Der Stammeskrieger war schon zu weit fort und verschwand bald darauf vollends aus ihrer Sicht.

Soeben hatte Corfe die Bürger Berronas zu einer Nacht in der Hölle verdammt.

»Was sollen wir mit den Gefangenen tun?«, fragte Ranafast, als die endlose Kolonne der vor sich hintrottenden Männer vorbeizog.

Die Infanterie hatte zur Vorhut aufgeschlossen und war nach einer kaum erwähnenswerten Rast schon wieder unterwegs. Die Sonne stand bereits im Westen, und sie hatten noch einen weiten Weg vor sich, um Andruw und die Kathedraler zu treffen. Aber kein einziger Soldat hatte aufgegeben, teilten Ranafast und Formio ihrem General mit. Die Neuigkeit, dass sie demnächst mit den brandschatzenden Merduks zusammenprallen würden, hatte die Truppen mit frischer Kraft erfüllt, und sie zogen voller Entschlossenheit los.

»Lasst die Gefangenen laufen«, antwortete Corfe. »Sie sind bloß ein Ärgernis.«

Ranafast starrte ihn an. Seine dunklen Augen glitzerten über der Adlernase und dem stahlgrauen Bart, der aussah, als wäre er mit einer Feile zugespitzt worden.

»Ich kann den Männern befehlen, sich um die Gefangenen zu kümmern«, entgegnete er.

»Nein. Lasst sie frei. Aber erst will ich mit ihnen reden.«

»Herr, ich muss mich dagegen aussprechen ...«

»Ich werde die Männer nicht zu Mördern machen, Ranafast. Wenn wir die Gefangenen kaltblütig abschlachten, sind wir nicht besser als sie. Morgen erhalten die Männer reichlich Gelegenheit, Merduks zu metzeln – in offener Schlacht! Und jetzt schickt die Gefangenen zu mir.«

»Ich hoffe, Ihr wisst, was Ihr tut, General«, meinte Ranafast.

Die Gefangenen waren ein erbärmlich aussehender Haufen, der von ein paar Fimbriern bewacht wurde, die sie mit kalter Verachtung betrachteten. Sie kauerten vor Corfe, als wäre er ihr Henker. Ein Teil von ihm verlangte tatsächlich danach, ihren Tod zu befehlen, denn er gab sich keinen falschen Vorstellungen hin, was diese Männer hier im Norden getrieben hatten. Zugleich aber dachte er an die Bauernarmee, die er in Staed hingemetzelt hatte. Narfintyrs Hofhörige, Kleinbauern, die gezwungen wurden, für einen Fürsten zu den Waffen zu greifen, den sie kaum kannten und der sie als entbehrliche, bewegliche Habe betrachtete. Corfe war damals speiübel dabei geworden, diese armen, unwissenden Teufel niederzumetzeln – und nichts anderes waren diese Merduks. Sie waren in die Armee des Sultans eingezogen worden und hatten Familien und Gehöfte zurückgelassen. In den

Adern einiger Männer floss nicht einmal das Blut der Merduks. In den kommenden Tagen und Monaten würde er Männer wie sie zu Tausenden töten, doch es war die unausweichliche Folge des Krieges. Er würde sein Gewissen nicht mit kaltblütigem Mord belasten. An seinen Händen klebte schon mehr als genug Blut.

»Ihr könnt gehen«, sagte er zu den Gefangenen. »Unter der Bedingung, dass ihr euch nicht mehr der Armee der Merduks anschließt, sondern versucht, euch nach Hause zu euren Familien durchzuschlagen. Ich weiß, dass ihr euch nicht freiwillig an diesem Krieg teilnehmt, sondern dazu gezwungen wurdet. Also zieht in Frieden eures Weges.«

Die Männer starrten ihn an; dann warfen sie einander fassungslose Blicke zu und brabbelten in der Sprache der Merduks und auf Normannisch durcheinander. Sie waren zu verwundert, um glücklich zu sein, mit dem Leben davonzukommen. Einige streckten die Hände aus, um Corfes Füße zu berühren, die in den Steigbügeln ruhten, doch Corfe ließ das Pferd von ihnen zurückweichen.

»Geht jetzt. Und kehrt niemals nach Torunna zurück. Tut ihr es doch, gelobe ich, dass ihr hier sterben werdet.«

»Danke, Euer Ehren!«, rief der Mann, in dem Corfe den übel zugerichteten Felipio erkannte. Dann wandten die Merduks sich ab und rannten in einer Gruppe auf die langen Schatten der Berge von Thurian im Norden zu, als versuchten sie, rasch davonzukommen, ehe Corfe es sich anders überlegte. Die marschierenden Torunnen beobachteten ihre Flucht; einige spuckten bei dem Anblick angewidert aus, aber kein Einziger begehrte auf.

Corfe wandte sich Ranafast zu, der immer noch neben ihm auf seinem Pferd saß.

»Bin ich ein Narr, Ranafast? Werde ich zu weich?«

Der Veteran lächelte. »Vielleicht, Junge. Vielleicht wirst du aber auch nur ein wenig diplomatischer. Du weißt sehr genau, dass diese Dreckskerle versuchen werden, sich ihren Kameraden anzuschließen – sie können nirgendwo anders hin. Aber falls sie es schaffen, wird sich die Kunde, dass die Torunnen ihre Gefangenen gut behandeln, wie ein Lauffeuer im Hochsommer verbreiten. Und wenn die Miliz der Merduks denkt, ihr würde Gnade zuteil, falls sie die Waffen niederlegt, kämpft sie womöglich nicht ganz so verbissen.«

»Ich schätze, genau das erhoffte ich, wenngleich ich immer noch nicht überzeugt davon bin. Aber ich bin zu einer Erkenntnis gelangt, Ranafast: Wir können diesen Krieg nicht allein durch rohe Gewalt gewinnen. Wir brauchen auch Hinterlist.«

»Aye, die brauchen wir. Nur hat sie einen seltsamen Geschmack, nicht wahr?« Damit ritt Ranafast davon, um sich wieder zur Kolonne der Armee zu gesellen. Corfe blieb auf seinem Ross sitzen und beobachtete die freigelassenen Merduks, die in die Ausläufer der Berge stürmten, bis sie nur noch winzige Punkte vor den schneebedeckten Bergen von Thurian waren, die am Horizont vor ihnen aufragten. Einen unerklärlichen Lidschlag lang wünschte Corfe sich beinahe, er könnte mit ihnen laufen.

Kundschafter der Kathedraler führten sie in jener Nacht. Das Wetter hatte sich verschlechtert; Sprühregen fiel, den die von den Bergen herabstürzenden

Winde den Männern ins Gesicht peitschten. Wenigstens dämpften die heulenden Böen die Geräusche ihrer marschierenden Füße und der klirrenden Ausrüstung. Mittlerweile hingen den Männern die Köpfe herab, und sie schleppten sich mühsam voran, zudem hatte sich in der stürmischen Dunkelheit ein halbes Dutzend Packmaultiere von ihren Führern losgerissen und war verloren gegangen. Im Großen und Ganzen aber war die Armee unversehrt. Die Kolonne mochte nicht mehr so geschlossen wirken, aber sie war immer noch eine Einheit. Andruw hatte fünf Meilen nördlich der Stadt ebenes Gelände zum Lagern gefunden. Mitten hindurch plätscherte ein Bach – ein Segen für die Pferde und die Männer. Als die erschöpften Soldaten ins Lager eintrudelten, hoben sie die Köpfe und spähten eindringlich zum südlichen Horizont. Dort flackerte ein orangefarbener Schimmer am Himmel. Berrona brannte.

Andruw grüßte Corfe mit ernster Miene. Sein Antlitz glich einem fahlen, verschwommenen Fleck mit zwei Löchern als Augen und einem Schlitz als Mund unter dem Helm.

»Ihre Reiterei ist vor mehreren Stunden in die Stadt einmarschiert«, berichtete Andruw. »Die männlichen Bewohner haben sie Richtung Süden mitgenommen. Jetzt vergnügen sie sich gerade mit den Frauen.«

Corfe ritt dicht zu ihm, bis ihre Knie sich berührten. Er legte eine Hand auf Andruws Schulter.

»Wir können es nicht tun – nicht heute Nacht. Die Männer sind am Ende. Wir schlagen im Morgengrauen zu, Andruw.«

Andruw nickte. »Wir müssen vernünftig sein, ich weiß.« In seiner Stimme lag Anspannung.

»Hast du die Hauptarmee ausgekundschaftet?«

»Sie rastet noch südlich von hier. Ihr Lager ist voller Beute und gefangener Frauen aus einem halben Dutzend verschiedener Städte. Diese Kerle haben es sich hier oben im Norden sehr gut gehen lassen! Muss ihnen wie eine Art Erholungsreise vorgekommen sein.«

»Die endet morgen früh in der Dämmerung, das verspreche ich dir. Und jetzt ruf die Offiziere zusammen. Ich will, dass du uns über die Aufstellung des Feindes erzählst, was du weißt.«

Andruw nickte und wollte losreiten, hielt dann aber inne.

»Corfe?«

»Ja?«

»Versprich mir etwas.«

Andruws Stimme war belegt vor Kummer und Schmerz, doch es war zu dunkel, als dass Corfe seine Züge hätte deuten können. »Und was?«

»Versprich mir, dass wir morgen keine Gefangenen nehmen.«

Der Wind und der gedämpfte Lärm einer Armee, die sich zur Nachtruhe niederließ, füllten das Schweigen aus, das sich zwischen sie senkte. Politik, Strategie, seine Unterhaltung mit Ranafast – dies alles stieg gleich einer Wolke in Corfes Verstand auf. Doch unter aller Vernunft schwelten sein eigener Zorn und der Schmerz seines Freundes. Als Corfe schließlich antwortete, hörte seine Stimme sich so rau an wie die Andruws.

»Morgen gibt es kein Erbarmen. Ich verspreche es dir.«

12.

Die Stadt Berrona war stets ein unscheinbarer Ort gewesen, versteckt an der nordwestlichen Grenze Torunnas unweit der Quelle des Flusses Searil. Etwa sechstausend Menschen lebten dort im Schatten der Berge von Thurian. Ihre einzige Verbindung zum eigentlichen Torunna war ein einsamer Trampelpfad, der sich durch die Hügelausläufer nach Süden wand. Durch den Fall der Feste von Ormann befand sich die Stadt technisch gesehen hinter den Linien der Merduks, doch bislang war sie in diesem Winter des Blutvergießens und der Zerstörung unangetastet geblieben. Sie lag zu fernab vom Geschehen, näher bei Aekir als bei Torunn, zudem eingebettet zwischen den lang gezogenen Ausläufern der Berge von Thurian, sodass der Krieg an ihnen vorübergegangen war und für die Einwohner nur aus Märchen und Gerüchten bestand. Ein paar Überlebende des Untergangs von Aekir hatten sich irgendwie bis hierher durchgeschlagen und waren freundlich aufgenommen worden. In den Schänken der Stadt hatten sie ihrer gefesselten Zuhörerschaft Geschichten von Krieg und Grausamkeiten erzählt, die den Leuten das Blut in den Adern gerinnen ließ.

Verschwindet von hier, hatten die einstigen Bewohner Aekirs sie gemahnt. *Überquert den Torrin, solange noch Zeit ist.* Wenngleich die Stadtbewohner ob der Schreckensgeschichten der Flüchtlinge schauderten, konnten sie sich nicht vorstellen, dass der Krieg auch sie treffen würde. *Wir sind zu weitab vom Geschehen,* hatten sie entgegnet. *Wieso sollten die Merduks so weit in den Norden kommen, wenn die Armeen auf den Ebe-*

nen rings um die Hauptstadt kämpfen? Wir harren hier des Kriegsendes und warten ab, was geschieht.

Die Leute aus Aekir, von Kummer zerbrochene Zerrbilder der wohlhabenden Städter, die sie einst gewesen waren, hatten nur die Köpfe geschüttelt. Und wenngleich sie mit aufrichtiger Herzlichkeit von den Bewohnern Berronas eingeladen wurden, bei ihnen zu bleiben, hatten sie abgelehnt und ihre Flucht nach Westen in Richtung der torunnischen Grenze fortgesetzt.

Scheinbar sollten die Bewohner der Stadt Recht behalten. Während der Mittwinter verstrich und das neue Jahr älter wurde, blieben sie tatsächlich vergessen und ungestört. Sie jagten in den Hügeln, wie sie es schon immer während der dunklen Monate getan hatten, bohrten Angellöcher in das Eis, das den Searil bedeckte und zehrten von ihren Vorräten an Essiggemüse sowie getrocknetem Fleisch, Fisch und Obst. Und die Welt ließ sie in Frieden.

»Pferde, Arja! Schau! Männer auf Pferden!«

Das Mädchen richtete sich auf und stemmte die Fäuste ins Kreuz wie eine greise Frau, obwohl sie noch keine fünfzehn Jahre alt war. Sie beschattete die Augen gegen das grelle Sonnenlicht, das sich auf dem Schnee spiegelte, und spähte über die weißen Hügel auf jene Stelle, auf die ihr jüngerer Bruder aufgeregt deutete.

»Du bildest dir mal wieder etwas ein, Narfi. Ich kann nichts erkennen.« Dunkles Haar fiel ihr ins Gesicht, als sie sich bückte, um das Lederseil ums Feuerholz zu knoten, das sie gesammelt hatte. Ihr Bruder Narfi zupfte sie am Ärmel.

»Schau noch mal! Ich wette, jetzt kannst du sie sehen! Jeder könnte sie jetzt erkennen.«

Seufzend schlug sie seine Hand weg, blickte noch einmal in die Ferne und sah eine Bewegung gleich einer dunklen, stacheligen Schlange. Sie waren so weit weg, dass es unmöglich zu sagen war, ob sie sich überhaupt von der Stelle rührten. Aber es waren eindeutig Männer auf Pferden, eine lange Kolonne, die halb im Schatten, halb im Sonnenlicht ritt, je nachdem, wie die vor dem Wind treibenden Wolken kamen und gingen. Während Arja hinschaute, sah sie das flüchtige Funkeln, wenn die Sonne auf metallischen Gegenstände gleißte: Lanzenspitzen, Helme, Brustpanzer.

»Ich sehe sie«, sagte sie unbekümmert. »Jetzt sehe ich sie auch.«

»Soldaten, Arja. Sind es unsere? Ob sie mich wohl auf ein Pferd lassen?«

Arja ließ das Feuerholz liegen und packte den Arm ihres Bruders. »Wir müssen nach Hause.«

»Nein! Ich will auf sie warten!«

»Halt den Mund, Narfi! Was ist, wenn es Merduks sind?«

Beim Wort »Merduks« verdüsterte sich das rundliche Gesicht ihres Bruders. »Vater sagt, hier kommen sie nicht her«, entgegnete er.

Doch seine Schwester zerrte ihn fort. Als sie über die Schulter schaute, sah sie, dass die Männer größer geworden waren. Die dunkle Schlange hatte sich in Hunderte kleiner Gestalten aufgelöst, die allesamt in langen Reihen glitzerten. Und weiter weg – dort wo die Wolken und die Ferne alles verschwommen erscheinen ließen – vermeinte sie, noch mehr von ihnen zu erspähen. Es sah aus wie der Rand Waldes, der über die Hänge und Senken des Hügels wogte und näher kam. Eine Armee. Zwar hatte Arja noch nie eine Armee gesehen, doch sie wusste gleich, worum es sich handelte. Eine *große* Armee.

Sie schnappte nach Luft, während Gebete durch ihren Kopf kreisten wie ein Schwarm Sommerschwalben. Sie würden vorbeireiten. Niemand kam jemals nach Berrona. Sie würden vorbeiziehen. Dennoch musste sie es ihrem Vater erzählen.

An jenem Nachmittag hielt die Kolonne der Reiter in der Stadt Einzug, als wären sie siegreiche Krieger, die heimkehrten. Es waren Hunderte, vielleicht sogar Tausende, allesamt auf großen braunen Pferden und in fremdländische Rüstungen gekleidet. An ihren Lanzenspitzen flatterten farbenfrohe Seidenwimpel, und am Knauf jedes Sattels prangte ein Paar Luntenschlosspistolen. Die schweigende Bevölkerung der Stadt säumte die Straßen, und einige Reiter winkten im Vorbereiten oder warfen den jungen Frauen Kusshände zu. Vor dem Rathaus hielten sie, und die vordersten Reiter stiegen von den Rössern. Das Stadtoberhaupt erwartete sie auf den Stufen des Rathauses, bleich wie Schnee, aber beherzt. Einer der prunkvoller geschmückten Reiter nahm den Helm ab und enthüllte ein braunes, lächelndes Antlitz mit Augen so dunkel wie Schlehen.

»Ich überbringe Grüße im Namen Aurungzebs, meines Sultans, und des Propheten Ahrimuz, möge er ewig leben«, rief er mit klarer, junger Stimme. Sein Normannisch war makellos; nur ein leichter Akzent verriet seine Herkunft.

»Ries Millian, Stadtoberhaupt«, stellte die kalkweiße Gestalt sich auf den Stufen mit vor Anspannung zitternder Stimme vor. »Willkommen in Berrona.«

»Danke. Veranlasst bitte, dass sich alle Menschen in dieser Stadt auf dem Platz dort einfinden. Ich habe eine Ankündigung zu machen.«

Millian zögerte, doch nur einen Lidschlag lang. »Was wollt Ihr von uns?«, fragte er.

»Das erfahrt Ihr schon noch. Tut jetzt, was ich sage.« Der Merduk-Offizier drehte sich um und erteilte seinen Männern in ihrer eigenen Sprache eine Reihe von Befehlen. Die Reiterkolonne löste sich auf. Etwa zweihundert Soldaten blieben auf dem Platz vor dem Rathaus, während der Rest sich in Gruppen zu je einem oder zwei Dutzenden aufteilte und sich auf den Weg in die Seitenstraßen machte. Die Hufe ihrer Pferde verursachten einen klappernden Lärm auf dem Kopfsteinpflaster.

Das Stadtoberhaupt beriet sich tuschelnd mit anderen Männern aus der Stadt. Schließlich trat er vor. »Ich kann erst tun, was Ihr verlangt, wenn ich weiß, was Ihr mit uns vorhabt«, sagte er tapfer, während die Männer hinter ihm zu seinen Worten nickten.

Der Merduk-Offizier lächelte und zog wortlos das Krummschwert. Ein gleißender Stahlblitz im matten Wintersonnenschein, und Ries Millian sank röchelnd auf die Knie; seine Hände trachteten vergeblich, die klaffende Luftröhre abzudichten. Blut spritzte auf das Kopfsteinpflaster, dampfend wie Suppe. Das Stadtoberhaupt fiel auf die Seite, zuckte, lag still. In der Menschenmenge kreischte eine Frau, rannte nach vorn und warf sich auf den Leichnam. Der Merduk-Offizier vollführte ungeduldige

Gesten, woraufhin zwei seiner Männer die immer noch kreischende Frau fortrissen. Vor den versammelten Augen der Menge, die sich mittlerweile geschart hatte, zogen sie die Frau aus, indem sie ihr die Kleider vom Leib rissen; dann stieß ihr einer das Krummschwert in den Leib. Die Frau verstummte und brach zusammen. Die Merduks grinsten und lachten. Derjenige, der sie getötet hatte, schnupperte an seinem blutigen Schwert und verzog das Gesicht. Abermals lachten sie. Der Merduk-Offizier wandte sich der vor Entsetzen gelähmten Gruppe von Männern zu, mit denen Millian sich beraten hatte.

»Tut, was ich sage. Schafft jeden hier auf den Platz. Sofort.«

Der Tag glitt hinüber in einen frühen Winterabend, doch für die Menschen von Berrona schien er kein Ende zu nehmen.

Die Merduks hatten die Stadt Haus für Haus geräumt und ihre Pferde in den bescheideneren Wohnungen untergebracht. Die Männer waren von den Frauen und Kindern getrennt und von mehreren Hunderten der Eindringlinge nach Süden über die Hügel fortgetrieben worden wie eine Viehherde. Dann war Pistolenfeuer zu hören gewesen, das schier endlos lang in der kalten Luft krachte. Stundenlang hatte es sich hingezogen, aber keine der Frauen konnte oder wollte sich darauf festlegen, was der Lärm bedeutete. Ein paar ortsansässige Hirtinnen waren blutverschmiert und völlig verängstigt von den Eindringlingen in die Stadt geschleift worden. Sie berichteten, auf den Weiden südlich der

Stadt lagere eine riesige Armee der Merduks, doch nur wenige glaubten ihnen oder hatten Zeit, über die Bedeutung eines solchen Phänomens nachzudenken. Ihre Angst und ihr eigenes Leid beschäftigten sie viel zu sehr.

Arja hatte beobachtet, wie einige Frauen von Gruppen lachender Soldaten in leere Häuser gezerrt wurden. Schreie waren ertönt, und später waren die Merduks wieder aus den Häusern gekommen, hatten grinsend die Rüstungen zugeschnallt und sich in ihrer grässlichen Sprache miteinander unterhalten. Eine Frau – Frieda, die Gemahlin des Schmieds, die gemeinhin als das hübscheste weibliche Wesen der Stadt galt – war ausgezogen und gezwungen worden, die Merduk-Offiziere, die sich im Haus des Stadtoberhaupts breit gemacht hatten, mit Wein zu bewirten. Ihr Gatte wurde aus der Menge herausgesucht und gefesselt in eine Ecke gestellt, sodass er mit ansehen musste, wie die Offiziere sie schließlich einer nach dem anderen vergewaltigten. Danach hatten sie Frieda getötet. Den Schmied blendeten und kastrierten sie, bevor sie ihn als stöhnendes Häufchen Elend auf dem Fußboden liegen ließen. Niemand hatte gewagt, ihm zu helfen, und er war neben dem geschändeten Körper seiner Frau verblutet. Arja wusste es, weil einige der anderen Frauen dieselbe Behandlung wie Frieda erfahren hatten, danach jedoch freigelassen wurden. Sie hatten gesehen, wie es geschah.

Wohl an die fünfzig Frauen der Stadt waren zusammengetrieben worden und befanden sich nun im Rathaus. Es handelte sich um die jüngsten und hübschesten Frauen Beronnas. Draußen hielt die Nacht Einzug. Die Merduks hatten auf den Straßen Feuer angezündet, die sie mit Einrichtungsgegenständen aus den leeren Häusern nährten. Sie plünderten die Stadt, raubten alles von Wert und zerstörten, was sie nicht mitnehmen konnten. Zahlreiche Gebäude waren bereits bis auf die Grundmauern niedergebrannt, und es ging das Gerücht, die Merduks hätten zuvor die meisten der alten Leute darin eingesperrt.

Seit die Männer fortgetrieben worden waren, hatte Arja ihren Vater nicht mehr gesehen. Ihr Bruder, obwohl kaum acht Jahre alt, war zusammen mit dem Vater fortgeschleppt worden. Nun war Arja allein mit den Frauen und Mädchen in der Finsternis eingekerkert. Ein paar Frauen schluchzten leise, die meisten aber waren still. Gelegentlich hörte man getuschelte Unterhaltungen, wobei es sich meist um Mutmaßungen über das Los von Ehemännern, Vätern und Brüdern handelte.

»Sie sind tot«, zischte eine Frau. »Alle tot. Und das werden wir auch bald sein.«

»Nein, nein«, widersprach eine andere verzweifelt. »Sie haben die Männer fortgeschafft, damit sie für sie arbeiten. Warum sollten sie ihre Arbeitskräfte töten? Die Männer heben Verteidigungsgräben jenseits der Stadt aus. Wieso sollte man die töten, die für einen schuften können? Das macht doch keinen Sinn.«

An diesen Strohhalm der Hoffnung schienen sich viele Frauen zu klammern. »Es herrscht Krieg«, sagten sie. »Schreckliche Dinge geschehen, aber es muss alles einen Sinn haben. Soldaten haben ihre Befehle. Wir sind jetzt von den Merduks unterjocht, also werden wir uns anpassen. Wir können ihnen nützlich sein.«

Ein scharrendes Geräusch und ein dumpfer Schlag waren zu vernehmen, als die Doppeltüren des Rathauses geöffnet wurden. Draußen war die Nacht vollends hereingebrochen, doch das gelbe Licht der Feuer fiel flackernd ins Innere, und der Himmel loderte orangefarben und rot von den fernen Flammen des brennenden Stadtrands. Gegen den Flammenschein abgezeichnet sahen die Frauen die schwarzen Silhouetten zahlreicher Männer. Einige hielten Flaschen in den Händen, andere blanke Schwerter. Das Gerede von Nützlichkeit war längst verstummt, die Hoffnung gestorben.

Einige Frauen kreischten, andere waren stumpf und teilnahmslos. Die Soldaten der Merduks schlenderten zwischen ihnen umher, blickten in ihre Gesichter, ließen die Hände über ihre Leiber wandern, als prüften sie die Güte eines zum Verkauf angebotenen Pferdes. Wenn sie fanden, wonach sie suchten, wurde die jeweilige Frau am Handgelenk oder an den Haaren gepackt und nach draußen gezerrt. Nachdem die Hälfte der Frauen entführt war und die Türen wieder geschlossen waren, drängten sich die verbleibenden in einer Ecke zusammen und umarmten einander stumm, jeglicher Worte beraubt.

Gellende Schreie in der Nacht. Grölend lachende Männer. Arja kauerte bei den verbliebenen Frauen; ihr Verstand glich einer wirbelnden, weißen Leere. Jede Empfindung schien sich in die Länge zu ziehen wie in einem abscheulichen Traum. Sie konnte nicht glauben, dass dieser Tag, diese Dinge sich ereignet hatten. All das lag weit jenseits dessen, was sie je gekannt oder sich ausgemalt hatte – ein Fenster in eine andere Welt, von der Arja nicht einmal geahnt hatte, dass es sie geben könnte. So also war der Krieg?

Die Zeit verrann, die Schreie erstarben. Niemand schlief. Die Frauen saßen zusammengedrängt da, starrten auf die schwarzen Türen und warteten, dass sie sich öffneten.

Und dann erklangen das Poltern und Scharren, als sie an der Reihe waren, und die Portale des Rathauses schwangen abermals weit auf. Arja verspürte beinahe Erleichterung. Sie hatte das Gefühl, während der dunklen Zeit des Wartens so straff gespannt worden zu sein, dass sie beinahe wie ein zu sehr gebogener Stock entzwei gebrochen wäre.

Diesmal ging die Auswahl schneller vonstatten. Ein dunkler Schemen, der nach Schweiß, Bier und Harn stank, ergriff Arjas Arm und zerrte sie hinaus in das höllengleiche Licht der Feuer. Auf dem Platz standen Karren, randvoll mit nackten Frauen beladen, die mit ihren Haaren die Gesichter verbargen. So mancher Schopf war mit Blut verkrustet. Einige Leichen lagen ausgestreckt auf dem Kopfsteinpflaster. In einem der lodernden Feuer brannte etwas, das wie der Stamm eines kleinen Baumes aussah, doch der Gestank war nicht der von verkohlendem Holz.

Arjas Häscher zupfte an ihren Kleidern. Es handelte sich um einen kleinwüchsigen Mann, und zu ihrer Überraschung war er weder dunkelhäutig noch dunkeläugig. Er sah aus wie ein Torunne, und als er sprach, redete er im fließendem Normannisch.

»Zieh dich aus. Rasch.«

Sie tat, wie ihr geheißen. Überall auf dem Platz entblößten sich Frauen, wobei mehrere hundert

Männer sie beobachteten. Nachdem Arja alles bis aufs Unterhemd abgelegt hatte, konnte sie nicht mehr weiter. Die Benommenheit hatte sich selbst verzehrt, und sie erlebte einen Augenblick nackter, lähmender Panik. Der wie ein Torunne aussehende Merduk kicherte und sog an einer Flasche, dann riss er ihr das Unterhemd vom Leib, sodass sie splitternackt vor ihm stand.

Einige seiner Kameraden gesellten sich zu ihm und verschlangen Arja mit Blicken. Als sie versuchte, ihre Blößen mit den Händen zu bedecken, schlug man sie ihr weg. Die Männer lachten grölend; sie waren betrunken. Einige hatten die Hosen aufgeknöpft, und ihre Glieder hingen heraus, schimmerten feucht im Schein des Feuers. Abermals schlug die Panik mit großen, dunklen Schwingen um Arjas Kopf. Abermals erfasste sie das Gefühl der Unwirklichkeit.

Die Soldaten redeten in der Sprache der Merduks miteinander, so leichthin und ungezwungen wie Männer, die sich nach einem langen Arbeitstag in einer Schänke getroffen haben. Zwei von ihnen packten Arja an den Armen. Zwei weitere drückten ihre Knie auseinander. Dann wurde sie von dem kleinwüchsigen Merduk vergewaltigt.

Sie schrie gellend, wehrte sich machtlos gegen den Griff der Soldaten, die sie festhielten. Als der kleinwüchsige Mann endlich von ihr abließ, setzte er seine Flasche an den Hals, trank er einen langen Schluck und schnalzte übertrieben genüsslich mit der Zunge.

Um Arja herum versank die Welt in unendlicher Schwärze.

Die Luft der Morgendämmerung war gesättigt vom Geruch der Feuer, und der blaue Winterhorizont war rauchverhangen. Die Scharen der Reiter ließen sich Zeit, die Pferde abzureiben, sich auf dem Platz zu versammeln und in den Satteltaschen nach Frühstück zu stöbern. Schließlich wurden mehrere Befehle gebrüllt, und die Soldaten stiegen auf. Die Pferde waren mit Weinbeuteln, flügelschlagenden Hühnern, Stoffballen und klirrenden Säcken beladen. Die Offiziere befanden sich bereits außerhalb der Stadt auf einem Hügel im Süden. Bei ihnen war eine Schar prunkvoll gekleideter, ranghoher Befehlshaber der Hauptarmee der Merduks, deren Standartenträger prächtige Seidenbanner in die Höhe hielten, die im auffrischenden Wind flatterten.

Schließlich formierte sich die schwer beladene Reiterei und verließ in langer Kolonne den ausgeweideten Leichnam Berronas. Viele Soldaten wirkten mürrisch und verkatert. Einige nickten im Sattel ein, andere schienen noch immer betrunken von den Ausschweifungen der Nacht. Sie richteten die Nasen ihrer Pferde gen Süden, wo sich weniger als zwei Meilen entfernt ein gewaltiges Merduk-Lager ausbreitete. Sie ritten mit der aufgehenden Sonne gleich einem orangefarbenen Feuer zur linken Seite und der schwelenden Stadt im Rücken. Unweit der Nachhut der gewundenen, ungeordneten Kolonne rollten und rumpelten ein halbes Dutzend von Maultieren, Arbeitsgäulen und dahintrottenden Ochsen gezogener Karren. Darin kauerte eine Ansammlung nackter, blutender und durchnässter menschlicher Wesen, stumm und regungslos wie Statuen. Rings um sie her begannen einige Soldaten des Sultans, leichten Herzens zu singen, um die Ankunft des neuen Tages zu begrüßen.

Arja hatte den Kopf in die Knie gebeugt, um die Welt um sie her auszuschließen. Sie und die anderen Frauen der Stadt – diejenigen, die überlebt hatten – kuschelten sich in den Karren zusammen, auf der Suche nach Wärme und ein wenig Trost. Einige schluchzten lautlos, die meisten aber hatten keine Tränen mehr und schienen abwesend, die Gedanken weit fort. Deshalb fiel es ihnen kaum auf, als die Gesänge der Merduks plötzlich verstummten.

Der Karren hielt. Männer brüllten. Arja hob den Kopf.

Die Kolonne der Merduks hatte sich zu einer wimmelnden, formlosen Masse Berittener vermischt. Was ging da vor sich? Einige Merduks schleuderten panisch die angehäufte Beute von den Sätteln. Andere fummelten an den Sattelknäufen nach den Luntenschlosswaffen. Offiziere brüllten aufgeregt durcheinander.

Dann erblickte Arja, was die Wandlung ausgelöst hatte. Auf dem Hang hinter der verbrannten Hülle Berronas war eine lange Linie von Männern aufgetaucht. Tausende. Zwar waren sie noch gut eine Meile entfernt, doch sie näherten sich im Laufschritt. Schwarz gekleidete Soldaten, einige mit Schusswaffen, andere mit geschulterten Piken. Sie rückten mit der eingeübten Erbarmungslosigkeit einer schrecklichen Maschine vor.

»Die Armee ist da!«, rief eine der Frauen freudig aus. »Die Torunnen sind gekommen!«

Ein Merduk-Soldat schlug ihr wütend das Krummschwert auf den Kopf, und sie stürzte über die Seite des Karrens.

Ein paar Minuten unsagbarer Wirren, während der die Merduks unentschlossen hin und her schwankten. Dann preschte der gesamte Tross der Reiterei in rasendem Galopp in Richtung Süden. Die Karren wurden zusammen mit einem Haufen weggeworfenem Plunder zurückgelassen.

Es war schmerzlich, wieder Interesse an der Welt zu erlangen, beinahe wie ein Wiederauferstehen durch qualvolle Geburtswehen. Arja rappelte sich auf die blutigen Knie, um besser sehen zu können. Tränen strömten ihr übers Gesicht.

Der Boden unter den Rädern der Karren schien plötzlich von einem unterirdischen Donner zu beben. Es war gleichermaßen ein Geräusch wie ein körperliches Empfinden.

Die Torunnen umliefen die ausgebrannten Straßen der Stadt, wobei sich ihre Formation geordnet teilte, und ohne jeden Verlust an Geschwindigkeit. Doch sie würden die fliehende Reiterei der Merduks niemals einholen – sie waren alle zu Fuß unterwegs. Arja spürte, wie ein heißer Blitz reinen Hasses ihr Herz durchzuckte. Die Merduks würden davonkommen. Sie hatten ihren Vater und ihren Bruder getötet, und sie würden ungestraft davonkommen ...

Der Donner in der Erde wurde stärker, lauter, wurde zu einem hörbares Grollen, als würde ein wilder Strom unter den Steinen und dem Heidekraut der Hügel fließen.

Und dann erschienen sie wie ein Bild der Apokalypse: Eine riesige Reiterarmee brach in langer Linie hinter einem Bergrücken im Süden hervor, im rechten Winkel zu den flüchtenden Merduks. Arja hörte über dem Donnern der Pferde klar und deutlich ein Horn erschallen. Die Reiter waren in scharlachrote

Rüstungen gekleidet, und sie sangen, als sie heranpreschten.

Die roten Reiter pflügten wie eine zinnoberrote Ramme in den ungeordneten Haufen der Merduk-Kavallerie. Arja sah, wie Dutzende der leichteren Pferde des Feindes von der Wucht des Aufpralls regelrecht durch die Luft geschleudert wurden. Wild um sich fuchtelnde Merduk-Soldaten wurde auf den Spitzen von Lanzen hoch emporgehoben. Die rote Flut überschwemmte die Merduks, vernichtete binnen weniger Herzschläge Hunderte von Feinden. Nur ein paar Dutzend Merduks rissen sich aus dem mörderischen Gewimmel von Männern und Tieren los, um wie von Dämonen gehetzt weiter Richtung Süden zu ihrem Hauptlager zu fliehen. Andere rannten schreiend zu Fuß umher, doch die schwer gerüstete, scharlachrote Reiterei jagte sie wie Hasen, spießte sie im Laufen auf oder trampelte sie nieder. Dann ertönte abermals Horngeschmetter; unverzüglich brachen die Reiter die Verfolgung ab und begannen, sich in einer geordneten Linie neu zu formieren. Ein schwarzes und purpurnes Banner mit einem Symbol, das Arja nicht zu erkennen vermochte, wallte über ihren Köpfen. Die gesamten Kampfhandlungen hatten höchstens drei oder vier Minuten gedauert.

Nun rannte die torunnische Infanterie an den Karren vorbei – keuchende Männer, über deren Gesichter Schweiß strömte und deren Augen wie Glassplitter funkelten. Sie behielten ihre Linie bei, als wären sie durch unsichtbare Ketten miteinander verbunden, und während sie rannten, entrang sich ihren Kehlen ein gewaltiges, tiergleiches Knurren. Ein Mann ergriff im Vorbeilaufen hastig Arjas Hand und küsste sie, ehe er weiterstürmte. Andere weinten, doch alle blieben in Reih und Glied. Der Rauch der angezündeten Lunten lag in der Luft, nachdem die Männer längst vorüber waren. Als sie die Kavallerie vor ihnen erreichten, teilten die Reiter sich blitzschnell in zwei Gruppen und reihten sich an ihre Flanken. Dann rückte die vereinte Formation weiter vor, diesmal in einem schnellen Marsch, und sie begannen, die Entfernung zwischen ihnen und dem Lager der Merduks mit der Unerbittlichkeit einer Flutwelle zu verschlingen.

Nie zuvor hatte Arja etwas Glorreicheres gesehen.

13.

Die Zeremonie war schlicht, wie es sich für die Steppen geziemte, aus denen sie ursprünglich stammte. Sie fand unter freiem Himmel statt. Die Berge von Thurian boten einen atemberaubenden Hintergrund weißer Gipfel am nördlichen Horizont. Die Reste der langen Mauern der Feste von Ormann starrten aus der Nähe herüber wie uralte Monumente, und im Westen zog schäumend der Searil vorbei.

Zweitausend Reitersoldaten der Merduks, herausgeputzt mit allem Prunk, den sie besaßen, umgaben ein abgeschiedenes Quartett und bildeten drei Seiten eines hohlen Rechtecks rings um die vier Gestalten. Auf der vierten Seite war ein Podium errichtet und mit durchsichtiger Seide überdacht worden. Der Wind bauschte und drehte den dünnen Stoff wie Rauch und gewährte Blicke auf die königlichen

Konkubinen, die darin auf scharlachroten und goldenen Kissen saßen, ebenso auf die Eunuchen, die wie fahle Statuen hinter ihnen standen. Um den Fuß des Podiums hatte sich eine Gruppe farbenfroher Gestalten geschart; immer wieder gleißte das winterliche Sonnenlicht für einen Sekundenbruchteil auf einem Vermögen an Juwelen und kostbaren Metallen. Am hinteren Ende der Reiterei stand ein Dutzend bemalter Elefanten, allesamt mit Seide und Brokat behangen und mit Geschirren aus Gold und Leder geschmückt. Auf ihren Rücken befanden sich große Pauken und eine Gruppe von Merduk-Musikanten mit Hörnern und Pfeifen. Als die Zeremonie begann, ertönten die Pauken mit einem Laut, der an fernes Artilleriefeuer oder Donnergrollen im Gebirge erinnerte. Dann trat Stille ein; nur der Wind, der über die Hügel des nördlichen Torunnas pfiff, war zu vernehmen.

Mehr Jirah stand vor Aurungzeb, Sultan von Ostrabar, und Ahara, dessen Konkubine. In der rechten Hand hielt der Sultan die Zügel eines prachtvollen Schlachtrosses, in der linken ein abgewetztes, altertümlich anmutendes Krummschwert. Er trug die schlichten Ledergewänder und Felle der einstigen Steppenhäuptlinge. Ahara war ebenso schmucklos in einen langen Wollmantel und einen Schleier aus Leinen gekleidet.

Mehr Jirah stieß in der Sprache der Merduks einen lauten Ruf aus, worauf die zweitausend Reitersoldaten mit ihren Lanzen gegen die Schilde schlugen und zur Bestätigung brüllten. Ja, sie würden diese Vereinigung anerkennen, und sie würden diese Frau mit Freuden als Erste Gemahlin ihres Sultans betrachten. Als ihre Königin.

Dann gab Aurungzeb die Zügel des Schlachtrosses in Aharas Hand und legte ihr das Krummschwert, das einst seinem Großvater gehört hatte, zu Füßen. Geschmeidig stieg sie darüber; die versammelten Heerscharen jubelten, und die Musikanten auf den Rücken der Elefanten stimmten misstönende Laute an. Mehr Jirah bot dem Paar eine Schüssel Stutenmilch dar, aus der beide nacheinander tranken; dann küssten sie sich. Damit war es vollbracht. Aurungzeb, der Sultan von Ostrabar, hatte eine neue Gemahlin – eine Gemahlin, in deren Leib ein Kind heranwuchs, das eines Tages der rechtmäßige Thronerbe sein würde.

Man hatte im Turm der Feste von Ormann neue Gemächer für sie eingerichtet. Die Fenster der Zimmerflucht wiesen nach Osten über den Searil in Richtung Aekir und der Länder der Merduks dahinter. Lange Zeit saß sie am Fenster, während eine kleine Armee von Dienstmädchen und Eunuchen hin und her eilte, Kohlenbecken anzündete, Einrichtungsgegenstände verschob und eine Tafel aus Leckereien und Wein auftrug. Schließlich bemerkte sie, dass jemand hinter ihr stand und sie beobachtete. Nach wie vor in die schlichte Steppentracht gehüllt, wandte sie sich vom Fenster ab. Hinter ihr standen Serrim, der Obereunuch, und neben ihm ein hoch gewachsener Merduk in Reithosen aus Leder, einem Seidenkasack und einer breiten Schärpe, unter der ein Messer steckte. Der Mann hatte ein vom Wetter gegerbtes Gesicht und war hager; sein Bart war grau wie Meersalz. Auch seine Augen waren grau, wie die Augen Herias, doch er starrte aus dem Fenster, ohne ihrem musternden Blick zu begegnen. Er schien Mitte sechzig zu sein, doch seine Körperhaltung war die eines viel jüngeren Mannes.

»Nun?«, fragte Heria. Als sie noch eine schlichte Konkubine gewesen war, hatte Serrim sie ständig schikaniert. Jetzt, da sie kometengleich in den Adel der Merduks katapultiert worden war, hatte er sich rasch in einen Stiefellecker verwandelt – weshalb sie ihn noch weniger mochte.

»Fürstin, Seine Majestät schickt Euch Shahr Baraz als persönlichen Leibdiener.«

Der schlanke Merduk riss den Blick vom Fenster los und schaute Heria zum ersten Mal in die Augen. Stumm verneigte er sich.

»Leibdiener? Davon habe ich schon reichlich.« Shahr Baraz sah aus, als gehörte er mit einem Schwert in der Hand auf ein Pferd, nicht in die Gemächer einer Dame.

»Er soll Euch als Leibwächter dienen und ständig bei Euch sein.«

»Mein Leibwächter ...«, wiederholte Heria erstaunt. Und dann regte sich etwa in ihrem Gedächtnis. »War es nicht Shahr Baraz, der jene Armee befehligte, die Aekir eingenommen hat? Ich dachte, er wäre ein greiser Mann und ... und nicht mehr bei uns.«

»Dies ist der Sohn des ruhmreichen Khediven, Fürstin.«

»Ich verstehe. Lasst uns allein, Serrim.«

»Fürstin, ich ...«

»Lasst uns allein, ihr alle. Ich will die Kammer leer sehen. Ihr könnt eure Arbeit hier später zu Ende bringen.«

Ein Tross von Dienstmädchen verließ sogleich den Raum. Der Eunuch wackelte hinterdrein, wobei er überaus unzufrieden wirkte. Heria verspürte einen flüchtigen Augenblick tiefster Befriedigung; dann aber senkte die Wolke sich wieder auf sie herab.

»Möchtet Ihr Wein, Shahr Baraz?«

»Nein, Fürstin. Ich trinke nicht.«

»Ich verstehe. Ihr seid also mein Leibwächter. Vor wem wollt Ihr mich denn beschützen?«

»Vor jedem, der Euch Schaden zufügen möchte.«

Heria wechselte zu Normannisch. »Und versteht Ihr auch diese Sprache?«

Der Merduk zögerte. Ein Muskel zuckte an seinem Kiefer. Von seiner Wange erstrecke sich eine lange, bleigraue Narbe bis in den Bart.

»Ein paar Worte kenne ich«, antwortete er in derselben Sprache.

»Ich glaube, Ihr seid bloß ein Spitzel, den der Sultan geschickt hat, um über mich zu wachen und ihm von jeder meiner Handlungen zu berichten.«

»Ich bin kein Spitzel«, widersprach Shahr Baraz aufgebracht.

»Warum sonst sollte der Sultan den begabten Sohn eines solch ruhmreichen Vaters mit einer so niederen Aufgabe bedenken?«

Leben flammte in den grauen Augen Shahr Baraz' auf. In makellosem Normannisch erwiderte er: »Um mich zu bestrafen.«

»Wieso sollte er Euch bestrafen?«

»Weil ich meines Vaters Sohn bin, und weil er meint, mein Vater hätte vor dieser Festung versagt.«

»Also ist Euer Vater tot?«

»Ich weiß es nicht. Er verschwand lieber in die Berge, als zum Hof zurückzukehren und sein Tun zu rechtfertigen.«

Heria wechselte wieder in die Sprache der Merduks. »Euer Normannisch ist besser, als Ihr denkt.«

»Ich bin kein Spitzel«, beteuerte er abermals. »Selbst der Sultan könnte das nicht von mir verlangen. Meine Familie hat dem Hause Ostrabar seit Generationen gedient. Ich werde weder das Vertrauen des Sultans enttäuschen noch das Eure, Fürstin. Das schwöre ich. Außerdem«, ein Lächeln huschte über sein ernstes Gesicht, »steckt der Harem ohnehin bereits voller Spitzel. Der Sultan braucht keinen weiteren.«

Heria ertappte sich dabei, dass sie den Mann tatsächlich mochte. »Habt Ihr Familie?«

»Eine Gemahlin und zwei Töchter. Sie sind in Orkhan.«

Zweifellos dienten sie als Geiseln, um seinen Gehorsam sicherzustellen. »Danke, Shahr Baraz. Bitte lasst mich jetzt allein.«

Er blieb unbeirrt stehen. »Ich soll ständig bei Euch bleiben.«

»Ständig?«, fragte sie mit einer hochgezogenen Augenbraue. Shahr Baraz errötete.

»Innerhalb der Grenzen der guten Sitten, ja.«

Heria verspürte einen Anflug von Verzweiflung und gab das Spiel auf. »Na schön.« Also waren die Gefängnismauern nach wie vor lückenlos. Sie mochte wohl in der Lage sein, eine Schar Lakaien mit Befehlen umherzuscheuchen, doch grundsätzlich blieb ihre Lage unverändert. Es war dumm von ihr gewesen, etwas anderes zu vermuten.

Heria wandte sich wieder der Aussicht aus dem

hohen Fenster zu. Natürlich war der Schmerz noch da, aber sie hielt ihn im Zaum, umging ihn wie ein Mann, der auf einer gefahrvollen Reise einem bodenlosen Sumpf auswich. Irgendwo im Osten, hinter dem Horizont, erhoben sich die Ruinen von Aekir, und irgendwo in der Asche dort lagen die Überreste eines anderen Lebens. Und der Mann, mit dem Heria es geteilt hatte, war noch am Leben. Wo mochte Corfe jetzt sein, ihr einzig wahrer Gemahl? Es war seltsam und entsetzlich zugleich: Das Wissen, dass er lebte, auf Erden wandelte und atmete, bereitete ihr Qualen. Sie konnte sich nicht daran erfreuen, und sie geißelte sich dafür. Im Leib trug sie das Kind eines anderen Mannes – eines Mannes, der sie nun als seine Gemahlin bezeichnete. Zwar war sie durch die Vereinigung in den Adelsstand erhoben worden, dennoch würde sie den Rest ihres Daseins in einem juwelenbesetzten Käfig fristen, während Corfe lebte, irgendwo dort draußen war und einen Krieg gegen die Welt führte, die sie, Heria, nun bewohnte.

Am liebsten wäre sie gestorben.

Doch das würde sie nicht. Sie trug einen Sohn im Leib. Zwar war es nicht Corfes Kind, trotzdem war es kostbar – es war etwas, das ihr gehörte. Um des Kindes willen würde sie am Leben bleiben, und vielleicht war sie irgendwann sogar in der Lage, etwas zu unternehmen, um Corfe und den Torunnen zu helfen – jenen Menschen, die einst ihr Volk gewesen waren.

Aber dieser Schmerz ... diese grauenhaften Qualen ...

»Shahr Baraz«, sagte sie, ohne sich umzudrehen.

»Fürstin?«

»Ich brauche einen Freund, Shahr Baraz.« Tränen brannten ihr in den Augen. Sie konnte nichts sehen. Ihre Stimme bebte im Gleichklang der Schwingen eines fliegenden Schwanes.

Eine Hand legte sich zärtlich auf ihren Kopf, verharrte dort einen Lidschlag lang, ehe sie weggezogen wurde. Es war die erste Berührung echten Mitgefühls, die Heria seit langer Zeit erhalten hatte, und sie ließ einen Damm in ihrer Seele brechen. Heria neigte das Haupt und weinte bitterlich. Nachdem sie sich wieder gefasst hatte, sah sie Shahr Baraz, der vor ihr kniete. Seine Finger klopften sanft auf ihren Unterarm.

»Eine Merduk-Königin sollte nicht weinen«, sagte er, doch seine Stimme klang freundlich, und er lächelte.

»Ich bin erst seit einem Vormittag Königin. Vielleicht gewöhne ich mich noch daran.«

»Trocknet Eure Augen, Fürstin. Das Kahal rinnt Euch übers Gesicht. Da.« Mit dem Daumen wischte er ihr die verlaufene Farbe von den Wangen. Ihr Schleier fiel herab.

»Einem Mann, der eine der Frauen des Sultans berührt, werden die Hände abgeschlagen«, erinnerte sie ihn.

»Ich werde nichts davon sagen, wenn Ihr es nicht tut.«

»Einverstanden.« Heria fasste sich wieder. »Ihr müsst mir verzeihen. Die Aufregung dieses Vormittags ...«

»Eine meiner Töchter ist ungefähr in Eurem Alter«, sagte Shahr Baraz. »Ich bete, dass sie niemals so leiden muss, wie Ihr gelitten habt. Mir wäre lieber, sie fristet ihr Dasein in einer Filzhütte mit einem

Mann, den sie liebt, als dass …« Unvermittelt verstummte er und richtete sich auf. »Ich lasse Eure Zofen hereinschicken, Fürstin, damit Ihr Euch herrichten könnt. Es geziemt sich nicht, hier allein mit Euch zu sein, auch wenn ich ein alter Mann bin. Der Sultan würde es nicht billigen.«

»Nein. Wenn Ihr etwas für mich tun wollt, dann schickt mir den kleinen ramusischen Mönch. Ich möchte mit ihm reden. Er ist in den unteren Geschossen des Turmes eingekerkert.«

»Ich weiß nicht, ob ich …«

»Bitte, Shahr Baraz.«

Er nickte. »Ihr seid die Königin.« Dann verneigte er sich und ließ sie allein.

Eine Königin, dachte sie. Das also bin ich nun? Sie dachte zurück an die Hölle von Aekir während des Untergangs der Stadt, an den Merduk-Soldaten, der sie vergewaltigt hatte, während das Licht der lodernden Stadt sich als flackernde Feuersbrunst in seinen Augen spiegelte. An die entsetzliche Reise nach Norden in den Karren, neben denen John Mogens Torunnen trotteten, die Hälsen in Kragenjochen. An die zu Tausenden gekreuzigten Männer, an Säuglinge, die in den Schnee geworfen wurden, um sie dem Tod zu überlassen. All diese schrecklichen Erinnerungen … Sie verwandelten einen Teil ihres Verstandes in eine düstere Wildnis, die sie mit einer Mauer umgeben hatte, um nicht dem Wahnsinn zu verfallen.

Heria war allein in der Kammer. Eine wundervolle Weile war sie allein. Keine schwatzenden Zofen oder Eunuchen, die sie bespitzelten. Keine Schar von Konkubinen, die endlos Ränke schmiedeten und über belanglose Kleinigkeiten und eingebildete Vernachlässigung schimpften. Sie konnte am Fenster stehen und hinausschauen auf das, was einst ihr Heimatland gewesen war. Sie konnte sich frei fühlen. Ihr Name war Heria Cear-Inaf, und sie war keine Königin, nur die bescheidene Tochter eines Seidenhändlers, und sie konnte noch über ihr Herz verfügen, durfte es schenken, wem ihr gefiel.

»Beim Barte des Propheten, was hat das zu bedeuten? Du bist allein? Bei Gottes Zähnen, so geht das aber nicht! Wo ist dieser Schurke Baraz? Ich lasse ihn auspeitschen!«

Der Sultan von Ostrabar betrat die Kammer wie ein Sturmwind, begleitet von einer Gruppe seiner Stabsoffiziere. Er trug ein Vermögen an Juwelen und Gold, und ein prunkvoller, pelzbesetzter Umhang bauschte sich gleich einer Wolke um ihn. Silberne Quasten wackelten auf den Zehenspitzen seiner Stiefel.

Hastig legte Heria den Schleier wieder an.

»Shahr Baraz macht einen Botengang für mich, Herr. Verurteilt ihn nicht. Ich wollte nur sehen, ob ich tatsächlich über ihn befehlen kann.«

Aurungzeb lachte grölend. Durch den Schleier gab er Heria einen Kuss auf den Mund, der ihr beinahe die Lippen zerdrückte. »Gut gemacht, Weib! Diese Familie braucht ein wenig Demütigung. Sie belädt sich mit zu vielen Sorgen dieser Welt. Du hast also meinen Scherz durchschaut? In den Offiziersquartieren ist er das Tagesgespräch. Ein Baraz als Kammerzofe! Halte ihn ruhig ordentlich auf Trab – es wird ihm gut tun. Aber du hast ja immer noch dein Brautkleid an! Raus aus diesen uralten Fetzen. Tradition ist schön und gut, trotzdem dürfen wir nicht zulassen, dass meine Erste Gemahlin wie eine

Bettlerin aus der Steppe aussieht. Wo sind deine Bediensteten? Wenn Serrim mir das nächste Mal über den Weg läuft, trete ich ihm in den fetten Hintern.«

»Sie bereiten meine Garderobe vor«, log Heria. »Deshalb habe ich sie alle fortgeschickt. Sie sind langsam.«

»Ja, du musst streng mit ihnen sein. Lass ein paar von ihnen auspeitschen, dann springen sie gleich viel schneller.« Aurungzeb umarmte sie. Obwohl sie groß für eine Frau war, reichte ihm ihre Stirn kaum bis ans Kinn.

»Ah, dieser wunderschöne Leib! Ich weiß wirklich nicht, wie ich mich zurückhalten soll, bis das Kind geboren ist.« Mit strahlender Miene rieb er das Kinn in ihrem Haar. »Ich muss nun fort, meine Königin. – Shahr Johor, treibt diese verfluchten Zofen hoch! Meine Gemahlin hockt hier allein wie ein Klageweib. Und lasst die Möbel heraufschicken – die Sachen aus Aekir, die wir hergeschifft haben.« Aurungzeb blickte sich in der Kammer um. In den Tagen, als die Feste noch torunnisch gewesen war, hatte sie einen Teil der Gemächer von Pieter Martellus dargestellt und war kahl wie eine Kaserne.

»Eine armselige Umgebung für eine Frau, wenngleich immer noch besser als ein Zelt draußen auf freiem Feld. Wir müssen hier alles ein wenig verschönern. Vielleicht lasse ich diesen Turm stehen, als Monument. Jetzt muss ich aber los. Wir essen gemeinsam zu Abend, Ahara. Ich habe die Botschafter eingeladen. Es gibt frischen Hummer, von der Küste hergeschickt. Hast du schon einmal Hummer gegessen? – Ah, da ist ja Shahr Baraz. Was fällt Euch ein, die Königin alleine zu lassen?«

Shahr Baraz stand in der Tür. Seine Miene war ausdruckslos. »Verzeiht, Sultan. Es wird nicht wieder vorkommen.«

»Na schön, Baraz. Ich glaube, sie hat mit Euch gespielt, meine Taube aus dem Westen.« Und mit leiser Stimme, an Heria gewandt, fügte er hinzu: »Er ähnelt sehr seinem schrecklichen alten Vater, und er ist genauso starrsinnig. Halte ihn ordentlich auf Trab, meine Geliebte! Genauso muss man mit ihm umspringen. Jetzt muss ich aber wirklich los. Zieh heute Abend Blau an – die Sachen, die wir aus Nalbeni bekommen haben. Es hebt deine Augen hervor.« Und damit eilte er aus der Kammer, dass seine Gehilfen Mühe hatten, mit ihm Schritt zu halten. Seine Stimme hallte über den Gang hinter der Tür.

Als Albrec in die Gemächer der frisch ernannten Königin geführt wurde, hatte sie die tristen Hochzeitsgewänder abgelegt und war von Kopf bis Fuß in himmelblaue Seide gehüllt. Ein Silberreif prangte auf ihrem verschleierten Haupt; ihre wundervollen Augen wurden von der Farbe ihrer Kleidung hervorgehoben. Sie lag auf einem niedrigen Diwan, während rings um sie ein halbes Dutzend Dienstmädchen auf Kissen hockte. Ein hoch gewachsener Merduk fortgeschrittenen Alters, den Albrec noch nie bei Hofe gesehen hatte, stand aufrecht wie ein Speer neben der Tür. Die kahlen Steinwände der Kammer waren mit bestickten Vorhängen und bunten Wandteppichen geschmückt worden. Weihrauch schwelte in einem goldenen Brenner, und mehrere Kohlenbecken strahlten heimelige Wärme ab. Die Holzkohle schimmerte rötlich. Drei kleine Mädchen hielten die Kohlen mit leichten Luftzügen aus winzigen Blasebälgen am Glimmen. Der Kontrast zwischen der erlesenen Pracht der Kammer und der Armut des kleinwüchsigen Mönchs hätte größer kaum sein können.

Nach einem Schubs von Serrim, dem Eunuchen, verneigte Albrec sich.

»Majestät, ich glaube, ich sollte Euch zur Vermählung beglückwünschen.«

Die Königin der Merduks ließ sich einen Augenblick Zeit mit der Antwort.

»Nehmt Platz, Vater. Rokzanne, Wein für unseren Gast.«

Albrec wurden ein Fußschemel, auf den er sich hocken konnte, und ein Silberkelch voll der dünnen, säuerlichen Flüssigkeit gebracht, welche die Merduks Wein zu nennen pflegten. Albrec richtete den Blick auf das verschleierte Antlitz der Königin.

»Ich hätte Euch formloser empfangen«, sagte Heria unbekümmert, »aber Serrim hat darauf bestanden, dass ich mich so gebare, wie es sich für meinen neuen, erhabenen Rang geziemt.«

Albrec ließ den Blick durch die Kammer schweifen, die einer Mischung aus Kaserne und Freudenhaus ähnelte. »Bewundernswert«, murmelte er.

»Ja. Kommt, ich zeige Euch die Aussicht vom Balkon.« Heria erhob sich und streckte dem kleinen Mönch eine Hand entgegen. Linkisch rappelte er sich von dem niedrigen Hocker auf und ergriff mit den Überresten seiner Hand ihre Finger. Die Frauen in der Kammer tuschelten und murmelten.

Die Königin führte den Mönch hinaus auf den Balkon, wo ihnen der frische Wind in den Gesichtern wehte. Sie schauten hinunter auf die Ruinen der Festung. Die langen Mauern waren bereits eingerissen; Tausende Soldaten schufteten nun daran, die Reste abzutragen und die riesigen Granitblöcke auf Flachbooten über den Searil zu schaffen. Dort wurden am Ostufer des Flusses die Grundmauern einer neuen Festung gelegt. Der Turm, in dem sich Heria und Albrec befanden, würde bald alles sein, was von Kaile Ormanns großartigem Werk geblieben war. Sogar die Senke selbst sollte mit der Arbeitskraft von Tausenden torunnischer Sklaven mit einem Damm versehen und aufgefüllt werden. Die kleineren Befestigungsanlagen auf der Insel würden wieder aufgebaut, und wo die langen Mauern gestanden hatten, sollte eine Barbakane geschaffen werden. Aurungzeb errichtete ein Spiegelbild der alten Festung, das nach Westen statt nach Osten wies.

»Erzählt mir alles über ihn, Vater«, murmelte Heria. »Erzählt mir alles, was Ihr wisst. Rasch.«

Die Zofen und Eunuchen beobachteten sie. Albrec sprach mit so leiser Stimme, dass der Wind seine Worte fast unhörbar machte.

»Mir ist zu Ohren gekommen, es hieße, er sei die Wiedergeburt von John Mogen. Bei der Königin von Torunna genießt er höchstes Ansehen – zweifellos war sie es, die ihn zum Oberbefehlshaber ernannt hat. Das geschah, nachdem ich die Hauptstadt verlassen hatte. Er hat hier in der Feste von Ormann gekämpft, und im Süden. Sogar die Fimbrier gehorchen ihm.«

»Sagt mir, wie er jetzt aussieht, Vater.«

Albrec musterte ihre Züge. Sie wirkten bleich und angespannt; ihr Gesicht sah aus wie geschnitztes Elfenbein. Wegen der dick aufgetragenen Farbe auf den Lidern schien es, als würden sie eine Maske tragen.

»Heria, quält Euch nicht selbst.«

»Sagt es mir.«

Albrec erinnerte sich an die kurze Begegnung auf der Straße nach Torunn. Es schien eine Ewigkeit her zu sein. »Schmerz steht ihm ins Gesicht und in die Augen geschrieben. Er strahlt Härte aus.« Er ist ein Mörder, dachte Albrec. Einer jener Männer, die ein besonderes Talent dafür haben, so wie andere die Begabung besitzen, Statuen zu bildhauern oder Musik zu machen. Doch davon erzählte er Heria nichts.

Die Königin der Merduks blieb still. Der kalte Wind hob ihren Schleier wie eine Rauchwolke an. »Danke, Vater.«

»Wollt Ihr nicht endlich vom Balkon hereinkommen, Fürstin?«, erklang die unangenehm hohe Stimme des Eunuchen hinter ihnen. »Es wird allmählich kalt.«

»Ja, Serrim. Wir kommen. Ich habe Vater Albrec nur die Fundamente der neuen Festung unseres Sultans gezeigt. Er hat den Wunsch geäußert, sie zu sehen.« Und leise, rasch und gehetzt, zu Albrec: »Ich muss Euch hier hinaus und zurück nach Torunn schaffen. Wir müssen ihm helfen, diesen Krieg zu gewinnen. Aber Ihr dürft ihm nicht erzählen, was ich geworden bin! Seine Gemahlin ist tot. Habt Ihr verstanden? *Sie ist tot.*«

Stumm nickte Albrec und folgte ihr zurück in die duftende Wärme der Kammer hinter ihnen.

14.

Es regnete, als die lange Kolonne erschöpfter Männer und Pferde durch das Osttor trottete. Sie verwandelten die Straße in einen Sumpf aus knietiefem Schlamm. Eine ausgelaugte Armee, die meilenweit bis über die Hügel im Norden reichte – eine Armee, in deren Mitte sich ein bunt zusammengewürfelter Tross mehrerer Hundert Karren und Wagen befand, allesamt voll beladen mit stummen, aneinander gedrängten Zivilisten; einige hockten mit über die Köpfe gezogenen Öltüchern da, andere saßen wie betäubt und ungeschützt im Regen. Fast jeder Wagen wurde von einer Gruppe dreckverschmierter Fußsoldaten begleitet, die sich damit plagten, die Räder aus dem klebrigen Matsch zu schieben. Das Schauspiel erinnerte an einen halbmilitärischen Exodus.

Corfe, Andruw, Marsch und Formio standen neben der Kolonne und beobachteten, wie die Armee und deren Schutzbefohlene durch das Tor in die torunnische Hauptstadt zogen. Die Wachen der Stadtmauern waren zu Tausenden herbeigekommen, um sich den traurigen Tross anzuschauen, und bald gesellten sich zahlreiche Bürger zu ihnen, sodass es auf den Zinnen vor Köpfen nur so wimmelte. Niemand jubelte, denn niemand war sicher, ob die Armee siegreich oder geschlagen zurückkehrte.

»Wie viele insgesamt, was glaubst du?«, fragte Andruw.

Corfe wischte sich den allgegenwärtigen Regen aus den Augen. »Sechstausend.«

»Ich schätze, weitere zwei-, dreitausend haben sie mitgenommen«, meinte Andruw.

»Ich weiß, Andruw, ich weiß. Aber zumindest die hier sind jetzt in Sicherheit. Und jene Armee wurde schlimm zugerichtet, bevor wir die Verfolgung aufgaben. Wir haben den Norden von ihnen erlöst – vorübergehend wenigstens.«

»Sie sind wie ein Hund, den man nicht erziehen kann«, meldete Formio sich zu Wort. »Er schnappt zu, man schlägt ihm auf die Schnauze, und er weicht zurück. Aber dann schnappt er wieder zu.«

»Ja. Beharrliche Dreckskerle, das muss man ihnen lassen«, pflichtete ihm Andruw mit einem verzerrten Lächeln bei.

Die Armee hatte die Streitmacht der Merduks, mit der sie außerhalb von Berrona zusammengestoßen war, praktisch vernichtet. Sie hatten die Merduks angegriffen, als diese noch hektisch versuchten, sich vor ihrem Heerlager zu formieren. Doch nachdem die Reihen durchbrochen und ins Lager zurückgeschmettert worden waren, war die Schlacht zu einem mörderischen Gemetzel verkommen, denn in den Zelten hatten sich Tausende misshandelter torunnischer Frauen befunden, Bewohnerinnen der umliegenden Städte, die zum Vergnügen der Truppen der Merduks geraubt worden waren. Ranafasts Torunnen waren nach dieser Entdeckung in Raserei verfallen und hatten jeden Merduk niedergemetzelt. Corfe schätzte die Verluste des Feindes auf mehr als elftausend Mann.

Doch während des Blutbads innerhalb des Lagers gelang es mehreren tausend Feinden, unbeschadet zu fliehen und einen Großteil der Gefangenen mitzunehmen. Corfes Männer waren zu erschöpft gewesen, ihnen weit zu folgen; zudem begann Schnee auf den Schwingen eines bitterkalten Windes von den Bergen herabzuwehen. Die Verfolgung wurde aufgegeben. Nachdem man vierhundert Gräber für die eigenen Toten ausgehoben hatte, formierte sich die Armee für den langen Marsch nach Süden. Doch die Karren hatten sie behindert und aufgehalten; außerdem hatten sie ihre Rationen mit den geretteten Gefangenen geteilt – mit dem Ergebnis, dass keiner der Soldaten in den letzten drei Tagen etwas gegessen hatte und die Hälfte der Kathedraler mittlerweile zu Fuß lief: Als ihre zu Tode erschöpften Pferde zusammenbrachen, waren die Tiere zerstückelt und von den ausgehungerten Soldaten verspeist worden. Sechshundert Schlachtrösser bildeten jetzt nur noch Knochenhaufen auf der Straße hinter ihnen.

Dennoch war der Feldzug erfolgreich gewesen. Sie hatten vollbracht, wofür sie losgezogen waren. Doch freuen konnte sich darüber niemand so recht.

»Bier«, seufzte Andruw inbrünstig. »Ein großer, schäumender Becher! Und einen Keil Käse so groß, dass man eine Tür damit aufklemmen könnte. Und einen Apfel.«

»Und frisch gebackenes Brot«, fügte Marsch hinzu. »Mit Honig. Nur kein Fleisch. Ich werde einen Monat lang kein Fleisch mehr essen. Und ich würde lieber verhungern, als noch einmal Pferd herunterzuwürgen.«

Corfe dachte an die Gemächer der Königin, an eine Wanne voll dampfendem Wasser und an ein warmes Feuer. Er hatte seit einer Woche die Stiefel nicht mehr ausgezogen, und seine Füße fühlten sich geschwollen und völlig durchnässt an. Die Lederriemen seiner Rüstung waren grün vom Schimmel, und die Rüstung rostete safrangelb, wo die rote Farbe abgebröckelt war. Allein die Klinge von John Mogens Schwert schimmerte glänzend und fleckenlos. Unter Corfes Fingernägeln prangte Merduk-Blut.

»Die Männer brauchen eine Rast«, sagte er. »Die gesamte Armee muss neu ausgerüstet werden. Außerdem müssen wir aus dem Süden Pferde anfordern. Ich frage mich, wie Rusio zurechtgekommen ist, während wir fort waren.«

»Ich möchte wetten, er war die ganze Zeit nicht allzu weit von einem warmen Feuer entfernt«, gab Andruw zurück. »Schick nächstes Mal einige von den Garnisonssoldaten mit den schicken weißen Kragen in den Kampf, Corfe. Erinnere sie daran, wie sich der Regen im Gesicht anfühlt.«

»Vielleicht tue ich das, Andruw. Vielleicht. Vorerst möchte ich, dass ihr drei in die Stadt reitet. Sorgt dafür, dass die Männer ordentlich untergebracht werden – keine Dummheiten von irgendeinem Quartiermeister. Bei Einbruch der Nacht will ich sie alle betrunken sehen. Sie haben es sich verdient.«

»Das ist mal ein Befehl, dem man gerne gehorcht.« Andruw grinste. »Marsch, Formio – ihr habt gehört, was der Kommandeur gesagt hat. Es gibt Arbeit für uns.«

»Was ist mit Euch, General?«, erkundigte sich Formio.

»Ich bleibe noch eine Weile hier und beobachte den Einzug der Armee.«

»Komm schon, Corfe«, redete Andruw ihm gut zu. »Sie marschieren nicht schneller, nur weil du hier ausharrst.«

»Nein, geht ihr schon mal vor, ihr drei. Ich möchte nachdenken.«

Andruw klopfte ihm auf die Schulter. »Grüble nicht zu lange. Bis du durch das Tor wanderst, könnte das Bier schon alle sein.«

Andruw und Marsch stiegen auf ihre ausgemergelten Pferde und ritten los, um sich in die Kolonne einzureihen, Formio hingegen blieb noch zurück.

»Wir haben alles getan, was in unserer Macht stand, General«, sagte er leise.

»Ich weiß. Es fühlt sich nur niemals so an, als wäre es genug.«

Der Fimbrier nickte. »Meine Männer sind zufrieden, unter Euch zu dienen. Offenbar ist auch Torunna in der Lage, richtige Soldaten hervorzubringen.«

Unwillkürlich lächelte Corfe. »Geht und kümmert Euch um Eure Truppen, Formio. Und danke.« Ihm wurde klar, dass er soeben das größte Lob seiner Laufbahn bekommen hatte.

Ohne ein weiteres Wort folgte Formio den Spuren von Marsch und Andruw.

Corfe harrte alleine aus, bis fast eine Stunde später die Nachhut in Sicht kam. Dann stieg er aufs Pferd und trabte hinunter, um sich den Männern anzuschließen. Zweihundert Kathedraler unter Ebro und Morin. Die Nasen ihrer Pferde hingen nur wenige Zoll über dem Boden.

»Wie sieht's aus, Hauptmann?«, erkundigte sich Corfe.

Ebro salutierte. Der großspurige junge Offizier, den Corfe im Jahr zuvor kennen gelernt hatte, war mittlerweile ein erfahrener militärischer Führer mit den Augen eines Veteranen. Er hatte einen weiten Weg zurückgelegt.

»Fünf weitere Pferde auf den letzten beiden Meilen«, berichtete Ebro. »Noch einen Tag, und wir wären alle zu Fuß unterwegs gewesen.«

»Keine Anzeichen vom Feind?«

Ebro schüttelte den Kopf. »Ich glaube, General, der Feind befindet sich inzwischen auf halbem Wege zurück nach Orkhan. Wir haben ihnen die heilige Gottesfurcht eingebläut.«

»Ja. Gute Arbeit, Ebro.«

Die Reiter in scharlachroter Rüstung trabten gleich einem schlammigen Strom vorbei. Einige von ihnen schauten auf, als sie an ihrem Befehlshaber vorbeizogen, und nickten oder hoben eine Hand. Von zahlreichen Sattelknäufen baumelten Merduk-Schrumpfköpfe. Corfe fragte sich, wie viele seiner ursprünglichen Galeerensklaven noch übrig sein mochten. Er harrte auf seinem Ross aus, bis alle an ihm vorüber waren, erst dann durchschritt er selbst das Osttor, als letzter Mann der Armee. Die schweren Tore aus Holz und Eisen schlossen sich geräuschvoll hinter ihm.

Als er endlich seine Gemächer betrat, war es sehr spät. Er hatte die Verwundeten in den Lazaretten besucht und sich das Hirn zermartert, um jeden Mann mit dessen Namen anzusprechen, wobei er jene herausfilterte, die er in der Schlacht gesehen hatte und sie zu ihrem Mut beglückwünschte. Er hatte die knochige Faust eines verletzten Stammeskriegers aus den Bergen von Cimbric gehalten, als der Mann gestorben war. So viele Tage unter freiem Himmel mit zähem Pferdefleisch als Nahrung; dazu die Qualen eines rumpelnden, ungefederten Karrens, nur um den Kampf letztlich zu verlieren, nachdem er endlich in einem warmen Bett mit sauberen Laken lag. Der Stammeskrieger, der kein Wort Normannisch verstand, war mit Corfes Namen auf den Lippen verschieden.

Dann waren da noch die Pferde gewesen. Corfe hatte sich darum gekümmert, dass die überlebenden Tiere ordentlich versorgt wurden. Es folgten ein halbes Dutzend Treffen mit verschiedenen Quartiermeistern, um sicherzustellen, dass man sich gut um die befreiten Gefangenen kümmerte, die Corfe in den Süden mitgebracht hatte. Die meisten waren bei der Zivilbevölkerung untergebracht worden. Und schließlich hatte Corfe noch ordentlich Bier mit Andruw, Marsch, Formio, Ranafast und Ebro getrunken. In einer lärmenden Kaschemme hatten sie gestanden, hatten das lauwarme Gebräu Krug um Krug hinuntergegossen und miteinander angestoßen wie Männer auf einer Feier, während rings um sie Soldaten dasselbe taten, die meisten von ihnen nackt, da sie die schmutzige Kleidung und die rostigen Rüstungen einfach abgeworfen hatten. Schließlich hatte Corfe seine Männer dem Gelage überlassen und war in Richtung des Palasts davongewankt, erleichtert und zögerlich zugleich, die Wärme und Kameradschaft der Kasernen zu verlassen.

Bei seiner Ankunft erwartete ihn eine Heerschar von Bediensteten. Alle knicksten und verneigten sich und waren bestrebt, Hand an ihn zu legen. Ausnahmsweise war er froh gewesen, so viele Lakaien um sich zu haben, die Riemen öffneten, ihm die Stiefel auszogen, ihm einen warmen Wollmantel brachten. Man hatte ein loderndes Feuer im Kamin entzündet und die Fensterläden vor dem Balkon wegen des strömenden Regens geschlossen. Man brachte ihm Krüge voll dampfendem Wasser, Schüsseln voller Speisen und Krüge mit Getränken. Man hätte ihn wohl auch gewaschen, hätte er es zugelassen. Doch er befahl alle hinaus und erledigte diese Aufgabe selbst. Danach war er zu müde, um die bereit gelegten Handtücher zu benützen, und so saß er allein da und betrachtete seine dem Feuer im Kamin entgegengestreckten, nackten Füße, während sich auf dem Kachelboden unter ihm eine Pfütze Wasser ansammelte. Seine Haut war weiß und verschrumpelt, und unter seinen Fingernägeln war immer noch das Blut der Feinde zu sehen, doch es kümmerte ihn nicht. Corfe war sogar zu erschöpft, um sich an dem Tablett voller Leckereien zu laben, das man für ihn bereit gestellt hatte, wenngleich er sich Wein einschenkte und diesen hinunterstürzte, um sein Innerstes zu wärmen. Es war wundervoll, alleine zu sein, Ruhe zu haben und keine bedeutsamen Entscheidungen treffen zu müssen. Einfach nur Wein zu trinken, der einen wärmte, und dem Regen zu lauschen, der gegen die Fensterläden prasselte.

»Heil dem ruhmreichen Helden«, sprach eine Stimme. »Du bist also zurück.«

Corfe drehte sich nicht um. »Ich bin zurück.«

Die Königin von Torunna trat in den Feuerschein. Corfe hatte nicht gehört, wie sie den Raum betrat.

»Du siehst erschöpft aus.«

Odelia trug ein schlichtes Leinenkleid. Das Haar

hing ihr lose bis über die Schultern und schimmerte im Schein des Feuers. Sie sah aus wie eine junge Frau, die bereit war fürs Bett.

»Ich habe auf dich gewartet«, erklärte sie, »aber man hat mir gesagt, du wärst irgendwo in der Stadt, bei der Armee.«

»Ich hatte einige Dinge zu erledigen.«

»Davon bin ich überzeugt. Du warst fast sechs Wochen fort. Hättest du nicht erst die Zeit finden können, deine Königin zu besuchen und ihr von dem Feldzug zu berichten?«

»Das wollte ich mir für morgen früh aufheben. Bei Sonnenaufgang treffe ich das Oberkommando.«

Odelia zog sich einen Stuhl neben ihn. »Nun erzähl schon, und bitte ohne all die militärischen Fachbegriffe.«

Er starrte in das Licht der Flammen, das der Wein scharlachrot in seinem Glas einfing. Es sah aus, als mühte sich ein winziges Herz, in diesem Glas zu schlagen.

»Wir haben nahe Berrona, dicht am Searil, eine Armee der Merduks aufgespürt und zerschlagen. Sie hatte den gesamten Landstrich dort verheert. Die Frauen haben sie mitgenommen, die Männer ermordet. Die ganze Gegend ist entvölkert und mit Leichen übersät. Und der Marsch zurück nach Torunn war beschwerlich. Die Karren haben uns aufgehalten, außerdem ging uns der Proviant aus. Die Hälfte der Pferde ist verloren. Doch in Anbetracht der Umstände waren unsere Verluste sehr gering. Ich glaube, die Schlucht von Torrin ist vorerst wieder sicher.«

»Das sind fürwahr Neuigkeiten! Mein Glückwunsch, Corfe. Deine Bande von Helden hat es wieder einmal geschafft. Wie viele Merduks haben sie diesmal getötet?«

Er rief sich das schreckliche Gemetzel im Lager der Merduks ins Gedächtnis; jede Ordnung war verloren gewesen; Männer hatten ums nackte Überleben gekämpft und sich kreischend im Schlamm gewunden. Ranafasts Torunnen hatten zweihundert Feinde gefangen, als diese aus ihren Zelten taumelten, und hatten ihnen die Kehle durchgeschnitten, jedem einzelnen. Kein Erbarmen, keine Gefangenen.

»Was gibt es hier in der Hauptstadt Neues?«, erkundigte er sich und überging ihre Frage.

»Berzas Flotte hat die Schiffe Nalbenis bei einem Gefecht unweit der Küste von Kardikian besiegt. Auf dem Seeweg wird es keinen Nachschub mehr für Aurungzebs Armeen geben. Fourniers Spitzel berichten, dass der Sultan eine Gemahlin gefunden hat. Er hat die Feste von Ormann abgerissen und diese Frau in den Ruinen geheiratet. Man munkelt, sie sei Ramusierin.«

Corfe zuckte zusammen. »Die Feste von Ormann ...«

»Ist nicht mehr. Kaile Ormanns Mauern wurden eingerissen. Die Merduks sind zurzeit damit beschäftigt, eine neue Festung am Ostufer des Flusses zu bauen. Es hat den Anschein, als wollten sie bleiben.«

»Das könnte ein gutes Zeichen sein – ein Zeichen dafür, dass der Sultan an Verteidigung denkt, nicht an Angriff.«

»Ich bin froh, das zu hören.«

»Diese Gemahlin ... warum sollte der Sultan eine Ramusierin heiraten? Wo er doch einen ganzen

Harem von Merduk-Prinzessinnen hat, die er ins Bett schleifen kann? Zumindest habe ich das immer gehört.«

»Sie soll von großer Schönheit sein. Mehr wissen wir auch nicht.«

»Vielleicht kann sie Einfluss auf ihn ausüben.«

»Vielleicht. Nur würde ich nicht allzu viel Hoffnung in die List und Tücke von Frauen setzen. Die wird nämlich überschätzt.«

»Aus Eurem Munde, Majestät, hört sich das wenig glaubwürdig an.«

Odelia beugte sich vor und küsste ihn. »Ich bin anders.«

»Das wiederum glaube ich gern.«

»Komm ins Bett, Corfe. Ich habe dich vermisst.«

»Gleich. Ich will nur erst wieder meine Füße spüren und mich daran erinnern, wie es sich anfühlt, einen Stuhl unter dem Hintern zu haben.«

Lachend warf sie den Kopf zurück – und in diesem Augenblick liebte Corfe sie. Von Schuldgefühlen, Verwirrung und sogar so etwas wie Scham überschwemmt, drängte er die Empfindung zurück. Nein, er liebte sie nicht. Er wollte sie nicht lieben.

»Fournier war während meiner Abwesenheit offenbar ziemlich geschäftig.«

»O ja. Übrigens, bist du je einem kleinen, entstellten Mönch namens Albrec begegnet?«

Corfe runzelte die Stirn. »Ich glaube nicht ... doch, warte. Einmal, vor Torunn. Er hatte keine Nase ...«

»Genau der. Macrobius hat mir berichtet, der Bursche sei losgezogen, um den Merduks zu predigen.«

»Ich schätze, es gibt für jede Jahreszeit einen Narren. Was haben sie mit ihm gemacht? Ihn gekreuzigt?«

»Nein. Er ist so etwas wie ein fester Bestandteil am Hof der Merduks. Er predigt dort über die Gemeinschaft der Menschen und ähnliches.«

»Wir scheinen über das Leben am Hof der Merduks sehr gut Bescheid zu wissen.«

»Darauf wollte ich hinaus. Fournier hat dort einen Spitzel eingeschleust – Gott weiß wie. Er mag ein hinterlistiger, verräterischer Mistkerl sein, aber er versteht sein Handwerk. Sogar ich darf den Namen des Spitzels nicht erfahren. Im vergangenen Monat kam zweimal ein Fahnenflüchtiger der Merduks mit einer geheimen Depesche zu den Toren.«

»Er setzt Merduks ein? Einen Mann für jede Botschaft? Dann fliegt er bald auf. So etwas lässt sich nicht lange geheim halten. Ich nehme an, es gibt keine Möglichkeit, diesem Spitzel eine Nachricht zukommen zu lassen, oder?«

Odelia zuckte mit den Schultern. »Ich wüsste nicht, wie Fournier das bewerkstelligen könnte.«

»Was ist mit deinen Fähigkeiten, deiner ...«

»Meiner Hexerei?« Abermals lachte die Königin. »Die wandelt auf einem anderen Pfad, Corfe. Weißt du irgendetwas über die Sieben Disziplinen?«

»Ich habe davon gehört.«

»Ein wahrer Magier muss vier davon meistern. Ich beherrsche nur zwei – Zauberei und Wahre Theurgie. Ich mag fähiger als eine gemeine Strauchhexe sein, aber ich bin keine Magierin.«

»Ich verstehe. Dann würde ich mich gern mit diesen so genannten fahnenflüchtigen Merduks unterhalten.«

»Das würde ich auch gerne. Am Hof der Merduks

geht etwas Seltsames vor sich. Doch Fournier versteckt sie wie ein Geizkragen seine Schätze. Vielleicht hat er sich ihrer sogar schon entledigt.«

»Du bist die Königin. Befiehl ihm, sie vorzuführen oder dir zumindest die Depeschen vorzulegen, die sie bei sich hatten.«

»Das würde ihn beleidigen, und dann könnten wir seine Zusammenarbeit gänzlich verlieren.«

Corfes Augen verengten sich zu Schlitzen; ein vom Schein des Kamins rötliches Licht funkelte darin. Odelia spürte die tief in Corfes Innerem verwurzelte Gewalt und merkte, wie sie schauderte, als wäre jemand über ihr Grab gelaufen.

»Willst du damit andeuten«, sagte Corfe leise, »dass dieser blaublütige Hundesohn absichtlich Wissen zurückhalten würde, das von entscheidender Bedeutung für den Verlauf dieses Krieges sein könnte, nur weil er persönlich gekränkt wäre?«

»Er ist keiner von deinen Soldaten, Corfe. Er ist ein Adeliger und muss behutsam angefasst werden.«

»*Adelige.*« Seine Stimme war zwar nach wie vor leise, doch ob des Tonfalls richteten sich Odelias Nackenhaare auf. »Ich habe noch keinen einzigen kennen gelernt, der auch nur einen Eimer voll warmer Spucke wert gewesen wäre. Diese Fahnenflüchtigen, oder was immer sie sein mögen – ihr Wissen darüber, was in den Lagern der Merduks vor sich geht, könnte von unschätzbarem Wert für uns sein.«

»Fournier ist unantastbar für dich!«, herrschte Odelia ihn an. »Er gehört zum Adel. Du kannst nicht einfach die gesamten Grundfesten eines Königreichs beiseite fegen. Überlass ihn mir.«

»Na schön. Wenn das Gefüge des Königreichs so wichtig ist, lasse ich ihn in Ruhe.«

Wie er wohl als König wäre?, fragte sich Odelia. Bin ich verrückt, so etwas überhaupt in Erwägung zu ziehen? In ihm ist so viel Zorn. Womöglich rettet er Torunna und reißt es dann selbst in Stücke. Wenn er doch nur geheilt werden könnte!

Sie legte ihm eine Hand auf die Stirn.

»Was tust du da?«, wollte er wissen, immer noch wütend.

»Ich raube dir den Verstand. Was glaubst du denn? Und jetzt sei still.«

Also schön, lass es mich versuchen, dachte Odelia. Lass mich den Sprung wagen. Sie war zwar keine Hellseherin, besaß aber gewisse Heilkräfte, und sie liebte ihn. Das öffnete ihr die Tür. Mit grimmiger Entschlossenheit trat sie hindurch ...

... und es war, als hörte sie fernen Donner und spürte Schmerz und Wut. Vor Odelias innerem Auge erschienen Bilder blutiger Gemetzel und grenzenlosen Mordens. Corfes Handwerk, seine Berufung, war das Töten seiner Mitmenschen, und darauf verstand er sich, hatte aber keine Freude daran – zu Odelias großer Erleichterung. Seine Seele war nicht die eines blutrünstigen Barbaren, dennoch war sie wild. Corfe war besessen von tiefer Selbstverachtung, von einem Verlangen nach Erlösung, das Odelia gleichermaßen überraschte wie berührte.

Da war Aekir, lodernd wie am Ende aller Tage. Weiter zurück, zu der Zeit davor. Und dort fand sie einen gewöhnlichen jungen Mann mit gütigeren Augen und weniger eherner Entschlossenheit im Herzen. Ganz anders, schien es, und ganz und gar durchschnittlich.

Plötzlich erkannte sie, dass Corfe nicht geheilt werden durfte – nicht durch sie. Denn erst sein Leid hatte ihn zu dem gemacht, was er war, hatte aus dem Jungen einen Mann geschmiedet und ihn zu Stahl gehärtet. Odelia verspürte in Ehrfurcht und Mitleid zugleich ob seiner Qual. Hier gab es nichts zu tun. Gar nichts.

Odelia kehrte zurück, erspähte widerwillig das Glück, das ihn vor Aekir erfüllt hatte, und sah die flüchtigen Bilder eines Mädchens mit rabenschwarzem Haar, das seine einzige wahre Liebe gewesen war und immer sein würde. Doch den Jüngling, der die Tochter des Seidenhändlers geheiratet hatte, gab es nicht mehr. Zurück blieb nur der General. Ja, er konnte König sein, ein großer König, um den sich in späteren Jahrhunderten Legenden ranken würden. Doch er würde niemals Frieden mit sich selbst schließen – und das war die Triebfeder seiner Größe.

Sie lehnte sich im Stuhl zurück und rieb sich die Augen.

»Und?«, fragte er.

»Nichts. Du bist ein Wirrkopf von einem Bauern, der sich öfter mal besaufen sollte.«

Sein Lächeln wärmte ihr das Herz. »Ich glaube, deine Hexenkünste werden überschätzt«, meinte er.

»Das ist bei Magie oft so. Ich gehe jetzt zu Bett. Ich bin eine alte Frau, die ihren Schlaf braucht.«

Corfe ergriff ihre Hand. »Nein. Bleib noch ein Weilchen bei mir, dann gehen wir gemeinsam.«

Odelia spürte, wie sie errötete und war froh, dass in der Kammer so düsteres Licht herrschte. »Na schön. Lass uns hier am Feuer sitzen und heucheln.«

»Was heucheln?«

»Dass es keine Kriege und keine Armeen gibt. Nur den Regen, der gegen die Fenster prasselt und den Wein in deinem Glas.«

»Darauf trinke ich.«

Und so saßen sie Hand in Hand, während das Feuer niederbrannte, scheinbar so zufrieden in ihrem gemeinsamen Schweigen wie ein altes Ehepaar am Ende eines langen Arbeitstages.

Für einen greisen Mann, dachte Betanza, ist dieses nächtliche Durchstreifen der winterlichen Kreuzgänge eine seltsame Gewohnheit. Ich werde in der Dämmerung meines Lebens noch absonderlicher, als ich ohnehin schon war.

Die Glocken der Kathedrale von Charibon hatten die Mitte der Nacht bereits eingeläutet, und abgesehen von seiner schwarz gewandeten, auf und ab schreitenden Gestalt, dem Inbegriff einer aufgewühlten Seele, waren die Kreuzgänge verlassen. Betanza stapfte seine Zweifel ins Kopfsteinpflaster, wie in den meisten Nächten, bis er erschöpft genug war, um in einen traumlosen Schlummer zu fallen. Danach raffte er sich wieder rechtzeitig für die Matutin aus dem Schlaf, wenn die Sonne noch jenseits des dunklen Horizonts weilte.

Die Alten brauchen ohnehin weniger Rast als die Jungen, sagte er sich. Sie sind viel besser mit der Vorstellung der eigenen Sterblichkeit vertraut.

Tauwetter hatte eingesetzt, und nun zog statt Schnee ein kalter, dunkler Regen aus den Bergen von Cimbric herab, der die Wogen auf dem Tor-See glättete und auf die Steinschindeln der Klosterstadt niederprasselte. Gemächlich zog er nach Osten, wusch über die Ebenen von Toria hinweg und hämmerte auf die westlichen Ausläufer der Berge von

Thurian. Gegen Vormittag sollten die Wolken über Nord-Torunna angelangt sein, wo Corfes Armee noch einen langen Tagesmarsch von den warmen Betten der Hauptstadt entfernt war.

Betanza hielt in seiner endlosen Wanderung inne. Auf dem Kreuzgang vor ihm stand eine einsame Gestalt und schaute an den Säulen vorbei zum nassen Rasen und zu dem schwarzen, sternenlosen Flecken Himmel darüber. Es war ein groß gewachsener Schemen in einer Mönchskutte. Ein weiterer Sonderling, wie es schien.

Als Betanza sich dem Mann näherte, drehte der sich um. Betanza erblickte unter der Kapuze eine Hakennase, eine hohe Stirn und das flüchtige Bild buschiger Augenbrauen.

»Gott mit dir«, sagte der Mann.

»Und mit Euch«, erwiderte der Generalvikar höflich. Er wäre weitergegangen, da er die Gebete des einsamen Geistlichen nicht stören wollte, doch der andere Mann ergriff abermals das Wort und versperrte ihm den Weg.

»Bist du zufällig Betanza, das Oberhaupt des Ordens der Brüder vom Ersten Tage?«

»Der bin ich.« In der Finsternis war es unmöglich, die Farbe der Kutte des Mönchs auszumachen, aber der Stoff war kostbar und schlicht zugleich.

»Ah, ich habe von dir gehört, Vater. Ich glaube, du warst in früheren Zeiten ein Herzog von Astarak.«

Betanzas Neugier regte sich, und er betrachtete den anderen Mann eingehender. »So ist es. Und Ihr seid . . . ?«

»Mein Name ist Aruan. Ich bin ein Besucher aus dem Westen, der gekommen ist, um in diesen wirren Zeiten Rat zu suchen.«

Der Mann sprach mit dem Akzent Astaraks, doch seinem Dialekt haftete eine seltsame Altertümlichkeit an. In Betanzas Ohren hörte er sich an wie eine Figur aus einem alten historischen oder romantischen Drama. Andererseits tummelten sich derzeit sehr viele Geistliche aus den verschiedensten Teilen der Welt in Charibon. Erst gestern war eine Gesandtschaft aus Fimbrien eingetroffen, mit einer Eskorte von vierzig schwarz gekleideten Lanzenstreitern.

»Aus welchem Teil Astaraks stammt Ihr?«, erkundigte er sich.

»Ursprünglich komme ich aus Garmidalan, aber dort war ich schon seit vielen Jahren nicht mehr. – Lausche, Betanza. Hörst du es?«

Betanza neigte den Kopf: Über dem prasselnden Regen ertönte leise, aber deutlich hörbar ein fernes, trauriges Geheul. Eine zweite Kehle verstärkte das Geräusch, dann eine dritte.

»Wölfe«, meinte er. »Um diese Jahreszeit wagen sie sich bis in die Straßen der Stadt vor?«

Aruan ließ unter der Kapuze ein merkwürdiges Lächeln aufblitzen. »Ja, darauf wette ich.«

»Nun denn, ich muss weiter. Ich überlasse Euch Euren Grübeleien, Aruan.« Damit setzte Betanza seinen Gang fort. Irgendetwas an dem Fremden beunruhigte ihn, zudem missfiel es ihm, auf eine so plumpvertrauliche Weise angesprochen zu werden. Doch er war nicht in der Stimmung, deswegen Streit anzuzetteln. Stattdessen vergrub er die kalten Hände in den Ärmeln und schritt weiter das Kopfsteinpflaster der Kreuzgänge ab, während in seinem Kopf die vertrauten düsteren Gedanken ihre Runden drehten.

Unvermittelt hielt er inne. Aruan stand wieder vor ihm.

Erschrocken wich Betanza einen Schritt vor der dunklen Gestalt zurück. »Wie seid Ihr ...«

»Ich bin sehr leichtfüßig. Außerdem warst du in Gedanken versunken. Wenn du ein wenig von deiner Zeit für mich erübrigen könntest, Betanza, hätte ich ein paar Dinge mit dir zu bereden.«

»Kommt morgen früh zu mir. Und jetzt geht mir aus dem Weg!«, brauste Betanza auf.

»Das ist schade. Sehr schade.« Und dann geschah etwas Übernatürliches vor Betanzas Augen: Der schwarze Schemen Aruans bauschte sich und wurde größer, und der Saum seiner Kutte schwebte vom Boden empor. Zwei gelbe Lichter entzündeten sich wie Kerzen unter der Kapuze; ein Geräusch erklang, das sich wie das Zerreißen von dickem Stoffes anhörte. Betanza schlug das Heiligenzeichen vor der Brust und taumelte rücklings; von der Verwandlung vor seinen Augen war er benommen.

»Du bist ein fähiger Mann«, sagte eine seltsame Stimme, die irgendwie nicht menschlich klang. »Es ist wirklich schade. Ich mag Menschen, die eigenständig denken. Aber du besitzt weder die Fähigkeiten noch die Schwächen, die ich suche. Verzeih, Betanza.«

Ein Werwolf ragte vor ihm auf und schüttelte die zerrissene Kutte ab. Die Ohren staken gleich Hörnern aus dem riesigen Schädel. Betanza drehte sich um und wollte flüchten, doch das Wesen packte ihn und hob ihn hoch, als wäre er ein Kind. Dann biss die Bestie ein einziges Mal zu, tief hinein in die Knochen und Knorpel des Halses. Betanzas Körper zuckte wild; dann erschlaffte er wie ein nasser Lumpen, und seine blicklosen Augen quollen aus den Höhlen. Behutsam wurde er auf dem blutbespritzten Kopfsteinpflaster der Kreuzgänge abgesetzt, ein Häufchen schwarzer Gewänder, aus denen ein weißes, schmerzverzerrtes Antlitz hervorstarrte.

Außerhalb der Klosterstadt heulten traurig die Wölfe im Regen.

15.

»Bin ich ein Narr? Sehe ich wie ein Narr für Euch aus?«, brüllte der Sultan von Ostrabar. »Erwartet Ihr, dass ich glaube, eine Heerschar von fünfzehntausend Mann wäre eine Patrouille von Kundschaftern? Beim Barte des geliebten Propheten, ich bin von Schwachköpfen umgeben! Was ist das? Treibt Ihr Euer eigenes Spiel, Shahr Johor? Berichtet mir, wie das geschehen konnte und sagt mir, weshalb ich nicht davon in Kenntnis gesetzt wurde!«

Stille breitete sich in der Besprechungskammer aus, in der Pieter Martellus einst die Verteidigung der Feste von Ormann geplant hatte. Die versammelten Offiziere der Merduks waren sorgsam darauf bedacht, ausdruckslose Mienen beizubehalten. Shahr Indun Johor, Oberbefehlshaber der Armee der Merduks, räusperte sich. Eine dünne Schweißschicht glänzte auf seinem hübschen Antlitz.

»Majestät, ich ...«

»Keine Ausflüchte! Die Wahrheit!«

»Vielleicht habe ich meine Befehlsgewalt überschritten, das ist wahr. Aber mir wurde aufgetragen, eine bewaffnete Aufklärung der Schlucht von Torrin durchzuführen und, falls machbar, dort eine Garnison zu errichten, um die Verbindung zwischen Torunna und Almark abzuschneiden.«

»Ihr plappert fast wörtlich den Text meiner schriftlichen Befehle nach. Sehr gut! Jetzt erklärt mir, wie sie missachtet wurden.«

»Majestät, ich habe die Befehle nicht missachtet. Aber der Widerstand war so gering, dass ich die Zeit für gekommen hielt, festen Fuß zu fassen. Dieses Ziel sollte die Armee von Khedive Arzamir erreichen. Keine unserer Patrouillen berichtete von der Anwesenheit torunnischer Truppen. Keine einzige! Und auch über die verfluchten roten Reiter und ihre fimbrischen Verbündeten gab es keine Meldung. Deshalb habe ich meine Befugnisse überschritten. Ich trug Arzamir auf, weiter vorzustoßen und sich an Charibon zu versuchen, sollte der Widerstand nicht stärker werden. Ich weiß, es war ein Fehler.« Shahr Johor straffte die Schultern, als erwartete er einen Hieb. »Ich übernehme die volle Verantwortung. Ich habe gespielt und verloren. Und wir haben deshalb zehntausend Mann weniger. Ich habe keine Entschuldigung dafür.«

Stille senkte sich über den Raum. Ebenso gut hätte er von einer Schar Statuen in Rüstungen bevölkert sein können. Vom Flussufer hörte man einen Merduk-*Subadar*, der seinen Truppen eine Strafpredigt hielt, und aus weiterer Ferne war das regelmäßige Klirren Tausender Hämmer zu vernehmen, welche die Überreste der langen Mauern Stein für Stein abtrugen.

Aurungzeb schien in sich zusammenzusinken. Der Zorn, der seinen Leib aufgeplustert hatte, entwich. Hörbar knirschte er mit den Zähnen; dann zischte er: »Was für ein Mann ist er? Ist er ein Zauberer? Kann er unsere Gedanken lesen? Ich gäbe ein halbes Königreich dafür, seinen Kopf auf einer Speerspitze zu haben. – Batak!«

Ein Flattern war zu hören. Ein taubengroßer Homunkulus schwebte von den Dachsparren herab und landete auf dem Tisch in der Mitte des Raumes. Einige der anwesenden Offiziere wichen zurück, andere rümpften angewidert die Nase. Das winzige Wesen faltete die Schwingen, neigte den Kopf zu einer Seite und sagte mit der Stimme eines erwachsenen Mannes: »Sultan?«

»Verflucht, Batak, kannst du nicht persönlich hier sein? Wie lange musst du dich noch mit deinen Abscheulichkeiten in deinem Turm verschanzen?«

»Meine Forschungen sind nahezu abgeschlossen, Herr. Wie kann ich Euch dienen?«

»Verdiene dir endlich das Gold, mit dem ich dich überschüttet habe! Schaff mir diesen torunnischen General vom Hals.«

Der Homunkulus nahm einen Federkiel vom Tisch, knabberte daran und spuckte aus. Das Licht in seinen Augen flackerte und verblasste kurz; dann erstarkte er wieder.

»Was Ihr verlangt, ist kein leichtes Unterfangen, mein Sultan. Die Meuchelmörder ...«

»Haben mein Angebot abgelehnt. Anscheinend haben sie bereits einen aus ihren Reihen in Torunn verloren, und sie verspüren keine Lust, noch weitere aufs Spiel zu setzen. Nein, du bist der Zauberer, der große Meister der Magie. Dein Meister Orkh hatte großes Vertrauen in dich, andernfalls hätte er dich nicht als seinen Nachfolger als Hofmagier ernannt.

Rechtfertige sein Vertrauen! Ich will diesen Mann tot sehen, und zwar bald. Der endgültige Angriff auf Torunna beginnt in wenigen Wochen. Ich will diesen Recken der Torunnen steifgefroren in der Erde wissen, ehe wir zuschlagen.«

»Ich will sehen, was ich tun kann, Herr.« Der Schimmer in den Augen des Homunkulus erlosch. Das Wesen starrte die Männer an, die es umgaben, und bleckte die winzigen Fänge. Dann erhob es sich in die Luft, und seine Schwingen ließen Papiere vom Tisch stieben. Mitten in der Luft verharrte das Wesen für einen Augenblick; dann flog es durch das offene Fenster hinaus und verschwand.

»Solche Geschöpfe sind von Natur aus böse und sollten von einem Anhänger des Propheten nicht eingesetzt werden«, meinte eine Stimme barsch.

Aurungzeb drehte sich um und erblickte Mehr Jirah. Neben ihm stand Ahara gleich einem verschleierten Traumbild in mitternachtsblauer Seide. Hinter ihnen ragte die gestrenge Gestalt von Shahr Baraz auf. Lakaien schlossen stumm die Türen hinter den dreien.

»In Kriegszeiten müssen sämtliche Mittel herangezogen werden«, murmelte der Sultan unbehaglich. »Gibt es etwas, womit wir Euch helfen können, Mehr Jirah? Dies ist eine geschlossene *Indaba* des Oberkommandos. Hier ist kein Platz für Mullahs. Und Ahara, meine Königin, was führt dich um diese Zeit hierher? Wir sind eine Männerversammlung. Frauen – sogar Königinnen – nehmen an solchen Treffen nicht teil. Das geziemt sich nicht.«

Ahara schwieg, schaute aber zu ihrem Gefährten.

»Wir wünschen, mit Euch zu sprechen, Sultan – wir beide«, erklärte Mehr Jirah. »Unser Anliegen ist jedoch von größter Bedeutung, sodass man es nicht hastig vorbringen sollte. Deshalb sollte es warten, bis die *Indaba* zu Ende ist.«

Seine Selbstsicherheit schien Aurungzeb zu beruhigen. Offenbar wollte er etwas erwidern, überlegte es sich aber anders und drehte sich wieder zum Tisch um. Eine Hand spielte mit dem Heft des geschwungenen Dolches, den er unter der Schärpe trug.

»Wir sind ohnehin fast fertig. Shahr Johor, Ihr habt ein schweres Fehlurteil getroffen, doch ich verstehe, welche Umstände Euch dazu verleitet haben. Aus diesem Grunde bin ich bereit, Milde walten zu lassen. Ich gebe Euch eine weitere Gelegenheit – eine letzte. Legt mir Eure Pläne für den endgültigen Feldzug dar. Kurz umrissen, bitte. Ich sehe, dass Mehr Jirah und meine Königin ungeduldig sind.«

Letzteres sagte er mit offenkundiger Neugier.

Der Merduk-Khedive rollte eine große Karte auf dem Tisch aus und beschwerte die Ecken mit Tintenfässern. »Die Planung ist bereits weit fortgeschritten, Majestät, und von unseren Verlusten im Norden vollkommen unbeeinträchtigt. Wie Ihr wisst, müssen wir den Zeitpunkt des Vormarsches aufgrund des Verlusts der Versorgungslinie übers Meer vorverlegen …«

»Nalbenische Großmäuler. Die haben geschworen, sie könnten das Meer von torunnischen Schiffen leer fegen, und was geschieht? Sie verlieren die Hälfte ihrer Flotte und lassen die andere im Hafen herumlungern.«

»So ist es. Unser Nachschub steht auf etwas wackeligeren Beinen, als mir lieb ist, was bedeutet, dass …«

»Was bedeutet, dass dies unser letzter Wurf ist.«

»Ja, Majestät. Dies ist wahrscheinlich unsere letzte Gelegenheit, die torunnische Hauptstadt einzunehmen. Wir verfügen einfach nicht über die Mittel und die Männer, um diesen Feldzug ein weiteres Jahr fortzusetzen.«

Nach diesen Worten füllte ein langes, beinahe ehrfürchtiges Schweigen die Kammer. Natürlich hatten sie es alle gewusst, doch es so unverblümt zu hören, noch dazu im Beisein des Sultans, führte es ihnen drastisch vor Augen. Die Torunnen mochten die Streitkräfte des Sultans als unerschöpflich betrachten; die Männer um den Tisch wussten es besser. Zu viele Truppen waren in den schweren Kampfhandlungen seit dem Untergang der Feste von Ormann gefallen, und die Versorgungslinien waren auf eine einzige Hauptstraße zusammengeschrumpft – ein denkbar dünner Faden, an dem das Schicksal einer Armee hängen konnte. Der Wiederaufbau einer Feste von Ormann für die Merduks erschien nun wie weise Voraussicht, nicht wie Schwarzmalerei.

Schließlich durchbrach Aurungzeb die Stille. »Fahrt fort, Shahr Johor.«

Der junge Merduk-Khedive ergriff einen trockenen Federkiel und wies damit auf die ausgerollte Landkarte. Sie zeigte das Gebiet zwischen dem Torrin und den südlichen Bergen von Thurian. Der einst fruchtbare und friedliche Landstrich war zum Hauptkampfgebiet des gesamten westlichen Krieges geworden.

»Die Hauptarmee wird als Einheit vorrücken, und zwar hier, entlang der Straße nach Westen. Sie wird die *Minhraib* umfassen, außerdem die *Hraibadar*, unser neues Hakenbüchsenschützenregiment, die Elefanten, die Artillerie und den Belagerungszug – alles in allem an die hunderttausend Mann. Diese Streitmacht wird über jede feindliche Truppe herfallen, der sie begegnet, und sie festnageln. Gleichzeitig werden die *Ferinai* und unsere berittenen Pistolenschützen sowie die verbliebenen Reiter-Bogenschützen aus Nalbeni – fünfundzwanzigtausend Mann – nach Norden aufbrechen und getrennt vormarschieren.«

»Diese zweite Streitmacht, von der Ihr sprecht, besteht ausschließlich aus Reiterei«, bemerkte Aurungzeb.

»Ja, Majestät. Sie muss vollkommen beweglich und schnell sein. Ihre Mission besteht aus zwei Aufgaben. Zum einen werden sie die Nordflanke der Hauptarmee schützen, für den Fall, dass die roten Reiter und ihre Verbündeten noch in der Gegend umherstreifen. Sollte sich dies als unnötig erweisen – und das glaube ich –, werden sie warten, bis die Hauptarmee die torunnischen Streitkräfte in Kampfhandlungen verwickelt hat, um dann auf die Flanke oder den Rücken des Feinds herabzustoßen. Sie werden der Hammer für unseren Amboss sein.«

»Wieso glaubt Ihr, dass die feindliche Streitmacht im Norden nicht mehr im Feld ist?«

»Sie hat eine beträchtliche Anzahl weiblicher Gefangener befreit, die unsere Truppen zusammengetrieben hatten. Ich bin sicher, sie werden diese Frauen zurück zur torunnischen Hauptstadt eskortieren. Es war wohl, so denke ich, allein der Anwesenheit dieser Gefangenen zu verdanken, dass überhaupt jemand aus Kehdive Arzamirs Armee unbeschadet entkommen konnte.«

»Hammer und Amboss«, murmelte Aurungzeb. »Das gefällt mir.«

»So hat er die Nalbenis bei der Schlacht vor Torunn gefangen«, erklärte einer der anderen Offiziere, ein älterer Mann mit zernarbtem Gesicht.

»Wer?«

»Dieser torunnische General, Majestät. Er hat sie mit Hakenbüchsenschützen zum Stehen gebracht, hat dann seine Reiterei auf ihre Flanken geworfen und sie aufgerieben. Wenn es gegen so bewegliche Truppen wie Bogenschützen der Reiterei gewirkt hat, möchte ich wetten, es wirkt erst recht gegen torunnische Infanterie.«

»Ich bin froh, dass wir endlich Lehren aus dem Verhalten des Feindes ziehen«, meinte Aurungzeb süßsauer, doch auf seiner Stirn waren Zornesfalten. »Sehr schön. Shahr Johor, wann wird die Armee aufbrechen?«

»Binnen zwei Wochen, Majestät.«

»Was ist, wenn dieser hochgepriesene General der Torunnen nicht herauskommt, um sich uns zu stellen, sondern sich in Torunn verschanzt? Was dann?«

»Er wird herauskommen, mein Sultan. Es liegt in seiner Natur. Man sagt, er habe in Aekir seine Frau verloren, und das hat ihn gelehrt, uns zu hassen. All seine Strategien, sogar die der Verteidigung, gründen auf taktischer Offensive. Seine Reiterei in den scharlachroten Rüstungen ist hervorragend. Er wird herauskommen.«

»Ich hoffe, Ihr habt Recht. Zweifellos würden wir eine Belagerung gewinnen, aber dann würde der Krieg sich über den Sommer hinziehen, vielleicht sogar noch länger. Die *Minhraib* müssen rechtzeitig zur Ernte nach Ostrabar zurückkehren.«

»Zur Erntezeit, Majestät, wird Euch der Thron von Torunna als Fußschemel dienen. Darauf verwette ich mein Leben.«

»Das habt Ihr bereits, Shahr Johor, glaubt mir, das habt Ihr bereits. – So weit, so gut. Mir gefällt der Plan. Die torunnische Armee zählt höchstens dreißigtausend Mann. Wenn wir sie auf offenem Gelände festhalten und die *Ferinai* ihr in den Rücken fallen, wüsste ich nicht, wie sie überleben sollte. Sofern Bataks Hexerei diesem torunnischen General nicht zuvor schon den Garaus macht, will ich ihn in einem Kragenjoch sehen. Darin lasse ich ihn nach Orkhan laufen, wo er gekreuzigt wird.« Aurungzeb kicherte. »Aber wenn ich's mir recht überlege – sollte er seinem Schicksal bereits auf dem Schlachtfeld begegnen, wäre ich auch nicht allzu enttäuscht.«

Gelächter erfüllte den Raum.

»Das reicht vorerst. Ihr könnt gehen. Mehr Jirah, du kannst mir nun dein dringendes Anliegen vorbringen. Ahara, meine Süße, nimm doch Platz. Shahr Baraz, seid Ihr ein Rüpel? Bringt meiner Königin gefälligst einen Stuhl!«

Die Merduk-Offiziere gingen einer nach dem anderen hinaus, wobei sie sich nacheinander vor Aurungzeb und Ahara verneigten. Leise schloss sich die Tür hinter ihnen.

»Nun, Mehr Jirah, was ist so dringend, dass Ihr unangekündigt in eine *Indaba* hineinplatzt? Und wenngleich ich keine großen Stücke auf das Protokoll halte – weshalb ist meine Königin an Eurer Seite?«

»Verzeiht, Sultan, doch wenn sich etwas Folgenschweres ergibt, das Einfluss auf die Religion unseres Volkes und die Art und Weise seines Glaubens nimmt, halte ich es für erforderlich, Euch dies unverzüglich zur Kenntnis zu bringen.«

»Ihr macht mich neugierig und beunruhigt mich zugleich. Fahrt fort.«

»Erinnert Ihr Euch an den ramusischen Mönch, der aus Torunn zu uns gekommen ist?«

»Den Verrückten, ja. Was ist mit ihm?«

»Ich glaube, er ist gar nicht verrückt.« Mehr Jirahs Züge wurden ernst, und er streckte sich zu voller Größe, als wollte er sich wappnen. »Ich glaube, er sagt die Wahrheit.«

Aurungzeb blinzelte. »Was erzählt Ihr mir da?«

»Die letzten zwei Monate habe ich Nachforschungen in unseren Archiven angestellt. Zudem hatte ich Zugriff – den Ihr mir so gnädig gewährte habt – zu sämtlichen Dokumenten, die aus den kirchlichen und geschichtlichen Abschnitten der Bibliothek von Gadorian Hagus in Aekir gerettet wurden. Sie stimmen mit einer Überlieferung überein, die mein eigener *Hraib* für wahr hält. Kurz und gut, der Prophet Ahrimuz – gesegnet sei sein Name – kam aus dem Westen zu uns, und es erscheint mir nun als sicher, dass er kein Geringerer war als der Heilige Ramusio des Westens ...«

»Mehr Jirah!«

»Sultan, der Heilige und der Prophet sind ein und derselbe! Unsere Religion und die der Bewohner des Westens entspringen einem Geiste! Wir huldigen demselben Gott und verehren denselben Mann als dessen Abgesandten.«

Aurungzebs dunkelhäutiges Antlitz war bleich

geworden. »Mehr Jirah, Ihr irrt Euch«, rief er heiser. »Allein die Vorstellung ist lachhaft.«

»Ich wünschte, so wäre es. Dieses Wissen hat mich bis aufs Mark erschüttert. Der Mönch, den wir für einen Wahnsinnigen hielten, ist in Wirklichkeit ein höchst gelehrter und zutiefst gläubiger Mann. Er kam nicht aus einer Laune heraus zu uns – vielmehr kam er, um uns die Wahrheit zu verkünden, und er trug die Abschrift eines uralten Dokuments bei sich, das sie belegt. Er ist damit aus Charibon geflüchtet. Die ramusische Kirche hat dieses Wissen seit Jahrhunderten unterdrückt, doch Gott hat beschlossen, es an uns weiterzureichen.«

Eine Pause entstand. Schließlich ergriff Aurungzeb das Wort – höchst widerwillig, wie es schien.

»Ahara, welche Rolle spielt du bei alldem?«

»Ich habe Mehr Jirah bei seinen Gesprächen mit dem Mönch Albrec als Dolmetscher gedient, Herr. Daher kann ich bestätigen, was Mehr Jirah sagt.«

»Findet Ihr nicht auch, Sultan«, fuhr der Mullah fort, »dass es eine seltsame Fügung des Schicksals ist, die zu dieser Zeit eine Königin aus dem Westen und einen ramusischen Gelehrten zu Euch führte? Ich sehe hier die Hand Gottes am Werk. Sein Wort wurde lange genug besudelt und verborgen. Es ist an der Zeit, dass es das Tageslicht erblickt!«

Aurungzebs Augen blitzten. Gleich einem rastlosen Bären begann er, in der Kammer auf und ab zu gehen. »Das alles ist eine Tücke – eine Arglist der Ramusier, um uns just in der Stunde unseres endgültigen Sieges zu entzweien und in die Irre zu führen. Meine Königin war einst Ramusierin. Ich kann verstehen, wie sie sich da hineinziehen ließ: aus dem Wunsch heraus, den Glauben ihrer Vergangenheit und den wahren Glauben, in dem sie das Glück hatte, wiedergeboren zu werden, in Einklang zu bringen. Aber Ihr, Mehr Jirah, seid ein heiliger Mann, ein Gelehrter mit scharfem Verstand. Wie könnt Ihr solchen Lügen glauben? Einer derart ketzerischen Unwahrheit?«

»Ich erkenne die Wahrheit, wenn ich sie höre«, entgegnete Mehr Jirah frostig. »Ich bin kein Narr, ebenso wenig gebe ich mich Wunschdenken hin. Ich habe mein ganzes Leben damit verbracht, die Worte des Propheten abzuwägen und die Lehren des vermeintlichen Heiligen des Westens zu schmähen. Stellt Euch meine Bestürzung vor, als ich diese Lehren näher betrachtete und in manchen Fällen dieselben Phrasen von Ramusio und Ahrimuz – gesegnet sei sein Name – finde, dieselben Gleichnisse. Sogar die Eigenarten der beiden Männer sind dieselben! Wenn dies eine ramusische Tücke ist, wurde sie vor Jahrhunderten ersonnen. Außerdem datieren die ramusischen Texte, die ich geprüft habe, vor der Ankunft unseres Propheten. Ahrimuz war dort! Bevor er die Jafrar-Berge überquerte und die Völker der Merduks lehrte, war er in Normannien, und er stammte aus dem Westen. Sein Name, mein Sultan, lautete Ramusio.«

Es gelang Aurungzeb, wütend und verängstigt zugleich auszusehen.

»Wer sonst weiß von Eurer Entdeckung?«

»Ich habe mir die Freiheit genommen, die Mullahs einiger *Hraib* zu versammeln. Sie stimmen mit mir überein – wenngleich widerwillig. Unsere Sorge ist nun, auf welche Weise wir dieses Wissen unter den Stämmen und Sultanaten verbreiten sollen.«

»All dies geschah ohne meine Kenntnis. Mit wessen Erlaubnis ...«

Mehr Jirah ließ eine Faust auf den Tisch niedersausen, dass die Landkarte von Torunna erbebte. »Ich bin weder Euch noch sonst jemandem auf dieser Erde für meine Taten oder für das, was mein Gewissen mir vorschreibt, Rechenschaft schuldig! Die schulde ich allein Gott! Wir fragen nicht um Eure Erlaubnis, um das zu tun, was unseres Wissens richtig ist, Sultan. Wir unterrichten Euch nur darüber. Wir werden nicht auf der Wahrheit hocken, wie die Ramusier es die letzten fünf Jahrhunderte lang getan haben. Die derzeitige Fassung ihres Glaubens ist ein Moder in der Nase Gottes. Wolltet Ihr tatsächlich von mir verlangen, dieselbe Ketzerei zu begehen?«

Aurungzeb schien zu schrumpfen. Er zog sich einen Stuhl heran und ließ sich schwerfällig darauf sinken. »Dies wird die Haltung der Armee beeinflussen – das ist Euch hoffentlich klar. Einige der *Minhraib* kämpfen ohnehin schon unwillig. Wenn herauskommt, dass die Ramusier eine Art ... Mitgläubige sind, dann ...«

»Ich ziehe es vor, sie als Glaubensbrüder zu betrachten«, unterbrach Mehr Jirah ihn grimmig. »Dem Propheten zufolge ist es ein schändliches Verbrechen, jemanden anzugreifen, dessen Glaube derselbe ist wie der eigene. Letzten Endes, Sultan, werden wir die Ramusier wohl als Glaubensbrüder anerkennen müssen. Sie mögen von Zwietracht zerrissen sein, aber sie verehren denselben Propheten wie wir.«

»Der Glaube an denselben Gott hat die Menschen nicht davon abgehalten, einander zu töten. Und das wird auch nie der Fall sein. Werft doch einen genauen Blick auf Eure Glaubensbrüder, Mehr Jirah. Während wir hier reden, sind sie emsig damit beschäftigt, einander die Kehlen durchzuschneiden. In Hebrion und Astarak – auch in Torunna – toben unablässig Bürgerkriege, während wir an die östliche Grenze klopfen.«

»Ich bin keineswegs blauäugig, Sultan. Mir ist bewusst, dass der Krieg nicht einfach eingestellt werden kann. Ich verlange nur, dass Ihr Euch vor Augen haltet, was Euch hier erzählt wurde, wenn die Zeit für einen Friedensschluss kommt.«

»Das will ich gerne tun, Mehr Jirah. Ihr habt mein Wort darauf. Nachdem wir Torunn eingenommen haben, werde ich mich gnädig zeigen. Es wird keine Plünderung geben, das versichere ich Euch.«

Eine Zeit lang musterte Mehr Jirah seinen Sultan eindringlich; dann verneigte er sich. »Mehr kann ich nicht verlangen. Und jetzt werde ich mich zurückziehen, wenn Ihr gestattet.«

»Habt Ihr vor, diese Neuigkeit unter den Truppen zu verbreiten, Mehr Jirah?«

»Noch nicht. Es sind noch zahlreiche Punkte zu klären, was die Lehren angeht. Dennoch möchte ich Euch um einen Gefallen ersuchen, Sultan.«

»Nur zu.«

»Ich möchte, dass der ramusische Mönch in meine Obhut entlassen wird. Mir reicht es allmählich, durch die Kerker dieser Festung zu schleichen.«

»Selbstverständlich, Mehr Jirah. Ihr sollt Euren kleinen Verrückten haben, wenn Ihr möchtet. Sagt Akran, ich habe angeordnet, ihn freizulassen. Nun dürft Ihr gehen. Auch Ihr, Shahr Baraz.«

»Sultan, meine Fürstin ...«

»Kommt eine Zeit lang ohne ihren Schatten aus. Geleitet Mehr Jirah hinaus, ja? Eure Herrin wird gleich wieder bei Euch sein.«

Mehr Jirah und Shahr Baraz verneigten sich und gingen. Heria war bereits aufgestanden, als Aurungzeb die Hand hob. »Nein, bitte, meine Liebe. Setz dich. Zwischen dem Sultan und der Königin gibt es kein Zeremoniell, wenn sie unter sich sind.«

Als Heria sich wieder gesetzt hatte, trat er vor sie hin. Er lächelte. Dann fuhr eine behaarte Hand herab und riss den Schleier weg. Die Finger ergriffen ihre Kiefer; der Druck wölbte ihre Lippen, dass sie wie eine Rose aussahen. Als Aurungzeb sprach, klang seine Stimme so leise und sanft wie die eines säuselnden Geliebten.

»Wenn du jemals wieder so etwas hinter meinem Rücken tust, schicke ich dich in ein Feldbordell. Hast du mich verstanden, Ahara?«

Sie nickte stumm.

»Du bist zwar meine Königin, aber nur, weil du meinen Sohn im Leib trägst. Seinetwegen und meinetwegen wird dir mit Achtung begegnet – aber das ist auch schon alles. Glaube bloß nicht, dass deine Schönheit, so betörend sie auch sein mag, mich je zum Narren machen kann. Drücke ich mich klar aus? Ist das deutlich genug für dich?«

Abermals ein stummes Nicken.

»Sehr gut.« Aurungzeb küsste die blutroten Lippen. Als er die Hand von ihrem Gesicht nahm, lief es rosa an, und seine Finger hatten weiße Male hinterlassen.

»Du kommst heute Nacht in mein Bett. Du magst wohl mit einem Kind sein, aber für solche Fälle gibt es Mittel und Wege. Und jetzt leg den Schleier an und kehre in deine Gemächer zurück.«

Als Heria wieder in ihrer Zimmerflucht im kargen alten Turm war, ließ sie sich von ihren Zofen entkleiden, wobei sie teilnahmslos wie eine Statue auf dem Ankleidestuhl saß. Als ihre Abendgewänder endlich angelegt waren, entließ sie sämtliche Bediensteten und saß längere Zeit allein und ganz still da, bis an die Tür geklopft wurde.

»Fürstin«, sagte Shahr Baraz. »Ist alles in Ordnung?«

Sie schloss kurz die Augen, dann erwiderte sie ruhig: »So kommt doch herein, Shahr Baraz.«

Der alte Merduk wirkte besorgt. »Sein Missfallen ist wie eine Sturmbö, Fürstin. Bald vorüber, bald vergessen. Lasst Euch davon nicht das Herz schwer machen.«

Sie lächelte. »Was haltet Ihr von Mehr Jirahs Entdeckung?«

»Ich bin überrascht, dass solche Dinge in den fünf Jahrhunderten, die Merduks und Ramusier nun schon nebeneinander leben, noch niemandem aufgefallen sind.«

»Vielleicht sind sie das. Vielleicht wurde das Wissen stets wieder begraben. Diesmal aber wird das nicht geschehen.«

»Ich bin nicht sicher, Fürstin, ob Ihr uns alle gegeneinander aufhetzen wollt oder ob Ihr tatsächlich einen Kreuzzug für die Wahrheit führt. Ehrlich gesagt, beunruhigt mich das.«

»Ich will, das der Krieg ein Ende hat. Ist das so schlimm? Ich will, dass keine Männer mehr getötet, keine Frauen mehr vergewaltigt und keine Kinder mehr zu Waisen werden. Wenn das Verrat ist, bin ich bis ins Mark eine Verräterin.«

»Die Ramusier tragen auch ihr Scherflein zum Blutvergießen bei«, erinnerte Shahr Baraz sie süßsauer.

»Und deshalb muss der Mönch, dieser Albrec, zurück nach Torunn gelassen werden.«

»Menschen werden einander immer töten.«

»Ich weiß. Aber sie können zumindest aufhören, so zu tun, als geschähe es im Namen Gottes.«

»Das ist wahr. Einen Rat möchte ich Euch dennoch geben. Reizt Aurungzeb nicht zu sehr.«

»Ich dachte, er wäre wie eine Sturmbö.«

»Ja, wenn ihm etwas in den Weg gerät, das er für geringfügig hält. Aber er wurde nicht der Sultan, würde er auf den Händen hocken. Sollten die Grundfesten seiner Macht bedroht sein, wird er die Bedrohung ohne Gnade und ohne Bedauern beseitigen.«

»Mich eingeschlossen?«

»Euch eingeschlossen.«

»Danke für Eure Offenheit, Shahr Baraz. Es ist schon seltsam – seit ich bei den Merduks lebe, habe ich mehr aufrichtige Menschen kennen gelernt, als im ganzen Leben zuvor: Euch, Mehr Jirah und Albrec, den Mönch.«

»So viel sind drei Männer nun auch wieder nicht. War das Volk in Aekir denn so unaufrichtig?«, erkundigte sich Shahr Baraz mit einem Lächeln auf den Lippen.

Herias Züge verfinsterten sich. Sie wandte den Blick ab.

»Es tut mir Leid, Fürstin. Ich wollte nicht . . .«

»Es ist nichts. Beizeiten werde ich mich schon noch daran gewöhnen. Die Menschen können sich an fast alles gewöhnen.«

Eine Pause entstand. »Ich bin vor der Tür, falls Ihr etwas braucht, Fürstin«, meinte Shahr Baraz schließlich, verneigte sich und verließ die Kammer, wenngleich er die Königin am liebsten in die Arme genommen hätte. Als er seinen Posten vor der Tür wieder einnahm, schalt er sich für seine Schwäche. Die Fürstin war zu zierlich für eine Merduk-Zuchtstute – und doch vermeinte er, hinter ihren lieblichen Augen könnte sich ein Kern aus Stahl verbergen. Dieser Bursche, den sie in Aekir geliebt hatte und der ihr Gemahl gewesen war – er musste fürwahr ein ganzer Mann gewesen sein! Etwas Geringeres verdiente sie nicht.

16.

Bardolin saß auf dem Steinboden und rieb sich nachdenklich die Handgelenke. Die wunden Stellen waren binnen weniger Lidschläge getrocknet und verheilt. Als einziges Zeugnis seines Leidens blieben die silbrigen Narben auf der Haut zurück. Er betastete sein rasiertes Kinn und kicherte verwundert.

»Mein Gott, ich bin wieder ein Mensch.«

»Du warst nie etwas anderes«, meinte Golophin von seinem Stuhl am Feuer aus. »Nimm dir Wein, Bardolin. Aber trink nicht zu schnell. Dein Magen ist nicht mehr daran gewöhnt.«

Bardolin reckte sich und rappelte sich mit einigen Schwierigkeiten und verzerrtem Gesicht auf. »Ebenso wenig bin ich daran gewöhnt, aufrecht zu stehen. Es ist drei Monate her, seit ich zuletzt die Glieder ausstrecken konnte. Meine Kehle fühlt sich trocken wie Sand an. So viel habe ich das ganze Jahr nicht geredet, Golophin. Es tut gut, sich endlich alles von der Seele zu reden. Es unterstützt die Heilung. Sogar deine Zauberkraft vermag es nicht, mich binnen eines Lidschlags gänzlich wiederherzustellen.«

»Und deine Zauberkraft, Bardolin? Was ist damit? Du solltest dich mittlerweile vom Verlust deines Hausgeistes erholt haben. Was ist mit deinen Disziplinen? Sind sie noch da, oder hat die Veränderung sie erstickt?«

Bardolin schwieg. Vorsichtig nippte er am Wein und betrachtete den Haufen Müll auf einer Seite der runden Turmkammer. Seine Ketten lagen dort, noch mit seinem Blut und mit Schmutz verkrustet. Außerdem sah er die zersplitterten Trümmer der Kiste, in der man ihn hierher befördert hatte. Sechs kräftige Schauermänner hatten ihn getragen, denen vor Angst das Herz in die Hose gerutscht war, als das Ding in der Kiste brüllte, sie anfauchte und gegen die Mauern seines hölzernen Kerkers schlug. Sie hatten die Kiste von ihrem Wagen gestoßen, die verschreckten Pferde zum Galopp angetrieben und waren von dem einsamen Turm geflüchtet, so schnell sie konnten.

»Er kommt und geht ohne jeden Anlass oder erkennbaren Rhythmus«, antwortete Bardolin schließlich. »Mit jedem Tag wird er unbeherrschbarer. Der Wolf, meine ich.«

»Das vergeht. Nach einer Weile werden du und die Bestie vollständiger miteinander verschmelzen, und du wirst in der Lage sein, dich nach Belieben zu verändern. Ich habe das schon einmal gesehen.«

»Ich bin froh, dass wenigstens einer von uns ein Fachmann ist«, gab Bardolin scharf zurück.

Golophin musterte seinen Freund und einstigen Schüler eine Weile schweigend. Bardolin war zum ausgemergelten Schatten eines Menschen verkommen; die Gesichtsknochen schimmerten durch die Haut, die Augen waren tief in die Höhlen eingesunken, und das Fleisch rings um sie her war dunkel wie die Schale einer Weinbeere. Sein Kopf war kahl geschoren, um ihn von dem Ungeziefer zu befreien, das sich in der Haartracht eingenistet hatte; es verlieh ihm das Aussehen eines üblen Verbrechers. Der gesunde, kräftige Soldatenmagier, den Golophin einst gekannt hatte, schien verschwunden zu sein.

»Du warst einmal mit meinem Verstand in Berührung«, sprach der alte Zauberer leise. »Ich durchkämmte den Westen auf gut Glück in der Hoffnung, eine Spur von dir zu finden, und hörte dich um Hilfe rufen.«

Bardolin starrte ins Feuer. »Ich glaube, da waren wir auf See. Ich habe dich gespürt. Aber dann kam er daher und unterbrach die Verbindung.«

»Er ist ein außergewöhnlicher Mann, sofern ›Mann‹ das rechte Wort ist.«

»Ich weiß nicht, was er ist, Golophin. Etwas ... Neues, so wie ich. Seine Unsterblichkeit hat etwas mit der schwarzen Veränderung zu tun, ebenso seine Kraft. Ich beginne erst, das alles ausloten. Hier in der Alten Welt dachten wir stets, ein Gestaltenwandler könnte keine der sechs Disziplinen meistern, weil die Bestie die Harmonie der Seele stört. Aber jetzt denke ich anders darüber. Hat man erst

Herrschaft über die Bestie erlangt, kann sie einen zum höchstmöglichen Verständnis des *Dweomer* überhaupt führen. Ein Gestaltenwandler ist im Wesentlichen ein durch Magie geschaffenes Tier, ein Geschöpf, das sein Dasein gänzlich einer Kraft verdankt, die außerhalb der gewöhnlichen Gesetze des Universums steht. Wenn ein Mensch ein Lycanthrop wird, verwandelt er sich in ein Ding, ein Wesen aus reiner Magie, und wenn er den Willen aufbringt, ist alles da, all diese Macht, und wartet nur auf ihn.«

»Du hörst dich beinahe so an, als hättest du dich mit deinem Los abgefunden.«

»Hawkwood hat mich in dem Glauben hierher gebracht, du könntest mich heilen. Wir beide wissen, dass du nicht dazu in der Lage bist. Und vielleicht will ich gar nicht mehr geheilt werden. Golophin, hast du daran schon einmal gedacht? Dieser Aruan ist unvorstellbar mächtig. Das könnte ich auch sein. Alles, was ich dafür brauche, ist Zeit – Zeit zum Nachdenken und Forschen.«

»Dieser Turm und alles darin stehen dir uneingeschränkt zur Verfügung.«

»Danke.«

»Aber ich habe eine Frage. Wenn du die Tür zu dieser Schatzkammer der Macht öffnest, sofern es dir je gelingt, was wirst du dann tun? Aruan hat die Absicht, sich in der Alten Welt auszubreiten – vielleicht nicht morgen oder diesen Monat, vielleicht nicht einmal dieses Jahr, aber auf jeden Fall wird es bald geschehen. Ihm schwebt eine Art Hexerhegemonie vor. Nach dem zu schließen, was du mir erzählst, arbeitet er seit Jahrhunderten darauf hin. Wenn jener Tag kommt, werden die gewöhnlichen Könige und Soldaten der Welt gegen ihn und Seinesgleichen stehen. Unser Volk. Wo wird die Grenzlinie gezogen?«

Bardolin mied es, ihn anzusehen. »Ich weiß es nicht. In einem Punkt hat er schon Recht, findest du nicht? Wir werden wegen der Gabe, mit der wir geboren sind, seit Jahrhunderten verfolgt, gefoltert und ermordet. Es ist an der Zeit, dass dem ein Ende bereitet wird. Das Volk der *Dweomer* hat ein Recht darauf, in Frieden zu leben.«

»Dem pflichte ich bei. Aber einen Krieg anzuzetteln, ist nicht der richtige Weg, sich dieses Recht zu sichern. Dadurch werden die gewöhnlichen Menschen uns nur noch mehr fürchten als zuvor.«

»Es ist an der Zeit, dass die gewöhnlichen Menschen ihre blinde Scheinheiligkeit bedauern lernen!«, stieß Bardolin hervor, und in seiner Stimme lag eine so unverhohlene Bedrohung, dass sogar Golophin erschrak.

Hawkwood konnte sich nicht mehr erinnern, wann er zuletzt ein Pferd geritten hatte. Zum Glück schien das Tier, das er sich ausgeliehen hatte, mehr davon zu verstehen als er selbst. In einem Zustand der Erschöpfung und des Unbehagens holperte er vor sich hin. Sein Ziel zeichnete sich als grauer Finger aus Stein im Frühlingsdunst über den Hügeln im Norden ab. Auf der Straße vor ihm befand sich ein weiterer Reiter – eine Frau, wie es aussah. Ihr Ross lahmte. Während Hawkwood sie beobachtete, stieg sie ab und besah sich die Hufe einen nach dem anderen. Er zügelte das Pferd.

»Kann ich helfen?«

Die Frau war adrett gekleidet – ein großes, schlichtes Mädchen Ende Zwanzig mit langer Nase und einem wundersamen Schopf feurigen Haares, in dem sich der Sonnenschein fing.

»Das bezweifle ich«, erwiderte sie und wandte sich wieder dem Untersuchen ihres Pferdes zu.

Hawkwood wusste, dass seine äußere Erscheinung gegen ihn sprach. Obwohl er gebadet, sich umgezogen und einen Haarschnitt durch die Hände Donna Poneras, Galliardos Frau, über sich hatte ergehen lassen, sah er immer noch wie ein herausgeputzter Landstreicher aus.

»Habt Ihr es noch weit?«, versuchte er es noch einmal.

»Er hat ein Eisen verloren. Gibt es hier in der Gegend einen Schmied?«

»Keine Ahnung. Wohin seid Ihr denn unterwegs?«

Das Mädchen richtete sich auf. »Nicht weit. Zu dem Turm da drüben.« Sie unterzog Hawkwood einer flinken Musterung und zeigte sich wenig beeindruckt. »Ich habe eine Pistole. Gewiss findet Ihr anderswo leichtere Beute.«

Hawkwood lachte. »Darauf möchte ich wetten. Zufällig bin ich ebenfalls zu dem Turm unterwegs. Also kennt Ihr den Magier Golophin?«

»Vielleicht.« Nun musterte sie ihn neugieriger. Hawkwood mochte die Offenheit ihres Blickes, die Kraft, die er in ihren Zügen las. Zwar war darin wenig Schönheit im herkömmlichen Sinn zu erkennen, aber Persönlichkeit.

»Mein Name ist Hawkwood«, stellte er sich vor.

»Ich bin Isolla.« Sie schien erleichtert, dass er keine Regung zeigte, als er diesen Namen hörte. »Ich schätze, wir können den Rest des Weges ebenso gut gemeinsam gehen. So weit ist es nicht mehr. Erwartet Euch Golophin?«

»Ja. Und Euch?«

Ein leichtes Zögern. »Ja. Ihr könntet ruhig absteigen, anstatt von oben auf mich herabzustarren.«

»Ihr könnt mein Pferd reiten, wenn Ihr wollt.«

»Nein. Ich reite nur im Damensitz.«

Also war sie von edler Geburt. Das hätte er schon aus ihren Kleidern ablesen können. Doch ihr Akzent machte ihn neugierig. Er stammte aus Astarak.

»Kennt Ihr Golophin gut?«, fragte er, während sie Seite an Seite marschierten und ihre Pferde neben sich führten.

»Ziemlich gut. Und Ihr?«

»Nur dem Ruf nach. Er kümmert sich um einen kranken Freund von mir.«

»Geht es Euch denn gut? Ihr habt eine merkwürdige Gangart.«

»Ich habe lange kein Pferd mehr geritten. Oder festen Boden beschritten, was das angeht.«

»Wie das? Besitzt Ihr etwa Flügel, die Euch überallhin tragen?«

»Nein, ein Schiff. Es hat erst heute Morgen angelegt.«

Hawkwood sah etwas in ihren Augen dämmern. Abermals betrachtete sie ihn von oben bis unten, diesmal mit leichter Verwunderung. »Richard Hawkwood, der Seefahrer – natürlich! Was bin ich für eine Eselin. Euer Name geistert durch die ganze Stadt. Hawkwood!«

»Genau der bin ich.« Er rechnete damit, dass sie ihm ein wenig mehr von sich selbst berichtete, doch er wartete vergeblich. Wenigstens schlenderten sie nun in freundlicherer Stimmung weiter. Die Meilen verflogen ohne längere Gespräche. Aus unerfindlichem Grund verspürte Hawkwood beinahe so etwas wie Enttäuschung, als sie schließlich an die Tür von Golophins Turm klopften. Irgendetwas an Isolla gab ihm das Gefühl, als wäre er nach Hause zurückgekehrt.

Ich war zu lange auf See, dachte er bei sich.

»Neugier«, brummte Golophin verärgert. »Bei einem Mann ist sie eine Tugend, die ihn zur Erleuchtung führt. Bei einer Frau ist sie ein Laster, das nur Schaden anrichtet.« Missbilligend schaute er Isolla an, doch sie zeigte sich unbeeindruckt.

»Das ist ein Sprichwort, das ein Mann ersonnen hat. Ich bin kein klatschmäuliges Waschweib, Golophin.«

»Dann solltet Ihr Euch auch nicht wie eins benehmen. Ah, Kapitän Hawkwood, ich danke Euch, dass Ihr unsere Prinzessin wohl behalten abgeliefert habt, da sie nun schon mal so dickschädelig war, hierher zukommen.«

»Prinzessin?«, fragte Hawkwood die junge Frau. Eine lächerliche Hoffnung starb in ihm.

»Das ist unwichtig«, entgegnete sie unbehaglich.

»Ihr schaut gerade niemand Geringerem als der nächsten Königin von Hebrion in die Augen«, erklärte Golophin. »Als ob die Welt eine weitere Königin bräuchte. Macht Euch nützlich, Isolla. Schenkt uns Wein ein. Drüben im Arbeitszimmer ist eine Kanne kühl gestellt.«

Völlig unbeeindruckt vom offenkundigen Missfallen des alten Zauberers, verließ Isolla die Kammer.

Sobald sie draußen war, breitete sich ein Lächeln auf Golophins Antlitz aus.

»Sie hätte ein Mann werden sollen«, meinte er mit unverkennbarer Zuneigung.

Dem konnte Hawkwood zwar nicht beipflichten, doch er behielt seine Meinung für sich.

»Nun, Kapitän – endlich lernen wir einander kennen. Ich bin froh, dass Ihr gekommen seid.«

»Wo ist Bardolin?«

»Er schläft. Das beschleunigt die Heilung.«

»Ist er ... hat er ...?«

»Die Bestie ruht vorerst. Ich konnte ihm helfen, sie zu beherrschen.«

»Dann könnt Ihr ihn heilen?«

»Nein. Das kann niemand. Aber ich kann ihm helfen, damit zurechtzukommen. Er hat mir von Eurer Reise erzählt. Ein Albtraum.«

»Ja.«

»Nicht viele hätten eine solche Reise überlebt.«

Hawkwood ging zum Fenster. Es gewährte einen Blick aus der beachtlichen Höhe des Turmes über das südliche Hebrion, das grün und unbewegt in der Sonne schimmerte, während das Meer sich als Glitzern am Horizont abzeichnete.

»Ich glaube, wir *sollten* die Reise überleben – zumindest Bardolin. Sie haben uns entwischen lassen. Manchmal frage ich mich, ob sie nicht sogar unseren Kurs auf der Heimreise gelenkt haben. Ich nehme an, Bardolin hat Euch von ihnen berichtet. Eine Rasse der Abscheulichkeiten. Er glaubt, einige von ihnen halten sich bereits in Normannien auf, und weitere sind im Anzug. Sie haben Pläne mit uns, diese Hexer aus dem Westen.«

»Nun, wenigstens sind wir vorgewarnt – dank

Euch. Wie sehen Eure eigenen Pläne aus, Kapitän?«

Die Frage kam für Hawkwood unvorbereitet. »Ich habe mir noch keine Gedanken darüber gemacht. Ich habe erst seit einem Tag wieder festen Boden unter den Füßen. Und es hat sich vieles ereignet. Meine Frau starb in Abrusio, mein Haus ist weg. Alles, was mir noch bleibt, ist mein Schiff, und das ist in einem traurigen Zustand. Vielleicht wende ich mich an den König, ob er etwas für mich hat.« Ihm wurde klar, wie sich das anhörte, woraufhin er errötete.

»Ihr habt Euch etwas verdient, das steht fest«, versicherte Golophin. »Ich bin sicher, Abeleyn weiß das anzuerkennen. Eure Erkundungsreise mag ein Fehlschlag gewesen sein, doch zugleich war sie eine wertvolle Quelle neuer Erkenntnisse. Sagt mal, was haltet Ihr eigentlich von Fürst Murad?«

»Er hat den Verstand verloren. Irgendetwas in seinem Kopf ist gehörig in Unordnung geraten. Das hat der Westen angerichtet.«

»Und das Mädchen Griella, die Gestaltenwandlerin?«

»Bardolin hat Euch davon erzählt? Das war schon eine sonderbare Sache. Er empfand etwas für sie, und sie für ihn, aber es hat ihnen beiden nicht gut getan.«

Isolla kehrte mit Zinnbechern voll gekühltem Wein zurück. »Majestät«, sagte Hawkwood mit funkelnden Augen, als er seinen Becher entgegennahm.

Isolla legte die Stirn in Falten. »Noch nicht.«

»Erst in einigen Wochen.« Golophin grinste. »Ich glaube, sie wird allmählich ungeduldig.«

»Mit Euch, ja. Manchmal benehmt Ihr Euch wie ein kleiner Junge, Golophin.«

»Tatsächlich? Abeleyn bezeichnet mich stets als altes Weib. Wie es scheint, bin ich ein Mann für jede Gelegenheit.«

Hawkwood löste den Blick von Isolla und stellte seinen Becher ab, nachdem er vom Wein genippt hatte. »Ich breche auf. Ich wollte nur sichergehen, dass mit Bardolin alles in Ordnung ist.«

»Ich werde beim König ein Wort für Euch einlegen, Kapitän. Wir werden dafür sorgen, dass Ihr für Eure Verluste und Eure Verdienste entschädigt und belohnt werdet«, versprach Golophin.

»Das wird nicht nötig sein«, erwiderte Hawkwood starrköpfig und stolz. »Kümmert Euch um Bardolin. Er ist ein guter Mann, ganz gleich, in was ihn dieser Hexer verwandelt hat. Ich kann schon auf mich selbst aufpassen. Gehabt Euch wohl, Golophin.« Er verneigte sich leicht. »Fürstin.«

»Ein stolzer Mann für einen Bürgerlichen«, meinte Isolla, nachdem Hawkwood gegangen war.

»Er ist kein gewöhnlicher Mann«, hielt Golophin ihr entgegen. »Ich war ein Narr, es so ungeschickt auszudrücken. Er verdient Anerkennung für das, was er geleistet hat, aber er wird sie ablehnen, wenn er meint, dass sie nach Almosen schmeckt. Indes stellt Fürst Murad sich zweifellos auf die Hinterbeine, berichtet von den Wundern seiner Expedition und erntet so viel des Ruhmes, wie er nur kann. Es ist eine miese Welt, Isolla.«

»Sie könnte schlimmer sein«, erwiderte sie.

Golophin schaute sie an und lachte. »Ach, was ist es schön, verliebt zu sein.«

Isolla errötete bis in die Haarwurzeln.

»Ihr werdet ihm eine großartige Gemahlin sein, sofern unser sturer Kapitän Euch nicht zuerst raubt.«

»Was soll das heißen?«

»Vergesst es. Hebrion hat seinen König wieder, und bald wird das Reich auch eine würdige Königin haben. Das Land braucht eine Zeit lang Ruhe vor Krieg und Ränkespielen. Das gilt auch für mich. Ich habe vor, mich hier mit Bardolin abzukapseln und mich ganz der Forschung zu widmen, was ich in letzter Zeit vernachlässigt habe. Mir ist zu viel Politik in den Weg geraten. Ihr und Abeleyn seid fähig, die Geschicke des Königreichs auch ohne meine Hilfe großartig zu lenken. Denkt nur daran, Murad im Auge zu behalten – und diese Hyäne Jemilla.«

»Am Hof ist sie erledigt. Keiner der Adeligen wird ihr noch einen Lidschlag seiner Zeit schenken.«

»Seid Euch da bloß nicht zu sicher. Sie trägt immer noch eines Königs Kind im Leib, das, wenngleich unehelich, älter sein wird als jedes Kind, das Ihr zeugt.«

»Dann lasst uns hoffen, dass Jemilla ein Mädchen bekommt.«

»Ganz recht. Jetzt kehrt zurück in den Palast, Isolla. Dort ist ein Mann, der Euch braucht.«

Sie küsste den alten Zauberer auf die Wange. In Hebrion hatte sie einen Gemahl gefunden, zudem einen Mann, der ihr wie ein Vater geworden war. Golophin hatte Recht: Das Schlimmste war bestimmt vorüber. Das Land würde Ruhe bekommen.

ZWEITER TEIL

Tod eines Soldaten

Bald wird ein großer Krieger
über dem Land aufragen,
und die Erde wird übersät sein
mit abgetrennten Häuptern.
Das Klirren blauer Schwerter
wird widerhallen in den Hügeln;
und Blut wird gleich Tau
die Glieder der Menschen benetzen

Njals Saga

17.

Der Papstpalast des Macrobius war einst eine Abtei des Ordens der Brüder vom Ersten Tage gewesen. Nun platzte sie vor Geistlichen, Ämterhäschern, bewaffneten Wachen und Schreiberlingen mit tintenverschmierten Fingern aus allen Nähten. An diesem Tag erhöhte sich ihre Zahl um prunkvoll gekleidete torunnische Soldaten, eine Leibgarde, die einer Königin zur Ehre gereicht hätte. Und in ihrer Mitte, gleich einer scharlachroten Speerspitze, befanden sich acht Kathedraler in all ihrer wilden Pracht. Die Militärschneider hatten eilends ein paar scharlachrote Umhänge für sie gefertigt – es hätte sich nicht geschickt, wären sie in ihren zerschundenen Rüstungen vor den Pontifex hingetreten. Wenngleich sie nun besser als je zuvor aussahen, was die Kleidung betraf, stachen sie ob ihrer tätowierten Gesichter und langen Haare dennoch aus den anderen heraus.

Königin Odelia und ihr Oberbefehlshaber waren erschienen, um Macrobius ihre Aufwartung zu machen, und sie mussten mit all dem Pomp und Zeremoniell empfangen werden, die das befestigte Torunn aufzubringen vermochte. Zwei Throne waren aufgestellt worden – der für die Königin war deutlich weniger geschmückt als der des Macrobius –; außerdem auf einer Seite ein schmuckloser schwarzer Stuhl für den schwarz gewandeten General.

Corfe war die mit Abstand düsterste Gestalt der Kavalkade, die sich den Weg durch die gedrängt vollen Straßen Torunns zum Papstpalast gebahnt hatte.

Dennoch war er derjenige, der die größte Begeisterung unter den Menschenmengen entfachte. Sie umjubelten ihn stürmisch; einige Überschwängliche drängten sich gar durch die Riege der Truppen, um seinen im Steigbügel steckenden Stiefel zu berühren oder die Flanke seines unruhigen Schlachtrosses zu streicheln. Andruw, der an seiner Seite ritt, fand das alles unsagbar lustig, doch Corfe selbst fühlte sich wie ein Heuchler. Sie nannten ihn den »Befreier seines Landes«, doch das Land war noch verdammt weit davon entfernt, befreit zu sein, dachte Corfe bei sich.

Auf dem Hauptplatz der Abtei stieg die Kavalkade von den Pferden. Die Balkone, die den Platz säumten, waren voller jubelnder Mönche und Priester – ein seltsamer und irgendwie komischer Anblick. Dann ergriff Corfe den Arm der Königin, und unter Trompetengeschmetter wurden sie in den großen Empfangssaal des Palasts gescheucht, wo ein Spießrutenlauf durch eine Traube Beifall spendender, hehrer Persönlichkeiten begann. Zum größten Teil handelte es sich um den verbliebenen Adel Torunnas, und die Begrüßung war deutlich weniger überschwänglich als jene der Menschenmassen draußen vor den Mauern der Abtei. Die tätowierten Stammeskrieger wurden mit Abscheu beäugt, der schwarz gekleidete General mit Erstaunen und Abneigung, die alternde Königin mit Missbilligung. Corfes Züge wirkten wie aus Holz geschnitzt, als er vor dem päpstlichen Podium stand und den blinden alten Mann wiedersah, der den geistlichen Führer der halben westlichen Welt verkörperte.

Monsignor Alembord hatte sich kaum geräuspert, um auf seine hochtrabende Weise die erhabenen

Gäste anzukündigen, als Macrobius ihm zuvorkam, indem er vom Podium humpelte und blind umhertastete.

»Corfe.«

Corfe ergriff die suchende Hand. Sie fühlte sich trocken wie Herbstlaub und zerbrechlich wie Distelwolle an. Er betrachtete das verheerte Antlitz und besann sich der langen, kalten Nächte auf der Straße nach Westen während des Rückzugs aus Aekir.

»Heiligkeit. Ich bin hier.«

Im Saal wurde es still. Alembords Ankündigung versickerte in einem gedämpften Hüsteln. Aller Blicke richteten sich auf den General und den Pontifex.

Macrobius lächelte. »Es ist lange her, General.«

»Ja.«

»Ich sagte dir einst, dass dein Stern noch im Steigen begriffen sei. Ich hatte Recht. Du hast seit Aekir einen langen Weg zurückgelegt, mein Freund. Auf einer langen, steinigen Straße.«

»Das haben wir beide«, erwiderte Corfe. Seine Kehle brannte. Der Anblick von Macrobius' Zügen wirbelte Erinnerungen aus einer anderen Welt auf, einer anderen Zeit. Der alte Mann ergriff Corfes Schulter. »Setz dich neben mich und erzähl mir von deinen Reisen. Diesmal haben wir mehr zum Teilen als eine verbrannte Rübe.«

Der für Corfe aufgestellte Stuhl wurde eilends näher an den Papstthron gerückt, und nachdem Macrobius die Königin erheblich förmlicher begrüßt hatte, nahmen die drei Platz. Musikanten begannen zu spielen, und aus der Menschentraube im Saal erhob sich das Tosen unzähliger Unterhaltungen. Andruw blieb mit der Leibgarde aus

Kathedralern am Fuß des Podiums stehen und fand sich neben einem Mann wieder, der ungefähr in seinem Alter sein mochte und die Roben eines Bruders vom Ersten Tage trug.

»Wie steht's, Vater?«, meinte Andruw gut gelaunt.

»Wie steht's, *Euer Gnaden*, Soldat. Ihr müsst wissen, ich bin Bischof.«

Andruw musterte ihn von oben bis unten. »Was soll ich tun – Euren Ring küssen?«

Avila lachte und ergriff zwei randvolle Weingläser vom Tablett eines vorbeigehenden Dieners. »Du kannst meinen geistlichen Hintern küssen, wenn du willst. Aber trink erst mal was. Solche Nachmittagsempfänge sind feuchte Angelegenheiten, und wie ich höre, habt ihr euch im Norden recht durstig geschuftet, du und deine scharlachroten Wilden.«

»Ich wusste gar nicht, dass man heutzutage so junge Bischöfe ernennt.«

»Oder so junge Kommandeure. Ich kam aus Charibon hierher, mit einem Freund.«

»Warte mal! Ich glaube, ich kenne dich. Sind wir dir und deinem Freund nicht über den Weg gelaufen? Du warst vor ein paar Monaten mit einigen Fimbriern auf der Straße nach Norden unterwegs. Corfe hat angehalten und mit euch geredet.«

»Du hast ein gutes Gedächtnis.«

»Dein Freund – das war doch der Bursche ohne Nase. Wo ist er heute? Geht er den Hochwohlgeborenen und Mächtigen aus dem Weg?«

»Ich weiß nicht, wo er ist. Aber wir trinken auf ihn. Stoßen wir an auf Albrec. Auf Albrec, den Wahnsinnigen, möge Gott gut zu ihm sein.«

Und sie stießen die Gläser aneinander, bevor sie den edlen Wein hinunterstürzten.

»Wir haben Grund zu der Annahme, dass er noch am Leben ist, Euer fehlgeleiteter Bischof«, erklärte Odelia. »Darüber hinaus bewegt er sich frei am Hof der Merduks und verkündet seine Botschaft. Soweit wir wissen, beratschlagen die Mullahs der Merduks über jene Botschaft in eben diesem Augenblick.«

Macrobius nickte. »Ich wusste, es würde ihm gelingen. Ihn umgibt dieselbe Aura der Bestimmung, wie ich sie in Corfe gespürt habe. Nun, vielleicht ist es besser so. Schließlich liegt die Angelegenheit nicht mehr allein in unseren Händen. Ich sehe keine andere Möglichkeit, als die Neuigkeiten auch hier in Torunna kundzutun. Die Zeit für Gespräche und Beratungen ist vorüber. Wir müssen damit anfangen, das Wort des neuen Glaubens zu verkünden.«

»Ist eine ziemliche Offenbarung, Euer neuer Glaube«, meinte Corfe leise.

Odelia hatte ihm erzählt, was die verbitterten Wortgefechte im Papstpalast ausgelöst hatte. Corfe hatte sich so erstaunt gezeigt wie jeder andere, es aber eher als eine kirchliche Angelegenheit betrachtet. Angeblich führten die Merduks dieselben Beratungen, was dem Ganzen einen völlig anderen Anstrich verlieh. Dadurch mochte es durchaus auch militärische Auswirkungen geben.

Der Pontifex, die Königin und Corfe hielten ihre Besprechung am Ende eines langen, ermüdenden Tages voller Ansprachen hinter den verschlossenen Türen von Macrobius' Privatgemächern. Odelia war darauf bedacht gewesen, immer wieder hervorzuheben, dass die Veranstaltung ein voller Erfolg gewesen sei. Ihre Krönung war von der Kirche bestätigt worden, und jeder hatte bezeugt, wie der Pontifex

Corfe so herzlich begrüßt hatte wie einen lange verlorenen Freund. Und jeder, der danach trachtete, die neue Ordnung aus dem Gleichgewicht zu bringen, würde es sich zweimal überlegen, nachdem er den begeisterten Empfang gesehen hatte, den auch die Menschenmassen ihnen bereitet hatten; hinzu kam das augenscheinliche Einvernehmen zwischen der Krone und der Kirche.

»Wenn die Merduks sich die Botschaft dieses Albrec zu Herzen nehmen – wird es ihre Kriegführung beeinflussen?«, wollte Odelia wissen.

»Ich weiß es nicht«, antwortete der Pontifex. »Es gibt bei den Merduks durchaus Menschen mit einem Gewissen, das war uns immer schon bekannt. Aber Menschen mit einem Gewissen haben nur selten den nötigen Einfluss, um Kriege aufzuhalten.«

»Dem kann ich nur beipflichten«, warf Corfe ein. »Der Sultan wird weiterkämpfen. Alles deutet darauf hin, dass dieser Feldzug der Höhepunkt des gesamten Krieges werden soll. Er hat die Absicht, Torunn einzunehmen, und er wird nicht zulassen, dass die Mullahs sich ihm in den Weg stellen – nicht ausgerechnet jetzt. Doch wenn wir den Sommer überstehen, könnte ein Kriegsende durch Verhandlungen machbar werden.«

»Ein Ende des Krieges«, wiederholte Odelia. »Mein Gott, wäre das möglich? Ein für alle Mal Schluss mit der Schlächterei?«

»Ich habe gestern mit Fournier geredet. Er ist zwar so unerträglich überheblich wie eh und je, aber da ich beharrlich blieb, ließ er sich erweichen, mir zu berichten, dass die Armeen der Merduks völlig überspannt sind und die Desertionen täglich zunehmen. Sollte der nächste Angriff fehlschlagen, sieht er für den Sultan keine Aussichten mehr, den Krieg fortzuführen. Die *Minhraib* waren die ganze Erntezeit des letzten Jahres hindurch auf Feldzug. Fehlen sie ein zweites Jahr in Folge auf den Feldern, steht Ostrabar vor einer Hungersnot. Dies ist Aurungzebs letzte Chance.«

»Ich hatte ja keine Ahnung«, sagte Odelia. »Ich betrachte sie nicht als Menschen, die auf Feldern schuften und Familie haben. Für mich sind sie eher wie ... wie Kakerlaken. Tötet man eine, taucht ein Dutzend weiterer auf. Also gibt es endlich doch noch Hoffnung – einen Lichtschimmer am Ende des Tunnels.«

»Es gibt Hoffnung«, bestätigte Corfe verhalten. »Doch wie ich schon sagte – er setzt alles auf diesen letzten Angriff. Wir könnten auf dem Feld gut hundertfünfzigtausend Mann gegenüberstehen.«

»Sollten wir dann nicht lieber hinter diesen Mauern bleiben und einer Belagerung standhalten? Wir könnten Monate überstehen, bis lange nach der Erntezeit.«

»Würden wir das versuchen, könnte er die *Minhraib* nach Hause schicken und uns mit einer kleineren Streitmacht in Schach halten. Nein, wir müssen ihn zwingen, jeden Mann einzusetzen, der ihm zur Verfügung steht. Wir müssen ihn an seine Grenzen treiben. Um das zu schaffen, müssen wir ins Feld ziehen und ihn offen herausfordern, und ...«

»Corfe«, unterbrach Macrobius ihn sanft, »die Erfolgsaussichten, von denen du sprichst, erscheinen hoffnungslos.«

»Ich weiß, ich weiß. Aber für uns ist der Sieg etwas anderes als die Art Sieg, den die Merduks brauchen. Wenn es uns gelingt, ihre Armee zu beschädigen –

diesem letzten Angriff die Schneid zu nehmen – und dazu noch verhindern, dass Torunn belagert wird, haben wir gesiegt. Ich glaube, dass wir dazu in der Lage sind, nur brauche ich einen Vorteil, irgendetwas, um die Dinge ein wenig auszugleichen. Noch habe ich es nicht gefunden, aber das werde ich.«

»Dafür bete ich zu Gott«, meinte Macrobius. Sein augenloses Antlitz wirkte eingesunken und abgezehrt, ein lebendiges Zeugnis dessen, was die Merduks in der Stunde ihres Sieges anrichten würden.

»Wenn es so geschieht ... wenn es dir tatsächlich gelingt, diesen Moloch von Armee aufzuhalten, was dann?«, wollte Odelia wissen. »Wie viel können wir durch einen verhandlungsbedingten Frieden wiedergewinnen oder verlieren?«

»Die Senke von Ormann ist für immer verloren«, erklärte Corfe unverblümt. »Damit müssen wir uns abfinden. Ebenso Aekir. Wenn das Königreich entlang des Searil geteilt werden kann, können wir uns schon glücklich schätzen. Alles hängt davon ab, wie gut die Armee sich im Feld schlägt. Wir werden unser Land im wahrsten Sinne des Wortes mit torunnischem Blut zurückkaufen. Aber meine Aufgabe ist es, Merduks zu töten, nicht mit ihnen zu feilschen. Das überlasse ich Fournier und seinesgleichen. Dafür fehlt mir die Lust als auch die Fähigkeit.«

Eins von beiden wirst du dir trotzdem aneignen, dafür sorge ich schon, dachte Odelia bei sich. Laut sagte sie: »Nun denn, wann zieht die Armee ins Feld?«

Eine Zeit lang saß Corfe schweigend da, bis die Königin begann, sich vor Ungeduld die Hände zu reiben. Macrobius hingegen wirkte gelassen.

»Ich brauche mehr als neunhundert Schlachtrösser, um unsere Verluste wettzumachen und die neuen Rekruten auszurüsten, die immer noch eintreffen«, sagte Corfe schließlich. »Dann müssen die Einzelheiten der Versorgung und des Nachschubs mit Passifal und der Quartiermeisterabteilung ausgearbeitet werden. Das wird kein Überraschungsangriff. Wenn wir Torunn diesmal verlassen, müssen wir darauf vorbereitet sein, mehrere Wochen – wenn nicht gar Monate – draußen zu bleiben. Dafür muss die Straße nach Westen instandgesetzt und geräumt werden. Depots müssen errichtet werden. Und ich habe vor, jeden gesunden, kräftigen Mann im Königreich zum Heeresdienst einzuziehen, ganz gleich, welchen Rang er im Leben bekleiden mag.«

Odelias Mund klappte vor Bestürzung auf. »Das kannst du nicht tun!«

»Warum nicht? Die entsprechenden Gesetze sind vorhanden. Theoretisch sind sie bereits in Kraft, nur wurden sie noch nie angewandt.«

»Nicht einmal John Mogen hat versucht, sie umzusetzen – wohlweislich. Er wusste, dass die Adeligen seinen Kopf auf einen Speer stecken würden, sollte er so etwas auch nur in Erwägung ziehen.«

»In Aekir musste er das auch nicht. Dort half jeder Mann der Stadt bereitwillig bei der Verteidigung mit, und wenn er nur Munition trug und Lücken in den Mauern stopfte.«

»Das war etwas anderes. Das war eine Belagerung.«

Corfes Faust sauste krachend auf den Tisch neben ihm nieder, was sowohl die Königin als auch den Pontifex verblüffte. »Es wird keine Ausnahmen geben. Wenn ich sie zum Heeresdienst vergattere, kann ich eine starke Garnison in der Stadt zurücklassen und trotzdem eine ansehnliche Armee ins Feld führen. Die Adeligen im Süden des Königreichs verfügen allesamt über Privatarmeen – das weiß ich nur zu gut. Es ist an der Zeit, dass diese privat ausgehobenen Streitkräfte sich an der Verteidigung des Königreichs als Ganzes beteiligen. Ich habe heute Befehle ausgeben lassen, die diese Blaublütler verpflichten, ihre bewaffneten Trabanten persönlich in die Hauptstadt zu führen. Sofern meine Berechnungen stimmen, könnten allein die ortsansässigen Fürsten weitere fünfzehntausend Mann zur Verteidigung beisteuern.«

»Du hast nicht die Berechtigung ...«, begann Odelia hitzig.

»Ach, wirklich? Ich bin der Oberbefehlshaber von Torunnas Streitkräften. Rechtsverdreher mögen darüber streiten, aber ich betrachte jeden bewaffneten Mann im Königreich als Teil des Militärs. Sobald der Krieg vorüber ist, können sie so viele Verfügungen gegen mich ausstellen, wie sie wollen, aber erst einmal bekomme ich ihre Männer. Und wenn sie sich weigern, lasse ich sie hängen, bei Gott!«

Aus seinem Gesicht sprach blanke Mordlust. Odelia wandte den Blick ab. Sie hätte nie gedacht, dass sie sich je vor einem Mann fürchten könnte, doch Corfes Wildheit loderte in seinen Augen wie ein gespenstisches Feuer. Es beunruhigte Odelia. Für wie viele Männer waren diese Augen der letzte Anblick auf Erden gewesen? Manchmal glaubte sie, keine Vorstellung davon zu haben, wozu er in Wahrheit fähig sein mochte, trotz aller Liebe, die sie für ihn empfand.

»Na schön«, beschwichtigte sie ihn. »Du sollst deine Einberufung haben. Ich setze meinen Namen unter deine Befehle. Aber ich warne dich, Corfe – damit machst du dir mächtige Feinde.«

»Die einzigen Feinde, die mich kümmern, sind diejenigen, die im Osten lagern. Auf den Rest pisse ich. – Verzeihung, Vater.«

Macrobius lächelte matt. »Ihre Majestät hat Recht, Corfe. Selbst John Mogen hat den Adel nicht in die Pflicht genommen.«

»Ich brauche Männer, Vater. Ihre kostbaren Titel werden wenig wert sein, wenn es kein Königreich mehr gibt, in dem sie die Herren spielen können. Lasst es ruhig mir allein auf den Kopf fallen.«

»Sag so etwas nicht«, sagte Odelia schaudernd. »Das bringt Unglück.«

Corfe zuckte mit den Schultern. »Ich glaube nicht mehr besonders an Glück, Fürstin. Sofern es so etwas wie Glück gibt, schmiedet es sich jeder selbst. Ich habe vor, in weniger als vier Wochen eine Armee von vierzigtausend Mann aus der Stadt zu führen, und es werden Taktik und Logistik sein, die über ihr Geschick entscheiden, kein Glück.«

»Lasst uns hoffen«, meldete Macrobius sich zu Wort und berührte Corfe leicht am Handgelenk, »dass auch der Glaube etwas damit zu tun hat.«

»Wenn Männer an sich selbst glauben, Vater«, entgegnete Corfe stur, »brauchen sie an nichts anderes zu glauben.«

Albrec und Mehr Jirah trafen sich in einer Kammer im großen Turm der Feste von Ormann, unweit der Gemächer der Königin. Es war die dritte Stunde der Nacht, und abgesehen von ein paar gähnenden Wachen war niemand in dem weitläufigen Bauwerk unterwegs. Unterhalb des Turmes jedoch schufteten Tausende Männer im Licht von Feuern die Nacht durch. Sie wimmelten zu beiden Ufern des Searil, rissen auf der Westseite ein, bauten auf der Ostseite wieder auf. Der pechschwarze Fluss war voller schwerer Frachtkähne und Leichtern, die bis zum Schandeck mit Holz, Stein und erschöpften Arbeitertrupps beladen waren. An den behelfsmäßigen Docks an beiden Ufern des Flusses warteten zig Elefanten in vollem Geschirr, während ihre Treiber auf ihren Rücken dösten. Der Sultan hatte verfügt, dass der Wiederaufbau der Feste von Ormann noch vor dem Sommer abgeschlossen sein müsse; nach der Fertigstellung würde die Feste in *Khedi Anwar* umgetauft – Flussfestung.

Die Kammer, in der Albrec und Mehr Jirah saßen, hatte keine Fenster. Es handelte sich um einen staubigen Lagerraum, halb voll mit allem möglichen Gerümpel. Teile von Kettenpanzern, deren Glieder zu einer orangefarbenen Masse verrostet waren. Zerbrochene Säbelklingen, verrottende torunnische Uniformen, sogar eine Kiste mit schimmligem Schiffszwieback, an dem sich Mäuse gütlich taten. Nachdem die beiden Geistlichen einander zugenickt hatten, harrten sie wartend aus, da keiner der beiden die Sprache des anderen beherrschte. Endlich schreckte sie das Eintreten von Königin Ahara und Shahr Baraz auf. Die Königin war wie eine verschleierte Zofe gekleidet, Shahr Baraz wie ein gewöhnlicher Soldat.

»Wir haben nicht viel Zeit«, sagte die Königin. »In spätestens einer Viertelstunde werden die Eunuchen mich vermissen. Albrec, Ihr brecht heute Nacht nach Torunn auf. Shahr Baraz hat Pferde und zwei seiner eigenen Trabanten bereitgestellt, die unten warten. Sie werden Euch begleiten, bis die Hauptstadt in Sicht kommt.«

»Fürstin«, begann Albrec, »ich bin nicht sicher ...«

»Wir haben keine Zeit für langes Hin und Her. Shahr Baraz hat Euch einen Pass besorgt, mit dem Ihr an den Feldposten vorbeikommt. Ihr müsst Eure Botschaft in Torunna predigen, so wie Ihr es hier getan habt. Mehr Jirah ist sich darin mit uns einig. Solange Ihr in der Feste von Ormann weilt, ist Euer Leben in Gefahr.«

Wortlos verneigte Albrec sich. Nachdem er sich wieder aufgerichtet hatte, schüttelte er Mehr Jirah und Shahr Baraz die Hand. »Was immer ich bei den Merduks auch sonst gefunden habe«, sagte er mit belegter Stimme, »vor allem waren es zwei gute Menschen.«

Heria übersetzte den kurzen Satz, und die beiden Merduks wandten den Blick ab. Shahr Baraz holte einen Lederbeutel hervor, aus dessen Öffnung graubraune Kleidung lugte.

»Tragt diese Gewänder«, forderte er Albrec auf Normannisch auf. »Es ist die Kleidung eines Merduk-Mullahs, eines heiligen Mannes. Möge der Gott der Siege über Euch wachen.« Dann schaute er zu Heria, nickte und ging. Mehr Jirah folgte ihm ohne ein weiteres Wort.

»Ich kann auch hier immer noch predigen«, meinte Albrec vorsichtig.

»Nein. Geht zurück zu ihm. Gebt ihm das hier.« Sie reichte dem kleinwüchsigen Mönch eine Depeschenrolle mit einem militärischen Siegel. »Es sind Pläne des bevorstehenden Feldzugs. Aber erzählt nicht, wer sie Euch gegeben hat, Vater.«

Behutsam ergriff Albrec die Schriftrolle. »Ich scheine es mir zur Gewohnheit zu machen, schicksalsträchtige Dokumente zu befördern. Gab es keine andere Möglichkeit, sie nach Torunn zu schaffen? Ich bin kein besonders guter Kurier.«

»Zwei Männer haben wir bereits losgeschickt«, flüsterte Heria. »Merduk-Soldaten mit ramusischem Blut – Shahr Baraz' Trabanten. Aber wir wissen nicht, ob sie durchgekommen sind.«

Verwundert blickte Albrec sie an. »Also ist auch er darin verwickelt? Wie habt Ihr ihn dazu überredet?«

»Er meinte, sein Vater hätte es auch getan. Der Shahr Baraz, der Aekir eingenommen hat, hätte keinen Krieg gebilligt, der so gefochten wird, wie Aurungzeb ihn heute führt. Außerdem ist mein Shahr Baraz ein frommer Mann. Er ist der Ansicht, der Krieg sollte ein Ende haben, da die Ramusier Glaubensbrüder der Merduks sind. Mehr Jirah und viele Mullahs denken ähnlich.«

»Kommt mit mir, Heria«, platzte Albrec hervor, ohne nachzudenken. »Kommt mit zurück zu Eurem Volk – zu Eurem Gemahl.«

Sie schüttelte den Kopf; die grauen Augen glitzerten über dem Schleier vor Tränen. »Für mich ist es zu spät. Überdies würde man mich in weniger als einer Stunde vermissen. Man würde uns erwischen. Nein, Vater, kehrt alleine zurück. Helft mir, mein Volk zu retten.«

»Dann lasst mich ihm wenigstens mitteilen, dass Ihr am Leben seid.«

»Nein! Ich bin tot. Ich bin nicht mehr würdig, Corfes Gemahlin zu sein. Das hier ist jetzt meine Welt. Ich muss das Beste daraus machen.«

Albrec ergriff ihre Hand und küsste sie. »Dann haben die Merduks eine würdige Königin.«

Sie wandte sich ab. »Ich muss jetzt gehen. Nehmt die Treppe am Ende des Ganges draußen. Sie führt hinaus in den westlichen Hof. Dort erwarten Euch Eure Begleiter. Ihr werdet einige Stunden Vorsprung haben – man wird Euch erst nach Sonnenaufgang vermissen. Geht jetzt, Vater. Bringt die Schriftrolle zu Corfe.«

Von Mitleid erfüllt, verneigte Albrec sich, dann machte er sich auf den Weg.

18.

Den ganzen Tag hatten sie in der Stadt Einzug gehalten, ein bunter Tross bewaffneter Männer in Livreen aller Regenbogenfarben. Einige waren lediglich mit Hellebarden und Sicheln an langen Stöcken bewaffnet, andere waren prächtig mit Hakenbüchsen und Säbeln ausgerüstet. Die meisten gingen zu Fuß, doch mehrere hundert ritten tänzelnde Schlachtrösser in Halbrüstung und trugen Lanzen, an deren Spitzen Seidenbanner flatterten.

Corfe, General Rusio und Quartiermeister Passifal standen auf den Zinnen des südlichen Torvorwerks und beobachteten ihren Einzug. Als die lange, dichte Kolonne sich dem Ende zuneigte, folgte eine kompakte Gruppe von fünfhundert Kathedralern mit Andruw an der Spitze. Als die Stammeskrieger durch das Tor ritten, salutierte Andruw und zwinkerte empor; dann geriet er außer Sicht und ritt mit seinen Männern in die Stadt ein, wobei die Hufe ihrer Pferde laut klapperten.

»Das ist das letzte Kontingent, das es diese Woche schaffen wird, General«, erklärte Passifal. Er las in einem feuchten Papierstapel nach. »Gavriar von Rone hat dreihundert Mann versprochen, aber die werden lange unterwegs sein, und der Herzog von Gebrar, der alte Saranfyr, hat sich mit vierhundert weiteren eingeschrieben, doch es sind hundertvierzig Wegstunden aus Gebrar. Wir können von Glück reden, wenn wir sie binnen eines Monats hier sehen.«

»Wie viele haben wir bis jetzt?«, erkundigte Corfe sich.

»An die sechstausend Trabanten, dazu weitere fünftausend Einberufene – die meisten davon Männer aus Aekir.«

»Nicht so viele, wie wir gehofft hatten«, brummte Rusio.

»Nein«, pflichtete Corfe ihm bei. »Aber immer noch besser als gar nichts. Ich kann sechs- oder siebentausend Mann als Garnison in der Stadt lassen und immer noch mit ... wie vielen? Sechsunddreißig- oder siebenunddreißigtausend Mann hinausmarschieren.«

»Einige dieser Trabanten, die uns die Fürsten geschickt haben, sind wenig mehr als ungebildete Bauern«, gab Rusio zu bedenken, der an einer Zinne lehnte. »In vielen Fällen haben sie uns Schwadrone von Dorftrotteln und Ganoven gesandt, den Abschaum ihrer Herrschaftsgebiete.«

»Sie brauchen nichts weiter als auf den Zinnen zu stehen und eine Pike zu schwingen«, gab Corfe zurück. »Rusio, ich möchte, dass Ihr fünfhundert

Veteranen nehmt und die Unfähigeren ausbildet. Einige aus dem Kontingent können allerdings gleich in die reguläre Armee eingezogen werden.«

»Was ist mit ihrer Kostümierung?«, fragte Passifal mit zuckendem Mund.

Zahlreiche Fürsten hatten ihre Trabanten in allerlei protzigen Wappenschmuck gesteckt.

»Nach ein paar Tagen im Schlamm werden sie nicht mehr so schillernd aussehen, das versichere ich Euch.«

»Und die Fürsten selbst?«, hakte Rusio nach. »Wir haben ein halbes Dutzend begeisterte junge Adelige, die ihrer Väter Hausarmeen in die Schlacht führen wollen.«

»Ernennt sie zu Fähnrichen und unterstellt ihnen fähige Unteroffiziere.«

»Ihren Vätern könnte das missfallen, ebenso den jungen Grünschnäbeln selbst.«

»Mir ist es vollkommen gleich, was ihnen gefällt und was nicht. Ich übergebe keine Männer an unerfahrene Offiziere, die ihr Leben verschleudern. Das ist ein Krieg, kein Gesellschaftsspiel. Sollte es Beschwerden geben, leitet sie an die Königin weiter.«

»Jawohl, General.«

Schritte erklangen auf dem Laufsteg hinter ihnen. Andruw erschien, den Helm mit einer Hand schwingend. »Das sind die Letzten«, verkündete er. »Der Rest versteckt sich in den Wäldern oder Hügeln.«

»Hattest du Ärger?«, fragte ihn Corfe.

»Soll das ein Witz sein? Als sie die gefürchteten scharlachroten Reiter sahen, hätten sie uns ihre Töchter ausgeliefert, wenn wir darum ersucht hätten. Und stell dir vor – um ein Haar hätte ich's getan.

Im Großen und Ganzen leider ein ziemlich kümmerlicher Haufen. Auf einer Mauer stehend, könnten sie vielleicht zurechtkommen, aber ich würde sie nicht hier rausführen. Auf dem Schlachtfeld würden sie in Stücke gerissen.«

»Was ist mit den Trabanten?«

»Oh, die sind besser ausgerüstet als die Berufsarmee, aber von Drill haben sie keine Ahnung. Ich würde sie als Wachen für den Gepäckzug oder so etwas einsetzen.«

»Genau, was ich dachte. Danke, Andruw. Wie sieht es mit den Pferden aus?«

»Ich lasse die Herde von hundert Mann unter dem Befehl von Marsch und Ebro hertreiben. Sie werden in drei oder vier Tagen eintreffen.«

»Wie viele konntest du zusammenkratzen?«

»Fünfzehnhundert, aber nur ein Drittel sind richtige Schlachtrösser. Einige sind kaum besser als Karrengäule, andere sind dreijährige Pferde, noch kaum zugeritten.«

»Sie müssen reichen. Die Kathedraler sind die einzige schwere Reiterei, die wir besitzen. Wenn wir jeden Mann auf ein Pferd setzen, bringen wir an die ...«

»Ich komme auf etwas über zweitausend Mann«, kam Passifal ihm zu Hilfe, der wieder in seinen Unterlagen nachschaute. »Eine weitere Gruppe Stammeskrieger ist heute Vormittag eingetroffen. Felimbri, denke ich, fast zweihundert davon auf kleinen, dürren Ponys.«

»Danke, Oberst.«

»Wenn das so weitergeht, besteht die Hälfte der torunnischen Armee bald aus Wilden und Fimbriern«, meinte Rusio.

»Und sie wäre deshalb keinen Deut schlechter, General«, gab Corfe zurück. »Sehr schön. Nun, wie kommen die Arbeitsgruppen auf der Straße nach Westen voran ...?«

Der kleine Ring von Männern stand auf den windgepeitschten Zinnen und ging die Überschriften auf Passifals Listen eine nach der anderen durch. Die Listen waren endlos und die Tage viel zu kurz, um sich auch nur der Hälfte der Punkte anzunehmen; dennoch wurde die Armee nach und nach für den bevorstehenden Feldzug vorbereitet. Den vermutlich letzten Feldzug, wie sie hofften. In der Zwischenzeit mussten Unterkünfte für die neuen Rekruten gefunden werden, ob sie nun freiwillig oder unfreiwillig zur Verfügung gestellt worden waren; Pferde mussten zugeritten und abgerichtet werden, zusätzlich zu den Männern, die ausgebildet werden mussten; der Gepäckzug musste zusammengestellt und mit all dem ausgestattet werden, was knapp dreißigtausend Soldaten für einen längeren Aufenthalt in einer Wildnis brauchten; und die Straße selbst, die in wenigen Tagen die Füße all der Soldaten tragen würde, musste instandgesetzt werden, damit die Truppe nicht im Schlamm stecken blieb, kaum dass sie losgezogen war. Nichts durfte dem Zufall überlassen bleiben, nicht dieses Mal. Für die Torunnen war es der letzte Wurf der Würfel. Sollte er fehlschlagen, stand nichts mehr zwischen dem Königreich und dem Grauen einer Besetzung durch die Merduks.

Corfe war eingeladen worden, an jenem Abend im Stadthaus des Grafen Fournier zu speisen. Zwar konnte er die Zeit für gemütliche Abendessen eigentlich nicht entbehren, doch die Einladung hatte ihn neugierig gemacht, also warf er sich in höfisch schwarze Kleindung und machte sich auf den Weg, ungeachtet Andruws scherzhafter Warnung, er solle aufpassen, was er esse. Fourniers Haus glich eher einem Landsitz und besaß in einem Flügel einen Bogen, der breit genug war, ein Vierergespann hindurchzulassen. Es stand in der vornehmen Westhälfte der Stadt in Blickweite des Palasts; dahinter erstreckten sich weitläufige Gärten bis zum Fluss hinunter. Am Ufer des Torrin befand sich ein kleines Sommerhäuschen; dorthin wurde Corfe von einem Pagen mit kurz geschorenem Haar geführt, als er sein Pferd einem jungen Stallburschen übergeben hatte. Fournier begrüßte ihn mit einem Lächeln und einer ausgestreckten Hand. Das Sommerhäuschen war mit mehr Glas versehen, als Corfe es je zuvor bei einem Bauwerk erlebt hatte, abgesehen vielleicht von einer Kathedrale. Laternen mit Kerzen erhellten das Gebäude, und ein Tisch war für zwei Personen gedeckt. Auf einer Seite toste und rauschte der mächtige Torrin, dessen Ufer hinter einer Weidenreihe verborgen lag. Während Corfe sich umsah, löste sich irgendetwas aus den Weiden und flatterte mit ledrigem Flügelschlag davon. Irgendeine Fledermaus.

»Keine Eskorte, kein Gefolge, General?«, fragte Fournier mit hochgezogener Augenbraue. »Für einen Mann Eures Ranges umgebt Ihr Euch mit wenig Hofstaat.«

»Ich dachte, ich bleibe besser unauffällig. Außerdem werden die Kathedraler jedes Mal von den Leuten umringt, wenn sie durch die Straßen reiten.«

»Ach ja, daran hätte ich denken sollen. Nehmt Platz. Trinkt Wein. Mein Koch wirkt heute Abend wahre Wunder. Flussbarsch aus den Mündungsgewässern und Wildtaube.«

Silber funkelte im Kerzenschein auf einem makellos weißen Tischtuch. Kristallene Kelchgläser randvoll mit Wein, eine mit Gold verzierte Karaffe und ein kleines Heer Lakaien, allesamt noch keine dreißig Jahre alt. Fournier bemerkte Corfes abwägende Blicke und meinte kurz angebunden: »Ich umgebe mich gern mit jungen Menschen. Es hilft mir, meinen Schwung zu bewahren. Ah, Marion, den ersten Gang, bitte.«

Irgendein Fisch. Corfe aß wie eine Maschine und hatte den Teller bereits leer, als Fournier erst drei Bissen verspeist hatte. Der Adelige lachte.

»Ihr seid hier nicht im Feld, General. Ihr solltet das Werk meines Kochs genießen. Man stelle sich vor – er ist ein Mann aus dem Osten, ein Bekehrter aus Calmar. Ich glaube, er könnte einst Korsar gewesen sein, aber man sollte die früheren Lebensumstände eines Genies nicht allzu eingehend hinterfragen, nicht wahr?«

Corfe schwieg. Fournier schien sich rundum wohl zu fühlen, als besäße er ein geheimes Wissen, das er noch mehr genoss als das Essen.

Die Teller wurden abgeräumt, ein weiterer Gang kam. Fournier sprach unzusammenhängend von kulinarischen Dingen, dem Nachlassen der Fischereiflotte Torunns und darüber, wie man einen Karpfen richtig zubereitete. Corfe nippte zurückhaltend an seinem Wein und zeigte sich ziemlich einsilbig. Endlich wurde das Tischtuch fortgenommen, und beide Männer wurden mit Nüssen und einer Karaffe

Weinbrand allein gelassen. Die Bediensteten zogen sich zurück, und eine Zeit lang war das einzige Geräusch die leise Nachtmusik des nahen Flusses.

»Ihr zeigt eine lobenswerte Geduld, General«, stellte Fournier fest und nippte an dem guten, fimbrischen Getränk. »Ich hatte bereits vor dem Hauptgang den einen oder anderen Gefühlsausbruch erwartet.«

»Ich weiß.«

»Verzeiht. Ich liebe es, meine kleinen Spielchen zu treiben. Weshalb seid Ihr hier? Was ist so kurz vor solch großen Ereignissen im Gange? Ich will es Euch sagen, gleichsam als Belohnung für Eure Nachsicht.«

Fournier griff unter seinen Stuhl und legte eine blutbefleckte Schriftrolle auf den Tisch. Darauf prangte ein zerbrochenes Siegel, doch es war noch genug vom Wachs übrig, dass Corfe die gekreuzten Säbel von Ostrabars Militärs erkennen konnte. Unwillkürlich richtete er sich im Stuhl auf.

»Nehmt eine Walnuss, General. Sie passt wundervoll zum Geschmack des Weinbrands.« Fournier knackte eine Nuss mithilfe eines Nussknackers mit Elfenbeingriff. Auch auf dem Nussknacker befand sich Blut.

»Kommt zur Sache, Fournier«, forderte Corfe ihn auf. »Ich habe keine Zeit mehr zu vergeuden.«

Fourniers Stimme veränderte sich: Der Plauderton verflog und wurde durch Kälte ersetzt. »Meine Spitzel machten heute einen Fang, der für uns alle von Belang ist. Einen Merduk-Mullah mit zwei Gefährten, die alleine draußen herumritten. Der Mullah war ein sonderbarer kleiner Bursche mit entstelltem Gesicht und einer Hand ohne Finger. Er sprach tadelloses Normannisch mit dem Akzent Almarks und behauptete, ein gewisser Bischof Albrec zu sein, der soeben von den Freuden des Merduk-Hofes käme.«

Corfe schwieg, doch der Schein der Kerzen verwandelte seine Augen in zwei winzige Höllenfeuer.

»Unser abenteuerlustiger Geistlicher trug diese Schriftrolle bei sich. Es bedurfte einiger Überredungskunst, sie ihm abzuluchsen, möchte ich hinzufügen. Nach weiterer Überredung offenbarte er, dass man ihm aufgetragen hatte, sie Euch zu überbringen, mein lieber General. Euch allein, und zwar persönlich. Nun, wir haben einen Spitzel im Lager des Feindes, das wisst Ihr ja bereits. Aber würdet Ihr glauben, dass ich bis heute Abend nicht wusste, wer dieser Spitzel ist? Seltsam, aber wahr. Jetzt weiß ich alles, was es zu wissen gibt, General. Oder fast alles. Vielleicht könntet Ihr mir erklären, weshalb ausgerechnet Ihr Depeschen von jemandem aus dem Herzen des Merduk-Hofes erhaltet?«

»Ich habe keine Ahnung, wovon Ihr sprecht, Fournier. Was steht in der Schriftrolle?«

»Das ist im Augenblick belanglos. Doch wir haben den höchst beunruhigenden Umstand, dass der Oberbefehlshaber Torunnas heimlich in Verbindung mit dem feindlichen Oberkommando steht. Das, mein lieber Corfe Cear-Inaf, ist nach allgemeiner Auffassung Verrat.«

»Macht Euch nicht lächerlich, Fournier. Die Botschaft stammt von Eurem Handlanger, mit dem Ihr Euch seit Wochen brüstet. Was steht in der verdammten Schriftrolle? Und was habt Ihr mit diesem Albrec angestellt?«

»Alles zu seiner Zeit, General. Wisst Ihr, das

Bemerkenswerte daran ist, dass die Schriftrolle von keinem meiner Handlanger stammt. Wie mein kleiner, missgestalter Bischof schließlich zugab, kommt sie direkt aus den Händen der Merduk-Königin persönlich. Vielleicht könntet Ihr mir das erklären.«

Erschrocken blinzelte Corfe. »Ich habe keine Ahnung ...«

»Oberst Willem«, rief Fournier, wobei er leicht die Stimme hob. Aus der Finsternis erschien sogleich eine Gruppe von Männern. Die Kerzen erhellten die volle Länge ihrer gezogenen Schwerter.

Ein Mann mit kahl geschorenem Haupt und einer Klappe über einem Auge betrat das Sommerhaus: Willem, einer von Corfes ranghohen Offizieren. Hinter ihm folgte der junge Oberst Aras. Willem hatte eine feuerbereite Kavalleriepistole in der Hand, an deren Radschloss die Lunte bereits glomm.

»Nehmt General Cear-Inaf in Gewahrsam. Bringt ihn in meine Amtsstuben unten an der Küste und haltet ihn dort fest.«

»Mit Vergnügen, Graf«, antwortete Willem, der beim Grinsen breite, lückenhafte Zähne enthüllte. »Steh auf, Verräter.«

Corfe blieb sitzen. Sein Erstaunen verflog binnen eines Lidschlags. Plötzlich waren viele Dinge klar und deutlich geworden. Mit einem raschen Blick erfasste er die Gesichter der Neuankömmlinge. Abgesehen von Willem und Aras waren es allesamt Fremde für ihn. Sie trugen nicht einmal Armeeuniformen. Er wandte sich an Fournier und fragte so beiläufig er konnte: »Wieso lasst Ihr mich nicht auf der Stelle erschießen?«

»Das ist doch offensichtlich, würde ich meinen. Die breite Masse würde es nicht hinnehmen. Ihr seid des Volkes Liebling, General. Wir müssen Euch erst in Verruf bringen, ehe wir Euch hängen.«

»Die Königin werdet Ihr niemals überzeugen«, gab Corfe zu bedenken.

»Ihre Meinung ist ebenso unbedeutend, wie ihre Herrschaft verfassungswidrig ist. Die Linie der Fantyrs ist am Ende. Torunna muss sich anderweitig nach einem Herrscher umsehen.«

»Ich wette, Torunna braucht nicht lange zu suchen.«

Fournier lächelte. »Willem, schafft mir diesen emporgekommenen Bauernlümmel aus den Augen.«

Auf dem Hof wartete eine geschlossene Kutsche. Corfe wurden Fesseln angelegt; dann wurde er in dem Gefährt eingesperrt. Aras teilte die Kutsche mit ihm und hielt eine weitere Pistole mit gespanntem Hahn auf seine Brust gerichtet, während Willem und die anderen auf dem Kutschbock Platz nahmen. Die Kutsche schaukelte und rumpelte durch die schlafende Hauptstadt, denn es war bereits spät – nach Mitternacht, vermutete Corfe. Sein Verstand arbeitete fieberhaft; dennoch verspürte er eine eigenartige Ruhe. Endlich geschah alles ganz unverhohlen. Keine Intrigen mehr: Von nun an würde nur noch blanke Gewalt herrschen.

Er blickte Aras in die Augen. »Als ich sah, wie Ihr in der Schlacht des Königs die Stellung gehalten habt, hätte ich nie geglaubt, dass Ihr Euch jemals an so etwas wie dem hier beteiligt.«

Aras schwieg. Das Innere der Kutsche wurde von einer einzigen, flackernden Kerzenlaterne erhellt, folglich war es schwierig, seine Miene zu lesen.

»Das bedeutet Bürgerkrieg, Aras. Die Armee wird sich das nicht gefallen lassen. Und die Merduks bekommen das Königreich auf einem Tablett serviert. Genau das hat er vor – Statthalter einer Merduk-Provinz zu werden.«

Abermals Stille, abgesehen vom Grollen der eisengebundenen Räder und dem Klappern der Pferdehufe auf dem Kopfsteinpflaster.

»Um Gottes willen, Mann, könnt Ihr denn nicht erkennen, was Eure Pflicht ist?«

Die Kutsche hielt. Die Tür wurde von außen entriegelt und geöffnet, Corfe hinausgezerrt. Die Luft roch nach totem Fisch, Pech und Seetang. Sie befanden sich nahe der südlichen Docks, am Rand der Meeresmündung. Dunkle Gebäude zeichneten sich gegen den Himmel ab, und Corfe erspähte die Masten von Schiffen vor den Hintergrund der Sterne. Er leistete keinen Widerstand gegen die derbe Behandlung. Willem wollte ihn am liebsten gleich tot sehen, das war offenkundig, und Corfe hatte nicht die Absicht, ihm einen Vorwand zu liefern, eine Kugel abzufeuern.

Schwingende Laternen warfen tanzendes Licht auf das feuchte Kopfsteinpflaster. Männer in Rüstungen, Hakenbüchsen, Piken. Die Soldaten trugen allesamt fremdartige Livreen – sie waren Teil der einberufenen Trabanten, die Corfe in die Hauptstadt geholt hatte. Damit hatten sie ihn überlistet. Er hatte den Feind selbst in die Stadt gebracht. Das war der Grund für ihre Selbstsicherheit.

In einem Gebäude. Jemand schlägt ihm grundlos die Handfläche aufs Ohr. Eine Steintreppe hinab, an Wänden entlang, an denen Wasser hinunterrinnt. Fackellicht flackert, und übler Moder dreht ihm den Magen um.

»Haltet ihn fest«, sagt Willems Stimme, und Männer ergreifen ihn. Der einäugige Oberst mustert ihn im unsteten Fackellicht.

»Wir haben dich ganz schön überrascht, was? Dachtest wohl, es wäre alles unterzeichnet, versiegelt und zugestellt. Nun, da hast du falsch gedacht, du kleiner Gossenjunge ...« Und damit lässt er den Knauf seiner Pistole auf Corfes Schläfe herabsausen.

Corfe taumelt, und nach dem zweiten Hieb verfinstert sich die Welt. Seine Beine versagen ihm den Dienst. Er wehrt sich, doch die Männer um ihn halten ihn fest, während Willem Schlag um Schlag auf seinen Kopf niederprasseln lässt. Kein Schmerz, nur eine Abfolge von Explosionen in seinem Hirn, gleich einer Batterie Kulverinen, die eine nach der anderen feuern. Irgendwie bleibt er bei Bewusstsein. Sein Blut sprenkelt die Kacheln des Bodens, verklebt ihm Augen und Nase. Er hört den eigenen Atem wie aus weiter Ferne, rasselnd wie der eines sterbenden Schwindsüchtigen.

Schlüssel klirren, dann wird er in eine schwarze Zelle geschleudert, und die Tür fällt geräuschvoll hinter ihm zu. Die Schritte draußen entfernen sich, begleitet von Gelächter.

Sein Kopf fühlt sich an, als gehöre er jemand anderem, und die straffen Fesseln lassen seine Hände bereits anschwellen. Der Boden ist triefnass und stinkt.

Corfe setzt sich auf, und Schmerz durchrast ihn. Seine Ohren summen, sein Mund ist voller Blut. Er würgt, erbricht Galle auf den schmutzigen Boden.

»Wer ist das?«, fragt eine Stimme in der Finsternis, eine eigenartige Stimme, mit der irgendetwas nicht stimmt.

»Wer will das wissen?«, stößt Corfe keuchend hervor.

»Mein Name ist Albrec. Ich bin Mönch.«

Corfe ringt nach Atem. »Dann begegnen wir uns wieder. Mein Name ist Corfe. Ich bin Soldat.« Und damit senkt sich die Schwärze der Zelle über seinen Verstand, und sein Kopf schlägt auf dem Boden auf.

Im Morgengrauen hatten die Verhaftungen bereits begonnen. Willem und seine Männer machten in Schwadronen die Runde. Andruw und Marsch wurden als Erste aufgegriffen, zusammen mit Morin, Ebro und Ranafast. Danach wurden Quartiermeister Passifal und General Rusio aus den Betten geholt und in Ketten abgeführt. Die Kasernen der Kathedraler wurden von dreitausend Hakenbüchsenschützen unter Oberst Willem umstellt, während Oberst Aras zwanzig weitere Hundertschaften anführte, um Formios Fimbrier einzukesseln. An die Armee erging der Befehl, in den Kasernen zu bleiben, und über die ganze Stadt wurde eine Ausgangssperre verhängt. Schließlich marschierte Fournier höchstpersönlich mit fünfzig Mann in den Palast und verlangte, in die Gemächer der Königin vorgelassen zu werden. Odelia wurde unter Bewachung gestellt – zu ihrem eigenen Schutz selbstverständlich –, und der Palast wurde abgeriegelt.

Gegen Mittag waren die Kerker an der Küste überfüllt; fast das gesamte torunnische Oberkommando war verhaftet worden, und die bunt gekleideten Trabanten, über die Andruw sich lustig gemacht hatte, hatten drei Viertel der Stadt in ihrer Gewalt. Die Kathedraler hatten einen Ausbruchsversuch unternommen, doch Willems Hakenbüchsenschützen hatten sie zu Dutzenden niedergemäht. Die Fimbrier hatten sich bislang ruhig verhalten; sie hatten lediglich ihre Kasernen mit einer Reihe von behelfsmäßigen Barrikaden befestigt. Außerdem hatten sie kaum Munition für ihre ohnehin spärlichen Hakenbüchsen, und bei einem Straßenkampf wären ihre Lanzen nahezu nutzlos. Vorerst waren sie machtlos. Fournier war zuversichtlich, dass sie gewisse Bedingungen annehmen würden und ließ sie in Ruhe. Doch als der Nachmittag kam, ließ er Batterien schwerer Artillerie in Stellung bringen, die sowohl die Fimbrier als auch die Kathedraler bedrohte, und Oberst Willem führte etwa zwölftausend Mann des Berufsheeres aus der Stadt hinaus nach Norden. Man hatte ihnen gesagt, eine Überfalltruppe der Merduks rücke heran; der Oberbefehlshaber habe angeordnet, den Feind abzufangen. Doch kaum hatten sie Torunn verlassen, führte Willem sie nach Osten in Richtung Küste, wo sie aus dem Weg waren. Der Rest des führerlosen und verwirrten Berufsheeres blieb in den Kasernen. Bewaffnete Patrouillen durchstreiften die Straßen. Zudem wurden Gerüchte über Spione der Merduks verbreitet, um die Bevölkerung zu verunsichern. So, mit einer wohl dosierten Mischung aus Täuschung, List und Waffengewalt, festigte Fournier seinen Würgegriff um die Hauptstadt.

Er übernahm jene Räumlichkeiten in einem Flügel des Palastes, die Lofantyr für seine Besprechungen mit dem Oberkommando verwendet hatte. Am frühen Abend wimmelte es dort nur so vor eintreffenden und aufbrechenden Boten, Offizieren, denen neue Posten zugewiesen wurden und verwirrten Soldaten, die Wache standen. Nach einem schlichten Mahl schickte Fournier alle aus dem Raum, saß am langen Tisch in dem Stuhl, den einst König Lofantyr gesessen hatte und zupfte an der geölten Spitze seines Bartes. Als das Flattern von Schwingen am Fenster ertönte, drehte er sich nicht um, und er war auch nicht erschrocken, als ein Homunkulus inmitten der Papiere, Landkarten und Tintenfässer vor ihm landete. Das kleine Geschöpf faltete die Flügel zusammen und neigte den Kopf zur Seite.

»Ich kann nicht umhin, Euch zu beglückwünschen«, sprach das Tier mit der Stimme eines Mannes. »Das Unterfangen verlief noch reibungsloser, als wir gehofft hatten.«

»Das war der einfache Teil. Schwieriger wird es, die Fassade in den nächsten Wochen aufrechtzuerhalten. Ich verlasse mich darauf, dass Ihr Euren Herrn auf dem Laufenden haltet.«

»Selbstverständlich. Und er ist höchst zufrieden. Er will, dass Cear-Inaf am Leben bleibt, damit er sich seiner in aller Ruhe entledigen kann, wenn er in der Stadt Einzug hält.«

»Und die Königin? Was ist mit ihr? Sie darf nicht weiterleben, das wisst Ihr.«

»Ja. Aber Aurungzeb hegt eine seltsame Abneigung gegen die Hinrichtung von Mitgliedern eines Königsgeschlechts. Er meint, solche Dinge würden ungesunde Gedanken in die Köpfe der Menschen pflanzen.«

»Dann könnte es ja sein, dass die Königin verschwindet. Womöglich flüchtet sie ... und es wart nie wieder von ihr gehört.«

»Ich glaube, das wäre am Besten.«

»Wann setzt sich die Armee Eures Meisters in Bewegung?«

»Sie marschiert bereits. In weniger als einer Woche, mein lieber Graf, werdet Ihr der neue Statthalter von Torunna sein, der allein dem Sultan persönlich Rechenschaft schuldig ist. Der Krieg wird ein Ende haben.«

»Der Krieg wird ein Ende haben«, wiederholte Fournier nachdenklich. »Cear-Inaf ist ein Emporkömmling und ein Narr. Er hat sich wacker geschlagen, doch selbst seine gepriesenen Feldherrnkünste könnten gegen hundertfünfzigtausend Mann nichts ausrichten. Was ich getan habe, hat Torunna eine Niederlage verheerenden Ausmaßes erspart. Ich habe Tausenden das Leben gerettet.«

»Zweifellos.« Bildete Fournier es sich nur ein, oder lag in der Stimme des Homunkulus tatsächlich ein höhnischer Tonfall?

»Verschwindet jetzt«, gebot er scharf. »Berichtet Eurem Meister, ich werde Torunn für ihn halten. Wenn die Armee eintrifft, werden die Tore sich öffnen, und ich sorge dafür, dass die Berufstruppen andernorts eingesetzt sind. Es wird keinen Widerstand geben.«

»Was ist mit Cear-Inafs persönlichen Truppen? Mit den Stammeskriegern und Fimbriern, ganz zu schweigen von den Veteranen aus der Feste von Ormann?«

»Sie befinden sich in unserer Gewalt. In den nächsten paar Tage werden sie völlig ausgeschaltet.«

Der Homunkulus breitete die fledermausartigen

Flügel aus. »Das hoffe ich sehr, mein lieber Graf. Um Euretwillen.« Dann hielt das Geschöpf vor dem Absprung in die Luft noch einmal inne. »Ach, übrigens, uns sind Gerüchte zu Ohren gekommen, denen zufolge einer Eurer Spione bei Hofe sein Unwesen treibt. Ist das wahr?«

»Das ist bloß ein Gerücht. All meine Versuche, einen Spitzel in Aurungzebs Nähe zu bringen, sind fehlgeschlagen. Ihr könnt ihn zu seinen Sicherheitsvorkehrungen beglückwünschen.«

»Danke. Der Homunkulus wird in zwei Tagen zurückkehren, um Eure Fortschritte zu begutachten. Bis dahin, Graf, gehabt Euch wohl.« Damit hob das Wesen ab und flatterte durchs offene Fenster hinaus. Fournier beobachtete, wie es davonflog. Nachdem es verschwunden war, holte er ein Taschentuch hervor und wischte sich den Schweiß vom Schnurrbart.

Als Corfe erwachte, vermeinte er, der Albtraum, der ihn heimgesucht hatte, hielte ihn immer noch gefangen und schwelte in der Finsternis. Er hob eine Hand ans Gesicht und spürte, wie lodernder Schmerz durch seine Handgelenke schoss, als die angekettete zweite Hand mitgerissen wurde. Beide Hände waren so sehr geschwollen, dass er sie kaum noch gebrauchen konnte. Noch einen Tag in diesen Fesseln, und er würde die Hände verlieren. Als er behutsam sein Antlitz betastete, fühlte es sich an, als gehörte es nicht zu ihm. Es war ein entstelltes Zerrbild, dessen Berührung seine Finger als fremdartig empfanden. Unwillkürlich stöhnte er auf.

»Corfe?«, fragte eine Stimme. »Seid Ihr wach?«

»Ja.«

»Was haben die getan? Ich habe Schüsse gehört.«

»Sie versuchen, die Stadt in ihre Gewalt zu bringen, nehme ich an.«

»Sie haben den ganzen Vormittag weitere Gefangene hereingezerrt. Dutzende. Ich kann die Türen hören.«

Es fiel Corfe schwer, seine Gedanken zusammenzuhalten. Sein Verstand schien in Wolle eingewickelt zu sein. »Fournier hat Euch erwischt«, sagte er verworren.

»Ja, auf dem Weg herein. Ich hatte zwei Gefährten. Merduks. Er hat sie nach der Folter getötet. Sie wollten nicht reden.« Ein Geräusch ertönte, das sich nach einem Schluchzen anhörte. »Es tut mir Leid. Ich konnte es nicht ertragen.«

»Die Schriftrolle ... was enthielt sie?«

»Den vollständigen Feldzugsplan der Merduks samt Schlachtordnung.«

Corfe bemühte sich verzweifelt, seinen Verstand zu lichten, die Gedanken zu sammeln. Er wehrte sich gegen das Verlangen, den Kopf auf den übel riechenden Matsch des Bodens zu betten und zu schlafen.

»Die Königin der Merduks ... Fournier behauptete, die Schriftrolle käme von ihr. Ist das wahr?«

Zuerst Schweigen. Dann erwiderte Albrec: »Ja.«

»Warum sollte sie so etwas tun?«

»Sie ist ... sie ist Ramusierin, aus Aekir. Sie wollte Vergeltung.«

»Dafür verehre ich sie.«

»Ja, wenngleich nun nichts mehr daraus wird. Was wird Fournier tun?«

»Ich glaube, er hat vor, den Merduks die Stadt auszuhändigen. Er hat irgendeinen Handel eingefädelt. Ich bin ein hochmütiger Narr gewesen ...«

Stille breitete sich in der Zelle aus. Irgendwo gurgelte Wasser, und unter ihnen rauschten die Abwasserkanäle.

Die Abwasserkanäle.

»Vater!«, stieß Corfe plötzlich hervor. »Sucht den Boden ab! Irgendwo muss eine Abflussrinne sein, ein Gitter oder so etwas.«

»Corfe …«

»*Macht schon!*«

Die beiden begannen, in der modrigen Dunkelheit mit den Händen zu suchen. Schmatzend gruben ihre Finger sich in namenlose, scheußliche Dinge. Einmal bekam Corfe den sich windenden, feuchten Leib einer Ratte zu fassen. Er lauschte dem Geräusch des Wassers, fand es schließlich und riss Büschel verrottenden Strohs rings um das Gitter weg. Seine halbtauben Finger tasteten die Maße ab: achtzehn mal achtzehn Zoll, mehr nicht.

Ein Ruck an den Metallstäben, doch das Gitter rührte sich nicht. Es war fest vermörtelt. In fieberhafter Hast durchwühlte Corfe seine Taschen und fand darin ein zusammengefaltetes Klappmesser. Willem hatte ihm zwar den Dolch abgenommen, doch er war zu sehr damit beschäftigt gewesen, Corfe mit der Pistole zu prügeln, um seine Taschen zu durchsuchen.

»Dreckskerle!«, spie Corfe hervor, von einem Hochgefühl beseelt. Unbeholfen klappte er das Messer auf und begann am Mörtel zu schaben, der das Gitter hielt. An manchen Stellen bröckelte er bereits, da die Feuchtigkeit des Bodens ihn gelöst hatte. Corfe förderte Klumpen und Splitter zu Tage, indem er mit dem kleinen Messer darauf hackte. Plötzlich war ein Knacken zu vernehmen, und die

Spitze brach ab. Doch Corfe hielt kaum inne, sondern arbeitete in der stickigen Finsternis weiter, wobei er sich allein auf seinen Tastsinn verließ. In regelmäßigen Abständen kehrten die funkelnden Lichter in seinem Kopf zurück, und er musste warten und sich gegen die Schwindel erregende Übelkeit aufbäumen, die ihn überkam. Es dauerte Stunden – zumindest schien es so –, doch schließlich hatte Corfe den Mörtel rings um das Gitter entfernt. Er steckte das zerbrochene Messer vorsichtig zurück in die Tasche. Etwas Warmes, Flüssiges rieselte seine Schläfen hinab. Schweiß oder Blut, er wusste es nicht.

»Hier drüben, Vater. Helft mir.«

Albrec prallte gegen ihn. »Ich habe nur eine heile Hand.«

»Egal. Drei Hände sind besser als zwei. Fasst hier mit an.« Er legte die Finger des Mönchs an die richtige Stelle. »So. Bei drei zieht Ihr aus Leibeskräften.«

Sie zerrten, bis Corfe vermeinte, ich würde der Kopf platzen. Ein leichtes Nachgeben, ein kaum vernehmbares Knarren, das war alles. Corfe sank zur Seite auf den Boden.

Eine Weile verstrich, dann versuchten die beiden Männer es noch einmal. Diesmal war Corfe sicher, dass eine Ecke des Gitters sich bewegt hatte. Als er sie betastete, stellte er fest, dass sie sich etwa einen halben Zoll oberhalb der Kacheln des Fußbodens befand.

Eine seltsame, unirdisch anmutende Zeit sinnbetäubenden Schmerzes und unsäglicher körperlicher Anstrengung verstrich in pechschwarzer Finsternis. Sie zerrten an einer Ecke des Gitters nach der anderen; immer wieder rutschten ihre Finger am

Schleim ab. Endlich gelang es Corfe, die Kette seiner Fesseln unter eine Ecke zu zwängen und zu ziehen, wobei er das Gefühl hatte, seine Hände würden an den Gelenken abgetrennt.

Das Quietschen von Metall war zu hören, dann fiel Corfe hintenüber, als das schwere Gitter sich mit einem Ruck löste und ihm gegen die Kniescheibe prallte. Nach Atem ringend, verharrte er auf dem Rücken. »Wir haben es geschafft, Vater ...«, stieß er keuchend hervor.

Die beiden Männer ruhten sich aus, lauschten in die Schwärze. Kein Kerkermeister nahte, kein Alarmruf erklang.

»Gehen wir etwa da hinunter?«, wollte Albrec schließlich wissen.

»Wir sind an der Küste. Die Abwasserkanäle führen geradewegs in den Fluss. Es dürfte nicht weit sein – höchstens ein paar hundert Meter. Kommt, Vater Albrec. Ich sorge dafür, dass Ihr in fünfzehn Minuten wieder saubere Luft atmet. Ich gehe voran.«

Das Geräusch fließenden Wassers schien überlaut, als Corfe sich in den Abfluss zwängte. Einmal würgte er, so schrecklich war der Gestank, doch sein Magen hatte sich längst der letzten Reste von Fourniers Abendessen entledigt.

Corfes Beine baumelten in einem Strom eiskalten Wassers. Für einen Moment packte ihn nacktes Entsetzen bei der Vorstellung, sich dort hinunter zu wagen. Was, wenn es dort zu wenig Platz zum Atmen gab? Was, wenn ...

Seine Finger glitten am Rand des Abflusses ab, und er rutschte durch den kurzen Schacht und landete platschend im Abwasserkanal darunter. Die

Strömung erfasste ihn, trieb ihn gegen raue Ziegelwände. Sein Kopf tauchte unter Wasser. Er konnte nicht atmen, wusste nicht einmal, wo oben und wo unten war. Seine Lungen schrien nach Luft. Der Tunnel erwies sich als kaum einen Meter breit; Corfe spreizte sich dagegen, wobei ihm Haut von den Knöcheln und Knien gefetzt wurde. Kurz gelang es ihm, Luft zu schnappen, dann rutschte er wieder ab und wurde weitergeschleudert. Sein Kopf prallte gegen die Tunnelwand.

Und plötzlich war er in der Luft, flog im freien Fall mehrere Meter tief, und landete wieder im Wasser. Klare, kalte Luft. Er war draußen, trieb im Fluss, und es war Nacht. Das Wasser hier, so nahe an der Meeresmündung, war brackig. Corfe drohte, daran zu ersticken. Er kämpfte mit aller Macht, den Kopf durch wildes Fuchteln der gefesselten Hände über der Oberfläche zu halten. Die Strömung riss ihn flussabwärts aufs Meer hinaus. Er wurde auf einen Baum zugetrieben, der sich tief übers Wasser neigte. Corfe griff nach einem herabhängenden Ast, verfehlte ihn, bekam einen weiteren ins Gesicht und konnte einen dritten endlich packen. Mit aller Kraft zog er sich daran hoch wie an einem Seil und spürte bald Schlamm unter den Füßen. Erschöpft watete er an Land, schauderte in der Kälte und gönnte sich einen Augenblick der Erholung. Dann fiel ihm Albrec ein. Hastig, doch ohne die Oberfläche des dahinrasenden Stromes aus den Augen zu lassen, taumelte er am schlammigen Ufer umher, bis er einen langen Stock fand. Dann wartete er, doch von Albrec war nichts zu sehen. Es wurde zu kalt, um noch länger auszuharren. Entweder war Albrec ertrunken, oder er war in der Zelle geblieben.

Jedenfalls konnte Corfe nicht länger warten. Die Lichter Torunns schimmerten hell und gelb, und die Stadtmauern ragten kaum zweihundert Meter entfernt gleich einem Monolithen auf. Corfe war an einem Stück Ödland im unmittelbaren Umkreis der Stadt angespült worden, unweit des südlichen Torvorwerks. Hier war er zu ungeschützt. Er musste weiter.

Am Flussufer türmten sich Müllberge, und das Schilf stank nach dem Ausguss der Abwasserkanäle. Corfe kroch darin entlang, so leise er konnte; dann hielt er unvermittelt inne. Irgendetwas war vor ihm. Ein Mensch.

»Gütiger Gott«, flüsterte eine Stimme.

»Albrec!«

»Corfe?«

Er kroch weiter. Der Mönch steckte hüfttief in Schlamm. Corfe zerrte ihn heraus. Dann lagen die beiden völlig erschöpft eine Zeit lang im Schilf. Über ihnen funkelte der Sternenhimmel.

»Kommt«, forderte Corfe seinen Gefährten schließlich auf. »Wir müssen weg hier.«

Mühsam rappelte sich Albrec auf, und er und Corfe schleppten sich dahin wie zwei schlammverschmierte Trunkenbolde.

»Wohin gehen wir?«, wollte Albrec wissen.

»Zu dem einzigen bedeutenden Mann, den Fournier in Ruhe gelassen hat. Zu Eurem Meister, Macrobius.«

»Was ist mit der Armee?«

»Die hat Fournier gewiss in seiner Gewalt. Und meine Offiziere wird er unschädlich gemacht haben. Vielleicht auch die Königin. Ich muss diese verfluchten Fesseln loswerden, ehe meine Hände absterben. Wie viele Schüsse habt Ihr gehört, als Ihr dort drinnen wart?«

»Jede Menge Salven. Aber sie haben höchstens ein paar Minuten angedauert.«

»Also gab es keine größere Schlacht. Sie müssen meine Männer eingesperrt haben. Die Merduks sind wahrscheinlich schon auf dem Vormarsch. Beeilt Euch, Albrec! Wir dürfen keine Zeit verlieren.«

19.

Während die Zofen vor Entsetzen am ganzen Leib zitterten, zuckte die Königin in ihrem Stuhl; das Weiß in ihren Augen flatterte unter den geschlossenen Lidern. Seit fast zwei Stunden befand sie sich in diesem Zustand. Die Zofen wollten um Hilfe rufen, dass man jemanden schickte – einen Arzt oder Apotheker –, doch die greise Grania, die länger als jede andere Zofe im Palast war, gebot ihnen, die Mäuler zu halten und so zu tun, als würde nichts Ungewöhnliches geschehen, damit keine der draußen postierten Wachen auf den Gedanken kam, ins Gemach zu schauen. Also stickten und strickten die Damen mit geistesabwesender Hingabe, wobei sie sich mit monotoner Regelmäßigkeit in die Fingerspitzen stachen und ob der Zwangslage, in der sie sich so unvermutet wieder gefunden hatten, leise Schluchzer ausstießen. Nur Grania blickte zum Himmel und bediente sich vom Wein in der Kammer.

Keine von ihnen bemerkte, wie der schwarze, behaarte Schemen mit den rubinroten Augen durch den Rauchabzug zurück in den Raum kroch und seinen gewohnten Platz in der Mitte eines riesigen Netzes einnahm, das rußig in den Schatten der Dachsparren zitterte. Die Königin seufzte und erschlaffte auf dem Stuhl. Dann rieb sie sich die Augen, erhob sich und stemmte eine Hand ins Kreuz. Einige Lidschläge lang sah sie wie eine müde Frau in ihrem sechsten Lebensjahrzehnt aus – und genau das war sie auch. Vom aufgeregten Geschnatter der Zofen begleitet, ergriff sie den Weinkelch, den die schweigende Grania ihr darbot, und leerte ihn auf einen Zug.

»Ich werde zu alt für so etwas«, sagte sie zu der betagten Frau, die einst ihre Amme gewesen war.

»So geht es uns allen«, gab die Alte zurück. Dann rief sie den bunt gefiederten Schnattergänsen rings um sie zu: »Haltet das Maul, ihr alle!«

»Nein«, widersprach Odelia. »Unterhaltet euch weiter. Sollen die Wachen uns ruhig schwatzen hören. Wären wir zu still, würden sie noch argwöhnisch.«

»Wie schlimm ist es?«, wollte Grania von der Königin wissen, als die anderen Frauen lautstark über das Wetter und den Preis für Seide tratschten, wobei sie sich gleichzeitig bemühten, mit einem Ohr die Worte der Königin aufzufangen.

»Ziemlich schlimm. Sie haben viele Kathedraler regelrecht abgeschlachtet. Die armen Narren haben eine Einheit Hakenbüchsenschützen mit bloßen Säbeln angegriffen.«

»Und seine Fimbrier?«

»Sind sonderbar gleichmütig. Aber irgendetwas

sagt mir, dass ihr Befehlshaber, Formio, nicht allzu lange stillhalten wird. Über den Rest der Stadt ist eine Ausgangssperre verhängt. Fournier hat sich im Ostflügel eingenistet. Er ist so sehr von sich überzeugt, dass er nur fünfzig oder sechzig Mann um sich hat. Die anderen patrouillieren durch die Stadt. Unten an den Werften lodern Feuer, aber ich weiß nicht, was sie bedeuten. Arachs Sicht ist begrenzt und manchmal schwer zu entschlüsseln.«

»Setzt Euch, Fürstin. Ihr seid erschöpft.«

»Wie kann ich sitzen?«, rief Odelia zornig. »Ich weiß nicht einmal, ob er noch lebt oder tot ist!« Sie fuhr sich mit der Hand übers Gesicht. »Verzeih, Grania. Ich bin müde. Und ich war blind – ich hätte es vorhersehen müssen.«

»Niemand hat es vorhergesehen«, gab Grania zurück. »Quält Euch nicht, weil Ihr keine Weissagerin seid.«

Die Königin ließ sich auf den Stuhl sinken. »Er kann nicht tot sein, Grania. Er darf nicht tot sein.« Sie vergrub das Gesicht in den Händen und weinte.

Es war ein langer, beschwerlicher Weg von der Küste zum Papstpalast, und er kostete Corfe und Albrec fast den Rest der Nacht. Fourniers Patrouillen auszuweichen, war einfach, denn die Soldaten verbrachten fast genauso viel Zeit damit, die Wunder der großen Stadt zu bestaunen, wie sie dafür erübrigten, nach Leuten Ausschau zu halten, die gegen die Ausgangssperre verstießen. Die meisten waren ungebildete Männer vom Lande, denen die schieren Ausmaße der Stadt Ehrfurcht einflößten. Als Corfe ihren Unterhaltungen lauschte, während sie vorbeimarschierten, wurde ihm klar, dass einige nicht einmal wussten, weshalb sie hier waren, nur dass es sich um einen Notfall in Zusammenhang mit dem Krieg gegen die Merduks handelte.

Als Corfe und Albrec von wachsamen Glaubensrittern an den Toren der Abtei aufgehalten wurden, beäugte man sie ungläubig, nachdem sie verlangt hatten, zu Macrobius geführt zu werden. Die beiden waren nach wie vor gefesselt und starrten vor Schlamm und Dreck aus den Abwasserkanälen. Dennoch bewirkte irgendetwas in Corfes Blick einen der Torwächter, unverzüglich loszurennen, um Monsignor Alembord zu holen. Der beleibte Bruder vom Ersten Tage war wenig erfreut darüber, aus dem Bett gezerrt zu werden, doch er erkannte das schmutzige Paar auf Anhieb. Mit viel Getuschel wurden sie eilig durch die Tore ins Innere der Abtei geführt und in einen kleinen Empfangssaal gebracht, wo Corfe nach einem Huf- oder Waffenschmied verlangte, der ihnen die Fesseln lösen sollte, während der verwirrte Alembord verschwand: Er hatte von dem Putsch so gut wie nichts mitbekommen, denn Fourniers Männer hatten die Abtei in Frieden gelassen, so wie Corfe es vermutet hatte.

Bald darauf traf der gähnende Waffenschmied mit einer Holzkiste ein, in der sich die Werkzeuge seines Handwerks befanden. Den beiden Gefangenen wurden die Fesseln von den Handgelenken geschnitten. Das in die Hände zurückströmende Blut verursachte Corfe so schreckliche Schmerzen, dass er die Zähne zusammenbeißen musste. Beide Hände waren zu fast doppelter Größe angeschwollen, und wo das Eisen die Handgelenke umschlossen hatte, waren tiefe Rillen im gedunsenen Fleisch. Er ließ die Hände ungehindert bluten, in der Hoffnung, dass dadurch ein Teil des Schmutzes herausgeschwemmt wurde.

Becken voll sauberem, heißem Wasser und frische Kleidung wurden für beide Männer beschafft. Die Gewänder erwiesen sich als Ersatzkutten der Brüder vom Ersten Tage, und so wurde Corfe eine Stunden vor Anbruch der Morgendämmerung wie ein Mönch gekleidet in die Privatgemächer des Macrobius geleitet.

Wenngleich es sich dem Namen nach um Privatgemächer handelte, waren sie doch gedrängt voll mit bangen Geistlichen und sorgenvollen Glaubensrittern. Sie und Macrobius lauschten schweigend und mit verkniffenen Mienen, als Corfe die Ereignisse der vergangenen sechsunddreißig Stunden schilderte, wobei auch Albrec seinen Teil der Geschichte beitrug. Der Spitzel am Hof der Merduks jedoch blieb unerwähnt, so wie Albrec und Corfe zuvor vereinbart hatten.

Nachdem sie geendet hatten, fragte Macrobius schlicht: »Was soll ich tun?«

»Wie viele bewaffnete Männer kann die Abtei aufbringen?«, fragte Corfe.

»Monsignor Alembord?«

»Sechzig bis siebzig, Heiligkeit.«

»Gut«, meinte Corfe. »Dann müsst Ihr Euch im Morgengrauen mit allen aufmachen und zum Hauptplatz gehen. Beruft eine Versammlung ein, schreit es in die Welt hinaus – veranstaltet einen Tumult, der die Leute auf die Straßen treibt. Fournier hat zu wenig Männer, die gesamte Stadt zu umklammern, und er kann auch die Bevölkerung nicht einschüchtern, wenn sie sich gegen ihn aufwiegeln lässt. Bringt die Menschen auf die Straßen, Heiligkeit.«

»Und du, Corfe? Was wirst du tun?«

»Ich will versuchen, zu meinen Männern durchzukommen. Wenn Ihr genügend Wirbel macht, muss Fournier Truppen von ihrer Bewachung abziehen, und dann bestehen gute Aussichten, dass ich sie frei bekommen. Wenn mir das gelingt, ist Fournier geschlagen, das verspreche ich Euch.«

»Was ist mit den Merduks?«, fragte Alembord dazwischen.

»Ich vermute, sie sind zurzeit unterwegs. Wenn sie einen Gewaltmarsch machen, können sie in vier, fünf Tagen hier sein. Das lässt uns nur wenig Zeit. Wenn wir noch rechtzeitig ins Feld ziehen wollen, muss diese Verschwörung spätestens morgen zerschlagen sein.«

»Na schön«, willigte Macrobius mit stolz erhobenem Kinn ein. »Es soll so geschehen, wie du sagst. Monsignor Alembord, weckt die gesamte Abtei. Ich will jeden Geistlichen in seiner besten Kutte sehen und die Glaubensritter in voller Rüstung, beritten und mit jeder Flagge, jedem Wimpel, den sie auftreiben können. Wir werden ein denkwürdiges Schauspiel veranstalten und Fournier etwas bieten, das ihn gewiss ablenken wird. Kümmert Euch unverzüglich darum.«

Als der unglückliche Alembord davoneilte, wandte Macrobius sich wieder Corfe zu. »Wie willst du zu deinen Männern durchkommen?«

»Mit Eurer Erlaubnis, Heiligkeit, behalte ich die Verkleidung, die man mir gegeben hat. Ich werde mich als Mönch ausgeben, der den belagerten Soldaten geistigen Beistand leisten möchte. Deshalb begebe ich mich zuerst zu Formios Fimbriern. Ein Priester, der meinen Kathedralern Trost anbietet, wäre unglaubwürdig.«

»Und wirst du alleine gehen?«

»Ja. Albrec ist zu leicht zu erkennen, sogar für diese Bauerntölpel aus dem Süden. Er wird hier in der Abtei bleiben müssen.«

»Und was ist mit der Königin?«

»Auch sie muss noch eine Weile sich selbst überlassen bleiben. Im Augenblick brauche ich Soldaten, keine Monarchen.«

An Graf Fourniers Bart war so heftig gezupft worden, dass sich die sonst so vollkommene Spitze in ein zerzaustes Wirrwarr verwandelt hatte. Gleich einer rastlosen Katze lief er in der Kammer auf und ab, während seine ranghohen Offiziere ihn anstarrten.

»Entkommen? Entkommen? Ausgerechnet der Mann, der unbedingt in Gewahrsam gehalten werden muss! Und Ihr berichtet mir, dass er frei herumläuft! Wie konnte das geschehen?«

Gabriel Venuzzis hübsches Antlitz war blass wie eine geweißte Wand. »Offenbar ist es ihm gelungen, ein Gitter aufzuhebeln und in die Abwasserkanäle zu klettern, Graf. Er und dieser nasenlose Mönch, der mit ihm eingekerkert war.«

»Das ist noch so eine Sache! Ich hatte ausdrücklich angeordnet, dass die Gefangenen getrennt einzusperren sind!«

»Die Verliese an der Küste haben leider zu wenige Zellen. Nach meiner letzten Schätzung haben wir dort unten mittlerweile fast achtzig Häftlinge.

Einige von ihnen teilen sich inzwischen sogar zu dritt eine Zelle. Vielleicht sollten wir die Regeln ein wenig lockern.«

»Nein! Wenn wir nicht wollen, dass der Körper uns zerschmettert, müssen wir den Kopf abschneiden. Jeder Mann auf der Liste muss verhaftet werden. Benutzt die gewöhnlichen Gefängnisse, wenn es sein muss, aber hakt jeden Namen auf der Liste ab!«

»Wie Ihr es befehlt.«

»Was ist mit der Königin?«

»Sie wird immer noch in ihren Gemächern festgehalten.«

»Die Wachen sollen alle paar Minuten zu ihr hineinschauen.«

»Graf Fournier!«, rief Venuzzi bestürzt. »Sie ist die Königin. Sollen gemeine Soldaten gaffend in den Gemächern der Königin ein und aus gehen?«

»Tut, was ich sage! Ich habe keine Zeit für Eure höfischen Feinheiten, Venuzzi. Unsere Köpfe landen allesamt auf dem Schafott, wenn diese Sache scheitert. Wie, um alles in der Welt, konnte er entkommen? Wohin mag er sein? Das offensichtlichste Ziel wären seine Männer. Aber wie will er die Linien durchbrechen? Mit List und Tücke natürlich. Venuzzi, teilt unseren Offizieren mit, dass niemand – *niemand* – durch die Linien zu den Fimbriern oder den Kathedralern gelassen werden darf. Habt Ihr verstanden, Venuzzi? Nicht mal eine Maus!«

»Ich bin kein Schwachkopf, Graf.«

»Das dachte ich auch, bis Ihr Cear-Inaf habt entwischen lassen. Und jetzt raus, und kümmert Euch um Eure Aufgaben.«

Venuzzi, dessen zuvor bleiches Antlitz nun hochrot vor Zorn leuchtete, verließ den Raum. Fournier wandte sich an eine massige Gestalt neben der Tür. »Sardinac, schafft mehr Männer hierher in den Palast, dazu ein paar Artilleriegeschütze.«

Der Mann namens Sardinac richtete sich auf. »Allzu viele Artilleristen haben wir nicht übrig, Graf. Bedenkt, wir arbeiten mit bezahlten Trabanten, nicht mit torunnischen Berufssoldaten.«

»Als ob ich das nicht wüsste! Nehmt ein paar von den Kanonen, die um die Unterkunft der Fimbrier aufgestellt sind. Und schickt einen weiteren Boten zu dieser Schmeißfliege Formio. Seine Lage ist hoffnungslos, außerdem ist es nicht sein Kampf. Freies Geleit aus der Stadt – dasselbe wie beim letzten Mal.«

Sardinac verneigte sich und folgte Venuzzi.

Fournier wischte sich mit einem parfümierten Taschentuch über die Stirn. Er war von Dummköpfen umgeben, da lag das Problem. Es war ein wunderbarer Plan – nur musste er in allen Punkten aufgehen, andernfalls würde er fehlschlagen. Es gab sehr wenig Spielraum für Fehler.

Seine rastlosen Füße trugen ihn hinaus auf den Balkon. Von hier aus konnte man eine Ecke des Hauptplatzes der Stadt erkennen. Es war, als erblickte man ein seltsames Volksfest. Fournier sah mit Bannern geschmückte Glaubensritter, Priester in prunkvollen Roben und eine wimmelnde Menge von mehreren tausend Städtern, die der Ausgangssperre trotzten, um zu sehen, was vor sich ging. Auch das musste abgestellt werden. Aber wer hätte auch angenommen, dass Macrobius sich aus seinem Bau hervorwagen, sich auf die Hinterbeine stellen und predigen würde, der alte Narr?

In der Kammer befand sich ein angezündetes Kohlenbecken. Die Holzkohle darin glomm rötlich und grau vor Hitze. Fournier stapfte zum Tisch, öffnete eine kleine Truhe und holte eine zerschundene Schriftrolle mit dem zerbrochenen Militärsiegels der Merduks heraus. Eine Weile betrachtete er sie nachdenklich und schien drauf und dran, sie ins Kohlenbecken zu werfen; dann besann er sich eines Besseren. Er steckte das Schriftstück in die Brusttasche seines Wamses und tätschelte es mit einer manikürten Hand.

»Unteroffizier! Wir haben hier einen Priester, der hineingehen und mit den Fimbriern reden will«, rief der junge Soldat. »Das ist doch in Ordnung, oder?«

Der Unteroffizier, ein beleibter Veteran zahlreicher Tavernenschlägereien, stapfte schwerfällig zur Kaserne hinüber, wo der schwarz gewandete Bruder vom Ersten Tage stand. Der Geistliche wurde von einem halben Dutzend unruhiger junger Männer mit Hakenbüchsen umringt; an den Luntenschlössern glommen Unheil verkündend die Lunten. Der Unteroffizier zog den Säbel.

»Neue Befehle, Fintan, mein Junge. Niemand darf durch die Linien. Der Bote ist gerade eben mit der Nachricht eingetroffen. – Vater, Ihr habt Eure Zeit verschwendet. Aber vielleicht wollt Ihr ein Gebet für uns hier draußen sprechen, die sich diesen verdammten Fimbriern gegenübersehen.«

»Gewiss, mein Sohn.« Der Priester, dessen Gesicht in der Kapuze seiner Kutte verborgen lag, hob die Hände zum Heiligenzeichen. Dabei rutschten die breiten Ärmel seines Gewandes zurück und enthüllten Handgelenke mit tiefen Schnitten. Die Soldaten hatten die Häupter geneigt, um seinen Segen zu empfangen, standen aber mit einem Ruck wieder aufrecht, als eine klare, junge Stimme brüllte: »Unteroffizier! Bringt diesen Mann unverzüglich zu mir!«

Umgeben von einer Gruppe anderer Offiziere und Boten, stand Oberst Aras vor einem Getreidelager in der Nähe. Er löste sich aus der Gruppe und kam heran. »Der Priester! Ergreift den Priester und bringt ihn her!«

Der Bruder vom Ersten Tage versteifte sich, als er plötzlich in die Mündungen von sechs Hakenbüchsen schaute. Der Unteroffizier musterte ihn fragend von oben bis unten.

»Sieht so aus, als bräuchte noch jemand ein Gebet, Vater.«

»Scheint so, Unteroffizier«, meinte der Priester. »Seid vorsichtig mit diesen Fimbriern. Ich habe gehört, sie sammeln die Ohren ihrer Feinde.«

»Bringt ihn in meine Unterkunft, Unteroffizier, und zwar rasch!«, rief Aras mit blassem Antlitz. »Genug geplaudert.«

Der Bruder vom Ersten Tage wurde an der Menge der glotzenden Soldaten vorbei und hinein in das geräumige Innere des Lagerhauses geleitet. Darin befand sich eine kleine Amtsstube, die vom Rest des Gebäudes abgeteilt war. Dorthin wurde er gebracht. Mehrere junge Adelige standen über eine Landkarte gebeugt. Sie richteten sich auf und nickten ihm zu, wobei sie ein wenig verwirrt wirkten. Aras befahl allen, den Raum zu verlassen.

»Ihr könnt die Kapuze jetzt abnehmen, General«, sagte er, nachdem sie gegangen waren.

Corfe tat, wie ihm geheißen. »Ich beglückwünsche Euch, Aras. Ihr habt flinke Augen.«

Längere Zeit musterten die beiden Männer einander schweigend, bis Aras nach einer Karaffe griff. »Wein?«

»Danke.«

Die beiden tranken und beobachteten sich dabei gegenseitig.

»Was nun?«, fragte Corfe. »Liefert Ihr mich Eurem Herrn aus – und das Königreich den Merduks? Oder besinnt Ihr Euch Eurer Pflicht?«

Aras ließ sich auf einen Stuhl sinken. »Ihr habt ja keine Ahnung, was es mich gekostet hat«, flüsterte er.

»Was? Euer Land zu verraten?«

Mit wutentbrannter Miene sprang der jüngere Mann wieder auf. Doch sein Zorn sickerte sofort aus ihm heraus wie Wasser aus einem löchrigen Beutel. Er starrte in seinen Wein.

»Ihr hattet Unrecht«, murmelte er. »Unrecht, die Dinge so anzupacken, wie Ihr es getan habt. Man kann nicht einfach auf den Mächtigen des Königreichs herumtreten. Das lassen die sich nicht gefallen.«

»Und letzten Endes ist ihnen das eigene Ansehen mehr wert als das Königreich. Ihr kennt mich, Aras. Wenn ein Mann tüchtig ist, dann ist es mir vollkommen gleich, ob er ein Herzog ist oder ein Bettler. Denkt an Rusio. Ich habe ihn zum General gemacht, obwohl er einer meiner erbittertsten Feinde war. Aber Fournier – ihn treibt mehr an als bloß verletzter Stolz, das solltet Ihr wissen. Er hat es sich in den Kopf gesetzt, über Torunna zu herrschen, selbst wenn es als Marionette der Merduks ist. Ihr alle seid lediglich seine Werkzeuge, die er benutzt und wegwirft.«

»Er will Frieden aushandeln und den Krieg ehrenvoll beenden«, widersprach Aras.

»Er will sich bedingungslos ergeben und sich an dem Kadaver gütlich tun, den die Merduks zurücklassen.«

Aras wandte sich ab. »Was verlangt Ihr von mir?«, murmelte er. »Dass ich ihn verrate?«

»Einen Verräter kann man nicht verraten. Die Fimbrier, die Ihr belagert, haben in der Schlacht unter Euch gedient. Sie haben auf Euren Befehl hin die Stellung gehalten. Sie sind gestorben, wo sie standen, weil Ihr es von ihnen verlangt habt. Sie sind Eure Kameraden, nicht Eure Feinde. Wann hat Fournier je Seite an Seite mit Euch gefochten oder sich einer Schlacht mit Euch gestellt? Wählt den ehrenvollen Weg, Aras. Befehlt Euren Männern abzuziehen, und lasst mich unsere Stadt retten.«

Aras schwieg eine Zeit lang. Dann rief er: »Hauptmann Vennor!«

Ein junger Mann in der Livree eines der südlichen Fürsten steckte den Kopf zur Tür herein. »Oberst?«

»Die Männer sollen die Waffen niederlegen und abziehen. Dieser Priester wird durch unsere Linien zu den Kasernen der Fimbrier geleitet. Reißt die Barrikaden ein. Es ist vorbei.«

Hauptmann Vennor starrte ihn an.

»Herr, auf wessen Befehl ...?«

»Gehorcht, verdammt und zugenäht! Ich habe hier das Kommando! Tut, was ich sage!«

Erschrocken salutierte der Offizier und zog sich zurück.

»Danke«, sagte Corfe leise.

»Ich hoffe, Ihr legt vor dem Kriegsgericht ein gutes Wort für mich ein«, erwiderte Aras.

»Kriegsgericht?« Corfe lachte. »Aras, mein lieber Freund, ich brauche Euch in den Rängen. Sobald dieses kleine Durcheinander beseitigt ist, müssen wir ein Treffen mit der Armee der Merduks vorbereiten. Ich kann es mir nicht leisten, einen Offizier mit Eurer Erfahrung zu verlieren.«

Kurz zögerte Aras; dann schüttelte er herzlich Corfes dargebotene Hand. »Ich werde Euch nicht enttäuschen, Herr, kein zweites Mal. Ich bin Euer Mann – bis zum Tod.«

Corfe lächelte. »Ich glaube, das wusste ich bereits, sonst wäre ich gerannt, als Ihr mich erkannt habt.«

»Was soll ich mit diesen Söldnern tun?«

»Vorerst bleiben Sie unter Eurem Befehl. Söldner hin, Söldner her – sie sind immer noch Torunnen. Sobald Formio und seine Männer auf freiem Fuß sind, marschieren wir gemeinsam zum Palast.«

Odelia stand auf dem Balkon und beobachtete, wie der Rauch des Krieges über der gepeinigten Stadt schwebte. Draußen am Nordtor grollten immer noch Salven, und an der Küste loderte eine Feuersbrunst; der Rauch kräuselte sich wie wallenden Gewitterwolken am Himmel. Die Masten von Schiffen zeichneten sich kahl gegen die Flammen ab. Einigen war die Vertäuung durchgeschnitten worden, um sie vor dem Inferno zu retten; nun trieben sie hilflos die Mündung hinunter in Richtung offenes Meer.

In unmittelbarerer Nähe war das ohrenbetäubende Gebrüll der Artilleriesalven endlich verebbt und von einem wilden Getöse aus Schusswaffenlärm und dem Geschrei von Männern ersetzt worden, die um ihr Leben kämpften. Die Fimbrier stürmten soeben den Palast; zu Tode verängstigte Kammerdiener und Zofen waren in Odelias Gemächer gerannt, um sich zu verschreckten Grüppchen zusammenzukauern, wie Kaninchen, die vor einem Flächenbrand flüchten. Und Corfe war am Leben! Er und Formio eroberten den Palast Kammer für Kammer zurück. Fournier hatte das Spiel verloren, und bald würde er auch sein Leben aushauchen. Der Gedanke wärmte Odelia das Herz.

Krachend schwangen die Türen auf; eine Gruppe grimmig dreinblickender Soldaten platzte herein, dass die Zofen kreischten und sich ängstlich duckten. Hinter ihnen kam Graf Fournier höchstpersönlich, zusammen mit Gabriel Venuzzi sowie einer Schar der Adelssöhnen aus dem Süden, die erst vor wenigen Tagen mit so viel Pomp und Wappenschmuck in der Stadt Einzug gehalten hatten. Nun waren sie rußgeschwärzt und blutbefleckt, schauten aus verängstigten Augen und hatten die Schwerter gezogen.

Fournier hingegen war so schmuck wie immer. Er schien sogar besonderen Wert auf sein Äußeres gelegt zu haben und war mitternachtsblau gewandet; dazu trug einen Rapier mit silbernem Griff. Er hielt sich ein Taschentuch an die Nase, das den Pulverrauch fernhalten sollte, der durch den Palast schwebte, doch als er die Königin sah, steckte er das Tuch mit einer schwungvollen Bewegung weg und verneigte sich tief.

»Majestät.«

»Mein lieber Graf. Was führt Euch um diese Zeit hierher?«

Schüsse übertönten Fourniers Erwiderung; verärgert runzelte er die Stirn. »Verzeiht, Majestät. Ich hielt es für ein Gebot der Höflichkeit, herzukommen und mich zu verabschieden.«

»Ihr verlasst uns, Graf?«

Fournier lächelte. »Bedauerlicherweise, ja. Doch meine Reise währt nicht lange.«

Das Schlachtengetöse schien unmittelbar vom Ende des Ganges zu kommen. Fourniers Gefährten stürzten gellend davon, bis auf Gabriel Venuzzi, der auf den Boden sank und lauthals zu schluchzen begann.

»Bevor ich gehe«, fuhr Fournier fort, »möchte ich Euch noch etwas überreichen. Ein Abschiedsgeschenk, das dem neuen Torunna von Nutzen sein wird, das nach meinem Aufbruch zweifellos das Licht der Welt erblickt.«

Er griff in die Brusttasche seines Wamses und holte eine uralte Schriftrolle hervor. Sie war blutbefleckt, zerfleddert und trug ein zerbrochenes Siegel.

»Wisst Ihr, Fürstin – egal was Ihr denkt, ich wollte nie, dass das Königreich Schaden nimmt. Ich sah keinen andere Möglichkeit, das Reich zu retten, als meinen eigenen Weg zu gehen. Anderen gelingt es vielleicht besser als mir, doch dadurch werden sie das Königreich gleichermaßen zerstören. Falls Ihr nicht jetzt schon versteht, was ich meine – eines Tages werdet Ihr begreifen.«

Odelia neigte leicht das Haupt und nahm die Schriftrolle entgegen. »Ich werde dafür sorgen, dass Ihr gehängt werdet, Graf. Und Euer Kopf wird über dem Stadttor aufgespießt.«

Fournier lächelte. »Es tut mir Leid, Euch zu enttäuschen, Majestät, doch ich bin ein Adeliger der alten Schule, der diese Welt auf eine Weise verlässt, die er für angemessen hält. Bitte entschuldigt mich.«

Er ging in die Ecke zu einem Tisch, auf dem Karaffen voller Wein und Weinbrand standen. Ohne dem Krachen und Tosen des Kampfes Beachtung zu schenken, der ein paar Türen den Gang hinunter wütete, schenkte er sich einen Kelch voll Wein ein und streute aus einem Papiertütchen, das er in der Hand verborgen gehalten hatte, ein weißes Pulver ins Glas. Schließlich stürzte er die Flüssigkeit in einem Zug hinunter.

»Gaderischer Wein. Ebenso gut wie jeder andere für den letzten Schluck, würde ich meinen.« Er vollführte eine makellose Verneigung. Als er sich wieder aufrichtete, sah Odelia plötzlich Schweißperlen auf seiner Stirn. Er tat einen Schritt auf sie zu, dann kippte er vornüber und schlug zu Boden.

Odelia ging zu ihm, kniete nieder und bettete seinen Kopf auf ihre Hände.

»Ihr seid ein Verräter, Fournier«, sagte sie sanft. »Aber an Rückgrat hat es Euch nie gemangelt.«

Fournier lächelte zu ihr empor.

»Er ist ein Mann des Blutes und des Eisens, Fürstin. Er wird Euch nie glücklich machen.« Mit diesen Worten starb er.

Odelia schloss ihm die Lider. Das Feuergefecht unten auf dem Gang erreichte einen Höhepunkt; das Klirren von Stahl auf Stahl mischte sich hinzu, das Kreischen von Männern, das Brüllen von Befehlen, die in den Wirren halb untergingen. Dann ertönte donnergleich eine Odelia wohl bekannte Stimme: »Stellt das Feuer ein! Stellt sofort das Feuer ein! Ihr da – lasst die Waffen fallen. Formio, treibt sie zusammen. Andruw, komm mit.«

Gespenstische Stille breitete sich aus; dann marschierten gestiefelte Füße den Gang herauf, stapften krachend über den Marmorboden. Zur Tür herein kamen Corfe und Andruw mit einer Leibgarde aus Fimbriern und Kathedralern mit grimmigen Blicken. Corfes Antlitz war übel zugerichtet und schwarz vor Pulverruß; ein Auge war geschwollen. Die Königin erhob sich und ließ Fourniers Kopf mit dumpfem Knall auf den Boden prallen.

»Guten Tag, General«, sagte sie und konnte ihr Verlangen kaum zügeln, zu ihm zu eilen und ihn zu umarmen.

»Ich hoffe, Ich treffe Euch wohlbehalten an, Fürstin?«, entgegnete Corfe, dessen Blicke prüfend durchs Zimmer schweiften. Als sie auf Fournier zu ruhen kamen, verengten sich seine Augen zu Schlitzen. »Wie ich sehe, hat der Graf schon seinen Abgang gemacht.«

»Ja, gerade eben.«

»Ein Glück für ihn. Ich hätte den Verräter gepfählt, hätte ich ihn lebendig zu fassen gekriegt. – Leute, überprüft die nächste Zimmerflucht. Der Bauerntrampel da hinten behauptet zwar, das wären alle gewesen, aber man kann nie sicher sein.« Entschlossen stapften Andruw und die Soldaten los. Corfe sah den schluchzenden Venuzzi, der wie ein Häuflein Elend am Boden kauerte, und verzog das Gesicht.

»Die Stadt ist gesichert, Majestät«, erklärte er. »Eine Streitmacht wurde losgeschickt, um Oberst Willems Kopf hierher zu bringen. Er hat sich mit einem Teil des Berufsheeres irgendwo im Osten verkrochen.«

»Was ist mit den anderen Verschwörern?«, wollte die Königin wissen.

»Wir haben sie erschossen. Ach ja, wo wir gerade dabei sind …« Corfe zog John Mogens Schwert. Schnell wie ein Blitz zuckte die Klinge. Ein Übelkeit erregendes Knirschen ertönte, und Gabriel Venuzzis Kopf wirbelte herum, war nur noch durch ein Band sprudelnden Blutes, das aus der Halsschlagader schoss, mit dem Körper verbunden. Die Zofen kreischten; eine fiel in Ohnmacht. Odelia verzog den Mund.

»War das nötig?«

Corfe blickte sie mit kalten Augen an. »Er ließ achtzig meiner Männer erschießen. Der Kerl kann sich glücklich schätzen, dass er so schnell gestorben ist.«

Odelia kehrte Corfe den Rücken zu und trat von der Blutpfütze auf dem Boden weg. »Wisch das auf«, herrschte sie eines der Dienstmädchen an und trat ans Fenster.

Draußen brannten ganze Stadtviertel lichterloh, vor allem unten am Fluss. Doch die Schüsse waren verstummt. Macrobius predigte immer noch auf dem Hauptplatz, wie schon seit Sonnenaufgang. Worüber redet er?, fragte sich Odelia abwesend.

Corfe gesellte sich zu ihr.

»Du hast die Stadt befreit, großer General«, sagte Odelia spöttisch und zornig zugleich. »Ich beglückwünsche dich. Nun brauchst du uns nur noch vor den Merduks zu retten.« Dieser widerwärtige, kaltblütige Mord unmittelbar vor ihren Augen! Was für ein Mann war Corfe wirklich?

»Marsch ist tot«, murmelte Corfe.

»Was?«

»Er wurde getötet, als er den Ausbruchsversuch anführte.«

Odelia drehte sich zu ihm um und sah Tränen über seine Wangen laufen, doch seine Züge wirkten hart wie Marmor.

»O Corfe, das tut mir Leid.« Sie nahm ihn in die Arme, und für einen Augenblick beugte er sich vor und vergrub das Gesicht an ihrer Schulter. Dann löste er sich wieder von ihr und wischte sich mit den Fingern über die Augen. »Ich muss los. Es gibt eine Menge zu tun, und wir haben nur wenig Zeit.«

Odelia beobachtete, wie er den Raum verließ, durch Venuzzis Blut stapfte und eine Spur roter Stiefelabdrücke hinterließ.

Torunns kurze, aber blutige Qualen endeten, als die Berufsarmee die letzten Glutherde des misslungenen Putsches austrat. Die Feuer wurden eingedämmt, indem Tausende Bürger der Stadt eingesetzt wurden, um Eimerketten zu bilden. Der Homunkulus, der in der Sicherheit eines Kirschbaums hoch droben in den Gärten des Palasts hockte, beobachtete das Schauspiel mit unbewegten Augen. Als die Dunkelheit hereinbrach, flatterte er gen Norden.

In jener Nacht hämmerte Aurungzeb, Sultan von Ostrabar, auf den höchsten Zinnen des verbliebenen Turmes der Feste von Ormann mit der Faust gegen den unbeugsamen Stein des uralten Bauwerks.

»Wer ist hier der Herrscher? Wer gibt die Befehle? Shahr Johor, Ihr mögt mein Khedive sein, aber Ihr seid keineswegs unersetzlich. Ich habe Euren Launen schon einmal nachgegeben und Euch den Fehlschlag verziehen, der daraus folgte. Nun werdet Ihr mir nachgeben!«

»Aber Hoheit«, begehrte Shahr Johor auf, »einen Schlachtplan zu ändern, wenn die Armee nur noch Tage vom Aufeinandertreffen mit dem Feind entfernt ist, das ist ... das ist tollkühn!«

»Was habt Ihr gesagt?«

Der Verzweiflung nahe, kniff Shahr Johor sich ins Nasenbein. »Verzeiht, Sultan. Ich bin müde.«

»Ja. Schlaft ein wenig, ehe die Schlacht beginnt, sonst seid Ihr niemandem von Nutzen.« Der barsche Ton in Aurungzebs Stimme verschwand. »Ich bin kein völliger Grünschnabel, wenn es um militärische Dinge geht, Shahr Johor, und was ich vorschlage, ist keine völlige Überarbeitung des Planes, sondern lediglich eine kleine Änderung.«

Zu erschöpft, um weitere Einwände zu erheben, nickte Shahr Johor.

»Batak ist es nicht gelungen, diesen torunnischen Oberbefehlshaber ausschalten zu lassen. Und dieser Verräter Fournier hat es nicht geschafft, mir Torunn kampflos auszuliefern. Batak berichtet mir, dass der Putsch bereits niedergeschlagen ist – binnen zweier Tage! Es gab zu viele Ränke, und sie haben sich allesamt als Zeitverschwendung erwiesen. Nur rohe Gewalt kann die Torunnen vernichten – rohe Gewalt und ein guter Schlachtplan. Ich habe Eure Vorhaben näher betrachtet.« Aurungzebs Stimme senkte sich, wurde nüchterner. »Euer Plan ist gut. Ich habe nichts daran auszusetzen. Ich ersuche lediglich darum, dass Ihr Euren Flankenmarsch verstärkt. Nehmt zehntausend Mann der *Hraibadar* aus der Hauptarmee und schickt sie mit der Reiterei los.«

»Ich begreife Euer plötzliches Verlagen nicht, den Plan zu ändern, Hoheit«, gab Shahr Johor störrisch zurück.

»Ich hege den Verdacht«, Aurungzeb senkte die Stimme noch mehr, »dass wir einen Verräter in unserer Mitte haben.«

Ruckartig richtete Shahr Johor sich auf. »Seid Ihr sicher?«

Mit einer seiner großen Pranken vollführte Aurungzeb eine unbestimmte Handbewegung. »Ich bin nicht *sicher*, aber es kann nicht schaden, argwöhnisch zu sein. Dieser verrückte Mönch ist mit der stillschweigenden Duldung von irgendjemand hier am Hof geflüchtet – und wer kann schon sagen, was für Wissen er in seinem verwirrten Kopf mit sich trägt? Führt die Änderung durch, Shahr Johor. Tut, was ich wünsche. Weiter werde ich mich nicht in Eure Führung dieser Schlacht einmischen.«

»Also gut, mein Sultan. Ich beuge mich Eurer überlegenen Weisheit. Der geplante Flankenmarsch wird verstärkt – mit der besten Infanterie, die wir haben. Und außer Euch und mir soll bis zu dem Tag, an dem die Männer aufbrechen, niemand davon erfahren.«

»Sehr gut, Shahr Johor! Das könnte sich als die entscheidende Schlacht des Krieges erweisen. Nichts darf dem Zufall überlassen bleiben. Mehr Jirah hat die Hälfte der Armee davon überzeugt, dass der Heilige des Westens gleichzeitig unser Prophet ist, und die *Minhraib* – verflucht sollen sie sein – sind von so schlichtem Gemüt, dass sie glauben, dies bedeute ein Ende des Krieges mit den Ramusiern. Womöglich ist dies die letzte große Miliz, die Ostrabar noch in Bewegung zu setzen kann.«

»Ich werde Euch nicht enttäuschen, Hoheit«, sagte Shahr Johor voll Inbrunst. »Die Ungläubigen werden wie von einem Blitz getroffen! In wenigen Tagen werdet Ihr in Torunn sitzen und die Huldigung der torunnischen Königin entgegennehmen. Und dieser hochgepriesene General der Torunnen wird nur noch eine Erinnerung sein.«

20.

Für Kriegsräte, Gespräche über Strategien und kleine Streitereien im letzten Augenblick, die Oberkommandos seit Menschengedenken so liebten, war keine Zeit gewesen. Noch bevor die Feuersbrünste an der Küste Torunns zu schwelen aufgehört hatten, war die Armee bereits auf dem Marsch. Corfe führte fünfunddreißigtausend Soldaten aus der Hauptstadt und ließ viertausend als Garnison zurück. Einige Männer – sowohl der Garnison als auch der Feldarmee – hatten noch kurz zuvor gegeneinander gefochten, doch nun, da es gegen die Merduks ging, waren ihre früheren Treueide vergessen. Es musste lediglich darauf geachtet werden, die Kathedraler von den Einberufenen fern zu halten. Die Stammeskrieger hatte Marschs Tod schwer getroffen, und sie waren keineswegs geneigt, zu vergeben oder zu vergessen.

Die Kathedraler unterstanden nun Andruw mit Ebro als dessen Stellvertreter. Formio führte wie immer die Fimbrier an, Ranafast die Veteranen aus der Feste von Ormann. Die Hauptmacht des torunnischen Berufsheeres war General Rusio mit Aras als

Stellvertreter unterstellt, und die neu hinzugekommenen Einberufenen waren über die kampferfahrenen Hundertschaften verteilt worden, zwei oder drei je Kompanie. Die Garnison in Torunna stand unter dem persönlichen Befehl der Königin selbst, was für mehr als eine erstaunt hochgezogene Augenbraue gesorgt hatte. Doch Corfe konnte keine Offiziere erübrigen. Viele waren gestorben, als sie aus den Kerkern geholt wurden. Sollte die Feldarmee vernichtet werden, war Torunn ohnehin rettungslos verloren.

Es war keineswegs die am besten ausgerüstete Streitmacht, die Torunna je in die Schlacht geschickt hatte. Viele Einberufene besaßen nicht einmal Uniformen, und einige waren kaum mit ihren Waffen vertraut, obwohl Corfe die Ungeschicktesten aussortiert und der Garnison zugewiesen hatte. Überdies war der Gepäckzug eine recht planlose Angelegenheit, da zahlreiche der dafür vorgesehenen Vorräte zusammen mit den Lagerhäusern an der Küste in Rauch und Flammen aufgegangen waren. Deshalb hatten die Männer Rationen für höchstens eine Woche, und zweihundert Kathedraler dienten mangels Pferden als schwere Infanterie.

Doch es befand sich etwas in Corfes Satteltaschen, von dem er hoffte, es würde sich als Zünglein an der Waage zu ihren Gunsten auswirken: der Schlachtplan der Merduks, den Albrec von der Senke von Ormann mitbrachte und den die Königin hatte übersetzen lassen. Corfe wusste, welcher Teil der Armee sich wohin begeben würde, und wenngleich der Aufbruch der Merduks vorverlegt worden war, glaubte er, dass sie am ursprünglichen Plan festhielten; denn es war alles andere als ein leichtes Unterfangen, die Strategie einer großen Armee zu überarbeiten, insbesondere, wenn diese Armee sich bereits auf dem Vormarsch befand.

Ohne diese Kenntnisse, dachte Corfe insgeheim, hätte es wenig bis gar keine Hoffnung für seine Männer gegeben, und in Gedanken segnete er die namenlose ramusische Königin Aurungzebs.

Zwar gab es diesmal keinen Jubel, mit dem sie verabschiedet wurden, dennoch drängte sich die Bevölkerung Torunns auf den Mauern. Über der Stadt lag ein Gefühl von Eile und Dringlichkeit. So vieles hatte sich in so kurzer Zeit zugetragen, dass man den Aufbruch der Armee zur entscheidenden Schlacht lediglich als ein weiteres bemerkenswertes Ereignis unter vielen empfand. Auch zum Abschiednehmen blieb keine Zeit. Das Heer hatte ein Stelldichein mit dem Feind und marschierte mit dem Wissen durch die Tore der Stadt hinaus, dass man bereits spät dran war.

Am ersten Tag legte die Armee achtzehn Meilen zurück; als die vordersten Truppen bereits begannen, ihr Lager aufzuschlagen, war die Nachhut noch eine Wegstunde hinter ihnen. Wie es seiner Gewohnheit entsprach, suchte Corfe eine Anhöhe in der Nähe, wo er aus dem Sattel beobachtete, wie die Männer im Lager eintrudelten. Doch er sah sie nicht wirklich. Er dachte an einen ehemaligen Sklaven, der ihm, die Ketten von den Galeeren noch an den Handgelenken, Gefolgstreue geschworen hatte. Ein Wilder aus den Bergen von Cimbric, der sein Freund geworden war.

Andruw und Formio gesellten sich zu ihm. Der Fimbrier ritt tatsächlich auf einem Pferd, einer sanftmütigen Stute. Die drei grüßten einander mit ernsten Mienen; dann beobachteten sie, wie unter ihnen die ersten Lagerfeuer entfacht wurden, bis so viele brannten, dass ihr Funkeln sich mit dem der ersten Sterne messen konnte.

Es wurde zunehmend dunkler. Die drei Männern saßen auf ihren Pferden, ohne ein Wort zu wechseln, und waren doch froh über die Gesellschaft der anderen. Schließlich drehte Andruw sich im Sattel herum und spähte nach Norden. »Corfe, Formio – seht.«

Am Horizont zeichnete sich ein rötlicher Schimmer ab, der an eine lodernde Stadt erinnerte. Nur dass es in der Richtung auf viele Wegstunden keine Stadt gab.

»Das sind ihre Lagerfeuer«, meinte Corfe. »Wie die Lichter einer Stadt. Das ist der Feind, meine Herren.«

Gemeinsam betrachteten sie das Schauspiel. In gewisser Weise war es ebenso Ehrfurcht gebietend wie die Nordlichter, die man im Winter von den Ausläufern der Berge von Thurian aus sehen konnte.

»Irgendwie sieht es so aus, als könnte es unmöglich von Menschenhand sein«, sinnierte Formio.

»Wenn genug Menschen zusammen sind, können sie fast alles schaffen«, meinte Andruw. Seine Stimme senkte sich zu einem Flüstern. »Aber ich habe noch nie gehört, dass sie einen Krieg wie diesen fechten. Von den ersten Angriffen auf Aekir bis jetzt gab es keine einzige Unterbrechung. Die Senke von Ormann, die Nordausläufer, die Schlacht des Königs, Berrona, und dann die Schlacht um die Stadt selbst. Er nimmt einfach kein Ende – und das alles binnen einen Jahres.«

»Mehr war es gar nicht?« Corfe zeigte sich verwundert. »Ein Jahr? Und doch hat sich die ganze Welt verändert.«

Sie alle dachten an Marsch, wenngleich keiner seinen Namen aussprach.

»Beruft ein Offizierstreffen ein, sobald die Nachhut sich zur Ruhe begeben hat«, sagte Corfe schließlich. »Wir treffen uns hier. Ich muss euch etwas zeigen.«

»Zauberst du wieder ein Kaninchen aus dem Hut, Corfe?«, fragte Andruw unbekümmert.

»Etwas in der Art.«

Andruw und Formio salutierten und ließen Corfe allein. Er stieg ab, legte seinem Pferd Fußfesseln an, nahm ihm den Sattel ab und ließ es grasen. Dann setzte er sich auf einen moosbewachsenen Stein und betrachtete den nördlichen Horizont, wo die Heerscharen der Merduks den torunnischen Himmel erhellten. Ein einziges Jahr – und der Tod vieler tausend Menschen. Corfe hatte das Jahr als Nachwuchsoffizier begonnen, unscheinbar, aber glücklich. Beendet hatte er es als Befehlshaber der letzten Armee Torunnas und mit einem Herz, das so schwarz und leer war wie ein verdorrter Apfel.

Und alles binnen eines Jahres.

Formio hielt eine Lampe über die Landkarte, während die versammelten Offiziere mit ihren Stiefelspitzen die Ecken niederdrückten. Sie scharten sich um den Lichtkegel, als wollten sie sich an einem Feuer wärmen. Corfe deutete mit einem abgebrochenen Stock auf verschiedene Orte.

»Wir befinden uns hier, und der Feind ist ungefähr da. Ihr habt das Licht seines Lagers ja gesehen. Ich schätze, die Merduks sind weniger als einen halben Tagesmarsch entfernt. Ihre Zahl beläuft sich auf hundertfünfundzwanzigtausend Mann, ein Fünftel davon Reiterei. Der Khedive der Merduks, Shahr Johor, wird seine Reiterei auf einen Flankenmarsch im Norden schicken, damit sie auf unsere linke Flanke stoßen und uns aufreiben kann, wenn wir im Gefecht mit dem Hauptkörper der Armee sind. Hammer und Amboss – einfach, aber wirkungsvoll. Seine Reiterei besteht aus *Ferinai*, berittenen Bogenschützen, sowie aus berittener Infanterie, die von den *Minhraib* abgezogen und mit Kavalleriepistolen bewaffnet wurde. Die *Ferinai* sind der Kern der Streitmacht. Wenn wir sie beschädigen können, zerbröckelt der Rest. Sie umfassen nur noch achttausend Mann, denn ein Drittel haben sie in der Schlacht des Königs beim Angriff auf Aras und Formio verloren.«

»Vermutlich kannst du uns auch sagen, was sie morgens zum Frühstück essen«, meinte Andruw mit einer hochgezogenen Augenbraue. »General, wir scheinen bemerkenswert gut über die Zusammensetzung und die Absichten des Feindes Bescheid zu wissen.«

»Das kommt daher, dass ich eine Abschrift des Schlachtplans der Merduks in die Finger bekommen habe, Oberst«, erwiderte Corfe lächelnd.

Verblüfftes Gemurmel erhob sich unter den versammelten Offizieren. »Herr«, begann Aras, »wie ...?«

Corfe hob eine Hand. »Es reicht, dass wir diesen Plan haben. Zerbrecht euch nicht den Kopf darüber, wie er in unsere Hände gelangt ist. Ich werde die

Truppen von Oberst Cear-Adurhal und Adjutant Formio für diesen Flankenmarsch abstellen. Verstärkt werden sie durch Ranafasts Hakenbüchsenschützen. Diese vereinte Streitmacht wird dem Gesamtbefehl von Oberst Cear-Adurhal unterstellt. Sie sollte in der Lage sein, der feindlichen Reiterei Beine zu machen.«

»Sie wäre zahlenmäßig ja auch nur eins zu drei unterlegen«, brummte jemand.

»Die *Ferinai* werden in der Vorhut reiten. Andruw – wenn es dir gelingt, ihre Ränge zu sprengen, bricht auch der Rest zusammen. Ich weiß aus zuverlässiger Quelle, dass die *Minhraib,* die über ein Drittel der Armee der Merduks ausmachen, keine große Lust auf dieses Gefecht haben. Der Sultan wird sie als Reserve in der Nachhut halten. Durchaus möglich, dass sie dort bleiben und sich verkriechen, wenn sie sehen, dass die Dinge sich ungünstig entwickeln. Dies ist die Linie des Vormarsches der Hauptarmee.« Er zeichnete sie mit dem Stock auf die Karte. »Wie ihr seht, benutzen sie die Straße nach Westen. Mein Plan geht dahin, unser eigenes Berufsheer dort hinaufzuführen und sie anzugreifen, während sie sich noch in Marschformation befinden; auf diese Weise können wir sie uns stückweise vornehmen.«

»Wo glaubt Ihr, werden wir mit ihnen aufeinander treffen?«, erkundigte sich Rusio.

»Hier, an dieser Kreuzung.« Corfe spähte eingehender auf die Landkarte. »Ungefähr dort, wo dieser kleine Weiler liegt. Armagedir.«

»Das ist ein alter Name. Auf Altnormannisch bedeutet er *Ende der Reise*«, erklärte Andruw.

Corfe richtete sich auf. »Andruw, Formio, Ranafast – eure Aufgabe besteht darin, die Reiterei der Merduks in die Flucht zu schlagen und euch dann auf die Flanke des Feindes zu stürzen, so ähnlich, wie sie es mit uns vorhatten. Der Ausgang der Schlacht wird vom Erfolg oder Fehlschlag dieses Manövers abhängen. Meine Herren, ich kann gar nicht genug betonen, das wir uns auf Schnelligkeit verlassen müssen. Es darf kein Durcheinander, keine Verzögerung geben. Was uns an Zahl mangelt, müssen wird auf andere Weise wettmachen, und zwar durch ... durch ...«

»Eilfertigkeit?«, schlug Aras vor.

»Aye. Das ist das rechte Wort. Wenn wir angreifen, müssen wir jeden Rückzug des Feindes verfolgen, dürfen ihm keine Gelegenheit bieten, sich neu zu formieren. Wenn es den Merduks gelingt, ihre Überzahl zum Tragen zu bringen, werden wir überrannt. Diejenigen von euch, die in Berrona waren, werden sich erinnern, wie wir sie überrascht haben. Das muss uns auch hier gelingen. Wir dürfen ihnen keinen Lidschlag lang Zeit lassen, sich einen Überblick zu verschaffen. Drücke ich mich klar genug aus?«

Zustimmendes Gemurmel erhob sich.

»Gut. Ich brauche wohl nicht darauf hinzuweisen, das wir kaum Reserven haben ...«

»Wie üblich«, sagte jemand dazwischen, und Gelächter erhob sich. Corfe grinste.

»Stimmt. Die Linie muss halten. Tut sie es nicht, ist alles vorbei – für uns, unsere Familien, unser Land. Es wird keine zweite Gelegenheit geben.«

Als diese Worte ins Bewusstsein der anderen sickerten, verdüsterten sich ihre Mienen wieder. Corfe musterte sie alle. Andruw, Formio, Ranafast, Rusio, Aras, Morin, Ebro und ein Dutzend weiterer.

Wer würde nach der Schlacht fehlen? Es war einer der seltenen Augenblicke, da die Bürde ihres Lebens oder Todes schwer auf Corfes Gewissen lastete. Einer Sache jedoch war er sich sicher: Diese Männer kämpften nicht dafür, dass nach dem Krieg Fürsten in vergoldeten Kutschen die Geschicke ihres Landes bestimmten. Sollten sie die Großtat vollbringen und Torunna tatsächlich retten, würde es manches geben, das in diesem Land geändert werden musste. Und dann hatten diese Männer sich das Recht verdient, an den Veränderungen mitzuwirken.

»Also dann, meine Herren. Tagwache ist zwei Stunden vor Sonnenaufgang. Andruw, Formio, Ranafast – ihr kennt eure Befehle. General Rusio, die Hauptarmee nimmt morgen früh Gefechtsformation ein und rückt so vor. Berittene Posten in der Vorhut.«

Rusio nickte. Wie die anderen war er blass, aber entschlossen. »Wann werden wir mit ihnen aufeinander prallen, Herr?«

Abermals betrachtete Corfe die Karte. Vor seinem geistigen Auge sah er die Armeen auf dem Marsch – auf Kollisionskurs. Wie zwei zur Gewalt entschlossene Titanen.

»Kurz vor Mittag, würde ich sagen«, antwortete er.

Rusio nickte. »Ich wünsche Euch Freude an der Begegnung, Herr.«

»Danke. Meine Herren, wie ihr wisst, ist es nicht meine Stärke, Reden zu halten. Ich brauche euch nicht durch große Worte anzustacheln oder euren Mut zu schüren. Letzten Endes sind wir Berufssoldaten, und vor uns liegt eine Aufgabe, der wir uns nicht entziehen können. Geht jetzt zu euren Truppen. Ich will, dass ihr eure Offiziere informiert; dann könnt ihr ein wenig schlafen. Viel Glück euch allen.«

»Möge Gott mit uns sein«, meinte jemand. Dann salutierten sie vor Corfe und marschierten einer nach dem anderen davon. Nur noch Andruw blieb zurück. In seinen Zügen war nichts von seiner üblichen Unbekümmertheit zu sehen.

»Du gibst mir die Armee, Corfe. Unsere Armee.«

»Ich weiß. Diese Männer sind das Beste, was wir haben, und ihnen ist die schwierigste Aufgabe zugewiesen worden.«

Andruw schüttelte den Kopf. »Dann solltest du sie anführen. Wo wirst du sein? Mitten im Hauptkörper der Armee bei den Fußsoldaten? Um Rusio das Händchen zu halten?«

»Ich muss ihn im Auge behalten. Er ist zwar ein fähiger Mann, aber es mangelt ihm an Erfindungsreichtum.«

»Ich bin der Aufgabe nicht gewachsen, Corfe.«

»Doch, das bist du. Du bist der beste Mann, den ich habe.«

Schweigend blickten die beiden einander in die Augen. Dann streckte Andruw die Hand aus. Corfe ergriff sie entschlossen, und dann umarmten sie einander wie Brüder.

»Sei morgen vorsichtig«, mahnte Corfe mit rauer Stimme.

»Halte am Nachmittag Ausschau nach mir. Ich werde aus dem Westen kommen, schnell wie eine Katze mit lichterloh brennendem Schwanz.« Damit boxte Andruw ihm spielerisch in den Magen und wandte sich ab. Corfe beobachtete, wie er in die Nacht davonging, bis er zwischen den Feuern und

Schatten der schlafenden Armee verschwunden war. Es war das letzte Mal, dass er Andruw lebend sah.

In jener Nacht drehte er seine Runde durchs Lager, so wie immer. Er wechselte leise Worte mit den Wachen, nickte jenen Soldaten zu, die dalagen und zu den Sternen blickten, weil sie nicht schlafen konnten. Er trank Wein mit ihnen, erzählte sich mit ihnen Witze. Einmal sang er sogar bei einem Lied mit.

Zum ersten Mal seit langer Zeit war es nicht kalt. Die Männer schliefen auf Gras, nicht auf klebrigem Schlamm, und die Brise, die über die Lagerfeuer strich, war nicht so bitterkalt wie sonst. Corfe mochte beinahe glauben, dass endlich der Frühling unterwegs war und der lange Winter seinen eisigen Griff um die Welt bald löste. Er war zwar nie ein frommer Mann gewesen, dennoch ertappte er sich dabei, dass er leise eine Art Gebet vor sich hinmurmelte, während er zwischen den Lagerfeuern umherging und beobachtete, wie seine Männer Kraft für die Torturen des bevorstehenden Tages sammelten. Obwohl Töten Corfes Handwerk war, das Einzige, worin er sich auszeichnete, betete er, dass es rasch enden möge.

Auf dem höchsten Turm des Königspalasts von Torunn standen in der schwarzen Stunde vor dem Morgengrauen vier Menschen und erwarteten den Anbruch des Tages. Odelia, die Königin von Torunna; Macrobius, der Pontifex, sowie die Bischöfe Albrec und Avila.

Als der Himmel sich endlich von Schwarz zu Kobaltblau und dann zu einem zarten Grün verfärbte, erhob sich der safrangelbe Ball der Sonne mit einem schillernden Farbenspiel aus dem Osten, als hätten die verstreuten Wolken am Horizont Feuer gefangen von der Hitze eines riesigen Verbrennungsofens, der am Rand der Erde loderte. Die vier standen dort, während das Morgenlicht weiter zunahm und schließlich einen makellosen Himmel eroberte. Auch die Stadt zu ihren Füßen erwachte allmählich. Die vier beobachteten die Menschenmengen, die sich auf die Mauern begaben und dann wartend auf den Zinnen standen, und die dicht gedrängten, stillen Massen auf den öffentlichen Plätzen. Sogar die Kirchenglocken blieben stumm.

Schließlich drang leise das ferne Donnergrollen der Kanonen über die Hügel im Norden, gleich einem Rumoren aus einer dunkleren Welt. Die letzte Schlacht hatte begonnen.

21.

Das entscheidende Aufeinandertreffen der Merduks und Ramusier auf dem Kontinent Normannien fand am neunzehnten Tag des Forialon im Jahr des Heiligen 552 statt.

Die Merduks hatten einen Schutzschirm aus leichter Reiterei an vorderster Front. Diesen löste Corfe auf, indem er Hakenbüchsenschützen vorschickte, die mit einer raschen Salve ein halbes Dutzend Feinde zu Fall brachten. Die anderen flohen, um die Kameraden vor der herannahenden Katastrophe zu warnen. Der torunnische Vormarsch ging weiter, mit Scharmützeln an den Flanken und der Front, während der Hauptkörper der Armee sich schwitzend plagte, die grausame Geschwindigkeit zu halten, die Corfe vorgegeben hatte. Die Linie zerfranste, und Unteroffiziere brüllten sich die Kehlen heiser, um die Männer dazu zu bewegen, ihre Formation beizubehalten. Corfe jedoch beunruhigten die wenigen ungeordneten Ränge hier und da kaum. Geschwindigkeit war die Hauptsache. Die Merduks waren gewarnt und würden nun alles daran setzen, ihre Streitkräfte aus der verwundbaren Marschkolonne in eine Gefechtsformation umzuschichten. Doch das würde dauern, so wie alle Manöver, die eine große Zahl von Männern umfassten. Hätte Corfe mehr Reiterei besessen, hätte er wohl selbst eine berittene Reihe vorgeschickt, die stark genug war, die Vorposten der Merduks zu vernichten und den Hauptkörper der Armee unvorbereitet zu überraschen – doch es war sinnlos, sich die Sterne vom Himmel zu wünschen. Die Kathedraler wurden an der Flanke gebraucht, und weitere Reiter standen nicht zur Verfügung.

Corfe drehte sich zu Cerne um, der gemeinsam mit einigen anderen Stammeskriegern als eine Art inoffizieller Leibgarde bei ihm geblieben war.

»Doppelte Marschgeschwindigkeit«, befahl Corfe.

Der Stammeskrieger setzte das Horn an die Lippen, schloss die Augen und blies das verworrene, aber mühelos erkennbare Signal. Quer durch die drei Meilen lange Linie griffen weitere Trompeter den Ruf auf. Die Torunnen beschleunigten die Schritte und begannen schließlich zu rennen.

Keuchend liefen sie über eine leichte Geländeerhebung. Corfe ritt der Armee voraus – und da war es. Etwa eine halbe Meile entfernt hatte das mächtige Heer der Merduks innegehalten. Noch war die Schlachtfront weniger als eine Meile breit, doch zu beiden Flanken preschten Männer in Position, um die Front zu verbreitern, ehe die Torunnen zuschlugen. Am hinteren Ende der Linie gab es ein wirres Durcheinander aus umherrennenden Männern, Kanonen, Elefanten und Gepäckkarren, so weit das Auge reichte. An der Kreuzung nahe der linken Nachhut der Merduks lag einsam das Dorf Armagedir. Hoch zwischen den Häusern flatterten Banner. Der Khedive der Merduks schien den Weiler zu seinem Kommandoposten erkoren zu haben.

Die Merduks hatten ihre Stellung klug gewählt. Die Frontlinie befand sich auf einem niedrigen Hügel, der gerade ausreichte, den Schwung des Angriffs der Infanterie ein wenig zu bremsen. Unweit der Nachhut ragte eine Baumreihe auf, die ein Bauer vor langer Zeit als Windschutz gepflanzt hatte. Dort sah Corfe, wie ein zweiter Rang Formation einnahm. Den Khediven der Merduks hatte das plötzliche Auftauchen der Torunnen zwar überrascht, doch er reagierte bemerkenswert rasch.

Corfe schaute nach Westen zum Sumpfland, das sich ohne erkennbare Merkmale bis zum Horizont erstreckte. Irgendwo dort draußen war Andruw auf der Jagd nach der Reiterei der Merduks. Es würde noch einige Stunden dauern, bis mit seiner Ankunft zu rechnen war. Sofern er überhaupt kommt, dachte Corfe, als wollte er einem Unglück vorbeugen.

Mittlerweile überholte ihn die Armee, und sein unruhiges Pferd tänzelte und schnaubte, als die riesige Menschenmenge vorüberwogte. Corfe vermeinte, das Beben der ungezählten Stiefel durch den Sattel zu spüren. Er hörte, wie Stimmen seinen Namen brüllten, das Klirren von Ausrüstung; er roch bereits angezündete Lunten und nahm den Gestank unzähliger, sich abmühender Leiber wahr. Die Essenz von Männern, die kurz davor standen, sich in eine Schlacht zu stürzen.

Dann ertönte das dumpfe Pochen von Hufen auf dem ansteigenden Grasboden, und neben ihm zügelte Rusio sein Pferd, begleitet von einer Schar Stabsoffiziere.

»Wir haben sie, General! Wir werden sie in die Lüfte wirbeln!«, frohlockte Rusio.

»Schickt die Pferdebatterien an die Front, Rusio. Ich will, dass sie abgeprotzt werden und feuern, bevor die Infanterie losschlägt. Der erste Rang bleibt stehen und verpasst dem Feind eine Salve, die anderen Ränge rücken weiter vor. Ihr kennt den Drill. Kümmert Euch darum!«

Rusios Grinsen schwand. Er salutierte und preschte los.

Nun überholten galoppierende Gruppen zu je sechs Pferden die Infanterie; jede davon zog einen Sechspfünder. Die Artillerie protzte mit geübten, flotten Handgriffen ab, und die Mannschaften begannen hastig zu laden. Dann wurde die erste Abzugsleine gezogen, das erste Geschoss sauste in einem Bogen aus einer Kanonenmündung – man konnte der Flugbahn tatsächlich folgen, wenn man flinke Augen besaß – und krachte mit scharlachroter Verheerung in die sich formierenden Ränge der Merduks. Trotz der geringen Entfernung war es ein verdammt guter Schuss. Die Kanonenläufe waren fast waagerecht ausgerichtet, so nahe befanden die Kanoniere sich am Feind.

Mittlerweile waren vierundzwanzig Geschütze in Stellung gebracht und brüllten nacheinander auf, wobei die schweren Waffen zurücksprangen, wenn sie feuerten. Die Kanoniere verstanden ihr Handwerk.

Doch einige Schüsse der ersten Salve gingen zu weit; statt die Frontlinie der Merduks zu treffen, landeten sie in den hinteren Reihen, wo sie für Verwirrung und ein Blutbad sorgten – was genauso gut war, als hätten die Kugeln das vorgesehene Ziel erreicht. Die Kanoniere hatten Befehl, die Läufe bis zum Anschlag aufzurichten, sobald die Infanterie an ihnen vorbei war, und in hohem Bogen weiter Geschosse in die hintere Flanke der Merduks zu senden. Das würde das Eintreffen von Verstärkung empfindlich stören.

Vier Salven wurden abgefeuert; dann stürmte die Infanterie an den Kanonen vorbei. Die Formation bestand aus einer ungefähr eine Wegstunde langen Linie und war vier Ränge tief mit einer Frontbreite von etwa einem Meter je Mann – und trotz der Witzeleien in der Nacht zuvor hatte Corfe etwa dreitausend kampferprobte Soldaten als eiserne Reserve zurückbehalten, falls sich irgendwo eine Katastrophe ereignen sollte. Diese dreitausend Mann bildeten eine Feldkolonne und formierten sich neben ihm, während Corfe, umgeben von seiner Leibgarde und einem Dutzend Kurieren, auf dem Pferd saß.

Der erste Rang der Torunnen hielt inne, legte mit den Hakenbüchsen an und feuerte. Sechstausend Waffen krachten gleichzeitig. Corfe hörte das ins

Mark dringende Geräusch einen Lidschlag, nachdem er beobachtet hatte, wie Rauch von der Linie aufwallte. Für einen Moment lagen die feindlichen Heerscharen hinter einer grauweißen Schleierwand verborgen. Die übrigen drei Ränge der Torunnen liefen durch die erste und verschwanden im beißenden Gestank des Pulverrauchs; lautes Gebrüll drang aus ihren Kehlen, während sie liefen. Dort drinnen würde es wie in der Hölle aussehen, wenn sie auf Tuchfühlung mit dem Feind kamen.

Das war es! Die Armee hatte die Merduks erwischt, ehe sie sich ordentlich formiert hatten. Der erste Teil von Corfes Plan war aufgegangen.

Andruw zügelte das Pferd und hob eine Hand. Hinter ihm hielt die lange Kolonne der Männer. Er drehte sich zu Ebro um. »Hörst du das?«

Die beiden lauschten. »Artillerie«, meinte Ebro. »Sie haben angegriffen.«

»Verdammt, das war schnell.« Andruw runzelte die Stirn. »Trompeter, blas Gefechtslinie. Morin, führe eine Schwadron nach Norden. Finde diese Dreckskerle, und zwar rasch.«

»Wie Ihr befehlt.« Der Stammeskrieger grinste. Er brüllte etwas auf Cimbrisch, woraufhin sich eine Gruppe der Kathedraler löste und mit ihm nach Norden preschte.

»Wir hätten ihnen längst über den Weg laufen müssen«, sorgte sich Andruw. »Was tun die bloß? Verkriechen die sich in Kaninchenlöchern? Sie müssen langsamer vorankommen, als wir dachten. Kurier, her zu mir.«

Ein junger Fähnrich ohne Rüstung eilte auf

einem langgliedrigen, tänzelnden Wallach herbei. Seine Augen leuchteten wie die eines aufgeregten Kindes. »Herr?«

»Reite zu General Cear-Inaf. Melde ihm, dass wir die feindliche Reiterei noch nicht aufgespürt haben und dass sich unser Eintreffen auf dem Schlachtfeld verzögern könnte. Frag ihn, ob es bei unseren Befehlen bleibt. Und mach schnell!«

Der Kurier salutierte schneidig und galoppierte los. Hinter seinem feurigen Ross stoben Grasbrocken empor.

»Fünfundzwanzigtausend Reiter«, brummte Andruw gereizt. »Und wir finden weder Fell noch Haar von ihnen.«

»Sie werden kommen«, meinte Ebro zuversichtlich. Andruw starrte ihn an und erkannte, wie einfach es war, selbstsicher zu wirken, wenn es einen Vorgesetzten gab, der die schwierigsten Entscheidungen treffen musste. Dann sagte er abermals: »Hörst du das?«

Hakenbüchsenfeuer, ein rollendes Krachen von Salven im Süden.

»Die Infanterie ist eingebunden«, murmelte er. »Das war's – jetzt können sie nicht mehr raus. Sie stecken bis über beide Ohren drin. Wo ist bloß die feindliche Reiterei?«

Corfe saß auf dem Pferd und beobachtete, wie die Schlacht vor ihm tobte wie ein Ehrfurcht gebietendes Schauspiel, das zu seiner Unterhaltung aufgeführt wurde. Er hasste es, aus der Ferne mit ansehen zu müssen, wie Männer starben, während das eigene Schwert in der Scheide steckte. Es war eine der Bürden seines hohen Ranges, an die er sich niemals gewöhnen würde.

Was würde er als Nächstes tun, wäre er der Khedive der Merduks? Wahrscheinlich würde er die bröckelnde Frontlinie stützen. Die Torunnen hatten sie bis zur Baumreihe zurückgedrängt; dort schienen die Merduks sich gesammelt zu haben. In den ersten Minuten des Blutvergießens waren ihre Verluste fürchterlich gewesen, doch sie hatten die Mannschaftsstärke, solche Verluste zu verkraften. Nein – war der Khedive zweitklassig, würde er Verstärkung zur Frontlinie schicken; war er jedoch ein fähiger Mann, würde er seinen Leuten befehlen, durchzuhalten, und frische Regimenter an die Flanken senden, um die zahlenmäßig unterlegenen Torunnen zu umzingeln. Auf welche Flanke würde er sich konzentrieren? Zu seiner Rechten hatte er die Reiterei, also würde es wohl die linke Flanke sein. Ja, er würde über die linke Flanke kommen.

Corfe drehte sich zu den wartenden Veteranen um, die mit den Ellbogen auf die Büchsenauflagen gestützt dastanden und das Geschehen beobachteten.

»Oberst Passifal!«

Der weißhaarige Quartiermeister salutierte. »Herr?«

»Führt Euer Kommando im Laufschritt an unsere rechte Flanke. Greift erst an, wenn Ihr seht, dass der Feind sich zum Ende unserer Linie vortastet. Und haltet Euch von unserer Mitte fern. Achtet darauf, dass Eure Männer beweglich bleiben. Habt Ihr verstanden?«

»Aye, Herr. Meint Ihr, dort schlagen sie als Nächstes zu?«

»Ich würde es tun. Viel Glück, Passifal.«

Der Lärm einer gewaltigen Schlacht. Hatte man es nicht selbst miterlebt, war es unmöglich zu beschreiben. Schwere Geschütze, Handfeuerwaffen, Männer, die brüllten, um sich selbst Mut machen oder um andere einzuschüchtern, Männer, die vor Schmerzen schrien – ein Laut, der sich mit keinem anderen vergleichen ließ: Das alles vermengte sich zu einem überwältigenden Geräusch, das die Sinne bis an die Grenzen des Erträglichen belastete. Und befand man sich mitten darin – unmittelbar im Bauch jenes todbringenden Wahnsinns –, konnte es Männer zu unerklärbarem Heldenmut anspornen oder in erbärmliche Feiglinge verwandeln. Es legte den innersten Kern der Seele frei. Niemand konnte vorhersagen, wie er sich verhalten würde, hatte er es nicht am eigenen Leib erfahren.

Passifals Truppen setzten sich im Laufschritt in Bewegung. Aus der Ferne betrachtet wirkte ein großer Trupp wie eine riesige, stachelige Raupe, die über das Antlitz der Erde kriecht. Männer in der Mitte einer solchen Formation sahen nur den Rücken des Vordermannes, mehr nicht. Sie traten einander auf die Absätze, fluchten und beteten, während Schweiß in ihren Augen brannte. Die Verfasser heroischer Balladen hatten keine Ahnung vom wirklichen Krieg, wie er in der heutigen Zeit geführt wurde. Das Kriegführen war Arbeit, eine harte Schufterei, bei des es immer wieder zu Ausbrüchen unvorstellbarer Gewalt und schlimmsten Grauens kam.

Da! Corfe verspürte einen Augenblick höchster Befriedigung, als frische Regimenter der Merduks eintrafen, um die Linie rechts zu verlängern, genau, wie er es geahnt hatte. Sie wollten sich gerade in Stellung begeben, als Passifals Kolonne mit der Wucht einer dichten, kompakten Masse in sie hineinfuhr. Die Merduks wurden durcheinander gewirbelt und in der Zeit, die man braucht, um einen Apfel zu schälen, von einer militärischen Formation in einen wirren Haufen verwandelt. Dann ließ Passifal seine Männer die Formation einer gestützten Gefechtslinie einnehmen, und sie begannen zu feuern, wodurch sie jeden Versuch des Feindes zunichte machten, sich zu sammeln. Passifal mochte ein Quartiermeister sein, doch er verstand sein Handwerk als Feldoffizier noch immer.

Corfe wandte sich wieder dem Mittelpunkt der Schlacht zu. Es war schwer zu erkennen, was dort vor sich ging, doch Rusio schien immer noch vorzurücken. Und genau darauf kam es an: den Druck aufrechterhalten, dem Feind keine Gelegenheit zum Nachdenken geben. Bislang lief alles gut. Nur konnten Männer nicht ewig kämpfen.

Er drehte sich in die Richtung des verwaisten Sumpflandes im Norden um. Wo steckte Andruw? Was ging dort draußen vor sich?

»Ich sie gefunden, Andruw! Ich sie gefunden!«, frohlockte Morin, dessen Pferd unter ihm schnaubte und dampfte. Die Flanken des Tieres waren feucht vor Schweiß.

»Wo?«

Morin mühte sich, in torunnischen Entfernungseinheiten zu denken. »Eine Wegstunde von hier und ein bisschen weiter im Osten, in langer ...« Das Gesicht vor Anstrengung verkniffen, suchte er nach dem richtigen Wort.

»Linie? So wie wir jetzt?«

Der Stammeskrieger schüttelte heftig den Kopf.

»Kolonne? In einer Kolonne entlang einer Straße?«

Morins Züge hellten sich auf. »Kolonne – das ist das Wort. Aber sie haben ihr *Ferinai* voraus in … in Linie. Und dahinter kommen Männer zu Fuß, Infanterie.«

Formio trottete auf seiner Stute herbei. Um der Geschwindigkeit willen hatte er sich in den Sattel begeben, doch er genoss es ebenso wenig wie das arme Tier. »Was ist, Andruw?«

»Morin hat sie gesichtet, Gott sei Dank«, seufzte Andruw erleichtert. »Das war gute Arbeit. Verbreite die Kunde, Formio. Wir greifen an. Die Kathedraler auf der rechten Seite, die Fimbrier in der Mitte, Ranafasts Männer attackieren die Nachhut.« Dann zögerte er. »Morin, sagtest du Infanterie?«

»Ja, Männer zu Fuß mit Schießwaffen. Hinter den Reitern.«

Formios Züge blieben unbewegt, doch er ritt dicht zu Andruw und flüsterte in dessen Ohr. »Niemand hat je etwas von Infanterie gesagt. Ich dachte, wir hätten es nur Reiterei zu tun.«

»Wahrscheinlich sind es bloß Gepäckwachen oder so etwas. Kein Grund, sich Sorgen zu machen. Die Hauptsache ist, dass wir sie endlich entdeckt haben. Wenn es sein muss, drehe ich die Hakenbüchsenschützen, und wir bilden ein Rechteck. Sollen sie ruhig versuchen, fimbrische Lanzen und torunnische Feuerwaffen anzugreifen! Sie werden schon sehen, was sie davon haben.«

Formio starrte ihn an; dann nickte er. »Ich verstehe, was du meinst. Aber wir müssen sie vernichten. Es reicht nicht, wenn wir überleben.«

Diesmal war es Andruw, der kurz nachdachte. »Na schön. Ich halte die Kathedraler zurück. Wenn die Zeit reif ist, greifen sie an und überrollen sie. Wir werden sie vernichten, Formio, mach dir keine Sorgen.«

Formio nickte, wirkte jedoch bekümmert.

Die Armee richtete sich nach Osten aus. Die Fimbrier führten den Vormarsch an, während die Kathedraler die Flanken sicherten und die torunnischen Hakenbüchsenschützen die Nachhut bildeten. Mehr als siebeneinhalbtausend Mann, die das ferne Getöse der Schlacht rings um Armagedir vernahmen, entschlossen über das Hochmoor stapften und es kaum erwarten konnten, endlich mit dem Feind aufeinander zu treffen.

Fünfunddreißigtausend Soldaten der Merduks erwarteten sie.

In Armagedir verstrich der Vormittag, und der Vormarsch der Torunnen war zum Stehen gekommen. Rusios Männern war durch das schiere Gewicht der feindlichen Überzahl Einhalt geboten worden. Die Baumreihe hatte in der letzten Stunde mehrmals den Besitzer gewechselt. Tote beider Armeen türmten sich dort. Der Kampf war schnell zu einem blutigen Patt geworden, doch im Gegensatz zum Khediven der Merduks hatte Corfe keine frischen Truppen, die er in die Schlacht werfen konnte. Seine Männer würden sich noch eine Stunde, vielleicht zwei halten können; dann würde die Armee am Ende ihrer Kräfte sein. Und der Merduk-Khedive hatte ein Drittel seiner Streitmacht zu Verfügung, das noch gar nicht ins Geschehen eingegriffen hatte. Diese Soldaten formierten sich nun hinter Armagedir, wobei sie nur von vereinzelten Geschossen der torunnischen Artillerie gestört wurden. Etwas musste geschehen, andernfalls würden diese fünfunddreißigtausend frischen Männer binnen der nächsten halben Stunde um Corfes Flanke kommen.

Wo steckte Andruw? Inzwischen sollte er zumindest unterwegs sein.

Corfe fasste einen Entschluss und rief einen Kurier herbei. Er schrieb eine Botschaft, während er sie gleichzeitig mündlich weitergab.

»Geh zum Befehlshaber der Artillerie, zu Nonius. Er soll seine Kanonen aufprotzen, sie in unsere eigene Schlachtlinie bringen, inmitten unserer Infanterie abprotzen und dem Feind jede einzelne Kartätsche zu kosten geben, die er besitzt! Wenn das geschieht, soll Rusio zur Kreuzung vorrücken und Armagedir einnehmen. Wiederhole das.«

Mit bleichem Antlitz tat der Kurier, wie ihm geheißen.

»Gut. Bring diese Botschaft erst zu Nonius, dann zu General Rusio. Sag Rusio, dass Passifals Männer seine rechte Flanke unterstützen werden. Er muss die Linie der Merduks durchbrechen. Hast du verstanden? Er muss sie durchbrechen. Und jetzt los!«

Der Kurier ergriff die Botschaft und preschte in wildem Galopp davon.

Irgendetwas war Andruw im Moor zugestoßen – Corfe spürte es. Irgendetwas war schief gegangen.

Dann preschte ein weiterer Kurier heran, dessen Pferd vor Erschöpfung unter ihm zusammenzubrechen drohte. Er war aus dem Norden gekommen. Corfes schlug das Herz bis zum Hals.

»Empfehlungen von Oberst Cear-Adurhal, Herr«, keuchte der Mann. »Er hat den Feind immer noch nicht gefunden. Will wissen, ob seine Befehle bestehen bleiben.«

»Wann hast du ihn verlassen?«, fragte Corfe.

»Vor etwa einer Stunde. Kein Anzeichen des Feindes da draußen, Herr.«

»Beim Blute Gottes«, zischte Corfe. Was ging da vor sich?

»Sag ihm, er soll weitersuchen. Nein, warte. Du wirst eine Stunde brauchen, zu ihm zurückzugelangen. Hat er bis dahin noch nichts gefunden, soll er herkommen und die rechte Flanke der Merduks angreifen. Er soll alles in die Schlacht werfen, was er hat.«

»Alles, was er hat. Jawohl, Herr.«

Corfe versuchte, seine Besorgnis abzuschütteln, die ihn regelrecht durchflutete. Er ritt an und galoppierte Richtung Süden, wo Passifals Männer sich rechts außen bereit hielten. Sie waren die einzige Reserve, die er besaß, und er würde sie in die Schlacht werfen. Etwas anders fiel ihm nicht ein.

Andruws Kommando stürzte mit Gebrüll auf den Feind. Die *Ferinai*, die Elite der Merduks, kamen ihm entgegen, achttausend Mann auf schweren Pferden in Rüstungen, die jenen der Kathedraler glichen. Und die Stammeskrieger trieben die eigenen Pferde zum Galopp, zogen an den Fimbriern und Torunnen vorbei.

Es gab ein spürbares Beben, als die Reitereien aufeinander prallten. Pferde kreischten; einige wurden durch die Wucht des Zusammenstoßes von den Beinen gerissen. Männer wurden durch die Luft gewirbelt und von der riesigen Horde der wirr umhertrampelnden Tiere zerstampft. Lanzen zerbrachen, Schwerter wurden gezogen. Klirrender Lärm wie aus der Werkstatt eines wahnsinnig gewordenen Schmieds erhob sich, als Soldaten beider Seiten auf ihre in Stahl gerüsteten Gegner einhieben. Der Kampf verwandelte sich in Tausende von Handgemengen, als die Formationen zum Stehen kamen, sodass sich ein blutiges Durcheinander entwickelte. Die zahlenmäßig hoffnungslos unterlegenen Kathedraler wurden zurückgedrängt, obwohl sie wie Derwische fochten. Dann kamen die Fimbrier mit angelegten Lanzen. Sie mähten einen Keil durch die zum Stehen gebrachte Reiterei des Feindes, während ihre Flanken und ihr Rücken von Ranafasts Hakenbüchsenschützen gesichert wurden. Die vereinte Formation war kompakt wie eine geballte Faust und schien unaufhaltsam. Andruw führte die Kathedraler aus der Schlachtlinie und formierte sie am hinteren Ende der Armee neu. Viele Männer waren inzwischen zu Fuß; andere hatten aus dem Sattel geworfene Kameraden hinter sich auf dem Pferd oder wurden mit im Steigbügel hängendem Fuß aus dem Getümmel geschleift. Andruw hatte in dem wirbelnden Gedränge aus Männern und Pferden den Helm verloren und schien sich mit einer wilden Hochstimmung angesteckt zu haben. Er fiel in den Jubel ein, als die *Ferinai* eine überstürzte Flucht antraten, während die erbarmungslosen Fimbrier sie verfolgten. Der Plan ging auf!

Plötzlich ertönte eine donnernde Salve Hakenbüchsenfeuer, die sich endlos hinzuziehen schien. Die Fimbrier brachen zu Hunderten zusammen, als ein wahrer Kugelsturm sie niedermähte und ihre Rüstungen mit Geräuschen durchlöcherte, die sich wie Hagel auf einem Blechdach anhörten. Die Fimbrier gerieten ins Stocken; ihre vordersten Ränge zerfielen, Männer taumelten rücklings auf ihre Gefährten, als die schweren Kugeln ihnen die Beine wegrissen und Lanzen entzwei brachen. Der Vormarsch kam zum Stillstand; den vordersten Rand bildete ein Wall von Leibern, der an manchen Stellen zwei oder drei Ränge tief war.

Hinter den *Ferinai* hatte sich ein riesiges Heer Fußsoldaten befunden, mindestens zehntausend Mann. Sie hatten im rauen Hochlandgras und dem drahtigen Heidekraut gelegen; die auf dem Rückzug befindliche Reiterei der Merduks war über sie hinweggezogen. Als die Lanzenstreiter sich dann genähert hatten, waren die Männer aufgestanden und hatten aus nächster Nähe gefeuert. Es war dieselbe Taktik, die Corfe bei der Schlacht des Königs gegen die nalbenische Reiterei angewandt hatte. Andruw starrte voller Entsetzen auf das Blutbad in den fimbrischen Reihen. Die Merduks hatten sich in fünf Linien formiert; sobald eine gefeuert hatte, legte sie sich wieder nieder, sodass die Reihe dahinter die nächste Salve feuern konnte. Es war ein ununterbrochener, todbringender Kugelhagel, und die Ränge der Fimbrier schmolzen rasch dahin.

Verzweifelt versuchte Andruw nachzudenken. Was würde Corfe tun? Seine eigene Eingebung riet ihm, die Kathedraler zu einem wilden Angriff anzuführen, doch damit würde er gar nichts erreichen. Nein – es musste etwas anderes geschehen.

Ranafast kam herbeigeritten. »Andruw, sie sind an unseren Flanken! Sie haben berittene Bogenschützen an unseren Flanken!«

Andruw richtete den Blick auf die Hügel ringsum. Und tatsächlich, auf dem erhöhten Gelände sowohl zur Linken als auch zur Rechten tummelten sich riesige Reitereiformationen. In wenigen Minuten würde sein Kommando umzingelt sein.

»Allmächtiger!«, stieß er hervor. Was konnte er tun? Alles zerfiel vor seinen Augen in Stücke.

Ranafast starrte ihn erwartungsvoll an.

»Nehmt eure Hakenbüchsenschützen und haltet die berittenen Bogenschützen von unseren Flanken und aus unserem Rücken fern«, befahl Andruw. »Wir ziehen uns zurück.«

Ranafast blickte ihn verdutzt an. »Wir ziehen uns zurück? Beim Blut des Heiligen, Andruw, die Fimbrier werden in Fetzen geschossen, der Feind ist überall. Wie sollen wir uns zurückziehen? Sie werden uns verfolgen und vernichten!«

Andruws Panik war verebbt; an ihre Stelle trat ruhige Gewissheit.

»Nein, das ist schon in Ordnung«, erwiderte er. »Schick einen Kurier zu Formio. Sag ihm, er soll sein Männer so schnell wie möglich da rausholen. Er muss sich vom Feind lösen. Sobald das geschehen ist, führe ich die Kathedraler heran. Wir beschäftigen den Feind so lange, dass du und Formio euch den Weg freischießen könnt. Ich ernenne dich hiermit zum Stellvertreter, Ranafast. Schaff so viele von deinen und Formios Männer hier raus, wie du kannst. Bring sie zu Corfe.«

Ranafast war blass geworden. »Und du? Für dich ist es ein aussichtsloses Unterfangen, Andruw.«

»Dort drinnen kann nur ein berittener Angriff etwas bewirken. Außerdem sind die Fimbrier am Ende, und dein Haufen muss die Bogenschützen in Schach halten. Es müssen die Stammeskrieger sein.«

»Dann lass mich die Männer hineinführen«, flehte Ranafast ihn an.

»Nein. Ich trage die Schuld an dem Durcheinander. Ich muss tun, was ich kann, um es gutzumachen. Geh wieder zu Corfe. Lass eine weitere Nachhut zurück, falls nötig, aber bring so viele Männer hin, wie du kannst, und bohre sie in die Flanke des Feindes. Sonst kann Corfe die Merduks nicht aufhalten.«

Sie schüttelten einander die Hand. »Was soll ich ihm sagen?«, fragte Ranafast.

»Sag ihm, dass er letztlich doch noch einen Reitersoldaten aus mir gemacht hat. Leb wohl, Ranafast.«

Damit riss Andruw das Pferd herum und galoppierte los, um sich den Kathedralern anzuschließen. Ranafast beobachtete, wie er davonritt – eine einsame Gestalt inmitten des tödlichen Getümmels. Dann riss er sich zusammen und begann, seinen eigenen Offizieren Befehle zuzubrüllen.

Geduckt wie Männer, die gegen windgepeitschten Regen ankämpfen, zogen die Fimbrier sich zurück. Nutzlos ragten ihre Lanzen empor. Die Hakenbüchsenschützen der *Hraibadar* stimmten lautes Jubelgeschrei an und verfielen in Hochstimmung, weil es ihnen gelungen war, eine fimbrische Phalanx in die Flucht zu schlagen. Dann rückten sie vor, erst vereinzelt und zu zweit, dann in Kompanien und Hundertschaften, da ihr Mut in Einklang mit der Überzeugung wuchs, dass der feindliche Rückzug keine Finte war, denn ihr sorgfältig formierten Reihen zerfransten, und sie feuerten willkürlich um sich, statt geordnete Salven zu schießen.

Ein Donner von Hufen ertönte, und die Kathedraler tauchten in vollem Galopp an einer Flanke auf; die Stammeskrieger brüllten ihr schrilles Schlachtlied. Andruw ritt an ihrer Spitze. Bei Zusammenprall schien die Ränge der *Hraibadar* ein sichtbarer Schauder zu durchlaufen, gleich dem Zucken eines Pferdes, das von einer Bremse in die Flanke gestochen wird.

Die schwere Kavallerie preschte mitten in sie hinein – fünfzehnhundert Reiter in vollem Galopp. Ranafast beobachtete sie von seinem Posten inmitten der Veteranen der Senke von Ormann aus. Die Linie der *Hraibadar* bog sich und zerbrach. Ranafast sah, wie ein Schlachtross durch die Luft wirbelte. Die übrigen Gäule trampelten die feindliche Infanterie wie Stroh nieder. Hoffnung durchflutete Ranafast. Bei Gott, Andruw würde es schaffen. Er würde es tatsächlich schaffen!

Doch die *Hraibadar* waren zehntausend Mann stark, und während die Stammeskrieger ein Drittel der Regimenter der Merduks ins Wanken brachten, zog der Rest sich geordnet zurück und formierte sich zum Gegenangriff. Andruw hatte gewusst, dass der Erfolg des Angriffs nur vorübergehend sein würde, doch er hatte eine Lücke in die Umzingelung gerissen, die Ranafasts eigene Männer nun verbreiterten, indem sie gezielte Salven in die heranstürmenden berittenen Bogenschützen jagten. Die Fimbrier hatten sich mittlerweile gänzlich gelöst und waren von torunnischen Hakenbüchsenschützen umgeben. Die Formation glich einem großen Rechteck. Zum Glück besaß der Feind keine Artillerie – die kompakten Ränge wären eine perfekte Zielscheibe gewesen. Ranafast brüllte einen Befehl, und das Rechteck bewegte sich südwärts in Richtung Armagedir, wobei es die leichte Reiterei der Nalbeni aus dem Weg fegte wie ein Nashorn einen lästigen Terrier. Dahinter fochten die mittlerweile umringten Kathedraler in einem Morast des Todes ohne Hoffnung und ohne Gnade weiter.

Eine Gruppe Fimbrier trug etwas auf Ranafast zu. Einen Körper. Es war Formio. Er war in die Schulter und den Bauch getroffen worden. Seine Lippen schimmerten blau, doch seine Augen blickten klar.

»Wir haben uns losgerissen«, stieß er mühsam hervor. »Ich schlage vor, wir beginnen den Gegenangriff, Ranafast. Andruw ...«

»Andruws Befehle lauteten, weiterzumarschieren und zu Corfe zu stoßen«, fiel Ranafast ihm ins Wort, die Stimme rau wie die eines alten Raben. Nicht auch noch Formio!

»Ich will ihm ja gehorchen. Für die Stammeskrieger können wir nichts mehr tun. Wir müssen die Zeit, die sie für uns herausschinden, bestmöglich nutzen.«

Formio starrte ihn an, dann beugte er sich vor und hustete einen Schwall dunklen Blutes, der auf seinen durchlöcherten Brustpanzer spritzte. Übermenschliche Kraftreserven ermöglichten es ihm, sich noch einmal in den Armen seiner Männer aufzurichten und dem Torunnen fest in die Augen zu blicken.

»Wir können nicht ...«

»Wir müssen, Formio«, schnitt Ranafast ihm das

Wort ab. »Corfe schlägt die Hauptschlacht; dies hier ist nur ein Nebenschauplatz.«

Formio schloss die Augen und nickte stumm. Einer seiner Männer wischte ihm das Blut vom Mund, dann schaute er auf.

»Er ist kaum noch bei Bewusstsein, Oberst.« Die Züge des Fimbriers glichen einer starren Maske.

»Nehmt ihn mit. Ich lasse ihn nicht als Futter für die Geier zurück.« Damit wandte Ranafast sich ab; auf seinem Gesicht lag tiefer Schmerz.

Die torunnische Infanterie war noch einmal vorgeprescht, hatte sich den Boden unter den Füßen Meter um Meter erstritten. Rusios Truppen besetzten nun die Baumreihe, die dem Feind als Sammelpunkt gedient hatte. Draußen auf der linken Seite hatte Aras seine Standarte in Armagedir aufgepflanzt; fünfzehn Hundertschaften hatten sich darum geschart und hielten sich gegen einen zwanzigmal so mächtigen Feind. Die Reetdächer der Häuser in dem Weiler brannten, sodass Corfe durch den dichten Rauch nur die roten Blitze von abgefeuerten Schusswaffen sehen konnte, manchmal auch das Glitzern einer Rüstung.

Nonius rückte seine Kanonen mit der Infanterie vor, doch es war ein schwerfälliges Manöver. Viele Pferde waren getötet worden, und die Kanoniere mussten die Geschütze von Hand über den aufgerissenen, von Leichen übersäten Boden vorwärts bewegen. Die Artillerie der Merduks war noch in dem hoffnungslosen Gewirr aus Männern und Ausrüstung verstrickt, das sich fünf Meilen die Straße nach Westen zurück staute.

Das wahnsinnige Gebrüll der Schlacht dauerte ohne Unterlass an, ein wahres Sperrfeuer, dass auf die Sinne selbst gerichtet schien. Entlang eines Streifens von drei Meilen des Hochmoores versuchten die beiden feindlichen Linien dicht gedrängter Männer, einander zu vernichten. Sie fochten um den Besitz einer Baumreihe, einer ausgebrannten Häusergruppe, eines schlammigen Abschnitts der Straße. Jeder Geländepunkt bekam eine besondere Bedeutung. Unzählige Gefallene lagen bereits auf dem Schlachtfeld, Tausende weitere waren zu beklagenswert verstümmelten Zerrbildern von Menschen geworden, die fluchten, kreischten und versuchten, sich von der Stätte des Grauens fortzuschleppen.

Drüben an der rechten Seite hatte Passifal seine Männer vollständig der Linie angeschlossen. Das war es – das Ende der Fahnenstange. Corfe hatte nichts mehr, das er ins Gefecht werfen konnte. Und an der rechten Seite der Merduks, gegenüber von Aras' heftig bedrängten Hundertschaften, sammelte sich der Feind für einen Gegenangriff. Sobald der General der Merduks bereit war, würde er dort an die dreißigtausend frische Männer in die Schlacht schicken, und alles würde vorbei sein.

Seltsamerweise empfand Corfe diese Erkenntnis als befreiend. Endlich war es vorüber. Er hatte sein Bestes gegeben, doch es hatte nicht gereicht; jetzt gab es nichts mehr, worüber er sich sorgen musste. Und Andruw war etwas zugestoßen, so viel stand fest. Die letzten beiden Kuriere, die Corfe entsandt hatte, schienen von den Hügeln verschluckt worden zu sein. Es war, als wären all diese Männer einfach verschwunden.

Da! Gewaltige Formationen, die sich durch den

Rauch in Richtung Armagedir bewegten. Der General der Merduks hatte den Gegenangriff eingeleitet. Gleich würde Aras zermalmt werden. Corfe blickte sich um. Bei sich hatte er seine Leibgarde aus acht Kathedralern, außerdem zehn junge Fähnriche, die als Adjutanten und Kuriere dienten. Keine überwältigende Verstärkung, aber besser als gar nichts.

Er wandte sich an einen der jungen Offiziere.

»Arian, geh zu General Rusio. Sag ihm, er soll die Linie unter allen Umständen halten, und wenn er es für machbar hält, soll er vorrücken. Richte ihm aus, dass ich mich Oberst Aras' Männern anschließe. Sie werden gleich vom feindlichen Gegenangriff getroffen. Geh jetzt.«

Der junge Offizier salutierte schneidig und galoppierte los. Corfe beobachtete, wie er verschwand. Er vermisste seine Freunde. Er vermisste Andruw und Formio. Marsch und die Kathedraler. Ohne sie zu kämpfen, war nicht dasselbe. Und mit einer jähen Erkenntnis wurde ihm klar, dass es nie wieder sein würde wie früher. Diese Zeit war vorbei.

Corfe trat seinem Pferd so heftig in den Leib, dass es sich halb aufbäumte. Er fürchtete nicht den Tod, er fürchtete das Versagen. Und er hatte versagt. Deshalb gab es nichts mehr, wovor er sich fürchtete.

Zum ersten Mal an diesem Tag zog er John Mogens Schwert und drehte sich zu Cerne um, seinem Trompeter. »Folg mir.«

Dann preschte die Gruppe der Reiter hinter ihm her, als er in vollem Galopp den Hügel hinauf in die rauchende Hölle von Armagedir ritt.

Am hinteren Ende der Linie lagen Hunderte verwundete Männer, die es für die Pferde schwierig machten, sich einen Weg über sie hinwegzubahnen. Das Tosen der Schlacht war unglaublich, verblüffend. Vergleichbares hatte Corfe nie zuvor erlebt, nicht einmal bei den Sturmangriffen auf die Feste von Ormann. Es war, als wüssten beide Armeen, dass dies das entscheidende Gefecht des jahrhundertelangen Krieges war. Einer Seite winkte der uneingeschränkte Sieg, der anderen die Vernichtung. Die Torunnen würden sich nicht zurückziehen, denn wie Corfe fürchteten sie nichts mehr. Und so starben sie, wo sie standen, fochten mit Büchsenschäften und Säbeln, wenn ihnen die Munition ausging, kämpften mit allem, was sie in die Finger bekamen, sogar mit den Steinen. Sie kämpften tapfer und verbissen. Zum ersten Mal seit langer Zeit war Corfe stolz, einer von ihnen zu sein.

Seine Gruppe stieg ab, als sie die Ruinen des Weilers erreichten, um den Aras' Männer Stellung bezogen hatten. Der Boden war zu sehr mit Leichen übersät, um noch weiter zu reiten, und selbst den kriegserprobten Schlachtrössern fuhr ob des Getöses der Schrecken in die Glieder.

Aras' Kommando hielt die Stellung gleich einer Insel inmitten eines Meers aus Merduks. Der Feind war um die linke Flanke herum geschwärmt und drängte nun in die Rechte, wo er mit dem Hauptkörper der torunnischen Armee zusammenprallte. Die Merduks versuchten, die belagerten Hundertschaften von Rusios Streitmacht abzunabeln, einzukesseln und zu vernichten. Doch ihre Angriffe auf den Weiler selbst zerschellten wie Wogen an einer Klippe. Aras' Truppen standen und fochten in den

Ruinen von Armagedir, als wären sie die letzte Festung der westlichen Welt – was sie in gewisser Weise auch war.

Als Corfe und sein Gefolge sich den Weg durch die dicht gedrängten Ränge bahnten, schauten die Torunnen auf, und Corfe hörte, wie sein Name gerufen wurde, immer und immer wieder. Kurzzeitig flammte sogar Jubel auf. Schließlich gelangte er zu der schwarzen Standarte, unter der Aras und seine Stabsoffiziere sich geschart hatten. Beim Anblick seines Oberbefehlshabers hellte sich die Miene des jungen Obersts auf, und er salutierte mit Feuereifer. »Schön, Euch zu sehen, Herr. Wir haben uns schon allmählich gefragt, ob der Rest der Armee uns vergessen hat.«

Corfe schüttelte ihm die Hand. »Betrachtet Euch von nun an als General, Aras. Den Rang habt Ihr Euch redlich verdient.«

Selbst unter dem Ruß und Pulverrauch konnte Corfe erkennen, wie der jüngere Mann vor Freude errötete. Irgendwie fühlte Corfe sich wie ein Heuchler, weil er wusste, dass Aras nicht lange genug leben würde, um seine Beförderung zu genießen.

»Eure Befehle, General?«, fragte Aras mit nach wie vor strahlender Miene. »Unser Flankenmarsch müsste jeden Moment eintreffen.«

»Ich glaube, unser Flankenmarsch könnte in Schwierigkeiten geraten sein, Aras. Vielleicht bekommt Ihr keine Verstärkung. Wir müssen hier bis zum bitteren Ende die Stellung halten. Bis zum bitteren Ende, habt Ihr verstanden?«

Aras starrte ihn an; einen Lidschlag lang spiegelte sich tiefe Bestürzung in seinem Gesicht. Dann riss er sich zusammen und rang sich ein Lächeln ab.

»Wenigstens sterbe ich als General. Keine Sorge, Herr, diese Männer gehen nirgendwohin. Sie kennen ihre Pflicht so gut wie ich.«

Corfe legte ihm die Hand auf die Schulter. »Ich weiß«, erwiderte er leise.

»Herr!«, rief einer der Stabsoffiziere. »Sie kommen! Eine riesige Woge!«

Der Gegenangriff der Merduks rollte nach Armagedir herein wie ein unaufhaltsamer Moloch. Zur Begrüßung ertönte wild anschwellendes Hakenbüchsenfeuer, das den vordersten Rang nahezu vollständig vernichtete. Doch bald schrumpfte der Außenrand der torunnischen Einheiten unter dem ungestümen Angriff; die Männer wurden zurückgedrängt zu den lodernden Häusern des Weilers, den sie verteidigten. Und dort verharrten sie. Corfe erkämpfte sich einen Weg an die vorderste Front und konnte endlich Taktik und Strategie eines Heerführers vergessen. Wie ein gemeiner Soldat focht er um sein Leben; seine Leibgarde aus Kathedralern scharte sich um ihn und sang, während sie Feind um Feind metzelten. Die kleine Gruppe von Männern in scharlachroter Rüstung schien den Feind anzuziehen, wie eine Kerze in der Dämmerung die Motten anlockt. Sie trugen stärkere Panzer als ihre torunnischen Kameraden und wirkten wie ein Keil rot glühenden Eisens, als die leicht bewaffneten Krieger der *Minhraib* auf sie losstürmten und einer nach dem anderen gefällt wurden. Armagedir wurde vom Rest der Armee abgeschnitten, als die Merduks den linken Flügel der Torunnen überschwemmten. Er verwandelte sich in einen tödlichen Hexenkessel aus Gewalt, in dem Männer ohne jeden Gedanken an Selbsterhaltung, Hoffnung oder Rettung kämpften und töteten. Es war das Ende. Corfe sah, wie Männer mit den Zähnen in der Kehle des Feindes starben; andere würgten einander und knurrten dabei wie Tiere. Die *Minhraib* stürzten sich auf die Kathedraler wie Hunde, die über einen Bären herfallen, opferten sich zu dritt oder zu viert, um einen einzigen in Stahl gekleideten Stammeskrieger zu Fall zu bringen und ihm auf dem blutgetränkten Boden die Kehle durchzuschneiden. Corfe schlug und hackte um sich wie ein Berserker; Schwerthiebe prallten klirrend von seiner Rüstung ab. Einer dieser Schläge landete dröhnend auf seinem Helm und ließ vor seinem zerschundenen Gesicht grelle Sterne explodieren. Irgendetwas durchbohrte seinen Oberschenkel. Brüllend sank er auf die Knie, doch Mogens Schwert brachte weiterhin Tod und Verderben. Dann war er auf dem Boden, hin und her gestoßen inmitten des Gewimmels von Körpern, getreten von gestiefelten Füßen. Mühsam rappelte er sich trotz der Schwerthiebe auf, die auf ihn niedergingen. Aras und Cerne waren neben ihm, halfen ihm hoch. Dann stieß eine Klinge aus Cernes Auge hervor, und der Stammeskrieger brach geräuschlos zusammen. Die Detonation einer Hakenbüchse versengte Corfes Hand. Blindlings stach er zu, spürte, wie Fleisch und Knochen unter der todbringenden Schneide nachgaben. Jemand schlug ihm in den Nacken, und wieder wallte vor seinen Augen Dunkelheit auf. Abermals ging er zu Boden …

Ein sonnenerhellter Hang oberhalb von Aekir in einer längst vergangenen Zeit. Er sitzt mit Heria an seiner Seite auf knisterndem Adlerfarn und trinkt Wein mit ihr.

Andruw, der inmitten des Gebrülls von Kanonen lacht;

inbrünstige Lebensfreude erhellt seine Züge und verwandelt sie in die eines Jungen.

Barbius' Fimbrier, die an den Nordausläufern in den Tod ziehen.

Berrona, das an einem fernen Horizont niederbrennt.

Eine verräucherte Hütte, in der seine Mutter leise weint und sein Vater bedrückt auf den irdenen Fußboden starrt, als Corfe ihnen mitteilt, dass er Soldat werden will.

Scheckiges Sonnenlicht, das auf dem Torrin funkelt, als er an einem Sommernachmittag im Fluss planscht und schwimmt ...

Und dann wieder das Getöse und Geschmetter zahlreicher Trompeten, das Grollen schwerer Trommeln, das sogar den Lärm des Krieges übertönte. Das Gedränge der Leiber rings um ihn ließ nach. Er wurde auf die Beine gehievt und schaute durch einen Schleier aus Blut in Aras' zerschnittenes Gesicht.

»Andruw ist gekommen!«, rief der junge Offizier. »Die Fimbrier haben die Flanke der Merduks angegriffen!«

Und als Corfe den Kopf hob, sah er die sich gegen den rauchverhangenen Himmel abzeichnenden Lanzen; rings um ihn jubelten die Männer Armagedirs, als die Merduks in blinder Panik flohen. Die Veteranen der Feste von Ormann bildeten auf einem Hang im Norden eine Linie, feuerten Salve um Salve in die dicht gedrängte Masse der Feinde. Die Fimbrier mähten sie nieder wie Korn und rückten so unerbittlich vor, als wollten sie die Merduks bis auf den letzten Mann vom Antlitz der Erde fegen.

Corfe neigte das Haupt und weinte.

22.

Der Nachmittagsempfang war gut verlaufen, fand Murad. Die Hälfte des verbliebenen Adels des Königreichs schien anwesend gewesen zu sein, und alle hatten gespannt gelauscht, als Murad ihnen von seinen Erlebnissen im Westen berichtete. Es war freundlich vom König, dass er es ihm gestattet hatte. Zum einen verkündete es, dass der Fürst von Galiapeno wahrlich zurückgekehrt war, zum anderen, dass er die königliche Gunst genoss.

Doch es war auch eine ermüdende Erfahrung gewesen.

Die Berichte eines Reisenden! Dachten sie, das sei alles, was er zu erzählen hatte? Hohlköpfige Narren.

Der König war vom Thron gestiegen und mischte sich nun unter seine Untertanen. Er hat ein Gespür für solche Gesten, dachte Murad, wenngleich er es nicht für angebracht heilt, nachdem dieselben Männer, die nunmehr um ihn katzbuckelten, sich verschworen hatten, um ihn vom Thron zu stoßen.

Würde ich die Krone tragen, dachte Murad, hätte ich jeden von ihnen hinrichten lassen.

Vor seinen Augen verschwamm alles. Seit er von Bord gegangen war, konnte er außer Wein nichts im Magen behalten. Ich bin zurück in meiner eigenen Welt, ging es ihm durch den Kopf. Und was für eine kleine Welt es ist. Zeit, sich zurückzuziehen. Er sehnte sich nach einem traumlosen Schlummer, nach irgendetwas, das die Erschöpfung seines Innersten, in seiner Seele zu heilen vermochte. Vergessenheit, ohne die blutigen Bilder, die ihn im Schlaf heimsuchten.

»Fürst Murad«, sagte eine Frauenstimme. »Ich bin geehrt, Euch kennen zu lernen.«

Es war eine dunkelhaarige Dame mit klugen Augen und tief ausgeschnittenem Kleid. Zudem war sie hochschwanger. Murad verneigte sich. »Ich fühle mich geschmeichelt. Darf ich fragen ...?«

»Ich bin Fürstin Jemilla. Doch irgendwie spüre ich, dass Ihr mich bereits kennt.«

Womit sie Recht hatte. Abeleyn hatte ihm alles über sie erzählt. Das also war die Frau, die das Kind des Königs im Leibe trug und die versucht hatte, eine Regentschaft einzusetzen. Murads Interesse wuchs. Sie war eine Schönheit, daran bestand kein Zweifel. Aber weshalb war sie in Freiheit? Abeleyn war so verdammt weichherzig! Murad fand, sie sollte irgendwo versteckt und der Balg erdrosselt werden, sobald er das Licht der Welt erblickte ...

»Ich glaube«, fuhr sie fort, während sie sich mit einem Fächer Luft zuwedelte, »Ihr seid jetzt derjenige, dessen Blut dem König am nächsten ist.«

»So ist es«, bestätigte Murad lächelnd. Es wäre schön, sie ins Bett zu kriegen. Was sie tat, war offenkundig: Sie angelte nach einer neuen Marionette, die sie gegen den König ausspielen konnte.

»Hier drinnen ist es so heiß, Fürstin«, meinte er. »Möchtet Ihr mich auf einen Spaziergang durch die Gärten begleiten?«

Sie ergriff seinen Arm. Jäh hatte sich der gespielt schüchterne Ausdruck ihrer Augen verflüchtigt. »Welche Frau könnte einem so galanten Abenteurer schon etwas abschlagen?«

Sie keuchte und stöhnte, als er in sie stieß, schob ihm die Lenden entgegen, indem sie die Fäuste in ihr Kleid grub und presste. Murad biss die Zähne zusammen, als er sich in sie ergoss, versetzte ihr einen abschließenden, heftigen Stoß und zog sich mit schweißüberströmtem Gesicht von ihr zurück. Jemilla sank in den tiefen Schatten unter dem Baum auf die Seite. Die Dämmerung ging rasch in Finsternis über, und ihr Gesicht zeichnete sich nur als bleigrauer Schemen ab. In den Gärten gaben die Vögel ihr Abendkonzert, und Murad hörte immer noch das Stimmengewirr und Gelächter der im Empfangssaal plaudernden Gäste. Er knöpfte sich die Hose zu und stützte sich im nach Harz riechenden Halbdunkel unter der Zypresse auf einen Ellbogen.

»Ihr geht ziemlich unverblümt an die Dinge heran«, meinte er zu Jemilla.

»Das spart Zeit.«

»Das stimmt. Offensichtlich hegt Ihr Hoffnungen für Euer Kind, aber was genau findet Ihr an mir? Ich bin nicht gerade der Traum junger Mädchen. Außerdem war ich lange vom Hof fort.«

»Genau. Euch haftet kein Makel ob der Ereignisse an, die sich in Abrusio zugetragen haben. Eure Hände sind rein. Wir könnten nützlich füreinander sein«, erwiderte Jemilla ruhig.

Murad wischte sich Laub von den Schultern. »Ihr meint, ich könnte nützlich für *Euch* sein, Fürstin. Der König duldet Euch aus Ritterlichkeit. Wenn Euer Kind geboren ist, wird es auf irgendein abgeschiedenes Anwesen im Hebros-Gebirge abgeschoben, und Ihr gleich mit. Was könnt Ihr mir schon bieten?«

Sie beugte sich dichter zu ihm. Ihre Hand glitt

über seinen Leib und in seine Hose. Kurz zuckte er zusammen, als ihre heißen Finger sich um sein schlaffes Glied schlossen.

»Heiratet mich«, hauchte sie.

»Was?« Murad ertappte sich dabei, dass er kicherte.

»Dann könnte ich nicht abgeschoben werden, wie Ihr es ausdrückt. Und die Ansprüche meines Sohnes wären umso größer.« Ihre Hand begann auf und ab zu gleiten. Unwillkürlich versteifte sein bestes Stück sich wieder.

»Das mag wohl sein, aber ich frage noch einmal: Was habe ich davon?«

»Ihr werdet der rechtmäßige Vormund des Erben des Königs. Sollte dem König etwas zustoßen, nachdem mein Sohn geboren ist, wäre er noch zu jung, um gekrönt zu werden. Und Ihr würdet zum Regenten.«

»Königsmord? Ist es das, was Ihr im Schilde führt?« Grob zerrte er ihre Hand aus seiner Hose. »Fürstin, sollte dem König etwas zustoßen, wäre ich ohnehin der nächste Thronanwärter. Habt Ihr das bedacht? Ich bräuchte gar nicht den Onkel für Euren Bastard zu spielen.«

»Ihr mögt der Vetter des Königs sein, doch Ihr entstammt nicht dem Hause Hibrusid. Es könnte sich schwierig für Euch erweisen, den gesamten Adel davon zu überzeugen, dass Euer Anspruch Vorrang hat. Mit mir als Gemahlin und dem einzigen Sohn des Königs als Eurem rechtmäßigen Mündel wäre Eure Stellung unantastbar. Mögt Ihr meinetwegen Regent genannt werden – in Wahrheit wärt Ihr, abgesehen vom Titel, in allen Belangen der wahre König.«

»Und was wärt Ihr? Eine pflichtbewusste, kleine

Gattin? Lieber würde ich das Bett mit einer Natter teilen.«

Jemilla setzte sich auf und zuckte mit den Schultern. Ihr Oberteil war herabgerutscht, und ihre üppigen Brüste mit den dunklen Nippeln lagen bar. Sie ergriff seinen Hand und legte sie auf eine, drückte seine Finger auf die weiche Rundung.

»Denkt darüber nach«, meinte sie mit gurrender Stimme. »Abeleyn ist nur noch das Zerrbild eines Mannes, das allein von Hexerei aufrecht erhalten wird. Er wird nicht alt.«

»Man kann mir vieles zum Vorwurf machen«, entgegnete Murad, »aber ich bin kein Verräter.«

»Denkt darüber nach«, wiederholte sie, erhob sich, rückte das Kleid zurecht und schüttelte sich Gras aus dem Haar. »Ach, übrigens, Euer Schiff wurde von einem gewissen Richard Hawkwood gesteuert, nicht wahr?«

»Ja. Und?«

Ihre Stimme veränderte sich. Ein Teil ihrer selbstsicheren Pose verpuffte. »Wie geht es ihm? Ich habe eine Zofe, die es gerne wissen möchte.«

»Eine Zofe mit einer Vorliebe für Seeleute? Ich schätze, es geht ihm gut. Er hat überlebt, so wie ich. Viel mehr gibt es nicht zu sagen.«

»Ich verstehe.« Sie setzte die Maske des Selbstbewusstseins wieder auf und beugte sich vor, um Murad auf die zernarbte Stirn zu küssen. »Lasst Euch mein Angebot durch den Kopf gehen. Ich weile im Westflügel – in den Gästegemächern. Ihr könnt mich dort besuchen, wenn Ihr wollt. Kommt und redet mit mir. Ich fühle mich dort so einsam.« Damit strich sie mit einem zierlichen Finger die Narbe entlang, die sich an seiner Schläfe hinzog;

dann drehte sie sich um und schlenderte durch den Garten auf die Lichter des Palastes zu, wobei sie fortwährend mit dem Fächer wedelte.

Murad beobachtete, wie sie davonging. Ein seltsamer Hunger überkam ihn. Irgendetwas an Fürstin Jemilla forderte seinen Stolz heraus, und das gefiel ihm. Ihre Kabale waren gefährliche Tagträume – dennoch würde er sie besuchen, da war er sicher.

Er trat aus dem Schatten des Baumes und schaute empor zu den ersten Sternen, die am Frühlingshimmel funkelten. Abrusio. Endlich war er wieder zu Hause. Und jener todbringende Albtraum, den er hinter sich gelassen hatte, konnte ins Reich des Vergessens eingehen. Sein Unterfangen war ein Fehlschlag gewesen, doch es hatte ihn Vieles gelehrt. Er besaß nun ein Wissen, das sich eines Tages als nützlich erweisen konnte.

Morgen würde er die Kasernen der Stadt aufsuchen und sich darum kümmern, sein altes Kommando zurückzuerhalten. Außerdem brauchte er ein neues Pferd, ein wildes, feuriges Tier aus dem Feramuno-Gestüt. Etwas, das zu zerbrechen er genießen konnte.

Es gab zahlreiche Dinge, die zu zerbrechen ihm Freude bereiten würde. Murad legte den Kopf in den Nacken und lachte lauthals zum sternenerhellten Himmel empor. Es tat gut, am Leben zu sein.

EPILOG

Der Frühling hatte endlich Einzug gehalten. Die Luft war frisch und duftig, und an den Rändern der Straße nach Westen hatten sich Schlüsselblumen hervorgewagt. Corfe stand hoch oben im Turm und betrachtete die dünnen Wolkenfetzen über den Hügeln. Wenn er den Kopf drehte, konnte er das Meer am Horizont der Welt glitzern sehen. Einer friedlichen Welt.

»Ich dachte mir schon, dass ich dich hier finde«, sprach eine Frauenstimme. Behutsam berührte sie ihn am Arm. Ihre Röcke raschelten. Die Frau trug eine Krone.

Eine ältere Frau. Sie wirkte alt genug, um seine Großmutter zu sein, und doch würde sie seine Gemahlin werden.

»Alles wirkt so ruhig«, meinte er, während er unverwandt auf die verwaisten Hügel jenseits der Stadtmauern starrte. »Als wäre alles nur ein Traum gewesen.«

»Oder ein Albtraum«, berichtigte ihn Odelia.

Corfe erwiderte nichts. Die großen Grabhügel von Armagedir waren zu weit entfernt, um sie von hier aus zu erkennen, doch er wusste, dass er sie immer dort spüren würde. Andruw lag in einem dieser Hügel, ebenso Morin, Cerne, Ebro, Ranafast, Rusio – und zehntausend weitere namenlose Männer, die auf sein Verlangen hin gestorben waren. Sie alle verkörperten ein Monument, das er niemals würde vergessen können.

»Es ist sow eit, Corfe«, sagte die Königin mit sanfter Stimme.

»Ich weiß.«

Würde er nach Osten schauen, in Richtung des Meeres, fände er dort ein großes, prunkvolles Lager vor, das vor farbenfrohen Seidenbannern und Wimpeln der Merduks strotzte. Nach der Niederlage hatte der Feind um Unterredungen ersucht, zwar nicht als unterwürfige Bittsteller, aber doch mit einer gewissen Demut. Corfe hatte dem Sultan der Merduks und einem angemessenen Gefolge gestattet, die Zelte in Sichtweite der Stadtmauern aufzuschlagen. Aurungzebs Unterhändler waren erst diesen Vormittag in die Stadt eingelassen worden und hatten jenen Ort, den einzunehmen sie so viel Blut vergeudet hatten, in Frieden betreten. Sie wollten Zeugen der Krönung des neuen Königs von Torunna werden, jenen Mannes, mit dem sie in den nächsten Tagen verhandeln würden. Es schien zu grotesk, um es in Worte zu kleiden. Andruw hätte es unglaublich lustig gefunden.

Corfe blinzelte die aufwallende Hitze in seinen Augen fort. Es war schwierig – viel schwieriger, als er sich je vorgestellt hätte.

»Er ist ehrenhaft gestorben«, sagte Odelia sanft, »so wie er es sich gewünscht hätte. Sie alle.«

Corfe nickte. Auch er wäre glücklich gewesen, an jenem Tag in dem Wissen zu sterben, dass die Schlacht gewonnen war.

»Bleibt immer noch der Friede«, meinte sie mit der ihr eigenen, beunruhigenden Voraussicht. »Der muss erst vollbracht werden. Was du heute tun wirst, ist ein Teil davon.«

»Ich weiß. Nur bin ich nicht sicher, ob es der Weg ist, den ich gewählt hätte.«

»Es ist der beste Weg«, versicherte sie ihm und drückte seinen Arm. »Vertrau mir, Corfe.«

Mit ihrer Hand am Arm humpelte er von der Brüstung weg und wandte sich wieder der riesigen Stadt unter ihm zu. Aus dieser Höhe wirkte Torunn wie eine Stadt aus einem Märchen. Auf den Straßen drängten sich die Menschen – es hieß, auf dem Hauptplatz hätte sich eine Viertelmillion eingefunden –, und an jedem Haus schien eine Flagge oder ein Banner zu flattern. Die Bürger drängten sich an höher gelegenen Fenstern wie Reihen von Mehlschwalben in ihren Nestern, und an jeder Ecke waren torunnische Berufssoldaten in voller Uniform aufgestellt.

»Bringen wir es hinter uns«, meinte Corfe.

Im Hof des Palasts hatte Formio eine Ehrengarde Fimbrier mit Lanzen antreten lassen, und als Corfe und Odelia erschienen, nahmen sie ruckartig Habtachtstellung ein. Der fimbrische Adjutant salutierte mit einem seltenen Lächeln vor seinem Befehlshaber. Einen Arm trug er immer noch in der Schlinge. Er sah blass und erschöpft aus, hatte aber darauf bestanden, das Krankenbett für diesen Tag zu verlassen. Sein Anblick wärmte Corfes frostige Seele ein wenig. Auch Aras war da. Die Narbe in seinem Gesicht war fast verheilt. Die Königin hatte in den Nachwehen von Armagedir unermüdlich geschuftet, hatte zahlreiche Leben gerettet und sich dabei zu einem Schatten ihrer selbst ausgezehrt.

»Möge Euch Freude beschieden sein, Herr«, wagte Aras zu äußern.

»Danke, General.«

Corfe und Odelia stiegen in die offene Kalesche, die sie erwartete, und brachen aus dem Palast auf, flankiert von fünfzig berittenen Kathedralern – es waren alle, die überlebt hatten. Sobald sie an den Palasttoren auftauchten, erhob sich lauter Jubel von der dort ausharrenden Menschenmenge. Und so rollten sie durch die Stadt, begleitet vom Hufgeklapper der Kathedraler und dem überschwänglichen Jubel der Leute. Die Luft war erfüllt von Blüten, die Schaulustige aus den höheren Fenstern streuten.

»Wink ihnen zu, Corfe«, forderte Odelia ihn aus dem Mundwinkel auf. »Es ist dein Volk. Das sind die Menschen, für die du den Krieg gewonnen hast.«

Die Kavalkade hielt vor den Stufen der Kathedrale der Stadt, wo sie ausstiegen und von einer Wolke aus Lakaien, Würdenträgern und einem wahren Blütenwirbelsturm umfangen wurden. Ein Salut unzähliger Trompeten erklang. Auf den Steinstufen hielten sie inne. Odelia lächelte und nickte anmutig dem Botschafter der Merduks zu, einem gewissen Mehr Jirah, während Corfe ihn nur mit einem frostigen Blick bedachte, ehe sie weitergingen, wobei Pagen die Schleppe der Königin und den Saum von Corfes langem Umhang hoben.

In der Kathedrale quollen die Kirchenbänke fast über vor jenen Adeligen, die das Königreich noch besaß und deren Zahl die Großen und Mächtigen Torunnas erhöhten. Corfes Blick fiel auf Admiral Berza, der sich unweit des Ganges befand. Der alte Admiral zwinkerte Corfe mit hölzerner Miene zu, als dieser an ihm vorbeizog. Und dort leuchtete Passifals schlohweißes Haupt aus dem versammelten Militär. Sonst erkannte Corfe niemanden. Mit ausdrucksloser Miene und stur nach vorn gerichtetem Blick humpelte er den Gang entlang.

Am Altar stand Macrobius und lächelte sein blindes Lächeln. Neben ihm standen die Bischöfe Albrec und Avila, jeder mit einem Samtkissen. Auf einem ruhte die Krone von Torunna. Auf dem anderen prangte ein Paar goldener Eheringe. Beides wurde als nötig für das Wohl des Landes erachtet.

Vor dem Pontifex blieben Corfe und die Königin stehen. Dabei fiel Corfes Blick auf Albrec, der seltsam bekümmert wirkte. Kurz vermeinte Corfe, der kleinwüchsige Geistliche wollte etwas sagen, hätte es sich dann aber anders überlegt.

Abermals Trompetengeschmetter. Weihrauch kräuselte sich in den durch die hohen Fenster einfallenden Sonnenstrahlen. Das bunte Glas warf einen wahren Mahlstrom von Farben auf die Bodenfliesen, ließ die Reihen der Kerzenflammen düster wirken, entlockte dem überall schimmernden Gold und den ringsum funkelnden Juwelen ein herrliches Strahlen.

Bilder prasselten durch Corfes Kopf wie Regen. Seine erste Hochzeit in einer kleinen Kapelle nahe dem Südtor Aekirs. Heria hatte ein Sträußchen Schlüsselblumen in der Hand gehalten. Es war Frühling gewesen, so wie heute. Als die Belagerung begann, waren sie zwei Jahre verheiratet gewesen.

Seine Rast im Schlamm unter dem umgekippten Wrack eines Ochsenkarrens auf der Straße nach Westen mit demselben Mann, der ihn gleich krönen würde. Wie er eine rohe Rübe kaute und sich den Regen aus den Augen wischte.

Mit Marsch und Andruw auf den Zinnen von Hedeby nach ihrer ersten gemeinsamen Schlacht, trunken vom Sieg und der Kameradschaft und in dem Glauben, dass alles möglich sei.

»Ja, ich will«, antwortete er, als Macrobius ihm die

Frage stellte. Und damit wurde ihm das kalte Gold auf den Finger geschoben. Odelia blickte ihm in die Augen. Letztlich zeigten die Jahre sich doch in ihrem Antlitz. Nachdem er den anderen Ring angesteckt hatte, schloss Odelia die Faust darum, als wollte sie verhindern, dass er jemals wieder herunterrutschen konnte. Ihr Kuss war trocken und keusch wie der einer Mutter. Wenige Lidschläge später wurde ihm die Krone auf das Haupt gesetzt. Sie erwies sich als überraschend leicht, kein Vergleich zum Gewicht eines Helmes. Für Corfe fühlte sie sich an, als wäre sie aus Lametta und Federn gemacht.

Als er sich aufrichtete, fing sich das Sonnenlicht in den kostbaren Metallen der Krone und ließ sie erstrahlen. Sogleich begannen sämtliche Glocken der Kathedrale Torunns, frohlockendes Geläut anzustimmen, und von draußen hörte er, wie die riesigen Menschenmengen, die nunmehr seine Untertanen waren, in ohrenbetäubenden Jubel ausbrachen.

Damit war es vollbracht. Er hatte wieder eine Gemahlin und Torunna einen König.

Der Botschafter der Merduks war bei dem Empfang an jenem Nachmittag der Erste in der Reihe. Corfe und die Königin begrüßten ihn im großen Audienzsaal des Palasts, flankiert von Wachen und Würdenträgern des Hofes. Auch der neue Verwalter war anwesend – kein geringerer als Oberst Passifal, durch königlichen Erlass ernannt. Er stand auf einer Seite der drei Throne, die unbequem aussahen, aber eine eigenartige Entschlossenheit vermittelten. General Aras, ebenfalls zugegen, war zum Oberbefehlshaber der Armee befördert worden, und Formio diente als sein Stellvertreter. Der Fimbrier war Corfes erste Wahl gewesen, doch Odelia hatte ihm deutlich klar gemacht, dass es sich selbst ein König zweimal überlegen musste, ehe er die Armee seines Landes dem Befehl eines Fremden unterstellte.

Corfe brauchte Vertraute um sich, und die waren zunehmend schwer zu finden, doch auf dem dritten Thron saß einer der wenigen: Macrobius. Neben ihm standen Albrec und ein zwergenhafter alter Geistlicher namens Mercadius, der die Sprache der Merduks fließend beherrschte. Mit fast allen teilte Corfe eine Geschichte: Mit Aras, Formio und Passifal hatte er Schulter an Schulter gekämpft. Macrobius hatte er das Leben gerettet. Mit Albrec war er aus den Verliesen Fourniers entkommen. Der Krieg hatte ihn seine Gemahlin und die besten Kameraden gekostet, die er je gekannt hatte, doch ohne den Krieg hätte er nie die Freundschaft von Menschen wie den hier Versammelten, von Andruw oder Marsch gewonnen, und sein Leben wäre sehr viel ärmer gewesen.

Mehr Jirah betrat den Audienzsaal ohne Zeremoniell, begleitet zwei Geistlichen der Merduks, die ramusischen Mönchen ähnelten, wenngleich sie keine Tonsur hatten. Mercadius von Orfor übersetzte seine Rede für die versammelten Zuhörer ins Normannische.

»Dies sind die Worte, die zum König von Torunna zu sprechen ich von meinem Herrn, dem Sultan von Ostrabar, ersucht wurde.

Wir senden Torunnas neuem König Grüße und beglückwünschen ihn zu seinem unerwarteten Aufstieg. Gott hat sich ihm als wahrhaft gnädig erwiesen. Wir lassen uns dazu herab, mit ihm wie von Soldat zu Soldat zu reden und uns so einfach auszudrücken, wie es uns möglich ist. Das Gemetzel unserer jungen Männer hat lange genug angedauert. Wir haben die Welt mit den Körpern unserer Toten übersät, und im Namen Gottes und seines Propheten bieten wir dem torunnischen König die Gelegenheit, dem Töten ein Ende zu bereiten. In unserer Großzügigkeit werden wir den Zorn unserer mächtigen Armeen zügeln und dem Königreich Torunna das Überleben gestatten, sofern König Corfe lediglich die Oberhoheit von Aurungzeb dem Großen anerkennt, Sultan von Ostrabar, Eroberer von Aekir und der Feste von Ormann. Er braucht nur vor uns auf die Knie zu sinken, und dieser Krieg hat ein Ende, auf dass zwischen unseren Völkern für alle Zeit Friede herrsche. – Was sagt der Monarch Torunnas dazu?«

Ein zorniges Raunen durchlief die Reihen der versammelten Torunnen, als Mercadius die Worte übersetzte, und Aras trat einen Schritt vor, wobei seine Hand an die Stelle zuckte, an der er sonst das Schwert trug. Doch im Audienzsaal durfte allein der König Waffen tragen. Mit blitzenden Augen erhob sich Corfe.

»Mehr Jirah, einigen von uns hier seid Ihr bekannt. Mir wurde gesagt, Ihr seid ein Mann von Redlichkeit und Ehre, deshalb denkt bitte daran, dass es nicht an Euch oder Euren Glauben gerichtet ist, was ich nun zu sagen habe – ein Glaube, von dem wir mittlerweile wissen, das er beinahe wie der unsere ist. Meine Worte richten sich an Aurungzeb, Euren Herrn.

Bestellt ihm, dass Torunna sich ihm niemals

unterwerfen wird, selbst wenn er zehnmal so viele Armeen vor die Mauern des Reiches bringt, wie er besitzt. Bei Armagedir hat er versucht, uns zu vernichten, und wir haben ihn geschlagen. Wenn es sein muss, werden wir ihn wieder besiegen. Wir werden uns niemals ergeben, und wenn wir bis zum letzten Mann kämpfen müssen. Wir werden ihn bekriegen, bis die Welt am Jüngsten Tag zerbricht.

Auch wir wollen Frieden, aber nur, wenn Aurungzeb mit seinen geschlagenen Armeen abzieht und Torunna für immer verlässt. Tut er es nicht, jage ich ihn davon, das schwöre ich bei Gott. Solange ich lebe, wird sein Volk keinen Augenblick der Ruhe erleben. Und wenn es zwanzig Jahre dauert, ich schleudere ihn zurück über den schäumenden Ostian. Jeden Mann, jede Frau, jedes Kind der Merduks, die mir in die Hände fallen, werde ich töten. Ich brenne seine Städte nieder und versalze seine Erde. Ich verwandle sein Königreich in eine Öde, fege jede Erinnerung an Ostrabar und dessen Sultan vom Antlitz dieser Welt.«

Jubel brandete im Saal auf. Mehr Jirah wirkte für einen Augenblick bestürzt, fand aber rasch wieder zu seiner würdevollen Pose.

»So lautet unsere Antwort. Überbringt sie Eurem Herrn und führt ihm vor Augen, dass es keine zweite Gelegenheit geben wird. Ich bin hier nun König, und ich werde keinen Lidschlag zögern, jeden gesunden Mann in meinem Königreich in Bewegung zu setzen, um meinen Worten Nachdruck zu verleihen. Euer Herr kämpft nicht mehr gegen eine Armee, sondern gegen ein ganzes Volk. Er hat jetzt die Wahl, und nur jetzt: Friede oder einen Krieg, der weitere hundert Jahre dauert. Er soll gut darüber nachdenken, denn seine Entscheidung wird für ihn und alle, die ihm nachfolgen, das Schicksal der Welt beeinflussen. – Ihr dürft gehen.«

Mehr Jirah verneigte sich. Er nickte Albrec zu, dann machte er auf dem Absatz kehrt und verließ den Saal. Corfe nahm wieder Platz. »Passifal, den nächsten Antragsteller.« Er musste rufen, um sich über das Stimmengewirr im Saal Gehör zu verschaffen.

Odelia beugte sich über die Lehne ihres Thrones zu ihm und flüsterte ihm ins Ohr.

»Hast du den Verstand verloren? Hast du überhaupt kein Gespür für Diplomatie? Wir hatten die Aussicht, den Krieg zu beenden, aber du bist entschlossen, ihn von neuem anzuzetteln.«

»Nein. Ich mag kein Diplomat sein, aber ich bin Soldat. Aurungzeb kann nicht weiterkämpfen. Wir haben ihn besiegt, und das muss ihm gesagt werden. Ich habe in Armagedir nicht dafür gekämpft, um den Kopf ins Joch der Merduks zu stecken. Er glaubt zu wissen, was Krieg ist, aber er hat keine Ahnung. Wenn er so dumm ist weiterzukämpfen, dann zeige ich ihm, wie Krieg geführt werden kann.«

In Corfes Stimme schwang so viel unterdrückter Zorn mit, dass Odelia ihre Erwiderung im Halse stecken blieb. In jenem Augenblick erkannte sie, dass sie sich übernommen hatte. Sie hatte geglaubt, dass Corfe, sobald er König war, sich damit zufrieden geben würde, Armeen anzuführen und Kriege auszutragen, während sie Verträge aushandelte und die Politik bestimmte. Nun wusste sie es besser. Er würde nicht nur regieren, und zwar in jeder Hinsicht – auch andere Herrscher würden allein mit ihm zu tun haben wollen, nicht mit seiner alternden

Königin. Schließlich war er es, der den Krieg gewonnen hatte. Er war es, um den sich die Menschen auf den Straßen scharten, dem sie bei jeder Gelegenheit zujubelten, sogar ihre eigenen Leibdiener.

Sie stieß ein verbittertes, kurzes Lachen aus, das im nächsten Fanfarengeschmetter unterging. Ihr ganzes Leben lang hatte sie durch Männer geherrscht. Nun war ein Mann durch sie an die Macht gelangt und verwandelte sie, die Königin, in ein Mauerblümchen.

Aurungzeb empfing Mehr Jirah schweigend. Inmitten des verschwenderischen Prunks seines Zeltes ließ er sich Corfes Worte vom Mullah übermitteln und lauschte geduldig den Zornesbekundungen seiner Offiziere und Berater ob der Unverschämtheit des Ramusiers. Seine Königin saß stumm neben ihm. Er ergriff ihre kalte Hand, dachte an seinen Sohn in ihrem Leib und daran, in welche Welt er hineingeboren würde. Den Schlüssel dazu hielt er hier und jetzt in der Hand. Und zum ersten Mal im Leben empfand er Furcht.

»Batak«, meinte er schließlich. »Euer kleines Vieh schwirrt doch Tag und Nacht um den torunnischen Palast. Was habt Ihr in dieser Angelegenheit zu sagen?«

Der Magier überlegte eine Weile. »Ich glaube, seine Worte sind keineswegs leere Drohungen, mein Sultan. Dieser Mann ist kein Angeber. Er tut das, was er sagt.«

»Ich glaube, das haben wir mittlerweile alle begriffen«, erwiderte Aurungzeb süßsauer. »Shahr Baraz?«

Der alte Merduk zuckte die Schultern. »Er ist der beste Soldat, den sie je hervorgebracht haben. Er und mein Vater hätten vieles gemeinsam.«

»Gibt es denn niemanden um mich herum, dessen Rat ein wenig Weisheit enthält?«, rief Aurungzeb. »Ich bin von alten Weiber umgeben, die Plattheiten murmeln! Wo steckt Shahr Johor?«

Die Anwesenden im Zelt schauten einander an. Schließlich wagte Akran, der Kammerherr, eine Antwort: »Ihr ... äh, habt ihn hinrichten lassen, Majestät.«

»Was? Ach ja, natürlich. Nun, das war unvermeidlich. Er hätte mit seinen Männern bei Armagedir sterben sollen. Beim Blute Gottes, was ist dort nur geschehen? Wir hätten siegen müssen!«

»Zumindest haben wir diese roten Reiter vernichtet, Majestät«, meinte Serrim, der Eunuch, tröstend.

»Ja, diese scharlachroten Dämonen. Und wir haben zehntausend weitere Männer seiner Armee niedergemetzelt, richtig? Er muss so schlimm verkrüppelt sein wie wir! Wie also kommt er dazu, Drohungen auszustoßen? Was ist das für ein Wahnsinniger? Hat er denn keine Ahnung von den Feinheiten der Verhandlungsführung?«

Die Gruppe der Leibdiener, Berater und Würdenträger schwieg. In der Stille hörten sie die weniger als eine halbe Wegstunde entfernten Menschenmassen Torunns noch immer jubeln. Das Geräusch zehrte an Aurungzebs Nerven. Warum umjubelten sie ihn? Er hatte so viele ihrer Söhne und Väter in den Tod geführt, und dennoch liebten sie ihn. Diese Torunnen – der Wahnsinn haftete ihnen an. Sie waren ein Volk von Verrückten. Wie sollte man damit umgehen?

Als Aurungzeb wieder das Wort ergriff, erinnerte die Bockigkeit in seiner Stimme an die eines Kindes, dem man eine Nascherei verwehrt hat.

»Ich habe ihn um freies Geleit ersucht, den Empfang eines Botschafters. Ich habe die Verhandlungen mit ihm eröffnet! Er muss doch irgendetwas als Gegenleistung bieten! Habe ich Recht, Batak?«

»Zweifellos, Majestät. Doch bedenkt, dass ihm der Ruf anhaftet, nur ein gemeiner Soldat zu sein, ein Bauer. Er versteht nichts von Protokollen, von den Höflichkeiten, die zwischen Monarchen üblich sind, oder von den Gepflogenheiten der Diplomatie. Er spricht ausschließlich die Sprache der Kasernen.«

»Das muss nicht unbedingt schlecht sein«, brummte Shahr Baraz. »Zumindest kann man sich darauf verlassen, dass er sein Wort hält.«

»Haltet mir bloß keinen Vortrag über die Tugenden von Soldaten«, knurrte Aurungzeb. »Die werden überbewertet.«

Abermals kehrte Stille im Zelt ein. Die Mitglieder des Hofes hatten noch nie erlebt, dass der Sultan sich so unsicher zeigte, so dringend Rat benötigte. Bislang hatte er stets als ein Mann gegolten, der seinem eigenen Rat folgte, selbst wenn es bedeutete, den Tatsachen ins Gesicht zu spucken.

»Der Krieg muss ein Ende haben«, stellte Mehr Jirah schließlich fest. »Daran besteht kein Zweifel. Bei Armagedir sind dreißigtausend unserer Männer gestorben. Unsere Armee kann nicht weiterkämpfen.«

»Seine kann es auch nicht!«

»Doch, Sultan. Die Torunnen trachten nicht nach Eroberung, sondern nach Überleben. Sie werden niemals aufgeben, schon gar nicht, solange dieser

Mann sie anführt. Armagedir war unsere letzte Gelegenheit, diesen Krieg auf einen Streich zu gewinnen, und jeder unserer Soldaten wusste es. Sie wussten aber auch, dass es kein heiliger Krieg mehr ist. Die Ramusier sind keine Ungläubigen, sondern Glaubensbrüder in den Augen des Propheten ...«

»Ihr und Eure verfluchten Predigten haben das bewirkt!«, tobte Aurungzeb.

»Wolltet Ihr die Grundsätze Eures eigenen Glaubens verleugnen?«, fragte Mehr Jirah, der sich in keiner Weise eingeschüchtert zeigte.

»Nein ... nein, selbstverständlich nicht. Na schön. Wie es scheint, habe ich keine Wahl. Wir bleiben im Gespräch. Mehr Jirah, Batak, Shahr Baraz – ihr drei begebt euch morgen früh nach Torunn und bietet an, einen Vertrag auszuhandeln. Aber keine Rückschritte mehr! Ahara, du warst Ramusierin. Was meinst du? Haben sie Recht? Wird dieser neue Soldatenkönig uns bis zum bitteren Ende bekriegen?«

Heria mied seinen Blick. Sie legte eine Hand auf ihren runden Leib. »Ihr werdet bald einen Sohn haben, Herr. Ich möchte, dass er in Frieden heranwächst. Ja, dieser Mann wird niemals aufgeben. Vater Albrec sagte mir, er habe zu viel Eisen in sich. Doch im Grunde seines Herzens ist er ein guter Mann. Ein anständiger Mann. Gibt er sein Wort, wird er es halten.«

»Vielleicht«, meinte Aurungzeb. »Ich muss gestehen, ich hege das abartige Verlangen, ihm von Angesicht zu Angesicht zu begegnen. Wenn wir einen Vertrag unterzeichnen, könnten wir ihm einen Staatsbesuch abstatten.« Er lachte schrill. »Du meine Güte, wie sich die Zeiten ändern.«

Niemand bemerkte, wie bleich Herias Antlitz

geworden war. Wenigstens dafür war der Schleier gut.

Der Krieg zwischen den Merduks und den Ramusiern hatte vor so langer Zeit begonnen, dass nur noch die Historiker wussten, in welchem Jahr die beiden Völker zum ersten Mal aneinander geraten waren. Doch jeder wusste, wann er geendet hatte: im ersten Jahr der Herrschaft König Corfes, dem Jahr, als die Dynastie Fantyr erlosch.

Und fünfeinhalb Jahrhunderte nach der Ankunft des Heiligen, der auch der Prophet gewesen war, wurde die Zweiheit Ramusios endlich anerkannt; die beiden großen Religionen, die er begründet hatte, fanden zueinander und bekannten sich zu ihrem gemeinsamen Ursprung. All das wurde in den Vertrag von Armagedir geschrieben, ein Dokument, das auszuarbeiten Soldaten und Gelehrte mehrere Wochen in einem geräumigen Zelt benötigten, welches eigens für diesen Zweck auf halbem Wege zwischen den Mauern Torunns und dem Lager der Merduks aufgestellt wurde.

Die Merduks waren einverstanden, den Searil zur Grenze ihres neuen Hoheitsgebietes zu erklären. Khedi Anwar, die einstige Feste von Ormann, wurde zu ihrer südlichsten Siedlung. Aekir wurde in Aurungabar umgetauft und zur Hauptstadt Ostrabars ausgerufen. Die Kathedrale von Carcasson wurde in den Tempel von Pir-Sar umgewandelt, und sowohl Merduks als auch Ramusiern war es gestattet, darin zu beten, da sie vom Gründer beider Glaubensrichtungen geheiligt worden war. Den Flüchtlingen aus Aekir, die in ihre früheren Heime zurückzukehren wünschten, stand dies frei, ohne Belästigungen fürchten zu müssen. Die Monarchen von Torunna und Ostrabar tauschten Gesandte aus und errichteten in der Hauptstadt des jeweils anderen Botschaften.

Doch vieles davon lag noch in der Zukunft. Vorerst wurden die Tore Torunns für die Zeremonie der Vertragsunterzeichnung geöffnet, und die kriegsmüde Stadt bereitete sich darauf vor, Besuch von jenem Mann zu erhalten, der sie hatte erobern wollen. Für Corfe haftete diesem Ereignis die Unwirklichkeit eines Traumes an. Er und Aurungzeb hatten durch Vermittler verhandelt, da der Sultan es als unter seiner Würde erachtete, persönlich über die Klauseln eines Vertrags zu feilschen. Heute würde er das Gesicht jenen Mannes schauen, vielleicht sogar dessen Hand schütteln, den zu vernichten er sich so lange bemüht hatte. Und er würde der geheimnisumrankten ramusischen Königin begegnen, von deren Beitrag zum Sieg in diesem Krieg allein Corfe und Albrec wussten. Corfe fragte sich, wie die Geschichtsbücher das Ereignis darstellten würden. Er war zu dem Schluss gelangt, dass Tatsachen und deren Wahrnehmung durch einen Historiker zwei höchst unterschiedliche Dinge waren.

Er stand in seinem Ankleidezimmer. Der sommerliche Sonnenschein flutete durch die großen Fenster herein, während ein halbes Dutzend Kammerdiener unglücklich herumstand. In den Armen hielten sie eine berauschende Auswahl von Gewändern, die vor Juwelen, Goldspitzen und Pelzverzierungen strotzten. Corfe hatte sie allesamt abgelehnt und stattdessen das schlichte Schwarz eines torunnischen Infanteristen angelegt. Auch hatte er keine

Krone auf dem Kopf, doch man hatte ihn überredet, sich einen uralten Silberreif aufs Haupt zu setzen, den einst fimbrische Marschalle am Hof der Kurfürsten getragen hatten. Ausgerechnet Albrec hatte ihn für Corfe aus irgendeiner staubigen Palasttruhe ausgegraben. Er hatte einst Kaile Ormann gehört, was Corfe recht passend fand.

An den Stadttoren erschallten Trompeten, die das Herannahen der Kavalkade des Sultans ankündigten. Corfe beschlich allmählich der Eindruck, in den vergangenen paar Wochen mehr Trompetengeschmetter gehört zu haben als in seinem ganzen Leben auf Schlachtfeldern. Torunn hatte sich jüngst in ein einziges, riesiges Volksfest verwandelt, da die Menschen den Sieg, den Frieden, den neuen König feierten – eins ums andere.

Corfe stand der Sinn danach, mit Formio und Aras hinaus in die Hügel zu reiten, um zu jagen, unter den Sternen zu schlafen, an einem Lagerfeuer zu sitzen und derben Armeewein zu trinken. Der Krieg war höllisch gewesen, doch er hatte auch Augenblicke der Kameradschaft besessen. Oder war er bloß ein nostalgischer Narr, dem es vorherbestimmt war, ein griesgrämiger Greis zu werden, für den alle Herrlichkeit in der Vergangenheit angesiedelt war? Allein der Gedanke brachte Corfe zum Lächeln.

Als einer der Kammerdiener zum dritten Mal mit der hermelinbesetzten Robe vortrat, kehrten seine Gedanken in die Gegenwart zurück.

»Zum letzten Mal, nein. Und jetzt raus hier! Alle!«

»Majestät, die Königin hat darauf bestanden, dass …«

»Packt euch!«

»Das ist wohl kaum die Wortwahl, die man sich von einem König erwartet«, sagte Odelia, die mit zwei Dienstmädchen im Schlepptau in die Kammer kam.

Corfe dreht sich humpelnd um, um ihrem Blick zu begegnen. Er vermutete, dass seine Wunde aus Armagedir ihn dauerhaft gezeichnet hatte. Er würde den Rest seines Lebens lahm sein. Doch viele waren mit schlimmeren Andenken aus dem Krieg heimgekehrt.

»Ich dachte immer, Könige könnten sich jeder Wortwahl bedienen, die ihnen gefällt«, entgegnete er unbekümmert. Odelia küsste ihn auf die Wange, dann wich sie einen Schritt zurück, um seine schlichte Aufmachung mit gespielter Verzweiflung zu betrachten.

»Wenn du nicht aufpasst, wird der Sultan dich mit einem gemeinen Soldaten verwechseln.«

»Den Fehler hat er schon zuvor gemacht. Ich bezweifle, dass er ihm noch einmal unterläuft.«

Odelia lachte – wie zunehmend öfter in letzter Zeit. Das helle Sonnenlicht war den Falten in ihrem Gesicht nicht allzu freundlich gesinnt. Welche Zauberkraft sie einst verwendet haben mochte, um ihr jugendliches Erscheinungsbild aufrechtzuerhalten – diese Kraft strömte nach wie vor in die Pflege der Verwundeten. Und so ergriff er ihre Hand und küsste sie.

»Sind sie schon an den Mauern?«

»Sie reiten gerade durch das Torvorwerk ein. Auf dem Rücken einer Elefantenkolonne! Es sieht aus, als käme ein Wanderzirkus in die Stadt.«

»Nun dann, Fürstin – lasst uns hinuntergehen und die Gaukler begrüßen.«

Ihre Hand hob sich und berührte kurz seine Schläfe. »Du bist grau geworden, Corfe. Das ist mir noch gar nicht aufgefallen.«

»Armagedir. Die Schlacht hat einen alten Mann aus mir gemacht.«

»In dem Fall dürfte es dich kaum stören, den Arm einer alten Frau zu ergreifen. Für uns ist ein Podium aufgestellt, das mit Lilien geschmückt ist, die schon in der Sonne welken. Die Höhe des Podiums wurde sorgfältig berechnet: gerade hoch genug, um Aurungzeb wie einen Bittsteller aussehen zu lassen, aber nicht so hoch, dass er sich beleidigt fühlen könnte.«

»Ah, die Feinheiten der Diplomatie.«

»Und des Zimmerhandwerks.«

Die Menge stimmte lautes Jubelgeschrei an, als sie Seite an Seite erschienen und in eine Kutsche stiegen, die sie zum Podium bringen würde, das gleich hinter den Palasttoren errichtet war. Dort angelangt, warf Odelia einen letzten prüfenden Blick auf die Anordnung; dann setzten sie sich auf die Throne. Hinter ihnen stand Mercadius, der im Sonnenlicht wie eine Eule blinzelte und aussah, als döse er im Stehen; er sollte als Dolmetscher dienen. Rings um das Podium stand gleich einer Reihe scharlachroter Statuen ein Dutzend Kathedraler in funkelnden Rüstungen.

Corfe blickte einen breiten Pfad hinab, aus dem die Menschenmassen von zwei Reihen torunnischer Berufssoldaten zurückgehalten wurden. Der Lärm war ohrenbetäubend, und die Sonne brannte heiß. Odelias Hand hingegen war kalt, als Corfe sie ergriff. Sie fühlte sich in seinen starken Fingern leicht und zerbrechlich an.

Albrec erklomm das Podium; Sorge verfinsterte seine Miene. Er verneigte sich. »Verzeiht, Majestäten. Es wäre eine Ehre, würdet Ihr mir erlauben, bei dieser Begebenheit anwesend zu sein. Ich halte mich im Hintergrund.«

Odelia schien ihm die Bitte verweigern zu wollen, doch Corfe winkte ihn näher. »Sicher, Vater. Schließlich seid Ihr mit dem Sultan der Merduks besser bekannt als wir.«

Warum wirkte der kleinwüchsige Mönch so bekümmert? Mit einem Ärmel wischte er sich Schweiß aus dem Gesicht.

»Albrec, ist alles in Ordnung?«, fragte Corfe leise.

»Corfe, ich muss Euch ...«

In diesem Augenblick erschallten wieder die Trompeten. Eine schaukelnde Reihe von Elefanten mit Palankinen auf dem Rücken näherte sich, so bunt bemalt, behangen und juwelengeschmückt, dass sie wie Wesen aus einer Legende erschienen. Auf dem vordersten Tier, das weiß bemalt war, konnte Corfe die breite, mit einem Turban versehene Gestalt des Mannes ausmachen, der Aurungzeb sein musste; daneben, unter dem quastenverzierten Baldachin, sah er den zarteren Schatten seiner Königin.

Es war vorgesehen, dass der schauspielerische Teil des Ganzen nur ein paar Minuten dauerte. Im Audienzsaal des Palasts warteten zwei Abschriften des Vertrages darauf, unterzeichnet zu werden – der eigentliche Höhepunkt des Tages. Danach würde ein Bankett mit Unterhaltungseinlagen stattfinden – und dann war es vollbracht: Aurungzeb würde keinesfalls über Nacht in Torunn bleiben, Vertrag hin, Vertrag her.

Formio und Aras erschienen am Fuß des Podiums. Corfe hatte es nur für gerecht gehalten, dass sie in diesem Augenblick hier sein durften. Die beiden waren dicke Freunde geworden. Der Aras, den Corfe nunmehr kannte, war ein ganz anderer als der großspurige junge Bursche, dem er erstmals in Staed begegnet war. Was hatte Andruw gleich gesagt? Er sei wie Pisse und Essig. Corfe lächelte. Ich hoffe, du kannst das hier sehen. Andruw. Du hast es ermöglicht, du und die verdammten Stammeskrieger.

Der vorderste Elefant blieb stehen; dann sank er behutsam wie ein gut abgerichtetes Schoßhündchen in die Knie. In Seide gekleidete Leibdiener tauchten auf und halfen dem Sultan und dessen Königin aus dem hohen Palankin. Ein Schwarm von Leuten, bunt wie Schmetterlinge, umschwirrte das Paar. Corfe schaute zu Odelia. Sie nickte, und die beiden erhoben sich, um ihre Gäste zu begrüßen.

Der Sultan war ein großer Mann. Er überragte Corfe um einen halben Kopf. Die beeindruckende Breite seiner Schultern litt ein wenig unter dem Wanst, der sich unter der Schärpe um seine Körpermitte entwickelte. Aurungzeb besaß einen mächtigen Bart, breit wie ein Reisigbesen, und sein schneeweißer Turban war mit einer Rubinbrosche besetzt. Seine Augen unter dem Turban blickten klug und verärgert. Es missfiel ihm unverkennbar, dass Corfe und Odelia dank des Podiums auf ihn hinabblickten.

Von Aurungzebs Königin konnte Corfe wenig erkennen, außer dass sie hochschwanger war. Sie war in blaue Seide gekleidet, deren Farbe Corfe sehr gefiel. Das Antlitz über dem Schleier war grell bemalt, die Brauen mit Spießglanz nachgezogen, die Lider mit Kajal geschminkt. Sie schaute nicht zum Podium empor, sondern hielt de Blick zu Boden gerichtet. Unmittelbar hinter ihr stand ein alter Merduk mit beeindruckenden Zügen und festem Blick. Er wirkte wie ein übertrieben fürsorglicher Vater.

Auf einer Seite war der Kammerherr des Sultans aufgetaucht, um das Erscheinen seines Herrn zu verkünden, doch Aurungzeb wartete nicht, bis die diplomatischen Höflichkeiten begannen. Stattdessen kletterte er aufs Podium, was Corfes Leibgarde aus Kathedralern veranlasste, die Schwertgriffe zu packen, doch Corfe hob eine Hand, worauf die Männer sich entspannten.

Der Sultan ragte über ihm auf. »Ihr also seid der Mann, gegen den ich gekämpft habe«, sagte er in überraschend gutem Normannisch.

»Der bin ich.«

Die beiden starrten einander mit unverhohlener Neugier an. Schließlich grinste Aurungzeb. »Ich dachte, Ihr wärt größer.«

Beide lachten, und Corfe erkannte zu seiner Verwunderung, dass er den Mann mochte.

»Wie ich sehe, habt Ihr auch diesen verrückten kleinen Priester da, nur ist er natürlich *nicht* verrückt. Bruder Albrec, Ihr habt unsere Welt auf den Kopf gestellt. Ich hoffe, Ihr seid stolz auf Euch.«

Albrec verneigte sich. Der Sultan nickte Odelia zu. »Fürstin, ich hoffe, es geht Euch schön ... gut. Ja, das ist das Wort.« Damit ergriff er Odelias Hand und küsste sie; dann warf er einen prüfenden Blick auf den ihm am nächsten stehenden Kathedraler, der ihn wachsam beobachtete.

»Ich dachte, die hätten wir alle getötet«, meinte er freundlich.

Corfe runzelte die Stirn. »Nicht alle.«

»Euch müssen allmählich die *Ferinai*-Rüstungen ausgehen. Vielleicht kann ich Euch ein paar Hundert schicken.«

»Nicht nötig«, sagte Odelia. »Wir haben bei Armagedir mehrere Hundert eingeheimst.«

Nun war es am Sultan, die Stirn zu runzeln, doch nur kurz. »Lasst mich Euch Königin Ahara vorstellen. Shahr Baraz, helft Ihr herauf.«

Der alte, grimmig aussehende Mann half der Merduk-Königin aufs Podium. Rings um das kleine Tableau von Menschen waren die Massen verstummt und beobachteten gebannt die Ereignisse.

»Ahara stammt aus Aekir«, erklärte der Sultan. »Sie wird mir demnächst einen Sohn gebären. Der nächste Sultan von Ostrabar wird ramusisches Blut in den Adern haben. Schon aus diesem Grund ist es gut, dass dieser lange Krieg endlich ein Ende hat.«

Albrec legte Corfe eine Hand auf die Schulter, womit er ihn überraschte. Der kleinwüchsige Mönch starrte ihn eindringlich an. Halb belustigt, halb verwirrt ergriff Corfe die Hand der Merduk-Königin, um sie zu küssen, und hob sie an die Lippen. »Fürstin ...«

Ihre Augen schwammen in Tränen. Corfe zögerte und fragte sich, was los sei – und in diesem Moment erkannte er sie.

Er erkannte *sie*.

Albrecs Griff um seine Schulter verstärkte sich.

»Mag sein, dass unsere Kinder eines Tages sogar miteinander spielen«, fuhr Aurungzeb fort, ohne etwas zu bemerken. Er schien es zu genießen, mit seiner Kenntnis der normannischen Sprache zu protzen. »Stellt Euch vor, welche Kraft wir auf die Verbesserung der Lebensverhältnisse in unseren

Königreichen verwenden könnten, wenn es keinen Krieg zu fechten, keine Grenze zu beschützen gibt. Mit der Unterzeichnung dieses Vertrages bricht ein neues Zeitalter an. Heute ist ein ruhmreicher Tag!«

So vieles in einem einzigen, entsetzlichen Augenblick. Heerscharen von Empfindungen stürmten auf Corfe ein wie ein Hagelsturm und wurden mühsam zurückgeschlagen. Sein Leben strandete jenseits aller Hoffnung, jedes Glücks. Nur Albrecs Griff um seine Schulter verankerte ihn in der Wirklichkeit einer Welt, die sich schlagartig in ein Tollhaus verwandelt hatte.

Ihre Augen hatten sich trotz der Schminke kaum verändert. Vielleicht sprach daraus nun eine Weisheit, die zuvor nicht da gewesen war. Ihre Finger umschlossen seine Hand, als sie unter seinen Lippen schwebten, ein sanftes Drücken, mehr nicht.

Tief in seinem Innern zerbrach etwas.

Corfe schloss die Augen und küsste die Hand der Frau, die seine Gemahlin gewesen war. Kurz hielt er ihre Finger noch fest, dann ließ er sie los und richtete sich auf.

»Ich hoffe, es geht Euch gut, Fürstin«, sagte er mit einer Stimme, die so rau und belegt war, dass sie an das Krächzen eines Raben erinnerte.

»Recht gut, Herr«, antwortete sie.

Noch einen Lidschlag blickten die beiden einander an; dann überflutete sie wieder der Wahnsinn dieser Welt. Der Tag musste überstanden und das, wozu sie hergekommen waren, musste vollbracht werden.

»Alles in Ordnung?«, flüsterte Odelia Corfe zu, als sie das Königspaar der Merduks vom Podium hinunter zu den wartenden Kutschen führten.

Mit grauem Gesicht nickte er. Albrec musste ihm in die Kutsche helfen; Corfe war zittrig wie ein Greis.

Schließlich fand die Menschenmenge ihre Stimme wieder und begann zu jubeln, als die Kutschen die kurze Strecke zu den offenen Türen des großen Audienzsaales rollten, wo sich fimbrische Lanzenstreiter Rang um Rang neben torunnischen Berufssoldaten und einer kleinen scharlachroten Reihe von Kathedralern aufgestellt hatten. Aras und Formio ritten neben der Kutsche.

»Wink ihnen zu, Corfe«, forderte Odelia ihn auf. »Heute soll ein Freudentag sein. Der Krieg ist zu Ende.«

Doch er winkte nicht. Stattdessen starrte er hinaus auf das Meer jubelnder Menschen und vermeinte, in den Massen bekannte Gesichter zu erblicken ... Andruw und Marsch, Ebro, Cerne, Ranafast, Martellus. Und zuletzt sah er Heria, die Frau, die einst seine Gemahlin gewesen war, mit dem ihr eigenen, hinreißenden Lächeln.

Er schloss die Augen. Endlich hatte sie sich zu den Gesichtern der Toten gesellt.

Personen, Schauplätze, Begriffe, Hintergründe: das fundierteste Lexikon zur Fantasy-Welt von J.R.R. Tolkien, bearbeitet und ergänzt von Helmut W. Pesch

Das Standardwerk zur Welt des »Herrn der Ringe«, des »Hobbit« und des »Silmarillion«. Mit genauen Worterklärungen aller Namen und Bezeichnungen. Sachkundig bearbeitet und auf den neuesten Stand gebracht von einem der führenden Tolkien-Experten Deutschlands, unter Verwendung von Tolkiens bislang nicht auf Deutsch erschienenen Manuskripten und Studien zu Mittelerde.
Mit ausführlichen Textverweisen auf die deutschen Ausgaben von Tolkiens Werken.

»Robert Fosters Das große Mittelerde-Lexikon *stellt, wie ich durch häufigen Gebrauch herausgefunden habe, ein bewundernswertes Nachschlagewerk dar.«* Christopher Tolkien

3-404-20453-0

BASTEI
LÜBBE